파리의
여자들

파리지엔느의 내면 읽기

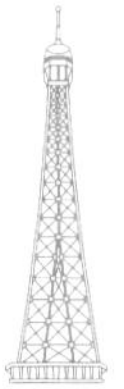

장미란 지음

파리의 여자들

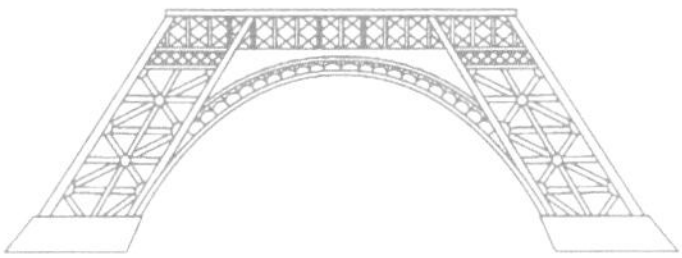

문학동네

일러두기

이 책의 외국 인명과 지명 등은 외래어표기법에 준했으나, 일부는 실제 발음에 가깝게 표기했다.

책머리에

여성으로 살아간다는 것의 의미

1980년대 프랑스 유학 생활 이후 나의 관심은 여성의 삶, 프랑스, 심리학이라는 세 가지 주제로 요약된다. 미완의 유학 시절을 마감하고 한국에 돌아와 현실에 발 딛고 살아가면서 여성의 삶에 대한 나의 관심은 깊어졌다. 아내로서 엄마로서 며느리로서 딸로서 일상에서 겪는 삶의 체험을 반추하면서 여성으로 살아간다는 것의 의미를 본격적으로 묻기 시작했다. 2000년대 두번째 파리 체류 기간 동안 나의 세 가지 관심은 더욱 깊어졌다. 이 책은 여성의 삶, 프랑스, 심리학이라는 나의 세 가지 관심이 어우러져 만들어진 프랑스 여성들의 속내 이야기다. 이 책에는 다양한 연령, 계층, 인종, 신분의 프랑스 여성들이 살아가는 모습이 들어 있다. 나는 그들의 겉모습을 넘어서 가능한 한 그들의 삶 속 깊숙이 들어가 그들을 깊이 이해해보려고 애썼다.

이 책은 대부분 3대에 걸친 프랑스 여성들의 이야기다. 그러나 마음속으로 프랑스 여성 3대의 삶과 한국 여성 3대의 삶을 비교하면서

이 책을 썼다. 내가 속한 베이비붐 세대 한국 여성들이 현모양처라는 오래된 여성상에 더 매여 있다면, 같은 세대 프랑스 여성들은 자기 내부의 요구에 충실한 삶을 만들어가려는 주체적 욕구가 강하게 작용하고 있는 듯이 보였다. 나의 세대 한국 여성들이 안정된 삶을 살기를 원하면서 주체적 삶을 어느 정도 포기할 수밖에 없었다면, 같은 세대의 프랑스 여성들은 덜컹거리기는 하지만 더 주체적인 삶을 살았다는 생각이 들었다.

2000년대 두번째 파리 체류 기간에 프랑스 여성운동의 역사와 여성운동의 현황을 알기 위해 여성운동가들을 인터뷰하고 여러 집회와 세미나에 참석했다. 엘리자베트 바뎅테르, 미셸 페로, 주느비에브 프레스, 실비안 아가친스키, 실비안 지암피노 등 프랑스 여성학자들의 저서도 관심을 기울여 읽었다. 그러다가 아니크 우엘이라는 정신분석학을 배경으로 사회심리학을 연구하는 여성학자를 알게 되었다. 프랑스 여성들의 혼외정사를 연구하면서 문학작품과 정신분석학을 결합시켜 쓴 우엘의 책을 읽었는데, 2002년 10월 툴루즈 대학에서 열린 불어권 여성학대회에 갔다가 그녀를 직접 만나게 되었다. 그래서 미완의 심리학 공부를 계속하기 위해 그녀를 지도교수로 삼아 리옹 대학 심리학과 박사과정에 등록했다. 그때 나의 나이 마흔일곱이었다. 그리고 같은 대학 심리학과에서 치정사건을 사회심리학적으로 연구하고 있던 파트리샤 메르카데 교수도 알게 되었다. 메르카데는 '열정passion'이라는 심리적 현상을 연구하고 있었다. 그래서 그 두 교수의 지도하에 여성들의 삶의 이야기를 모아 분류하고 분석하고 해석하여 나이 오십에 박사학위 논문을 완성했다.

그후 프랑스 여성학 연구팀에 합류하여 파리 교외를 다니며 아랍 여성들을 만나 인터뷰했다. 그러나 아랍 출신 여성들이 이슬람 문화와 프랑스 문화를 주체적으로 선택하고 창조적으로 배합하여 새로운 정체성을 만들어내고 있다는 가설을 입증하기 위해, 공동 연구자들이 현장 인터뷰를 무리하게 해석하는 것을 보면서 회의를 느꼈다. 이미 만들어놓은 가설에 맞추어 인터뷰를 진행하고 그 결과를 아전인수 격으로 해석해서 학술용어로 포장한 연구보고서가 완성되었다. 그러나 그 보고서 속에는 인터뷰한 여성들이 이야기한 삶의 진실이 다 날아가버린 것 같았다.

그러다가 어느 순간 오랫동안 미루어두었던 프랑스 여성들의 이야기를 써야겠다는 생각이 밀려왔다. 프랑스 여성들에게 관심을 갖게 된 지 30년이 지난 시점이었다. 더이상 미루면 쓸 수 없다는 생각이 들었다. 처음에는 프랑스 여성들의 인생 이야기를 사례연구 형식으로 쓰기 시작했다. 그러다보니까 머리만 움직이지 마음이 움직이지 않았다. 프랑스 여성들과 이야기를 나누면서 느꼈던 수많은 감동을 표현할 수가 없었다. 그래서 고민을 거듭하다가 대화에서 들은 이야기를 기초자료로 하되 거기에 나의 생각과 상상력을 덧붙여 여성들의 이야기를 풀어보기로 했다.

내가 프랑스 여성들의 삶을 문학의 형식으로 쓰게 된 건 프랑스 여성의 글쓰기 전통과 연결된다. 마담 드 스탈에서 시몬 드 보부아르를 거쳐 나와 인연이 있는 여성운동가이자 철학자인 프랑수아즈 콜랭에 이르기까지 프랑스 여성지식인들에게 논문과 문학은 대립 관계가 아니라 상호보완적 관계다. 그들은 논문과 문학의 경계를 자유롭게 넘나든다. 내가 존경하는 여성이고 직접 만나서 몇 차례 인터뷰한 적도 있는 역사학자 미셸 페로가 나에게 용기를 주었다. 그녀는 '프랑스 퀼튀르'라는 라디오 방송에서 '나의 여성 이야기'라는 제목으로 30회에 걸쳐 강연을 했다. 나는 매일 저녁 그 강연을 들으면서 깊은 감동을 받았다. 그녀는 그 방송 강연을 엮어 책으로 만들어냈다. 몇 년 후 미셸 페로는『방의 역사Histoire de chambres』라는 독특한 책을 출간했다. 콜레주 드 프랑스에서 열린 독자와의 대화에서 페로는 이 책은 역사서이지만 소설을 쓰고 싶었던 자신의 소망을 간접적으로 표현한 것이라고 고백했다. 그 강연이 끝난 후 개인적으로 이야기를 나누다가 내가 프랑스 여성에 대한 글을 쓰고 있다고 하니까 "꼭 '너의' 프랑스 여성 이야기를 써보라"고 격려해주었다. 그 순간 내 머릿속에는 프랑스 여성들의 이야기를 나만의 방식으로 써보고 싶다는 생각이 밀려왔다.

프랑스 여성에게는 무언가 다른 게 있다

나는 프랑스 여성들과 이야기하면서 그들이 한국 여성을 포함하여 다른 나라 여성들과 다른 점에 주의를 기울였다. 내가 만나 이야기를 나눈 프랑스 여성들은 여성으로서의 정체성을 확실히 갖고 있었다. 그들에게는 여성으로 사는 것에 대한 자부심이 느껴진다. 부드럽고 달콤한 듯하지만 속은 강하다. 자유롭고 당당하며, 때로 파격적이며 반항 정신이 있다. 그들은 열정에 충실치 못하게 사는 인생을 실패로 본다. 자기가 원하는 게 무엇인지 아는데 그 앞에서 머뭇거리는 것은 바보 같은 짓이라고 생각한다. 열정에 충실한 삶을 살다보니 자연 상처도 많다. 무너져도 다시 일어나 자신의 삶을 추스르고 또다른 삶을 만들어나간다.

프랑스 여성들과 깊은 이야기를 나누면서 그들의 삶 밑바닥에는 프랑스 사회의 문화와 역사적 체험이 깔려 있음을 알게 되었다. 프랑스 여성의 삶은 프랑스의 가톨릭 문화, 궁정 문화, 살롱 문화와 연결되어 있다. 우리나라의 유교적 남녀 유별 문화와 달리 프랑스에서는 남자와 여자가 가벼운 농담을 주고받고 서로 기분을 맞추며 즐겁게 지내는 남녀 혼성 문화가 있다. 여성적인 태도로 남성들의 기분을 맞추는 듯하면서 결국 여성이 남성들을 지배하는 문화가 프랑스 문화의 특성이라는 역사학자 모나 오주프의 분석이 나의 프랑스 여자 친구들을 이해하는 데 많은 도움이 되었다. 적어도 사적인 관계에서는 그런 듯했다. 그러니까 프랑스 여성의 특징은 단지 여성의 문제가 아니었다. 프랑스 남녀 관계의 특성이 프랑스 여성의 특성을 만들었던 것이다. 프랑스의 여성운동이나 여성정책은 보편적 평등주의가 주류를 이루지만 일상생활의 영역에서는 남성과 다른 여성적 특수성을 주장하는 차이주의가 주류를 이루고 있다. 프랑스 여성들은 남성과 다른 여성다움을 강조하면서 동시에 남녀평등을 주장하고 있는 것이다.

프랑스 여성들의 기죽지 않는 당당함과 자신감의 또다른 근원이 있다. 프랑스혁명, 노동운동, 사회주의운동, 여성해방운동 등 부당함에 끝까지 저항하고 더 공평한 세상을 만들기 위해 열정적으로 헌신하고 희생을 감수했던 오랜 전통이 그것이다. 프랑스 사람들은 유난히 열정적이다. 영국의 역사학자 시어도어 젤딘이 프랑스 역사를 '열정의 역사'라고 표현했듯 프랑스의 근현대사는 프랑스인들이 부당한 것을 참으면서 무릎 꿇고 살기보다는 정의를 위해 서서 죽기를 선택해왔음을 보여준다. 올랭프 드 구주에서 루이즈 미셸을 거쳐 시몬 드 보부아르에 이르는 프랑스 여성들도 그러한 전통에 속한다. 그런 역사적인 배경이 프랑스 여성들을 당당하게 만들었을 것이다.

현대 프랑스 사회는 자유 평등 박애라는 가치를 내걸었던 프랑스혁명에 의해 크게 영향을 받았다. 그러나 프랑스 문화에는 아무리 부인해도 가톨릭 문화가 깊이 뿌리박혀 있다. 가톨릭교회가 개신교처럼 분명한 금욕주의 윤리를 내세운 것은 아니지만, 1960년대까지만 해도 프랑스 사회에는 남녀의 성관계에 대한 억압이 존재했다. 기독교적 성인聖人이 삶에서 본받아야 할 모델이었고 타인에 대한 인간적 존중과 베풂이 도덕적 이상이었다. 프랑스혁명 정신은 가톨릭 지배 체제는 타파했지만 기독교 문화 자체는 뿌리 뽑지 못했다. 문화라는 것은 그렇게 헌 집을 부수고 새집을 짓듯이 바꿀 수 없는 것이기 때문이다. 프랑스혁명의 평등주의 정신에 이어 등장한 노동운동과 사회주의운동도 겉으로는 기독교적 세계관을 부인한 무신론적 유물론을 내세웠지만, "네 이웃을 네 몸처럼 사랑하라"는 기독교 정신에 깊은 뿌리를 내리고 있다. 가톨릭을 믿지 않을 뿐 아니라 믿은 적이 없다고 말하는 전형적인 공화주의자 프랑스 친구들에게서도 기독교적인 가치들이 체화되어 있음을 종종 느낀다. 단지 다른 언어, 공화국의 언어를 사용해서 자기들의 행동을 설명할 뿐이다. 기독교인들이 신으로부터 받은 값없는 사랑에 감사하여 그 사랑을 남에게 베푼다면, 공화주의자들은 공화국에서 받은 혜택을 도움이 필요한 다른 공화국 시민들에게 베푼다고 말한다.

20세기에 들어서도 가톨릭 규범은 일상생활의 모든 영역에 일반적인 기준으로 작용했다. 시몬 드 보부아르와 프랑수아즈 돌토 등 20세기 초에 태어나 2차대전 이후에 활동한 여성지식인들의 자전적인 글을 읽어보면 부르주아 가정의 경우 가톨릭 금욕주의가 엄격한 기준으로 작용했음을 알 수 있다. 성문제에서도 피임은 금지되었고 임신중절은 살인으로 여겨졌으며 사생아의 출산은 누구에게나 지탄의 대상이었다. 그러다가 1962년 알제리전쟁이 끝나고 2차대전 이후 영광의 30년이라고 부르는 지속적 경제 성장으로 물질적 풍요가 이루어지면서, 소비사회가 도래하고 성해방의 물결이 출렁거리기 시작했다. 1968년 5월혁명은 이러한 거대한 변동의 분기점이었다.

1968년 5월혁명 이후 1970년대에 들어 성에 대한 기독교적 금욕주의를 조롱하고 성해방이 이루어지면서 여성운동이 내건 슬로건은 자기 몸에 대한 자기 결정권이었다. 그것은 임신과 출산에 대한 여성의 자유와 선택의 권리로 표현되었다. 성적인 관계와 임신 그리고 출산은 "만약 내가 원한다면, 내가 원하는 때에Si je veux, Quand je veux"라는 슬로건으로 표명되었다. 내가 원할 때 내가 원하는 남자와 성관계를 갖고, 아이도 내가 원할 때 내가 원하는 남자와 갖겠다는 선언이었다. 그래서 여성운동은 당연히 피임과 임신중절에 대한 도덕적, 법적 제한을 없애고 여성들의 성적 자율권을 넓혀나가는 방향으로 나아갔다. 결혼제도 밖의 동거가 점점 일반화되면서 사생아들이 늘어났다. 그러나 시간이 흐르면서 법 개정이 이루어져 결혼제도 밖이라도 부모가 분명한 아이는 결혼제도 안에서 낳은 아이와 똑같은 법적 제도적

보호를 받았다. 그에 이어 동성애자들의 권리가 주장되면서 몸을 둘러싼 기존의 고정관념과 금기들이 거의 모두 깨지기 시작했다. 프랑스 사람들의 삶의 양식 속에 스며들어 있던 쾌락주의가 자기 몸에 대한 자율권과 이어지면서 남녀 관계가 1968년 이전보다 훨씬 더 자유롭게 이루어지기 시작했다. 이 책에 나오는 여성들의 이야기는 이런 변화의 물결과 직간접으로 연결되어 있다.

여성운동 이후 여성의 삶

그동안 성인 남자들만 누리던 성적 자유가 성해방의 물결을 타면서 청소년들과 결혼한 여성들의 욕망도 해방시켰다. 성해방은 부부 관계의 지속을 전제로 하는 가족제도에 크나큰 영향을 미쳤다. 사랑이 없는 부부 관계를 위선적이라고 비판하면서 여성들은 이혼을 두려워하지 않게 되었다. 부당한 상황에서 참고 사는 것도 바보지만, 남편이 아닌 다른 사랑하는 남자가 생겼는데 그냥 사는 것도 바보짓으로 여겨졌다. 그리고 한 번의 인생을 살기에는 수명이 너무 길어졌다. 그래서 여러 번의 인생을 사는 것을 꿈꿀 수 있게 되었다. 인생을 바꾸고 싶다는 생각을 현실화하기 위해 여자들은 아이들을 데리고 다른 남자와의 삶을 시작했다. 이혼과 재혼이 일반적 규범으로 자리잡게 되었다.

1980년대 사회당이 정권을 잡아 1990년대 중반까지 집권한 이후 사회개혁을 위한 에너지가 소진되었다. 1990년대 조스팽 총리는 각 정당의 선거 후보에 남녀 동수를 공천하라는 '파리테' 법안을 통과시키면서 1968년 이후 여성운동이 주장하던 요구들을 거의 정책화했다. 그 이후 여성들의 삶에 대한 담론이 변하기 시작했다. 남성들과의 전쟁을 끝내고 이제 다시 여성으로 돌아가야 할 때가 되었다는 것이다. 여성성이 강조되고 모성이 강조되기 시작했다. 이제 여성들은 직업적 성공과 함께 남자들과 좋은 관계를 유지하고 모성을 되살려 여러 아이를 낳아 잘 기르고 친밀한 관계를 만들어놓은 다음 은퇴 이후에는 손자손녀를 돌보며 사는 삶을 행복한 삶으로 생각하게 되었다. 여성들은 그 모든 것을 다 성취하기 위해 더 바빠졌다. 그것들 중 하나라도 성취하지 못하면 부족하고 불행한 삶으로 생각되었다. 그러다보니 삶이 피곤해졌다.

관습을 넘어서서 나름대로 결정하고 책임지는 삶을 택할 경우, 용기에 더해서 다른 삶을 만들어갈 대안과 끈기와 자기 확신이 있어야 한다. 그렇지 못할 경우에는 휘청거리는 삶을 살 수밖에 없다. 사회는 여성들에게 '이제 자리를 마련해주었으니 어디 한번 마음껏 자신을 만들며 살아봐라. 마음껏 성취하고 자신을 꽃피우며 즐길 수 있는 한 즐겨야 한다'는 메시지를 끊임없이 내보내고 있다. 그런데 그 메시지에 부합되는 인생을 만들지 못할 경우 자기 비하에 빠지고 자존감이 떨어진다. 그래서 수많은 프랑스 여성들이 우울증에 시달리고 있다. 어떤 사회에 사느냐에 따라 우울증의 양상과 원인이 달라진다. 자기 인생의 주체가 되어 모든 것을 성취하기를 강요하는 사회에 만연한 우울증의 원인은 더이상 성적, 사회적 억압이 아니다. 현대 프랑스 여성들의 우울증은 성취 동기의 좌절에서 온다. '다른 여자들은 직업과 남자, 아이들과 사회적 인정을 다 성취했는데 내 삶은 왜 이 모양인가?'라는 질문을 반복하면서 우울증으로 빠져든다. 오늘날 프랑스는 세계에서 항우울제 복용량이 가장 많은 나라이고 프랑스 남성보다는 프랑스 여성들이 더 많이 복용한다. 내가 만난 프랑스 여성들 가운데도 많은 이들이 항우울제를 복용하고 있었다.

자율과 독립 그리고 성취라는 기준에 맞추어 살 때 부딪치는 심각한 문제는 친밀성의 문제이다. 여성들이 직업을 갖고 경제적 자립을 이루어도 친밀성의 욕구는 계속 남아 있다. 프랑스에는 전통적으로 여성과 남성이 어울려 잘 지내는 남녀 혼성의 문화가 일반화되어 있다. 그러나 여성들이 직업에서 성공하기 위해서는 남성들과 부딪칠 수밖에 없는 상황이 있다. 그래서 남녀평등 의식을 끝까지 밀고 나가다보면 자연스럽게 남자들과의 갈등 상황이 점점 더 많아진다. 남녀평등을 주장하면서 능력을 키우면 직업 생활에서는 성공할지 몰라도 사적인 생활에서 외로워지는 경우가 많다. 내가 만난 프랑스 페미니스트들 가운데 그런 삶을 사는 여성들이 많았다.

이 책에 나오는 프랑스 여자들

모든 만남은 소중한 나눔이다. 인간과 인간이 서로 사귄다는 것은 서로 살아가는 모습을 보여주며 각자 느끼고 생각하는 것을 대화를 통해 나누는 일이다. 인터넷 시대에 서로 멀리 떨어져 사는 사람들끼리도 이메일로 간편하게 소식을 주고받는 세상이 되었지만, 나는 아직도 친구들과 직접 만나 얼굴을 마주보며 대화를 나누는 상황을 선호한다. 얼굴을 마주보며 나누는 대화에는 가슴과 머리, 감정과 이성이 동시에 작용한다. 상대방의 목소리를 듣고 얼굴 표정과 몸동작을 보면서 대화를 하다보면 한마음이 되고 한뜻이 되는 순간을 경험하곤 한다. 나는 프랑스 친구들과도 그렇게 만났다. 아무 구체적 목적도 없고 이해관계도 없이 프랑스 친구들과 마주앉아 그들을 이해하고 나를 이해시키면서 공유하는 지점을 만들고 싶었다.

프랑스 문화에서는 대화가 아주 중요하다. 파리의 카페에서는 여러 명이 둘러앉아 이야기하는 모습보다는 단둘이 마주앉아 정신없이 몰두하여 이야기하는 모습을 흔히 보게 된다. 여러 명이 둘러앉아 이야기를 나누다보면 자연 피상적인 대화를 할 수밖에 없다. 그러나 단둘이 마주앉아 대화하면 상대방에게 더 집중하게 되고 진지한 이야기를 나눌 수 있다. 그러나 대면 상황이라는 조건은 필요조건이지 충분조건은 아니다. 두 사람이 서로 오래 이야기를 나누려면 상대방에 대한 호기심과 더불어 상대를 이해하려고 하는 마음이 있어야 한다. 다른 인간에 대한 호기심과 관심은 결국 자기 자신을 분명히 이해하려는 노력의 일환이다. 상대방은 나를 비추어보는 거울이 되어주기 때문이다. 나와 다른 사람을 만났을 때 그들과의 차이를 통해 나 자신을 좀더 분명히 알게 되기도 한다. 한국과 프랑스라는 서로 다른 문화적 배경을 가진 사람들 사이의 만남이 지속되기 위해서는 상대방을 있는 그대로 이해하려고 하는 마음과 서로 다름을 존중하는 태도가 유지되어야 한다. 내가 만난 프랑스 여자들은 그런 태도를 어느 정도 지니고 있었다. 하지만 프랑스 땅에서 프랑스 여자와 이야기하는 내가 그들을 이해하려는 마음이 더 많았을 것이다.

프랑스에서 살면서 다양한 기회에 만난 프랑스 여성들과 함께 차를 마시고, 식사를 하고, 집에 초대하고, 생활상에 생기는 여러 가지 문제를 처리하는 데 도움을 받기도 하고, 함께 여행하고, 연말 파티에 참석하고, 자식들의 결혼식에 참석하고, 그들의 일가친척들을 만나고, 여름이 되면 친구의 별장에서 함께 지내기도 하면서 그들의 삶의 현장을 공유할 수 있었고 그 과정에서 그들의 삶을 좀더 잘 이해하게 되었다. 물론 그 모든 과정에는 프랑스 여성들의 삶을 깊이 알고 싶다는 나의 개인적 호기심과 인간에 대한 심층적 이해라는 심리학자로서의 관심이 작동했다. 그들과 자연스럽게 함께하는 과정에서 설문조사나 연구를 위한 인터뷰로는 알 수 없는 것들을 많이 알게 되었다. 그렇지만 그들과의 대화는 정신분석이나 상담 상황과도 다르다. 직업적으로 한 것이 아니고 필요에 의해서 한 것도 아니기 때문이다. 서로 신뢰하는 친구 관계에서 나오는 속내 이야기를 나누었을 뿐이다. 물론 내가 알고 싶어서 물어본 것도 있지만 그들이 자발적으로 털어놓은 이야기도 많다. 아마도 자기들의 생활 근거지에서 떨어져 있는 외국인 친구라서 자기들 사이에서는 쉽게 이야기하지 않는 것들을 자유롭게 이야기했을 수도 있다. 나도 마찬가지였다. 때로 한국의 친구들에게는 하지 않았던 내면의 이야기가 툭 나오는 경험을 했다. 나는 프랑스 여성들과 만나면서 스스로에게 수많은 질문을 던졌다. 여성의 문제는 무엇이고, 여성이 진정으로 바라는 것은 무엇이며, 여성들은 왜 그런 것을 바라는지를 물었다. 여성운동의 결과 여성이 얻은 것은 무엇이고 잃은 것은 무엇이며 앞으로 더 얻을 것은 무엇이며 남성들은 어떻게 달라졌는가를 물었다. 때로는 얻고 싶은 것을 다 얻으면 여성들은 과연 행복해질 것인가를 묻기도 했다.

나는 평소에 많은 사람을 피상적으로 아는 것보다 한 사람을 오래, 깊이 아는 것이 인간을 이해하는 데 더 큰 도움이 된다고 생각했다. 나에게 한 인간을 깊이 안다는 것은 일상적 삶의 껍질을 넘어서 내면의 고통, 약점, 수치심 등 평소에 이야기하지 않던 것까지 알게 되는 것을 말한다. 고통의 정도, 수치심의 뿌리, 가족사의 비밀을 알지 못하고는 한 사람을 잘 이해할 수가 없다. 왜냐하면 그 감추고 싶은 고통들이 그 사람을 현재의 그 사람이 되게 했기 때문이다. 프랑스 친구들의 삶 속에 깊이 들어가서 그들의 내면 깊숙한 곳에서 흘러나오는 이야기를 듣기까지 오랜 시간이 필요했다. 시간과 정성을 쏟아 서로 보살피면서 신뢰 관계가 형성된다. 신뢰 관계가 형성되고 언어의 장벽을 뛰어넘을 수 있다면 프랑스 여성들만이 아니라 세계 어느 나라 여성들과도 깊은 대화가 가능할 것이다.

프랑스 여성들의 개인적 삶 속에는 프랑스의 긴 열정의 역사와 문화, 그리고 각자의 가족사가 이런저런 방식으로 녹아 농축되어 있다. 여성은 생물학적으로 여성으로 태어나지만 문화적으로는 가족과 학교와 사회에 의해 여성으로 키워지고 만들어진다. 그 가운데서도 가정에서 부모와 맺는 관계는 결정적인 영향을 미친다. 부모는 모든 사람의 인생 초기에 사회가 제시하는 규범과 기준을 아이들에게 전달하는 역할을 맡기 때문이다. 그래서 나는 프랑스 여성 친구들과 이야기를 나누면서 어머니와 어떤 관계를 맺고 있는지에 관심을 기울였다. 물론 아버지와의 관계도 눈여겨보았다. 모녀 관계와 부녀 관계에 이어 청소년 시기의 이성 관계와 학교 교육, 결혼, 출산, 자녀양육, 남편과의 관계, 남편이 아닌 다른 남자들과의 관계, 여자 친구들과의 관계, 여성운동의 영향, 직업 생활, 이혼, 재혼, 성장한 자녀들과의 관계, 노년에 들어선 부모와의 관계 등을 주제로 자유롭게 이야기를 나누었다. 그러면서 그들의 정치적 입장과 사회역사 의식, 가치관과 삶의 철학, 세계관과 외국인에 대한 인식, 예술적 취향과 삶의 방식 등을 관찰했다.

프랑스 친구들과 자연스레 점차 내밀한 이야기를 나누면서 숨겨져 있던 가족사의 비밀을 많이 알게 되었다. 그리고 그것들이 세대를 거치면서 계속 다음 세대에 영향을 미치고 있음을 알게 되었다. 그러면서 한 개인의 삶을 깊이 이해하기 위해서는 가족사를 최소한 3대는 거슬러올라가보아야 한다는 생각을 갖게 되었다. 그리고 더 나아가 그 가족의 삶이 이루어진 전체 사회의 역사를 알아야 했다. 개인의 삶이 이루어지는 가족, 가족의 삶이 이루어지는 사회의 역사는 서로 영향을 주고받으며 이어져 있기 때문이다. 나는 이 책에 나오는 여성들이 사는 집과 별장 등 사생활의 현장을 직접 방문해 함께 지내면서 3대에 걸친 가족사 이야기를 들어보려고 애썼다. 그 때문에 이 책에 나오는 여성들 개개인이 살아가는 이야기에는 가족사 뒤에 프랑스의 현대사가 배경으로 드러나기도 한다. 1차세계대전과 2차세계대전, 냉전과 식민지 해방 전쟁, 성해방과 소비사회의 도래라는 20세기의 역사가 가족사와 함께 개별적 여성이 살아가는 삶의 배경이 된다.

이 책에 나오는 다섯 여자의 이야기는 내가 만난 프랑스 여성들의 이야기에 나의 상상력을 덧붙여 재구성한 것이다. 각각의 이야기는 내가 만난 프랑스 친구들과의 오랜 대화를 바탕으로 하고 있지만, 실제 인물에 대한 사례연구는 아니다. 여러 명의 이야기를 조합하여 하나의 이야기를 만들기도 했고 한 인물의 삶을 변형시켜 다른 인물을 만들어내기도 했다.

이 책은 튀니지에서 온 라시다의 이야기로 시작한다. 파리 부유층 아파트의 콩시에르주(관리인)로 일하는 라시다는 아직도 차별받는 고단한 생활을 하고 있다. 그녀는 완벽한 프랑스 여자로 살고 싶지만, 프랑스는 아직 그녀를 온전히 받아줄 준비가 되지 않은 듯하다. 반면 프랑스의 사라져가는 오래된 전통과 품위를 고수하는 귀족 출신의 여성 테레즈가 두번째 이야기의 주인공이다. 스페인에서 망명 온 공화주의자의 딸 마농의 이야기가 세번째로 이어지는데, 마농 역시 라시다처럼 외국에서 이민 온 가족의 딸로서 살아간다. 그러나 어디에서 이민을 왔느냐가 중요하다. 스페인에서 와서 중학교 교사로 일하는 마농은 튀니지에서 온 건물 관리인 라시다에 비해 비교적 안정적인 일상을 누려가지만, 그 내면은 또다른 방식으로 복잡하다. 인생의 우여곡절을 겪다가 아를에서 전문 번역가로 정착한 클레르의 삶이 네번째 이야기라면, 동유럽과 러시아에서 젊은 시절을 보내다 다시 파리로 와서 인생의 말년을 보내고 있는 제르멘의 이야기로 이 책은 끝난다.

연민의 해방

모든 여성은 아니 모든 인간은 형태와 색깔만 다를 뿐 다들 자기 나름의 고통을 지니고 살아간다. 삶 속에는 이미 고통이 들어가 있기 때문이다. 이 책에 나오는 프랑스 여자들은 나이와 가족 배경, 교육 정도와 사회계층, 직업과 인종이 다 다르지만 모두들 알고 보면 제 나름의 고통을 가슴속에 지니고 살아가고 있다. 그렇다고 사회적 불평등, 인종차별주의, 남녀차별주의, 인권 침해, 부정부패 등 사회적 악을 제거해야 한다는 과제가 중요하지 않다는 말이 아니다. 그런 것들은 꼭 이루어져야 할 기본사항이지만 그것을 넘어 한 사람 한 사람에 대한 구체적인 관심과 연민이 필요하다는 말이다. 사회제도적 장치만으로는 인간의 세상살이라는 고통의 바다를 건너는 데 충분하지 않다. 자기 자신의 삶을 깊이 들여다보고 객관화하면서 타인의 고통을 나의 고통으로 받아들이는 연민의 해방이 이루어지지 않는다면, 각자 삶의 고통은 온전히 자기 혼자 지고 가야 할 짐이 된다. 기쁨은 나누면 늘어나니까 나누기가 쉽다. 그러나 누구나 고통은 잘 드러내지 않는다. 수치심과 열등감 등 감추고 싶은 이야기가 많을수록 고통은 더 커진다. 그러나 고통은 나누면 줄어드는 속성이 있다. 그리고 많은 부분 고통은 타인의 무정한 시선과 몰이해에서 온다. 나는 이 책에서 프랑스 여성들과 그들의 기쁨과 고통을 함께 나누려고 했다. 그래서 이 책의 이야기들은 모두 나와 가슴으로 연루되어 있는 이야기들이다. 그러나 어디 여성들뿐이랴. 이제 남녀와 국적, 인종과 계층의 차이를 초월해 인류애적 차원에서 연민을 해방시킬 때가 되었다. 다른 사람의 고통에 귀기울이고 그들의 진실을 이해하려는 따뜻하게 열린 마음이 있다면 세상의 온갖 고통은 그만큼 줄어들 것이다.

가족과 친구, 선생님들이나 지인들에게 이런 종류의 책을 쓰고 있다는 말을 시작한 지 벌써 10년이 가까워오고 있다. 다 써놓고도

5~6년 동안 출판을 망설이다가 이제야 겨우 마무리하여 세상에 내어 놓는다. 원래 한 편에 원고지 50매 정도로 스무 개의 이야기를 쓰려고 했다. 그런데 쓰다보니까 각각의 이야기가 길어졌다. 그래서 이 책에서는 다섯 개의 이야기만 하게 되었다.

프랑스 여성들의 삶 속으로 들어가 그들이 살아왔고 살아가는 이야기를 쓰는 일은 나에게 너무 힘든 일이었다. 이런저런 생활상의 잡무와 사무적인 일들을 처리하는 데 마음이 쓰였고 자유로운 시간에도 글이 잘 나오지 않았다. 시간이 갈수록 초조하고 답답했다. 내 머릿속에 남아 있는 친구들 이야기를 빠른 시일 안에 쓰지 않으면 사라져버릴 것 같은 느낌이 들기도 했다. 나는 그럴 때마다 한 친구 어머니의 이야기를 떠올렸다. 그 어머니는 젊은 시절 쓰고 싶은 이야기가 많았다고 한다. 그런데 아이들 키우랴 남편 뒷바라지하랴 시어머니 모시랴 겨를이 없어서 그 이야기들을 모두 가슴속에 간직하고 살았다. 그러다가 나이 70이 가까워져 자식들이 다 출가하고 시간의 여유가 생겨서 글을 쓰려고 펜을 들었다. 그런데 이상하게도 한 줄도 쓸 수가 없었다. 그렇게 많던 이야기가 어디로 다 사라져버리고 만 것이었다. 어느 날 결혼한 딸이 친정에 와서 어머니에게 물었다.

"엄마, 옛날에 소설 쓰고 싶다고 했는데 지금이라도 써보지 그러세요."

그때 어머니가 말했다.

"그러지 않아도 써보려고 했는데 이제 그 이야기들이 어디로 다 사라지고 아무것도 남아 있지 않구나."

나는 그 이야기를 들으면서 가슴이 덜컹했다. 내 마음속의 이야기들도 다 날아가버릴 것 같았다. 마음에 묻어둔 할 이야기가 많은데 말할 상대를 찾지 못한 여성들, 쓸 이야기는 많은데 자유로운 시간과 자기만의 방을 갖지 못한 여성들을 떠올렸다. 나는 그런 여성들에게 빚진 마음으로 이 책을 썼다. 이 책을 그들에게 바치고 싶다.

2018년 1월

장미란

차례

다시 혼자가 된 고슴도치

파리 아파트 관리인 라시다의
알 수 없는 우여곡절

01

오늘 저녁 라시다의 집에 손님이 오는 모양이다. 건물의 대문을 열고 현관을 지나 아파트 안으로 들어서는데 라시다의 방에서 후각을 자극하는 맛있는 음식 냄새가 진동한다. 그녀는 튀니지 출신이다. 지중해변 북아프리카에 위치한 튀니지는 알제리나 모로코와 마찬가지로 한 세기가 넘는 오랜 세월 동안 프랑스의 식민지였다. 알제리가 격렬한 해방 전쟁을 거쳐 독립한 반면 튀니지와 모로코는 정치적 협상을 통해 비교적 온건한 방식으로 독립했다. 이 세 나라가 식민지체제에서 벗어난 지 반세기가 지났다고 하지만, 아직도 프랑스 사람들은 북아프리카 옛 식민지 출신 사람들을 '마그레뱅'이라고 부르면서 알게 모르게 무시하는 경향이 있다.

7층으로 된 전형적인 오스만식 건물 정문에서 네 자리 숫자로 구성된 코드번호를 누르고 육중한 나무대문을 밀고 들어오면 양쪽

벽이 대리석으로 장식된 짧은 복도가 나온다. 그 복도 끝에 유리로 된 중문이 있다. 열쇠로 이 문을 열고 들어가면 짙은 초록색 양탄자가 깔린 2층으로 올라가는 계단이 바로 눈에 들어온다. 라시다의 보금자리는 계단 오른쪽 바로 옆에 붙어 있다. 계단 맞은편에는 두 사람이 겨우 탈 수 있는 초록색 엘리베이터가 설치되어 있다. 각 층에 두 채씩 서로 마주보고 있는 모든 아파트들의 대문은 문 전체가 나무로 되어 있다. 그러나 라시다가 사는 집 문은 다르다. 문의 아래쪽 6분의 1 정도만 나무로 되어 있고, 그 위는 두 칸에 네 층으로 된 여덟 조각의 유리창으로 분할되어 있다. 문의 유리로 된 부분에는 흰색 레이스 커튼이 쳐 있다. 파리에서 흔히 볼 수 있는 전형적인 공시에르주의 집이다.

문을 열고 집안으로 들어서면 좁은 공간에 정원 탁자처럼 쉽게 이동할 수 있는 정사각형 모양의 나무식탁이 놓여 있다. 그리고 그 식탁 너머로는 허리 높이쯤에서 시작되는 좌우 두 쪽으로 된 유리창이 건물의 안쪽 정원을 향해 나 있다. 창틀 앞에는 붉은색 꽃을 피운 화분들이 옹기종기 놓여 있다. X자 모양으로 엇갈린 다리가 탁자를 받쳐주고 있는데, 너무 약해 보여서 잘못 건드리면 그만 균형이 깨질 것 같이 불안해 보인다. 그 불안한 느낌은 어쩌면 좁은 공간에 비해 너무 큰 탁자가 펼쳐져 있어서인지도 모른다. 탁자 주위에는 초청한 손님 수에 따라 나무의자를 배치했다. 접었다 폈다 할 수 있는 간이의자의 등받이는 조금 비스듬한 각도로 되어 있는데 한참 기대고 앉으면 등이 쑥 빠져버릴 것만 같다. 식탁도 의자처럼 언제라도 접어서 구석에 세워둘 수 있는 조립식이다. 그 식탁 위에는 일회용 종이냅킨과 깨끗한 접시들이 손님의 숫자에 맞추어 놓여 있고, 식탁 한가운데에는 물을 담은 투명한 유리병이 놓여 있다.

이미 방안 가득한 음식 냄새와 따뜻한 부엌의 열기가 좁은 공간을 아늑하게 한다. 1970년대에 많이 듣던 애절한 곡조의 튀니지 음악이 그 집에 들어서는 사람에게 30년 전쯤으로 돌아간 듯한 향수를 느끼게 한다. 그 집에 들어서면 과거로 시간여행을 하는 듯한 느낌을 받는 까닭은 아마도 그 방을 장식하고 있는 라시다의 사진 때문일 수도 있다. 그 사진은 라시다의 집 문을 연 다음 집안으로 발을 들여놓기도 전에 벌써 눈에 뜨인다. 문을 열자마자 왼쪽으로 가슴까지 오는 높이의 장식장이 보인다. 사진은 그 장식장 위에 놓여 있다. 커다란 액자 속에서 웃음을 띠고 있는 라시다는 숱이 많은 긴 머리의 젊은 여자다. 세상에 대한 긍정적인 태도가 엿보이고 웃음 속에는 너그러움이 담겨 있다. 짙은 눈썹과 까만 눈동자, 동그랗게 부풀어오른 두 입술 사이로 사이가 조금 떠 있는 앞니를 살짝 내보이며 웃음을 머금고 있는 얼굴에 살이 통통히 올라 있다. 또 벽에 고정해놓은 더 큰 액자에는 여러 사진들이 함께 들어 있는데, 중앙에는 라시다가 부모 형제와 함께 찍은 가족사진이 들어 있고, 가장자리에는 젊은 시절의 라시다가 팔이 다 드러나는 민소매 원피스를 입고 비스듬히 옆으로 앉아 찍은 독사진과 형제, 친구, 친척 들의 사진이 들어 있다. 해변에서 찍은 사진도 있고 집에서 찍은 사진도 있다. 인물들의 배경으로 나오는 풍경들이 튀니지를 연상시킨다.

이제 나이 마흔을 넘은 라시다는 아직도 그 시절처럼

통통한 얼굴을 하고 있지만,
더이상 처녀 시절의 여유와 너그러움은 찾아보기 어렵다.
세월이 그 동그랗고 귀엽던 라시다의 얼굴을
조금은 슬프고 세상을 믿지 않는 듯한
고집스러운 표정으로 바꾸어버렸다.

사진 속에서 웃고 있는 젊은 시절 라시다의 모습을 보고 나면 시곗바늘을 반대 방향으로 힘주어 돌려버리고 싶은 마음이 생긴다. 시간을 거슬러올라가 지금의 라시다를 사진 속의 라시다로 돌려놓는다면, 라시다의 인생에 지금과 다른 새로운 일이 벌어질 수 있을까?

남자와 여자의 지위와 역할이 확연하게 구별되는 이슬람 사회에서 여자들에게 요리 솜씨는 매우 중요했다. 그건 누군가를 섬길 수 있는 능력의 하나였다. 그런 문화권에서 자란 라시다는 요리 솜씨가 빼어나다. 그래서 라시다의 오랜 꿈은 돈을 모아 '쿠스쿠스' 전문 식당을 여는 것이다. 라시다의 얼굴이 가장 편안해질 때는 자신이 만든 음식을 사람들 앞에 차려놓을 때이다. 평소에 라시다는 자기 자신을 보잘것없는 사람이라고 생각한다. 모든 사람들이 다 자기보다 잘나 보인다. 그러나 요리할 때만은 그런 생각이 다 없어진다. 식탁 앞에 얌전히 앉아 음식을 기다리던 사람들이 잠시 후 음식을 입에 흘려넣으면서 살며시 지르는 감탄사가 라시다를 기쁘게 한다. 그럴 때 라시다는 자신이 쓸모 있는 사람이라는 느낌을 갖고 작은 자부심마저 느낀다.

방 왼쪽에 놓인 나무탁자 뒤로는 나지막한 위치에 작은 유리창이 하나 나 있다. 문을 열고 들어서서 그 유리창까지의 거리는 얼마 되지 않는다. 5미터나 될까? 그 유리창을 통해 햇빛이 들어오고 이 건물의 안쪽 정원이 내나보인다. 유리창에서 눈을 떼고 실내를 둘러보면 비좁은 공간이지만 있을 만한 물건은 다 있다. 오른쪽 벽의 구석에는 침대가 놓여 있다. 침대 앞쪽에는 플라스틱 간이문이 달린 샤워장이 있다. 그 샤워장 왼편으로는 좁은 화장실이 비집고 들어앉아 있다. 그리고 침대 앞 오른쪽에는 간신히 매달리듯 텔레비전이 붙어 있고, 공간을 구분하는 커튼이 길게 늘어져 있다. 그렇게 구별된 공간 안쪽에는 긴 옷들이 가지런히 걸려 있고, 스웨터나 티셔츠 같은 옷들은 반듯하게 개어져 차곡차곡 쌓여 있다. 왼쪽으로는 좁은 문이 나 있는데 아예 문짝을 치워버려서 결국 집 전체가 다 통하는 하나의 공간이 되어버렸다. 그 문 뒤에 쪼그리고 앉아 있는 것처럼 보이는 작은 공간이 부엌이다. 사실 부엌이라기보다는 두 개의 전기 곤로와 냉장고가 가까스로 자리잡고 있는 기묘한 공간이다. 라시다는 바로 이곳에서 자신의 요리 솜씨를 발휘한다. 다행히 그 부엌에도 정원 쪽으로 나지막한 작은 창이 하나 있다.

손님들이 들어와 그 정원용 간이식탁을 중심으로 둘러앉아 정중한 자세로 맛있는 음식을 기다릴 때면, 방안에는 열기와 음식 냄새와 음식에 대한 기대감이 뒤섞여 화기애애한 분위기가 감돈다. 라시다 집에 저녁초대를 받아 오는 사람들은 늘 튀니지 사람들이다. 프랑스 사람이 온 적은 한 번도 없다. 라시다처럼 일찍 프랑스로 이민 와서 힘들게 살고 있는 튀니지 사람들로서 라시다의 친척들이 주종을 이룬다. 남동생이 파리 근교에 살고 있지만 올케와 마음이 맞지 않아서 가깝게 지내지 않는다. 그 대신 멀지 않은 14구에 사는 여동생 부부와 조카들은 왕래하고 지낸다.

> 그런데 이 건물에 사는 사람들은
> 라시다를 고슴도치 대하듯 한다.

파리의 아파트 건물에서 주민들이 콩시에르주와 맺는 관계는 일상생활에서 매우 중요하다. 매일 오가며 얼굴을 마주치는 콩시에르주는 건물 전체의 분위기에 커다란 영향을 미친다. 내가 이 건물의 아파트로 이사 오기 전에 이 집에 살던 드 과퐁 부부에게 콩시에르주는 친절하냐고 물어보았을 때 그 불편한 표정이 생각난다. 내가 라시다에 대한 주민들의 그런 평판을 공유할 것같이 보였는지 어느 날 복도에서 처음 만난 라시다의 여동생은 내가 묻지도 않았는데, 자기 언니는 정말 성실하고 정직한 사람이라고 힘주어 말했다. 나는 오랫동안 부정적 평가와 긍정적 평가 사이를 오갔다.

02

라시다가 프랑스에서 무려 서른 해를 살았지만 프랑스인 친구가 하나도 없다는 사실은 놀라운 일이다. 친구라고는 할 수 없지만 무슨 일이 생기면 도움을 청할 프랑스 사람이 꼭 한 사람 있기는 하다. 같은 건물에 사는 에디트이다. 16구의 직업고등학교 수학 교사로 일하고 있는 에디트는 이 건물 주민대표다. 라시다는 관공서에 제출해야 할 서류를 작성할 일이 생기면 늘 에디트를 찾는다. 그렇다고 라시다가 에디트와 내면적인 이야기를 나눌 만한 친밀한 관계는 아니다. 모든 인간은 평등하다고 하지만 오랜 관습상 건물의 주민들은 콩시에르주를 아랫사람으로 생각한다. 그건 노르망디의 가난한 농촌 출신으로 좌파를 자처하는 에디트도 마찬가지다. 에디트는 처음에는 라시다의 서류 행정을 잘 도와주었다. 그러다가 자신이 낸 세금을 축낸다는 생각이 들면 마음을 돌린다.

"프랑스에서 번 돈으로 튀니지에 집까지 사놓았대요. 엄마가 거기서 산다고 하더군요. 퇴직하면 거기로 가서 살면 되지 왜 파리 공공임대주택을 얻으려고 하는지 모르겠네요. 16구에는 공공임대주택이 많지도 않은데 말이에요. 이 동네에 아파트 한 채를 차지하겠다는 건데 어림도 없어요. 서민 임대아파트에 들어가려면 아이가 있는 것이 유리하지요. 라시다는 남편도 아이도 없는데 그게 되겠어요?"

에디트는 자신도 어려운 농촌 집안에서 태어나 공화국의 장학금으로 사범학교를 졸업하고 수학 교사가 되어 16구의 안락한 아파트에서 살고 있으면서, 튀니지에서 프랑스로 이민 와서 어렵게 살다가 이제 겨우 프랑스 국적을 취득한 라시다에 대해서는 보편적인 원칙을 적용하지 않으려고 한다. 자신이 공화국의 장학금 덕을 본 것은 당연하고 라시다가 어엿한 프랑스 국민으로서 공공주택의 덕을 보는 것은 당연한 권리가 아니란 말인가? 라시다가 자신보다 열등한 위치에 있을 때는 도와주지만, 자신과 동등한 권리를 가진 프랑스인이 되어 프랑스 국민으로서의 혜택을 받게 되는 것은 받아들이기 싫은 것이다. 라시다는 프랑스에서 수십 년간 일한 결과 최근에 프랑스 국적을 얻었다. 이제 당연한 권리를 가지고 파리 공공임대아파트에 들어갈 수 있게 되었다. 16구에서 23년간 일했기 때문에 16구 구청에 임대주택 입주를 신청해놓은 상태이다. 평생 좌파를 자처하고 젊어서는 노동조합 총무를 하며 노동자들의 권리를 위해서 일했다고 자랑하던 에디트는 라시다의 당연한 권리 행사를 매우 불쾌해한다. 평소 권리를 중요하게 생각하는 좌파 에디트는 앞뒤가 맞지 않는 주장을 하고 있는 셈이다. 그러니까 라시다에게 에디트는 진정한 친구가 아니다.

결국 라시다에게는
단 한 명의 프랑스 친구도 없다.

1950년대 미국 남부에서 시카고를 거쳐 파리로 망명한 흑인 작가 리처드 라이트는 "나는 찢겨 있다. 나는 흑인이고 서양에 속한다"라고 썼다. 그렇다면 라시다는 마그레뱅이고 프랑스에 속한다. 그녀는 프랑스 사람도 튀니지 사람도 아니다. 그녀는 프랑스 영토 안에서 오랫동안 살았지만 늘 반 정도만 프랑스인이고, 튀니지에서 태어났지만 반 정도만 튀니지 사람이다. 몇 년 전 시몬 드 보부아르 탄생 백 주년 행사에서 만난 어느 미국 여성이 한 말이 생각난다.

"뉴욕의 택시 운전사들은 어느 나라에서 이민을 왔든지 간에 몇 년만 지나면 자신을 미국인이라고 생각한다. 그런데 파리에서는 이민 온 지 수십 년이 지난 택시 운전사도 자신을 프랑스인이라고 생각하지 않는다."

물론 유럽 사람들이 들이닥치기 전에 아메리카 인디언들이 살았지만 미국은 이민의 나라라서 누구라도 나 똑같이 이민객으로 시작해서 점차 그 사회의 완전한 구성원이 된다. 그러나 프랑스는 다르다. 오래전부터 자기 땅에 살아온 토박이 프랑스 사람들은 과거에 자기들의 식민지였던 나라에서 이민 온 사람들을 결코 자기들과 똑같다고 생각하지 않는다. 라시다의 경우도 그렇다. 프랑스 사람들은 그녀를 자기 나라에 일하러 온 외국인으로 여긴다. 라시다는 사회복지 정책에서 보편주의 원칙이 적용되는 프랑스에 살면서 이런저런 혜택을 누린다. 그렇다고 자신이 프랑스 사람이라는 느낌은 갖지 못한다. 시간이 갈수록 자신은 결국 튀니지 사람이라고 생각하게 된다. 프랑스 국적을 얻은 뒤에도 마찬가지이다. 좌파인 에디트조차도 프랑스인이 된 라시다를 프랑스 사람으로 생각하지 않으니, 라시다가 어떻게 스스로를 프랑스 사람이라고 생각할 수 있겠는가?

라시다는 이 건물에서 23년 전부터 콩시에르주로 일하고 있다. 파리의 부유층 주택가의 건물을 지키며 일상의 잡무를 처리하는 콩시에르주는 외국에서 이민 온 여성들이 대부분이다. 내가 사는 외젠 들라크루아 거리에 있는 건물들의 콩시에르주는 대부분 포르투갈 출신들이다. 옆집도 앞집도 모두 포르투갈 출신의 콩시에르주들이다. 이 길이 시작하는 1번지 건물의 콩시에르주 아주머니는 남편과 함께 살고 있는데 이 동네에서 일한 지 40년이 되었다고 한다. 60대 초의 이 아주머니는 동네의 크고 작은 역사를 다 꿰고 있다. 건너편 건물에는 30대 젊은 부부가 딸아이 하나를 데리고 와서 콩시에르주 일을 하면서 살고 있다. 옆집의 건장한 체형의 50대 후반 콩시에르주는 한때 혹인 남자와 함께 살다가 아무 일도 안 하고 먹고 노는 그 남자를 쫓아 버리고 난 다음 여태껏 혼자 산다.

얼마 전에 콩시에르주 여자를 주제로 한 『고슴도치의 우아함』이라는 소설이 영화로 만들어져 흥행에 꽤 성공했다. 원래 소설에는 파리 7구 그르넬 거리의 부유층 아파트가 배경장소로 나오는데, 영화는 내가 사는 파리 16구 외젠 들라크루아 거리에서 촬영되었다. 이 영화의 주인공은 과부이며 키가 작고 얼굴 표정이 뚱하고 뚱뚱한 체형을 가진 전형적인 모습의 콩시에르주다. 그러나 겉보기와는 달리 그 부유층 아파트에 사는 어떤 사람들보다 더 많은 책을 읽었다. 그녀는 초라한 건물 관리인의 방 뒤편에 커다란 서재를 마련해놓고 일이 끝난 후에는 조용히 그곳에 앉아 차를 마시며 책을 읽는다. 누구도 이 콩시에르주 아주머니의 우아한 정신세계를 짐작하지 못한다. 그 건물에 사는 열두 살짜리 총명한 소녀와 새로 이사 온 교양 있는 일본 중년 남자만이 그녀의 내면을 짐작한다. 영화는 부유층 사람들의 상투적인 삶과 콩시에르주, 소녀 그리고 일본 남자가 공유하는 의미 추구의 삶을 대비시킨다. 일본 남자는 관습적으로 어느 누구도 초대하지 않는 콩시에르주 여자를 자기 아파트에 초대하기도 한다. 영화는 콩시에르주 아주머니가 어둑어둑한 새벽에 쓰레기통을 끌고 길가로 나오다가 갑자기 달려든 자동차에 치여 쓰러지는 장면으로 끝난다. 바로 그 마지막 장면에 우리 옆집 콩시에르주 아주머니가 촬영 현장에서 발탁되어 출연했다. 이 영화를 촬영할 때 온 동네 콩시에르주들이 다 나와 구경했는데 라시다는 아무 관심도 없다는 듯 그 근처에 얼씬도 하지 않았다.

이 동네의 포르투갈 출신 콩시에르주 사이에는
연대감이 있어 서로 돕고 의지하며 사는 편인데,
튀니지 출신인 라시다는
『고슴도치의 우아함』에 나오는 콩시에르주처럼
외톨이로 혼자 쓸쓸하게 지낸다.

그렇다고 라시다가 작품 속의 주인공처럼 남몰래 책을 많이 읽는 교양 있는 여자는 아니다.

유럽과 미국을 포함한 서양 사회의 일반적 특성이지만, 프랑스도 모든 권리와 의무를 문서로 작성하여 그것을 근거로 차후에 발생하는 문제를 해결하는 계약의 전통을 가진 나라다. 라시다의 계약서에도 권리와 의무 사항이 자세하게 기재되어 있다. 라시다의 권리는 한 달에 300유로의 수고비를 받으며, 건물 아래층 입구에 붙어 있는 15제곱미터의 스튜디오에 임대료를 내지 않고 무상으로 거주하며 전기세와 수도세도 내지 않는 것으로 되어 있다. 그 대신 라시다는 우편배달부가 가져다놓은 우편물들을 분류해서 각 집 대문 앞에 가져다놓고, 건물 내부를 청소하고, 건물 전체에서 공동으로 사용하는 쓰레기통을 매일 저녁 집 앞으로 내다놓고 아침에는 다시 빈 통을 들여다놓는 일을 하게 되어 있다. 계약서의 청소 항목에는 보다 자세하게 일주일에 한 번 계단 청소, 두 번 입구 청소, 이 주일에 한 번 정원 청소를 하도록 규정되어 있다. 사실 계약서에 기재된 일을 하는 데 소요되는 시간은 매일 한나절에 불과하기 때문에 그 나머지 시간은 다른 일거리를 찾아

수입을 올릴 수 있다.

프랑스의 최저임금이 1200유로인데 라시다의 경우 집값을 내지 않는다고 하지만 300유로의 월급으로는 혼자 살아가기에도 부족해서 부업을 갖지 않을 수 없다. 부업이라야 동네 양로원 식당에서 일하거나 가정집에 가서 청소와 다리미질을 해주는 일이 고작이다. 양로원 식당 일은 고정된 장소에서 하는 정기적인 일이지만 파출부 일은 때에 따라 달라진다. 그래서 일거리가 몰리는 날 저녁이면 어깨가 축 처져서 들어오는 라시다를 볼 수 있다. 반면에 부활절이나 만성절 등 휴가 기간에는 일거리가 없어서 집에서 논다. 라시다는 나를 보고 부유층 사람들이 휴가철에 여행을 가거나 시골의 별장에 가는데, 그건 그 사람들 사정이고 자기는 아무 이유 없이 그냥 일자리를 잃고 수입이 없어진다고 말한 적이 있다. 그렇다고 부잣집 여자들이 자기에게 다만 얼마라도 그냥 주는 법은 없다고 한다. 얼마 전부터 필리핀 출신 파출부들이 많아져서 일자리를 얻는 데도 경쟁이 심해졌다. 필리핀 파출부들은 영어를 한다는 이유로 집에 상주하면서 아이들을 돌보며 집안 청소와 장보기 등의 일을 하고 있다. 라시다는 매달 부업으로 평균 500유로가량의 부수입을 올린다. 그러니까 총수입 800유로인 셈인데 그 가운데 반 이상을 튀니지에 있는 어머니에게 보낸다.

03

어려운 처지에 사는 사람일수록 요행수를 바라게 된다.

파리의 카페들 가운데 '타바Tabac'라는 간판을 붙인 카페들이 있다. 그런 카페에서는 담배와 더불어 복권을 살 수 있다. 라시다는 오전 10시쯤 다른 집에 일을 하러 나갈 때면 동네 카페에 들러 커피 한잔을 마시고 복권 한 장을 사는 습관이 있다. 어느 날 투르 거리의 '타바 드 라 투르' 카페 앞을 지나가다가 안쪽에 라시다가 복권을 사려고 줄을 서 있는 모습을 보았다. 그후로도 몇 번 더 복권 사는 장면을 목격했다. 라시다는 담배를 피우지 않는다. 술도 마시지 않는다. 누구에게라도 답답한 마음을 해소할 심리적 기제가 필요하다면 라시다는 무료한 일상을 달래기 위해 술 담배 대신 복권에 심취하는지도 모른다.

라시다의 일상에는 또하나의 즐거움이 있다. 자동차 운전이다. 그렇다고 그녀가 파리 시내에서 운전하고 다닐 일이 많지는 않다. 주말에 12구의 바스티유 광장 근처나 18구의 바르베스 근처에 다녀오는 것이 고작이다. 그곳에서 일주일 동안 먹고 살 과일과 채소를 산다. 서민 동네인 그곳의 물가는 라시다가 사는 부유층 동네인 파시의 과일 채소 가게보다 훨씬 싸다. 16구 퐁푸 거리의 '고슬랭'이나 아농시아시옹 거리의 '팔레 드 라 프뤼' 같은 과일 채소 전문점에 진열된 채소와 과일은 품질은 좋지만, 라시다로서는 그 비싼 가격을 감당할 수 없다.

라시다의 자동차가 그 진가를 발휘할 때는 여름휴가철이다. 바캉스가 시작되면 차를 몰고 마르세유로 달린다. 라시다는 일 년 내내 그 순간의 기쁨을 위해 사는지도 모르겠다. 라시다에게도 다른 모든 고용인들과 마찬가지로 일 년에 한 달 유급휴가를 즐길 권리가 있다. 그 소중한 여름휴가를 위해 라시다는 봄부터 여름휴가를 채비한다. 몇 달 동안 몇 개의 커다란 여행가방에 차곡차곡 짐을 쌓아나간다. 그 안에는 조카들에게 줄 옷과 약품, 화장품, 집안 청소용 세제 등이 들어 있다. 그 많은 짐 때문에 혼자 떠나는 라시다의 자동차는 마치 세 사람이 탄 것처럼 무겁다. '노스탈지아' 라디오 방송에서 흘러나오는 옛 샹송을 들으면서 혼자 마르세유까지 차를 몰고 갈 때 라시다는 뿌듯함과 자유로움을 즐긴다. 늘 파리의 아파트들을 오가며 실내에서 일하던 라시다에게 찬란한 여름햇살을 받으며 툭 터진 공간을 운전하는 때는 해방의 시간이다. 도로에 차들이 밀려 다소 정체되어도 상관없다. 라시다의 걱정거리는 비싼 기름값과 고속도로 이용료다.

마르세유에 도착해서 튀니지행 대형 여객선에 차를 싣는다. 배의 갑판에서 지중해의 넘실거리는 푸른 파도를 보면서 라시다는 파리에서의 고단했던 삶을 잊는다. 배가 튀니지의 수도이자 가장 큰 항구인 튀니스에 도착할 때까지 라시다는 아무하고도 이야기하지 않고 혼자 조용히 지낸다. 배가 목적지에 도착하면 다시 자동차를 몰아 튀니스 서쪽의 베자라는 내륙 도시로 향한다. 그곳에서 조금 떨어진 시골마을에 엄마와 친척들이 살고 있다. 세 시간 남짓 차를 운전해 고향에 도착하면 라시다의 처지는 하루아침에 콩시에르주에서 여왕으로 바뀐다. 동네 사람들은 파리에 살고 있는 라시다가 몰고 온 자동차와 거기

실린 여행가방들을 부러운 눈으로 바라본다.

04

언젠가 튀니지에서 파리의 딸 집에 온 라시다의 엄마를 아파트 현관 복도에서 마주쳤다.

라시다의 엄마는 오른팔이 완전히 없었다.
아주 어렸을 때 사고를 당해서
평생을 왼팔 하나로 살았다.

그래도 결혼해서 아이를 셋이나 낳았다. 라시다가 맨 위고 여동생과 막내 남동생이 있다. 튀니지의 시골에서 팔이 하나인 여자가 고만고만한 아이들 세 명을 키워냈다. 농부였던 남편은 아이들이 채 다 자라기도 전에 세상을 떠났다. 라시다는 그때부터 집안의 가장이 되었다. 누가 그러라고 한 적은 없지만, 라시다는 자신이 엄마를 보호해야 한다는 의무감을 느꼈다. 그리고 빨리 아버지를 대신해서 돈을 벌어야 했다. 그런데 튀니지의 시골에는 마땅히 할 일이 없었다. 게다가 매일 엄마와 마주보고 지내는 상황이 마치 고문을 당하는 것 같았다. 그래서 라시다는 수소문 끝에 적지 않은 소개비를 주고 일자리를 찾아 프랑스로 노동 이민을 왔다. 파출부로 일해서 번 돈을 엄마에게 보냈다.

힘이 들었지만 튀니지의 시골마을에서 가족들의 기죽은 눈동자를 바라보며 사는 것보다는 나았다. 라시다는 열심히 일했고 가족들은 라시다가 보낸 돈으로 큰 집도 사고 밭도 사서 그런대로 안정된 생활을 하게 되었다.

라시다는 공식 학교 교육을 제대로 받은 적이 없다. 라시다의 수치심의 근원이 여기에 있다. 특히 남 앞에서 글씨를 써야 할 때는 곤혹스럽다. 글씨를 쓰는 것보다는 낫지만 글을 읽는 일에도 자신이 없다. 라시다는 매일 오후 우편물을 분류해서 주민들의 아파트 대문 앞 발판 위에 올려놓아야 한다. 이 건물 6층까지 열두 가구가 살고 있고 7층에는 작은 스튜디오가 일곱 개나 있다. 그런데 7층 스튜디오에 사는 사람들은 이동이 많다. 주로 젊은이들이 살고 있는데 이사가 빈번하다. 그때마다 달라지는 세입자들의 이름을 외우기도 어렵거니와 생소한 이름을 읽으면서 우편물을 분류하는 일이 그리 쉽지만은 않다. 그래서 때로 엉뚱한 우편물을 다른 집 앞에 갖다놓기도 한다. 이럴 때 라시다는 공부를 좀 해서 글씨를 잘 읽을 줄 아는 남편이 옆에 있으면 좋으련만 하고 생각한다. 때로 어려운 일이 생기거나 남에게 무시를 당한 때에도 남편과 함께 산다면 지금보다는 훨씬 처지가 나을 것이라고 생각한다. 그녀는 나에게 자주 이런 말을 한다.

"여자가 남편 없이 혼자 사는 것은 정말 힘들어요. 그렇지만 3층의 에디트도 2층의 발레리 커플도 모두 정식으로 결혼한 사이가 아니에요."

에디트는 일시적으로 동거하던 남자와의 사이에서 아들 하나를 낳아서 키웠고, 발레리도 부인이 있는 남자와 살면서 아이를 낳아 키우고 있다. 라시다에게 아이가 있는 여자가 부러운 건 사실이지만, 결혼하지 않고 아이를 낳는다는 것은 수치스러운 일이다. 라시다에게는 정식으로 결혼해서 아이를 낳아 키우는 삶이야말로 완전한 여자가 되는 유일한 길이다.

사실 라시다는 일찍 과부가 되었다. 20여 년 전 이 집에 일하러 오기 전의 일이니까 이 집의 주민들은 아무도 그의 첫 남편을 보지 못했다. 라시다는 이 건물에 콩시에르주로 일자리를 얻었을 때 매우 만족스러웠다. 월급은 적었지만 파리 16구라는 부유층 동네일뿐더러 혼자 살기에는 부족함이 없는 거처가 딸린 일자리를 구한 것은 행운이었다. 그리고 하루종일 일을 하는 것이 아니어서 주어진 일을 마친 후 얼마든지 다른 일을 하러 나갈 수 있다는 이점도 있었다. 라시다는 이 집에서 일을 시작한 지 얼마 되지 않아 곧 어떤 알제리 남자를 불러들여 함께 살기 시작했다. 건물 주민들은 다부진 체격에 우락부락한 그 남자를 싫어했다. 그런데 그 알제리 남자는 얼마 가지 못해 이 집을, 아니 라시다를 떠났다.

그후 얼마 되지 않아서 라시다의 집에 이번에는 튀니지 남자가 들어왔다. 그해 여름휴가 기간에 튀니지에서 사귄 남자였다. 이번 남자는 몸집이 크고 인상이 좋은 남자였다. 주민들과도 잘 지냈다. 그는 라시다의 일을 도우면서 주민들에게도 싹싹하게 굴었다. 일반적으로 프랑스 사람들은 알제리 사람보다 튀니지 사람을 더 좋게 생각한다. 알제리는 프랑스와 피비린내 나는 전쟁을 하고 나서 독립했지만, 튀니지는 전쟁 없이 타협을 통해 독립했기 때문인지도 모른다. 많은 프랑스 젊은이들이 알제리전쟁에서 피를 흘렸기 때문에 알제리 남자들에 대해서는 어떤 두려움마저 느끼는 듯하다. 에디트를 비롯한 이 건물의 주민들은 북아프리카에서 온 라시다의 남자들이 라시다를 이용하러 왔다고 생각한다. 파리 고급주택가의 한구석에 얹혀살 수 있고 라시다가 번 돈으로 놀면서 지낼 수 있기 때문에 라시다의 남자가 되었다는 해석이다. 아니나 다를까 그 싹싹하게 굴던 튀니지 남자도 얼마 되지 않아 떠났다.

두번째 남자가 떠난 후 얼마 만에 가끔씩 세번째 남자가 왔다. 이 남자는 두번째 남자보다 훨씬 젊고 얼굴도 잘생긴 튀니지 남자였다. 몽지라는 이름의 이 남자는 영어도 꽤 하는 편이었다. 주민들은 모두 몽지가 가끔씩 영어로 전화 받는 것을 안 들을 수 없었다. 어쩌다 영어로 전화를 받을 때면 창문을 활짝 열어놓고 건물이 쩌렁쩌렁 울리도록 큰 소리로 통화하기 때문이다. 라시다는 몽지와 몇 년간을 그런대로 잘 지냈다. 그러나 몽지는 서류상의 문제로 프랑스에 체류할 자격을 상실해서 튀니지로 돌아가고 말았다.

05__

내가 라시다를 처음 만난 것은 몽지가 라시다를 떠난 지 일 년 반쯤이 지난 무렵이었다.

그 당시 라시다는 남편 몽지가

돌아올 날만을 기다리며 살고 있었다.
자신이 겪는 모든 불행의 뿌리는
남편 없이 혼자 사는 데 있는 것 같았다.

건물 주민들은 뒤에서 몽지가 프랑스에 와서 살기 위해 라시다를 이용하고 있다고 수군거렸다. 라시다는 집 앞 복도에서 나를 마주치면 언제나 비슷한 말만 반복했다.

"이민국에 서류를 보낸 지 벌써 얼마나 되었는지 몰라요. 원래대로 하면 남편이 이미 왔어야 하는데 서류 처리가 되질 않는 거예요."

"벌써 허락이 나야 할 시간이 지났는데도 아직도 가족 상봉 허가가 나올 기미가 없어요. 남편 없이 여자가 혼자 살기는 정말 힘들어요."

라시다가 몽지를 알게 된 것은 5년 전 여름이었다. 그 여름에도 라시다는 짐을 가득 실은 자동차를 여객선에 싣고 튀니지로 향했다. 라시다는 몽지를 그 배의 갑판에서 처음 만났다. 그때 몽지는 마르세유에 사는 고향 친구네 집에서 몇 달을 보내고 튀니지로 돌아가는 길이었다. 답답한 튀니지 시골구석에서 썩고 있는 자신의 처지와 달리 마르세유에 와서 일하며 살고 있는 친구들의 모습은 몽지에게 부러움의 대상이었다. 몽지는 자기도 프랑스에 와서 그들처럼 살고 싶었다.

혼자 갑판 위나 식당을 오가는 라시다를 눈여겨보던 몽지는 라시다에게 자연스럽게 다가가 말을 붙였다. 라시다가 고개를 돌렸을 때 석양이 붉게 물든 수평선을 배경으로 젊고 잘생긴 남자의 이글거리는 눈이 빛나고 있었다. 그 배 안에서 라시다는 다시 한번 사랑에 빠졌다.

그해 여름 튀니지에서 돌아올 때 라시다는 혼자 돌아오지 않았다. 몽지와 함께 돌아왔다. 그래서 두 사람의 파리 생활이 시작되었다. 그렇게 거의 3년이 흘렀다. 몽지는 할 일을 찾으면서 아파트 주민들과 낯을 익혀갔다. 자세하게는 모르지만 라시다보다 학교를 다닌 기간이 긴 몽지는 라시다의 열등감을 보상해주기에 충분했다. 라시다가 어떤 주민과 말다툼을 할 때면 몽지가 나서서 라시다 편을 들어주기도 했다. 라시다는 몽지가 가로막고 나서면 자기를 함부로 대하던 사람도 더이상 그렇게 하지 못한다고 느꼈다. 몽지는 일단 프랑스에서 살고 싶다는 꿈을 이루었지만, 아직 일자리는커녕 체류증도 없었다. 그렇다고 튀니지로 돌아갈 처지도 아니었다. 그래서 불법 체류자로 계속 버티고 있는데 어느 날 프랑스 경찰로부터 한 달 내에 프랑스를 떠나라는 경고장이 날아왔다. 몽지는 프랑스에 온 지 3년 만에 눈물을 머금고 튀니지로 돌아갈 수밖에 없었다.

문제를 해결할 한 가지 방법이 있었다. 라시다가 몽지와 정식으로 혼인신고를 하는 것이다. 그러나 라시다는 벌써 두 명의 남자와 혼인신고를 했다가 이혼한 과거의 오류를 반복하고 싶지가 않았다. 연하의 남자 몽지가 혼인신고를 해서 정식 체류증을 받게 되면 그전 남자들처럼 또 떠나버리지 않을까 두렵기도 했다. 그래서 혼인신고보다는 일자리를 구해서 정상참작으로 체류증을 얻기를 바랐다. 미테랑 대통령이 당선된 뒤 불법 체류자들이 일자리를 가지고 있을 경우 체류증을 발급해준 기간이 있었기 때문이다. 그러나 미테랑 통치 시대가 끝나고 시라크가 집권하면서 불법 체류자들에 대한 단속이 심해졌다. 극우파 정당의 지도자 장마리 르펜은 불법 이민자들이 사회복지기금을 갉아 먹고, 프랑스 학교의 질을 떨어뜨리며, 대중교통 내 분위기를 불쾌하게 만들고 있다는 말을 공공연하게 하고 다녔다. 이런 분위기에서 몽지가 혼인신고 이외의 다른 방법으로 체류증을 얻을 수 있는 가능성은 점점 더 희박해졌다. 그래서 라시다는 하는 수 없이 그다음해 여름 튀니지로 가자마자 몽지와 혼인신고를 했다. 이제 그들은 합법적 부부가 되었다.

정식 부부가 되었으니 몽지를 합법적 절차에 따라 프랑스로 불러들일 수 있게 되었다. 라시다는 가족 재결합 절차를 밟기 시작했다. 서류에 모자람이 없으면 보통 2년 정도 걸리는데 몽지의 경우는 시간을 훨씬 더 끌었다. 북아프리카 출신 젊은 남자의 경우 서류심사는 보통 때보다 더 까다롭고 철저했기 때문이다. 특히 자기보다 나이가 훨씬 더 많은 연상의 여자와 결혼한 몽지의 경우는 위장 결혼의 의심을 받아 서류심사가 더 철저할 수밖에 없었다. 그래서 사실 확인을 위해 이민국의 공무원이 라시다의 집을 방문하기도 했다.

06

동네 길거리에서 가끔씩 라시다를 마주칠 때가 있다. 그녀는 살이 조금 찐 통통한 몸매에 약간 어둡고 고집스러운 얼굴로 앞만 보고 걸어다닌다. 언제나 무표정한 얼굴이다. 초가을부터 겨울을 지나 봄이 한창일 때까지 라시다는 늘 갈색 계열의 큰 숄을 두르고 다닌다. 라시다가 어깨와 팔을 푹 덮어버리는 큰 숄을 두른 것을 보면 이런 생각이 들곤 한다.

'왜 라시다는 추워지기도 전부터 저렇게 어깨와 두 팔을 커다란 숄로 다 가리고 다닐까? 답답하지 않을까?'

'혹시, 라시다는 자신의 오른팔을 감추고 싶어하는 것은 아닐까?'

어릴 적부터 오른팔이 없는 엄마를 보면서 안타깝기도 하고 부끄럽기도 했던 라시다는 자기도 모르게 오른팔 전체를 커다란 숄로 감추고 싶은 것인지도 모르겠다.

라시다가 건물 내에서 청소하고 있을 때 마주치면
길거리에서보다 훨씬 더 불행해 보인다.
화가 난 것 같기도 하고
심술이 난 것 같기도 하다.

이쪽에서 먼저 웃어도 그 굳은 얼굴이 풀어지려면 시간이 좀 걸린다. 오랫동안 사람들에게서 좋은 대접을 못 받고 살아서 방어기제가 작동하는지도 모른다. 이 집에 처음 이사 와서 그런 표정의 라시다와 처음 대면하게 되는 사람들은 자연히 불쾌해질 수밖에 없다. 라시다의 얼굴 표정이 대단한 텃세를 부리는 것 같기도 하고 언제든 무슨 문제가 생기면 시비가 붙을 것 같은 분위기를 만들기 때문이다. 사실 라시다는 새로 이사 온 사람이 저지른 조그만 실수의 꼬투리만 잡아도 큰 소동을 벌인다. 그것은 처음 이사 온 사람들이 꼭 거쳐가야 할 통과의례 같기도 하다. 누구라도 쓰레기 분리수거를 잘 못하면 그 봉지를 헤쳐서 어느 집 것인가를 밝혀내고 일요일 아침이라도 그 집 문을 두드려서 잘못한 사실을 들이민다. 프랑스가 예외를 잘 잡아내는 관용의 나라라고 하지만 라시다에겐 어림없는 일이다.

라시다는 대부분의 주민과 사이가 좋지 않지만 7층 스튜디오에 사는 젊은이들과는 특히 더 그렇다. 젊은이들이 주말에 파티를 하고 술병이나 쓰레기를 정해진 통에 넣지 않으면 당장 올라가서 문을 두드리고 따진다. 라시다는 법규를 근거로 큰소리치는 관청의 공무원들처럼 규정을 내세워 자신의 행동을 정당화한다. 안마당의 분리수거 쓰레기통 앞 벽에 붙어 있는 규정을 어긴 주민은 언제나 라시다에게 모욕을 당하게 되어 있다. 그런 방식으로 라시다는 대부분의 주민들과 스스로 불편한 관계를 만든다. 그렇다고 라시다가 자신의 고용계약서에 나와 있는 의무 규정을 제대로 시행하고 있는 것은 아니다. 다른 사람에게는 엄격하지만 자기에게는 매우 관대해서 매주 한 번 청소하기로 되어 있는 건물의 계단을 두 주일에 한 번 청소하는 경우도 허다하다.

라시다가 콩시에르주로 일하는 건물은 파리에 건축 붐이 일었던 20세기 초에 지어졌다. 처음에는 어느 돈 많은 기업가 한 사람의 소유였다. 그러다가 2차대전 이후 소유주가 죽고 아들이 상속을 받았다. 아무 수입 없이 유유자적하던 아들은 건물을 분할해서 팔기 시작했다. 각 층의 층계 양쪽으로 두 개의 아파트를 만들어 분양했다. 예전에 하녀들의 거처였던 7층만 창고처럼 버려져 있었다. 그러다가 5층에 사는 북아프리카 유대인 출신 치과 의사 제툰이 7층에 관심을 갖기 시작했다. 1960년대 초 튀니지가 독립하면서 프랑스로 건너온 제툰은 이재에 아주 밝은 사람이었다. 제툰은 주인에게 7층 전체를 헐값에 사서

요령 있게 공간을 재배치해 일곱 개의 스튜디오를 만들었다.

파리에서 취직하거나 사업할 때 주소지가 중요하게 작용한다. 젊은이들이 어디에 지원서를 낼 때 주소를 적는 난이 있는데 거기에 부유층 주거지인 파리 16구 주소를 써넣으면 보는 사람에게 신뢰감을 준다. 그래서 7층에는 언제나 지방에서 올라와 파리에서 처음 직장을 구하는 젊은 독신자들이 많이 들어온다. 그러니 자연 이동이 많을 수밖에 없다. 젊은 독신자들은 더 나은 직장을 얻거나 애인이 생기면 더 큰 집으로 이사했고, 얼마 후 다른 사람이 이사 오는 일이 잦았다.

라시다는 우편배달부가 가져다준 우편물들을 분류해서 각 집 앞에 가져다놓아야 하는데 자주 바뀌는 7층 젊은이들의 이름에 따라 분류하는 일이 짜증났고, 이미 이사 간 사람의 우편물을 반송 우체통에 넣는 일도 번거로웠다. 게다가 젊은이들은 주말이면 파티를 많이 하고 파티가 끝나면 당연히 쓰레기도 많이 생긴다. 조심성이 없는 젊은이들은 쓰레기를 정해진 통에 넣지 않고 바닥에 대충 놓고 가는 경우도 많았다. 그럴 때면 그냥 자기 손으로 집어서 쓰레기통 속에 넣어주기만 하면 아무 일도 없을 것을 라시다는 늘 지나치게 투덜댄다.

내가 쓰레기를 버리러 나가면
"이게 말이 되나요? 정말 못 견디겠어요"
라며 인상을 쓴다.

그 순간 나는 그냥 내가 그걸 내 손으로 집어서 옆에 있는 쓰레기통에다 넣고 싶어진다. 그 젊은이들이 라시다를 의도적으로 괴롭히려고 쓰레기 처리를 아무렇게나 하는 것은 아니다. 유리를 넣도록 마련된 통에 빈 술병을 집어넣지 않고 그 옆에 놔두고 가는 경우가 있는데, 그건 통이 꽉 차 있거나 지난밤에 수거를 위해 길거리에 내놓은 그 통이 아직 정원의 원래 있던 자리로 돌아오지 않았을 때이다. 종종 파리 시청의 쓰레기 수거 노동자들이 파업을 하기 때문에, 쓰레기통이 길거리에서 건물 안으로 들어오지 못하는 경우가 있는 것이다. 라시다는 빈 유리병이 유리수거통 옆에 가지런히 놓여 있는 걸 보면, 무조건 무슨 큰일이 벌어진 것처럼 7층 젊은이들을 탓한다. 그냥 자기 손으로 유리병을 통 속에 넣어버리면 끝날 일을 며칠이 지나도 그걸 통 속에 집어넣지 않고 그대로 놔둔다. 놓고 간 사람이 누군지는 모르지만 양심이 있으면 다시 제대로 넣으라는 뜻이다. 그러나 병은 며칠이 지나도 통 속으로 들어가지 않고 그 자리에 계속 놓여 있다. 아무도 그 병을 집어 통 속에 넣지 않는다. 그래서 어느 날 참다못한 내가 그 병들을 슬쩍 통에 넣어버리는 것으로 '사건'은 종결된다.

07

북아프리카 튀니지 출신의 라시다는 이슬람교도이고 이 건물에는 몇몇 유대인 가족이 살고 있다. 다양한 배경의 사람들이 모여 사는 작은 세계인 이 건물 안에서 이슬람 문명과 유대인 문화가 소리 없이 부딪치고 있다. 거대한 문명 사이의 충돌이 일상에서는 아랍인과 유대인 사이의 미세한 갈등으로 그 모습을 드러낸다. 라시다는 열성 이슬람주의자들처럼 머리에 베일을 쓰고 다니지는 않는다. 그러나 어린 시절 튀니지에 살 때 이슬람사원을 다녔기 때문에 관습적으로 이슬람 문화를 지키고 있다. 이 건물에 사는 유대인들도 마찬가지다. 그들 가운데 키파라고 부르는 작은 모자를 쓰고 유대교 회당인 시나고그를 다니는 정통 유대교도는 한 사람도 없다. 라시다가 스스로를 이슬람교도라고 내세우지 않듯이 유대인들도 스스로를 유대인이라고 자처하지 않는다. 그러나 인터폰 옆에 붙어 있는 이름을 보면 누가 유대인인지를 짐작할 수 있다. 유대인과 아랍인은 암암리에 작동하는 인종 분류의 범주들이다. 1948년 이스라엘 건국 이후 특히 1967년 6일전쟁 이후 아랍 국가들과 이스라엘 사이에는 적대적인 관계가 강화되었고, 프랑스에 사는 아랍인과 유대인 사이에도 보이지 않는 적대감이 형성되었다. 열성 신자는 아니더라도 매년 가을 이슬람의 가장 큰 예식인 라마단 절기의 금식 관행을 꼭 지키며 알라신을 섬기는 라시다에게 유대인들은 눈에 거슬리는 존재다. 특히 잘 먹고 잘살면서 거들먹거리는 유대인들은 더 그렇다.

2002년 내가 이 건물에 이사 오기 전부터 라시다는 4층에 사는 유대인 가정의 젊은 주부 시빌과 오랫동안 문제가 많았다. 시빌의 남편 실버스타인은 트로카데로 구역에 사무실을 가지고 있는 제법 이름 있는 변호사다. 시빌은 베르사유의 부유한 가정에서 태어나 그곳의 명문 오슈 고등학교를 졸업하고 파리 5대학에서 임상심리학으로 석사학위까지 받은 여자다. 현재는 일을 그만두었지만 결혼 전에는 파리의 생탄 정신병원에서 임상심리학자로 일했다. 시빌은 자그마하고 날씬한 금발 미녀로서 프랑스 여성다운 세련됨을 물씬 풍긴다. 가끔씩 딸의 집에 오는 시빌의 어머니도 아주 우아한 용모의 중년 부인이다. 실버스타인 부부는 겉으로 보면 행복할 수 있는 조건을 다 갖추고 있다. 그런데 한 가지 문제가 있다. 다섯 살 난 딸 줄리엣이 보이는 자폐증상이 이 젊은 부부의 고민거리다. 내년이면 초등학교에 들어가게 되는데 이만저만 걱정이 아니다. 임상심리학자인 엄마에게 자폐 성향이 있는 딸이 태어난 것은 아이러니다.

다행히 시빌은 딸의 자폐 성향을 빨리 발견했다. 자폐증 진단을 받은 다음에는 어떻게 해서든 딸을 치료해보려고 최선을 다해왔다. 일주일에 두 번씩 6구에 있는 아동 정신분석학자의 집으로 줄리엣을 데리고 다닌다. 아이에게 늘 다정하게 말을 시키며 반응을 불러일으키려고 애쓴다. 그런데 그 정도가 지나쳐서 자기집에서만 그러는 게 아니라 건물의 복도에서나 엘리베이터를 타고 내릴 때나 줄곧 줄리엣에게 이런저런 이야기를 너무 많이 한다. 같은 건물에 사는 사람들은 처음에는 그런가보다 했지만 매번 오갈 때마다 그러니까 조금씩 짜증이 나기 시작했다. 사실 엄마가 아이에게 쉬지 않고 말해야만 아이가 엄마의 관심과 사랑을 느낄 수 있는 것은 아니다. 아이는 그냥 엄마 곁에만 있어도 안도감을 느낄 수 있다. 중요한 것은 마음 상태이지 말이 아니다. 그런데 시빌은 줄리엣에게 쉬지 않고 말을 한다. 그건 엄마 스스로가 불안하다는 표시이고 아이는 엄마의 불안을 금방 감지한다. 그래서 아이는 엉뚱한 반응을 한다. 그러면 엄마는 더 불안해져서 말을 계속하는 악순환이 이어진다.

시빌은 날이 갈수록 불안해하며 주위 사람들에게 다 들릴 정도의 큰 소리로 아이에게 쉬지 않고 이야기를 계속했다. 집에 자주 오는 시빌의 친정엄마의 얼굴에도 점점 그늘이 깊어갔다. 어느 날, 시빌을 집 앞의 푸아소니에 거리에서 마주쳤다. 나는 집을 나서는 길이었고 시빌은 집으로 돌아오는 길이었다. 굽이 높은 검정색 구두에 검정색 원피스를 입고 화려한 스카프를 두른 시빌은 멀리서도 눈에 뜨이는 30대 초의 세련된 여성이었다. 그런데 왠지 몸을 겨우 지탱하고 걸어오는 듯한 느낌이 들었다. 나와 눈이 마주치자 시빌은 힘이 다 빠진 몸을 정지시키고 말을 하기 시작했다.

"너무 힘들어요.
왜 내게는 고통이 이렇게 계속 몰려오는 걸까요."

나는 어리둥절해졌다. 물론 딸 줄리엣 때문에 시빌이 무척 힘들어한다는 것은 알고 있었지만, 가깝게 지내는 이웃도 아닌 나에게 갑자기 그런 말을 하는 것은 느닷없는 일이었다. 게다가 나는 이 집에 이사 온 지 얼마 안 되었을 때 시빌과 처음 만난 순간을 기억한다. 자기들만의 영역에 들어온 외국 사람을 별로 달가워하지 않던 그 눈빛에서 낯설음에 대한 어떤 불편함 같은 것을 선명하게 느꼈다. 그 이후 우리는 마주치면 인사만 하고 지내는 서먹서먹한 사이였다. 그러나 그날 푸아소니에 거리에서 마주친 시빌과 나는 프랑스인과 외국인으로 만난 것이 아니라 고통의 무게에 짓눌려 거의 쓰러질 것 같은 한 여성과 그 고통이 무엇인지는 잘 몰라도 그것을 이해해보려는 한 여성으로 만나고 있었다.

시빌은 자기에게 왜 이런 고통이 계속되는지 모르겠다고 말하면서 금세 눈이 눈물로 일렁거렸다. 참고 있던 억울함 덩어리가 입을 열자 툭 터져버렸다. 그녀가 임상심리학자가 된 것도 자기가 겪는 고통의 원인을 알고 싶어서였다고 했다. 그러나 임상심리학자가 되어서도 그 고통의 뿌리를 알 수 없었다는 것이다. 청소년기부터 시작된 왼쪽 다리의 통증은 의사들도 그 이유를 알아내지 못했고 지금까지도 가끔 나타나 고통을 준다고 했다. 오늘도 엄마에게 줄리엣을 맡기고 외출했다 돌아오는데 다리에 통증이 느껴져서 겨우 들어오는 중이라고 했다. 줄리엣의 증상이 빨리 호전되지 않아서 점점 조급한 마음이 든다고 했다. 줄리엣에 대한 자신의 조급함과 불안이 부부 관계를 악화시킨다고도 했다. 남편도 점점 힘들어한다는 것이다. 그래서 줄리엣을 엄마 집에 맡기고 다음주에는 남편과 둘이서 캐나다로 일주일간 여행을 다녀올 예정이라고 했다. 나는 헤어지면서 시빌의 얇고 가늘고 차가운 손을 꼭 잡았다.

이 가엾은 젊은 엄마가 어느 날부터 라시다의 공격 대상이 되었다. 자폐아인 줄리엣이 현관 복도나 계단에 아무렇게나 버린 쓰레기가 문제의 발단이 되었다. 라시다는 퉁명스러운 목소리로 아이가 그러면 엄마라도 주워야지 왜 그대로 놔두냐고 따졌고, 화가 난 시빌은 네가 하는 일이 청소인데 그것도 못 줍느냐고 받았다. 흥분한 두 사람이 싸우는 소리가 온 건물을 진동시켰다. 그후 라시다는 현관이나 복도에 흙이나 작은 휴지가 떨어져 있으면 무조건 줄리엣의 소행이라고 단정하고 시빌을 불러 못살게 굴기 시작했다. 시빌은 점점 여유를 잃어갔다. 그 결과 라시다와 이야기를 시작하면 곧바로 언성이 높아지고 심지어는 이성을 잃을 정도로 화를 내며 말다툼을 벌이게 되었다. 다툼은 합의나 화해에 이르지 못하고 대개 시빌이 라시다에게 소리를 지르며 엘리베이터를 타고 올라가는 것으로 끝났다.

시빌은 줄리엣이 아니라 다른 사람이 버린 쓰레기일 수도 있는데, 라시다가 모두 줄리엣이 버렸다고 누명을 씌운다고 항변한다. 겉으로 나타나는 상황만 보면 라시다가 왜 시빌에게 저렇게까지 심하게 굴어야 하나 하는 생각이 든다. 그러나 조금 깊이 생각해보면 두 사람 사이의 갈등에는 보이지 않는 뿌리가 있는 것 같다. 라시다가 아랍 출신 이슬람교도로 유대인 부자에 대한 반감을 가지고 있는 반면, 여유 있는 유대인 변호사의 부인 시빌은 은근히 아랍 출신 콩시에르주인 라시다를 아랫사람으로 대하며 무시하는 태도를 가지고 있다. 두 사람의 보이지 않는 반감이 줄리엣이 버린 쓰레기 문제를 꼬투리 삼아 폭발하고 있는 것이다.

나는 두 사람이 말싸움을 벌이는 소리를 들으며 어린 시절 읽고 또 읽었던 동화 『소공녀』의 주인공 세라와 심부름하는 불쌍한 아이 베키가 서로를 위로하며 친하게 지내는 장면을 떠올리곤 했다. 그러나 라시다는 아픈 줄리엣을 데리고 쩔쩔매면서 우왕좌왕하는 시빌의 모습에 연민을 갖지 못했고, 시빌은 열네 살 때부터 남의 나라에 와서 남의 집 허드렛일을 하며 힘들게 살아온 라시다를 가엽게 여기지 않았다. 그렇게 싸움이 계속되다가 줄리엣 가족은 결국 이사를 갔다. 겉으로는 줄리엣의 남동생이 태어나서 더 큰 집으로 이사를 간다고 했지만, 라시다와의 갈등도 이 집을 떠나는 이유 중의 하나였을 것이다.

08

실버스타인 가족이 이사 간 후 그 집에 다른 가족이 이사 들어왔다. 남자는 프랑스 사람이고 여자는 브라질 출신이다. 남자가 여자보다 훨씬 젊어 보였다. 그래도 두 사람은 잘 어울렸고 사이가 좋아 보였다. 프랑스 남자는 석유 관련 기업체에서 일하는 건실한 엔지니어다. 브라질 여자 화티마는 외국인으로서 갖는 자격지심 때문인지 물어보지도 않은 말을 많이 한다. 열다섯 살에 낳은 아들이 지금은 장성해서 브라질 국회의원이 되었다고 했고, 그 아이를 낳은 다음에도 공부를 계속하기 위해 브라질의 군부 독재 시절 칠레의 산티아고로 유학을 갔다가 그곳에서 나중에 브라질 최초의 민정 재선 대통령이 된 카르도주 교수 밑에서 공부했다는 말도 했다. 그리고 1980년대에는 브라질의 상파울루 대학에서 사회학을 가르쳤다고도 했다. 그후 아들 하나를 더 낳았지만 어떤 말 못할 연유로 프랑스로 와서 살게 되었다고 한다. 그러다가 파리에서 자기보다 여덟 살이나 젊은 프랑스 남자를 만나 재혼했다. 그 남자와의 사이에 난 아들이 뤼카스다.

이 가족이 이사 오면서 곧바로 라시다와의 갈등이 시작되었다. 젊은 남자와 결혼해서 아이 하나를 둔 화티마가 라시다의 열등감을 자극했는지도 모른다. 그래서인지 라시다는 아무것도 아닌 작은 일을 핑계 삼아 이 브라질 여자를 수시로 자극했다. 맨 처음에는 화티마의 아들 뤼카스가 건물 4층 자기 방에서 놀다가 작은 종이비행기를 접어서 안마당으로 날려보낸 것이 문제가 되었다. 라시다가 즉각적으로 4

층에 올라가 아이가 날린 종이비행기를 들이밀며 이런 것을 마당에 던지면 안 된다고 말했다. 이에 화티마는 아니 아이가 그 정도 장난도 못하냐고 맞섰다. 그랬더니 라시다는 그러면 그럴 때마다 당신이 내려와서 종이비행기를 주워 쓰레기통에 집어넣으라고 말했다. 그 말을 듣고 브라질 여자는 신경질적인 상태가 되어 목소리를 높였다. 그러나 라시다는 결코 소리를 높이지 않고 계속 브라질 여자를 자극했다.

라시다의 표정, 말하는 방식,
목소리와 태도에는 확실히
상대방을 자극해서 폭발시키는
무언가가 들어 있다.

어느 날 또 무슨 일 때문인지 화티마가 흥분해서 길길이 뛰면서 라시다와 말다툼을 벌이고 있었다. 라시다가 어떤 식으로든지 약을 올리는 것이 분명했다. 설사 화티마가 잘못한 것이 있을지 모른다. 물론 화티마가 좀 별난 면이 있지만 도리에 어긋나게 행동하는 여자는 아니다. 그런데 그날 사태는 좀 심각했다. 라시다는 낮은 말투로 계속 무어라 말했고 화티마는 분해서 펄펄 뛰었다. 잠시 후 화티마의 남편이 내려와서 라시다와 조용히 이야기를 나누고 사태가 진정되었다. 그 일이 있고 나서 이틀 후 화티마 부부 사이에 큰 싸움이 일어났다.

화티마의 남편이 어느 순간 화를 참지 못하고
주먹으로 유리창을 깬 것이다.

프랑스에서 그런 일이 일어나면
남자가 갈 곳은 딱 두 군데다.
감옥 또는 정신병원.

화티마가 경찰에 신고한 이후 어떻게 합의가 이루어졌는지 모르지만 남편은 몇 달간 병원 신세를 졌다. 그사이 그 집은 비어 있었다. 화티마는 아들 뤼카스를 데리고 브라질로 떠났다. 불과 며칠 전 집 앞에서 뤼카스를 데리고 나가면서 뤼카스가 방학을 했다고 환하게 웃던 화티마의 모습이 생각났다. 화티마는 만성 천식에 시달리는 뤼카스를 늘 옆에 데리고 다녔다. 그날도 뤼카스의 천식 문제를 이야기하면서 걱정했지만, 그녀의 옷차림이 계절보다 빨리 더워진 날씨와 잘 어울려 보였다. 그녀는 브라질에서 와서인지 남들보다 몇 주는 먼저 여름옷을 꺼내 입었다. 날씨가 조금 좋아진다 싶으면 어느새 어깨를 다 드러낸 원피스를 입고 가벼운 새처럼 건물을 나서곤 했다. 그런데 그날 이후 그 집 세 식구는 건물에서 모두 사라졌다. 엄마와 아들은 아버지를 정신병원에 놔둔 채 도망치듯 사라졌다. 깨진 유리창은 몇 달간 그대로 그렇게 있으면서 유리창을 올려다보는 사람의 마음을 아프게 했다.

그 남편은 결코 그런 폭력을 행사할 사람처럼 보이지 않는 온화하고 안정된 사람이었다. 겉으로 보기에 불안정해 보이는 사람은 오히려 화티마였다. 그런데 폭력은 남편에게서 나타났다. 화티마와 라시다 사이의 갈등이 시간이 갈수록 증폭되면서 화티마의 해결되지 않은 심리적 긴장이 부부싸움으로 나타난 것인지도 모른다. 어쩌면 그 반대일 수도 있다. 부부 사이의 문제로 날카로워진 화티마가 라시다에게 날카로운 반응을 보였던 것일 수도 있다. 아무튼 그렇게 축적된 불편한 마음이 어느 순간 화티마 남편의 폭력으로 분출했을 수도 있다. 화티마도 아니고 라시다도 아닌 그 집의 거리로 난 유리창이 애꿎은 폭력의 대상이 되어버린 것이다. 나는 집을 드나들 때 화티마네 깨진 유리창을 올려다보며 깨진 가정을 안타까워했다.

그러고 나서 일 년이 채 안 되어서 화티마가 다시 집으로 돌아왔다. 아들 뤼카스는 그전보다 부쩍 커서 돌아왔다. 주민들은 아무 일도 없었다는 듯이 돌아온 그 모자를 반갑게 맞아주었다. 비 온 뒤에 땅이 굳어지는 법이라는 말도 있지만, 다시 새로운 삶을 시작하는 부부의 모습은 전보다 더 좋아 보였다. 그리고 화티마와 라시다 사이의 말다툼도 없어졌다. 서로 조심을 하는지 혹은 피해가며 사는지 이제 둘이 복도에서 언성을 높여 싸우는 소리는 들리지 않는다.

09

라시다는 이 건물에 오랫동안 사는 노인들이나 아시아 출신 여성들과는 별다른 갈등을 일으키지 않는다. 5층에 사는 70대 후반의 티엘레 부부에게 라시다는 아무런 시비도 걸지 않는다. 그들은 라시다보다 먼저 이 건물에 살고 있었다. 2층에 사는 베트남 출신 여성 발레리가 라시다와 말다툼을 벌이는 장면도 한 번도 본 적이 없다. 물론 발레리의 남편이 프랑스에서 유명한 심장 전문의라는 사실도 배경으로 작용할 것이다. 그러나 그보다는 자기주장을 강하게 하지 않고 남의 마음을 먼저 배려하는 아시아 여자들의 특성 때문이기도 하다. 반면에 시빌 같은 프랑스 여자나 화티마 같은 라틴아메리카 출신 여자들은 라시다와 쉽게 갈등을 일으켰다. 이 사람들은 자기 아이가 쓰레기를 복도에 버렸다든가 소리를 질렀다든가 등 별것은 아니지만 아무튼 잘못을 했을 경우에도 잘못했다는 소리를 하지 않고 일단 자기 아이를 옹호하고 나서기 때문이다. 그냥 미안하다 말하고 아이를 조심시키겠다고 말하면 끝날 일을 끝까지 미안하다는 소리를 하지 않는다. 그래서 아무것도 아닌 일을 가지고 큰소리를 지르며 소동을 벌이는 것이다. 그러나 좀더 깊이 들어가보면 갈등의 뿌리에는 콩시에르주와 주민들 사이의 불평등한 관계가 자리하고 있다. 주민들은 내색은 하지 않지만 콩시에르주를 여전히 자기들과는 다른, 계층이 낮은 사람으로 여기는데 라시다의 얼굴 표정이나 말투는 그런 위치를 받아들이지 않고 아이들의 잘못을 빌미삼아 오히려 윗자리를 차지해 주민을 꾸짖는 태도를 취하기 때문에 갈등이 일어나는 것이다.

어느 날 라시다와 이야기를 나누다가 그녀가 시빌이나 화티마와 갈등을 일으키는 또다른 이유를 알게 되었다. 그건 라시다 자신도 모르게 작동하는 무의식적 반응인지도 모른다. 시빌과 화티마는 늘 아이들을 데리고 다녔다. 그런데 그게 라시다의 심사를 불편하게 만들 수 있음을 이해하게 되었다. 어느 해 연말의 일이다. 내가 라시다에게 일 년 동안 수고했다는 의미로 50유로를 전해주고 나서 이런저런 이야기를 나누는데, 다소 기가 죽은 듯한 라시다가 진지한 표정으로 이렇게 말했다.

"나는
아이를 가질 수 없어요."

자기는 프랑스에 오래 살았고 수입이 제한되어 있고 법적으로 결혼한 상태이기 때문에 서민 임대아파트를 쉽게 배정받을 수 있는데, 다만 아이가 없다는 이유로 아파트 배정을 받지 못하고 있다는 말을 하면서 나온 이야기다. 라시다는 그 이야기를 할 때 거의 절망적인 얼굴이 되었다. 라시다는 여자는 남자와 결혼해서 아이를 낳아야 완전한 여자가 된다고 생각한다. 그래서 아이를 낳을 수 없는 자신은 남자의 온전한 사랑을 받을 자격이 없다고 생각한다. 라시다가 그렇게 생각하기 때문에 남자들이 자기들의 행동을 쉽게 합리화하고 그녀를 이용해먹고 떠나버리는지도 모른다.

라시다는 부업으로 모든 일을 마다않고 다 했지만,
단 한 가지 아기 보는 일은 하지 않았다.
별로 끌리지 않아서이기도 하지만,
자신이 아기를 못 낳는다는 사실을 안 이후로는
그 일을 의식적으로 피했던 것이다.

라시다와 주민들 사이의 갈등을 줄이는 장치가 하나 있었다. 누구든지 고맙다는 뜻의 촌지를 받으면 기분이 좋아지고 사소한 불편함 같은 것은 잊어버리게 된다. 크리스마스가 다가오면 라시다가 사비를 들여 건물 입구에 크리스마스 장식을 해놓는다. 그리고 주민들은 그에 대한 보답으로 한 가구당 50유로 정도씩을 주는 관행이 있었다. 크리스마스트리는 그 건물에 사는 사람들의 얼굴 노릇을 한다. 연말연시에 이 동네 다른 건물들 앞을 지나다니다보면 세련된 크리스마스트리에 전구가 깜빡이는 모습을 볼 수 있다. 그런데 라시다는 현관 중문 유리창에 반짝이는 색종이를 오려서 만든 'Joyeux Noel'('메리 크리스마스'라는 뜻의 프랑스어)이라는 글자를 붙이고 굴곡이 있는 은색 종이로 만든 긴 장식띠를 붙여놓을 뿐이다. 그것도 매년 지난해에 썼던 것 같은 약간 빛이 바랜 장식들이다. 1960년대 초, 내가 서울에서 초등학교에 다닐 때 교실에 만들어놓은 장식 같다. 그 당시에는 그런 장식들을 보면 왠지 마음이 부풀어올랐다. 그 장식을 만드는 아이들이 기쁨에 차서 정성스럽게 만들어 달았기 때문이다. 그러나 라시다의 성의 없는 색 바랜 크리스마스 장식은 크리스마스 기분을 돋우기보다는 저조하게 만든다. 어쩌다 집에 손님이라도 오면 부끄러울 정도다. 그럼에도 불구하고 주민들은 관행에 따라 라시다에게 각자 일 년 동안의 노고에 감사를 표하는 사례비를 주었다. 그런 관행 덕분인지 연말연시에는 라시다가 아무와도 분쟁을 일으키지 않는다.

요즈음은 라시다가 건물 내에서 주민들과 말다툼을 벌이는 일이 거의 없다. 갈등은 언제나 접촉에서 일어난다. 그런데 얼마 전부터 라시다가 주민들과 접촉할 일이 줄어들었다. 이 건물의 사감 격인 에디트의 제의로 건물 현관에 우편함을 설치해서 각자 개별적으로 우편물을 챙길 수 있게 되었다. 그래서 라시다가 우편물을 분류해서 집집마다 전달할 일이 없어졌다. 라시다의 일이 줄어든 만큼 라시다가 주민들에게 힘을 행사할 기회도 줄어들었고, 주민들과 말썽을 일으킬 소지도 줄어들었다. 우편함이 생긴 이후에는 연말에 주민들이 라시다에게 50유로 정도의 사례비를 주는 관행도 거의 없어졌다.

10

사실 라시다는 열네 살이라는 어린 나이에
프랑스에 와서 온갖 차별을 겪었다.
튀니지라는 식민지 출신 백성이라는 인종적 정체성은
그녀를 언제나 프랑스인보다
열등하고 멸시받는 존재로 만들었다.

이 차별은 딱히 무어라 정의할 수 없는 것이지만 일상생활에서, 거리에서 사람들이 라시다를 바라보는 시선에서 느껴지는 그 무엇이 있다. 북아프리카 출신 마그레뱅들이 많은 18구나 19구의 어느 동네에서 살면 덜 느껴지겠지만, 마그레뱅을 찾아보기 힘든 파리 16구의 고급주택가에서 프랑스 주민들의 허드렛일을 도와주면서 살기 때문에 그런 시선을 항상 느낄 수밖에 없다. 그렇게 저도 모르게 차별 대우를 받다보면 자기가 그들보다 열등하다는 의식을 갖게 된다. 그런데 라시다는 프랑스를 욕하면서 프랑스를 닮아갔다. 자기 권리는 최대한으로 주장하면서 자기가 할 일 외에 조금이라도 일을 더 하면 큰일나는 줄 안다. 본인이 차별 대우를 받으며 살면서도 자기보다 조금이라도 약하게 느껴지는 면이 있는 사람들에게는 불친절하게 굴면서 군림하려고 한다. 특히 새로 이사 온 사람들에게는 꼭 텃세를 부린다. 참 이상한 일이다.

그보다 더 이상한 일이 또하나 있다. 라시다가 건물 입구를 청소한 날이면 주민 모두가 코를 막고 이맛살을 찌푸린다. 라시다가 사용하는 세제는 프랑스에서 가장 많이 팔리는 세제여서 어딜 가나 청소한 뒤에는 그 향긋한 세제의 향을 맡을 수 있다. 그런데 라시다가 청소하고 나면 이상하게도 그런 냄새가 아니라, 참기 어려운 불쾌한 냄새가 건물 입구에서 진동한다. 반면에 라시다가 사는 조그만 스튜디오에서는 그런 냄새가 나지 않고 기분좋은 향긋한 냄새가 난다. 그렇다면 라시다는 불쾌한 냄새를 사용해 건물 주민들을 향해 무언의 분풀이를 하고 있는지도 모른다. 주민들 중에는 코를 막고 지나가면서 "울랄라" 하고 혀를 내두르는 사람들도 있지만 아무도 라시다에게 이게 웬 냄새냐고 묻지는 않는다. 점잖아서인지 무관심해서인지, 아니면 그 순간만 넘기면 된다고 생각하는지도 모를 일이다. 괜히 라시다를 잘못 건드렸다가 혈압이 오를까봐 피하는 것일 수도 있다.

그래도 이 건물에서 라시다에게 잔소리하는 사람이 꼭 한 명 있다. 이 건물의 주민조합 대표인 에디트이다. 원래 자원봉사를 많이 하는 에디트는 이 일을 선뜻 자진해서 맡았다. 그리고 15년간 한결같이 이 일을 계속해왔다. 에디트는 자유, 평등, 박애라는 공화국 정신을 바탕으로 하는 공립 학교의 교사답게 라시다에게 늘 계약서대로 해야 한다고 말하면서 일을 잘 안 할 때면 계약서를 꺼내 다시 읽어보고 라시다에게 들이댈 말을 찾아낸다. 에디트는 라시다에게 계약서대로 하라고 잔소리를 하지만 그때뿐이고, 청소 후의 악취 문제 등 주민들의 불만 사항은 시정되지 않고 있다. 라시다가 그렇게 나와도 아무도 그녀를 쫓아낼 수가 없다. 콩시에르주들로 구성된 노조가 막강하게 서로를 보호하고 있기 때문이다. 더군다나 라시다처럼 한 건물에서 20년 이상 일한 사람은 아주 결정적인 잘못을 저지르지 않는 한 누구도 쫓아낼 수가 없다. 그래서 항상 우파가 국회의원 의석을 차지하는 파리 16구의 이 동네에서 드물게 좌파를 지지하는 에디트도 해서는 안 될 인종차별주의적 발언을 한다.

"애초에 이 건물 콩시에르주로 튀니지 출신 마그레뱅을 둔 것이 문제였어. 포르투갈 출신을 두었어야 하는데. 정말 아랍 사람은 못 믿어. 걔네들은 약속을 안 지키고 거짓말을 너무 잘해."

11

라시다가 하늘이 꺼질 것 같은 무거운 얼굴로 오후 늦게 집으로 돌아올 때 인사를 건네면 그녀는 조용히 한탄을 시작한다. 특히 그녀의 남편 몽지가 튀니지에서 프랑스로 오는 일에 관해 물어보면 그 한탄은 더욱 깊어진다.

"벌써 남편의 입국 허가가 나와야 할 시간이 훨씬 지났는데도 나올 기미가 없어요. 남편 없이 여자 혼자 살기가 점점 더 힘들어져요."

어느 날 구청에서 라시다의 집에 조사를 나왔다. 남편을 맞아 함께 살기에 주거 환경이 적합한지를 조사하러 나온 것이다. 주거장소가 두 사람이 살 만한 형편이 안 된다는 판정이 나오면, 마지막 순간에라도 남편 몽지의 입국이 거부되기 때문에 라시다는 신경이 곤두섰다. 라시다는 샤워장의 문을 고치고 집안을 말끔하게 정리한 후 심사하는 직원을 맞았다. 그러고 나서도 일 년이 지난 후에야 입국 허가가 떨어졌고 그제야 남편 몽지가 프랑스로 올 수 있었다.

몽지는 지난 3년간 튀니지에서 아무 일도 안 하고 놀고 지냈다. 튀니지에서는 몽지만이 아니라 거의 반 이상의 멀쩡한 젊은이들이 일자리 없이 놀고 있다고 했다. 그래서 그동안 라시다가 몽지의 생활비를 보냈다. 그런데 파리에 와서도 남편은 늘 집안에 있었다. 사람들이 보기에도 그는 지루해 보였다. 파리에도 일자리가 없기는 마찬가지였다. 몽지는 자기가 전기기술자라고 했다. 그는 얼마 후 파리 시에서 무료로 주선해주는 직업훈련 프로그램에 들어갔고, 그후 어느 공장에 일자리를 얻었다고 좋아했다. 건물 주민들도 축하해주었다.

그런데 채 석 달도 못 가서 그는 팔에 붕대를 감고 나타났다. 일하다 다쳤다고 했다. 그때부터 그는 다시 하루종일 집에서 지냈다. 그렇지만 월 1천 유로의 산재수당을 꼬박꼬박 받았다. 그리고 몇 달 후 다시 일을 시작했고, 그후 얼마 가지 않아 또 사고를 당해 이번에는 손에 깁스를 하고 나타났다. 그후 일 년 동안 실업수당으로 한 달에 830유로를 받으면서 지냈다. 그리고 일 년이 지나자 이번에는 사회통합을 위한 최저임금으로 한 달에 460유로를 받으면서 하는 일 없이 지냈다. 반면에 라시다는 점점 피폐해갔다. 이상한 일이었다. 남편이 프랑스로 오기 전에는 늘 불평은 했어도 옷차림이 깨끗하고 자기 몸에 신경을 쓰는 편이었다.

그런데 남편이 온 이후 점점 옷차림에 성의가 없어졌다.
더이상 여자이기를 포기한 사람처럼
늘 청소할 때 입는 허름한 옷차림으로 지냈다.

둘이 저녁식사를 마치고 에펠탑이 내려다보이는 트로카데로 공원으로 산책을 다녀올 때도 라시다의 옷차림은 마찬가지였다.

그렇게 기다리던 남편이 왔는데 라시다의 얼굴은 오히려 전보다 더 불행해 보였다. 달라진 것이 있다면 매일 저녁마다 라시다의 집에서 여러 가지 음식 냄새가 난다는 것과 남편 몽지가 싸우는 것같이 말하는 목소리가 들리는 날이 많다는 것이었다. 다양한 문화권의 사람들이 함께 살 때 가장 먼저 몸으로 와닿는 것은 생소한 음식 냄새이다. 그 생소한 음식 냄새가 때로는 기분을 좋게 할 때도 있고, 그 음식이 무엇인지 알고 싶어서 상상력을 불러일으킬 때도 있다. 그런데 어떤 냄새는 불쾌한 느낌을 준다. 몽지가 온 후 라시다의 집에서는 거의 매일 정어리 튀기는 냄새가 났다. 라시다는 혼자 살 때 거의 튀김음식을 하지 않았다. 다만 가끔씩 손님이 오는 저녁때면 구수한 음식 냄새가 나곤 했다. 몽지가 튀긴 음식을 좋아하는 것이 분명했다. 때로는 지독한 냄새가 나는 생선을 굽기도 했다. 그런 날이면 주민들은 건물 출입구를 오가면서 얼굴을 찌푸릴 수밖에 없었다.

라시다가 사는 공간은 좁고 답답하기 때문에 한겨울을 뺀 나머지 기간은 늘 창문을 열어놓고 지낸다. 몽지가 온 후로 정원으로 난 창문은 거의 하루종일 열려 있다. 그가 전화를 걸 때면 열린 유리창을 통해 통화 소리가 밖으로 퍼져나온다. 주민들은 그 소리를 피할 수가 없다. 이 건물은 100년 전에 지은 건물이라서 방음 장치에 문제가 있다. 위층에서 걸어다니는 움직임을 다 알 수 있을 뿐 아니라 조금만 크게 이야기하면 내용은 모르더라도 말하는 사람의 기분 상태를 알 수밖에 없다. 정원을 둘러싼 ㄷ자 모양 건물의 안쪽 마당으로 향한 방들은 서로 마주보고 있다. 특히 1층인 라시다의 집 창문이 열려 있으면 그 소리가 건물을 타고 위로 올라간다. 몽지가 좁은 공간에서 하루종일 지내면서 지루할 것을 생각하면 그의 긴 통화 소리를 참아줄 수도 있지만, 알아듣지 못하는 아랍말로 싸우듯이 소리 높여 이야기하는 것을 오래 듣고 있기란 정말 짜증나는 일이다.

그러던 몽지가 떠났다. 아무 말도 없이 어느 날 갑자기 사라졌다. 아니 라시다로부터 도망친 것이다. 어느 날 저녁 라시다가 일하러 나갔다가 들어와보니 그가 없었다. 그래서 어디 잠깐 나갔나보다 하고 기다렸다. 저녁이 되어도 들어오지 않았다. 라시다는 걱정스러운 마음으로 침대에 누웠다. 좁은 공간에서 쉴 곳은 침대뿐이다. 그때 라시다의 시선이 맞은편 벽 높은 쪽에 만들어 붙인 선반을 향했다. 여행가방이 늘 놓여 있던 자리이다. 그런데 그 자리가 비어 있었다. 라시다는 마치 뜨거운 프라이팬에 손을 덴 사람처럼 화들짝 놀라 일어났다. 그리고 천으로 막아 옷장처럼 쓰는 공간을 들춰보았다. 몽지의 옷이 하나도 없었다. 어처구니없는 일이었다. 몽지가 도망을 친 것이다. 그날 밤 라시다는 배신감에 치를 떨며 한참도 자지 못했다.

진정한 사랑을 받아본 사람만이
남을 사랑할 수 있다.
라시다는 아버지가 일찍 돌아가시고 나서
프랑스에 일하러 온 이후
누구에게도 진정한 사랑을 받아본 적이 없다.
어떤 사람을 만나도 라시다는
의심과 회의의 눈초리를 감추지 않는다.

라시다는 그렇게 아무와도 진정한 관계를 맺지 못하면서도 계속 남자를 찾는다. 그런데 이상하게도 라시다에게 남자가 생기면 남자가 없을 때보다 더 불행한 얼굴이 된다. 몽지가 나타난 이후 얼마 되지 않아서 라시다의 얼굴이 부쩍 어두워졌다. 그러면서도 왜 라시다는 계속 사랑을 꿈꾸는가? 사랑을 확인할 수 없기 때문에? 사랑이 충분하지 않아서? 영원히 사랑할 수 없기 때문에?

이제 라시다에게는 자동차가 없다. 몽지가 자동차를 가지고 가버렸기 때문이다. 그 자동차는 몽지 이름으로 등록되어 있었다. 그러나 물론 자동차 값은 라시다가 냈다. 몽지는 파리에 오자마자 자동차를 바꾸자고 했다. 라시다는 오래되었지만 아직도 쓸 만한 자신의 구형 자동차를 바꿀 생각이 없었다. 몽지는 빨간색의 중고 골프 자동차를 알아놓고 그걸 꼭 사려고 했다. 결국 라시다는 몽지의 성화에 못 이겨 그 빨간 골프 자동차를 샀다. 라시다는 주민들에게 산 게 아니라 친척에게서 얻은 것이라고 말했다. 그런데 몽지가 그 자동차를 가지고 떠난 것이다. 라시다는 튀니지에 사놓은 집의 소유주도 몽지가 자기 이름으로 바꾸어달라고 조른 진짜 이유를 알게 되었다. 그의 집요한 요구를 들어주지 않은 것만도 다행이라고 생각했다.

이 일을 알게 된 주민대표 에디트는 라시다가 젊은 남자와 산 값을 톡톡히 치르는 것이라고 말한다. 그리고 라시다는 이제 자기처럼 혼자 사는 법을 배워야 한다고 말한다.

"인간의 본성에 대해
절대 환상을 가져서는 안 돼요.
젊고 잘난 남자가 자기보다 늙은 여자를 왜 좋아하겠어요?
라시다는 이제 혼자 사는 법을 배워야 해요."

12

요즘 라시다의 집에는 거의 사람 사는 기척이 없다. 라시다는 아침 일찍 일을 나갔다 오후 늦게 들어와서 무얼 하는지 저녁이 되어도 불을 켜지 않는다. 가끔 여동생이 와서 저녁 시간을 같이 보낼 때를 제외하고는 집에 누가 있는지조차 알 수 없을 정도로 조용하다. 라디오 소리도 텔레비전 소리도 나지 않는다. 물론 생선 굽는 냄새도 나지 않는다. 어둠 속 침대에 누워 라시다는 혼자 무슨 생각을 하고 있을까? 어쩌다 라시다를 만나면 그녀의 얼굴은 라마단 기간에 단식을 하고 난 다음처럼 맑고 깨끗해져 있다. 남자가 옆에 있을 때 불행했던 얼굴이 남자가 떠나고 나자 오히려 편안한 얼굴로 바뀌어가고 있다. 몽지가 떠난 후에는 라시다가 현관 청소를 하고 나도 이상한 냄새가 나지 않는다. 이제 라시다는 거의 사람을 초청하지 않는다. 라시다는 혼자 사는 법을 배우고 있는 것인가?

이 집에서 세 명의 남자와 살았지만
어쩌면 라시다는 늘 혼자 살고 있었는지도 모른다.
라시다는 혼자 사는 법을 이미 잘 알고 있는지도 모른다.

이제 라시다는 세상에서 자신은 혼자 살아야 할 운명임을 알게 되었을 것이다. 그러면서도 자기 안에서 늘 꼼지락거리는 아주 오래된 알 수 없는 소리에 괴롭힘을 당하고 있는지도 모른다.

'너는 남자를 필요로 해. 남자가 없는 너는 아무래도 불행하고, 완전한 인간이 아니야!'

라시다는 그동안 이렇게 계속 속삭여대는 소리에 시달려온 것인지 모른다.

오늘 라시다는 새벽 3시쯤 잠이 깼다. 그래서 조용히 일어나 정원으로 나갔다. 언제나처럼 정원의 세 면은 건물로 둘러싸여 있다. 한쪽 면만이 투르 거리 쪽으로 열려 있다. 라시다는 정원에 서서 건물 위쪽을 올려다본다. 모두 잠들어 있다. 라시다가 그렇게 미워하던 4층의 화티마도 7층의 젊은이들도 모두 자고 있다. 모든 사람들이 다 잠들어 있는 이 시간에 일찍 잠이 깬 라시다가 혼자 건물을 올려다본다. 어쩌면 별을 바라보고 있는 것인지도 모른다.

라시다는 한참 동안 그렇게 서 있다가 노란색 뚜껑과 바퀴가 달린 초록색 플라스틱 재활용 쓰레기통을 끌고 밖으로 나간다. 내일 아침 일찍 시청의 쓰레기차가 와서 그 큰 통을 비우고 나면, 라시다는 다시 그 통을 이 자리에 가져다놓을 것이다. 라시다가 움직이는 소리에 잠이 깬 나는 다시 잠을 이루지 못한다. 어둠 속에서 움직이고 있는 어스름한 라시다의 모습을 떠올린다. 내가 기대하는 미래의 라시다의 모습을 그려본다.

상상 속의 라시다는 돈을 모아 자금을 마련하여 작은 식당 하나를 차린다. 그 식당에서 라시다는 깨끗한 옷차림으로 손님들 사이를 부지런히 오가면서 편안한 얼굴로 먹음직스러운 냄새가 나는 쿠스쿠스 국물을 떠주고 있다.

품위와
의무 사이의
프랑스 귀족 부인

프로방스 성에 사는
남작부인 테레즈의 삶

01

여름의 루르마랭은 특별하다. 계절 이외에 아무것도 달라진 것이 없는데도 여름이 되면 갑자기 큰 변화가 일어난 것처럼 느껴진다. 남불의 빛 때문이다. 뤼베롱 산이 앞에 펼쳐지고 밀밭과 포도밭으로 둘러싸인 프로방스의 작은 마을 루르마랭은 6월만 되어도 쏟아지는 햇빛으로 온통 초록의 물결이 된다.

카바용 쪽에서 차를 타고 들어와 루르마랭을 바라보면 언덕 위에 우뚝 솟은 두 개의 탑이 보인다. 하나는 성당의 종탑이고 다른 하나는 마을의 시계탑이다. 마을 왼쪽으로 넓게 펼쳐진 들판 옆으로 완만하게 경사진 구릉 위에는 루르마랭 성이 위용을 자랑하며 서 있고, 그 아래 평지에는 루르마랭 개신교 예배당이 자리잡고 있다. 시외버스 정거장 앞을 지나 루르마랭 마을 중심부로 들어가면 가비 카페와 로르모 카페가 있는 중앙 광장을 통과하게 된다. 광장을 둘러싼 주변 언덕 위에 2~3층짜리 집들이 옹기종기 사이좋게 자리잡고 있다. 나지막한 집들이 늘어선 루르마랭의 골목길을 걷다보면 아담한 규모의 분수대, 골동품 가게, 화랑, 북카페, 올리브유 가게 등을 만나게 된다.

여름철에 루르마랭에 가면 인간은 자연의 일부일 때 가장 행복해질 수 있다는 말을 실감하게 된다. 루르마랭에는 흙냄새가 있고 산이 있고 하늘이 있고 미스트랄 바람이 있고 매미 소리가 있고, 그 무엇보다도 길들여지지 않은 야생의 힘을 그대로 간직한 햇빛이 있다. 햇빛은 명랑하고 경쾌한 분위기뿐만 아니라 정적감과 신비감을 불러일으킨다.

그곳에 가면 그냥 그 빛만 받아도
내 몸이 원래 상태로 돌아가는 것 같다.
무엇이든 새로운 일을
시작할 수 있을 것 같은 용기가 생긴다.
부질없던 걱정들이 햇빛 아래서 녹아버린다.

수수께끼같이 얽혀 있던 마음의 매듭들이 힘없이 풀리고 만다. 그곳 햇빛의 채도와 명도가 만들어내는 연금술이다. 6월에 시작된 여름날의 햇빛은 7월과 8월을 지나 9월 초가 되어도 그 강렬한 열기를 잃지 않다가 10월이 되어야 서서히 누그러져 온건한 가을햇빛으로 바뀌기 시작한다.

아비뇽 고속열차역에서 내려 미리 예약해놓은 시트로앵 자동차를 빌려 타고 루르마랭으로 향했다. 프로방스의 여름답게 하늘은 푸르고 날씨는 청명했다. 뒤랑스 강을 옆에 낀 언덕에는 포도밭이 넓게 펴져 있었다. 멀리 고원을 이루며 뤼베롱 산이 점잖은 모습으로 길게 펼쳐진 모습이 눈에 들어왔다. 카드네를 지나자 얼마 후 루르마랭 언덕의 성당 종탑과 시계탑이 보였다. 대로를 벗어나 빌리에 길로 들어섰다. 플라타너스 나무가 두 줄로 죽 늘어서 있고, 길 양옆으로 펼쳐진 밭에는 노란 해바라기꽃이 지천으로 피어 있다. 빌리에 길에서 우회전을 해서 저택으로 진입하는 500미터 정도의 길 끝에 키 큰 시프레 나무가 양쪽 각각 네 그루씩 대칭을 이루며 서 있다. 올리브색 페인트를 칠한 5미터쯤 되는 높은 철제 창살 대문을 들어서면, 오른쪽 옆으로 평소에 집을 지키는 관리인의 처소가 있다. 돌로 된 아담한 이층집이다. 정문을 지나면 영지를 가로지르는 시냇물이 흐르는데 그 위로 다리를 만들어 건너편 평지와 연결해놓았다. 그곳을 지나면 넓은 마당이 나오고, 오른쪽에 햇살을 받아 허옇게 바랜 돌로 지은 저택이 서 있다. 저택 앞마당에는 월계수꽃이 만발해 있고 돌로 만든 키 큰 화분들에는 베고니아들이 피어 있다. 마당 앞으로는 좌우로 석상이 하나씩 서 있고 멀리 산이 보이는 전경이 펼쳐진다. 저택 오른쪽에는 키 크고 풍성한 마로니에 나무가 넉넉한 그늘을 만들고 있다. 나무그늘 아래에는 하얀 식탁보가 깔린 4미터가량의 긴 식탁이 자리잡고 있다.

내 차가 마당에 들어서자 기다리고 있었다는 듯이 테레즈가 나를 맞이하러 나온다. 자줏빛이 감도는 붉은색 원피스 차림이다. 오랫동안 햇볕과 가까이 지낸 사람들만이 가질 수 있는 진한 갈색 피부와 원피스 색이 서로 잘 어울렸다. 저택의 현관을 지나 살롱으로 들어가자 테레즈의 남편 클로드가 앉아 있던 의자에서 천천히 일어나 나를 반긴다. 옅은 푸른색 면셔츠 차림에 베이지색 바지를 입고 창이 납작한 푸른색의 편한 구두에 옅은 하늘색 양말을 신고 있다. 저택의 현관에서 살롱에 이르는 공간의 벽에는 클로드네 가문 조상들의 초상화가 즐비하게 걸려 있다. 클로드네 아버지와 할아버지를 비롯해 드 빌리에 집안의 10대 이상을 거슬러올라가는 조상들의 초상화는 이 집안의 내력을 다음 세대로 전달한다.

프랑스혁명 이후 귀족제도는 공식적으로 폐지되었지만
귀족이 다 사라진 것은 아니다.
귀족제도의 잔재는 우선 이름에 남아 있다.
클로드 드 빌리에라는 이름에서 보듯이
성 앞에 들어 있는 '드'자가 귀족 가문임을 뜻한다.

그러나 귀족의식은 그들이 사는 성에 걸려 있는 조상들의 초상화를 통해 나타난다. 클로드가 성주인 이 저택의 '초상화 갤러리'에는 클로드의 어머니와 외할머니, 친할머니, 증조할머니의 젊은 시절 모습을 담은 초상화도 걸려 있다. 그러니까 클로드는 매일 부모와 조부모, 증조부모의 시선 속에서 살고 있는 셈이다. 모든 것은 다 살 수 있어도 조상은 살 수 없고 조상의 초상화도 살 수 없다. 귀족들의 저택 벽에 걸린 초상화 행렬은 귀족이 자신이 귀족 가문의 후예임을 보여주는 가장 중요한 징표다.

02

클로드 드 빌리에가 남작이니까 테레즈는 남작부인이다. 귀족의 품위는 그들이 사는 성과 저택 그리고 영지에서 나온다. 봉건 농업사회에서 귀족들은 영지에서 생산되는 올리브, 밀, 포도주, 과일 등을 팔아서 고정 수입을 얻었다. 그러나 봉건제가 해체되고 프랑스혁명을 거쳐 정치체제가 왕정에서 공화정으로 바뀌면서 모든 귀족은 사라질 운명을 맞이했다.

역사의 흐름 속에서 수세에 몰렸지만 아직도 그 명맥을 유지하고 있는 프랑스 귀족들이 있다. 그들은 프랑스혁명이 터지자 벨기에나 네덜란드, 영국 등으로 망명했다가 1815년 왕정복고가 되자 다시 프랑스로 돌아와 방치했던 성과 영지 등 남은 재산을 수습했다. 프랑스 전역에 흩어져 있는 수많은 성들은 아직도 가문의 영광을 이어가려는 귀족들의 존재를 증명한다.

전통을 최대한으로 지키면서
변하는 세상에 최소한으로 적응하는 것이
그들의 삶의 양식이다.
위계와 의례에 의해 유지되는 귀족사회는
자유와 평등이 최고의 가치가 된 세상에서
어차피 소멸할 수밖에 없는 사회집단이다.
다만 품위 있게 천천히 사라지느냐

아니면 맥 놓고 망하느냐의 차이가 있을 뿐이다.

안으로는 귀족의식을 유지하지만 겉으로는 변화된 세상에 적응하여 교육을 제대로 받고 새로운 직업을 가진 귀족들은 살아남은 반면, 있는 재산을 조금씩 처분하면서 귀족의 위세를 부리려는 사람들은 몇 세대를 거치면서 몰락했다. 어떤 귀족들은 성을 유지하기 위해 결혼식이나 파티 등의 행사를 유치하여 소득을 올리기도 하고, 다른 귀족들은 성을 아예 호텔로 전환하는 경우도 있다. 아무튼 오늘날에도 대부분의 귀족들은 직업 활동보다는 재산 소득으로 살아간다. 클로드 드 빌리에의 경우에는 경제학을 공부하고 투자은행에서 몇 년간 일한 것이 직업 생활의 전부이다. 그 경험을 바탕으로 자신의 금융자산을 이곳저곳에 투자하면서 성의 유지비와 생활비를 확보했다. 그러니까 예전에는 땅을 빌려주고 소득을 얻다가 지금은 자금을 빌려주고 소득을 얻게 된 것이다. 결국 클로드 드 빌리에 가문은 예전이나 지금이나 재산으로 소득을 얻어 살아가는 셈이다.

테레즈와 클로드는 물질주의와 쾌락주의가 만연한 소비사회를 비판한다. 그들은 귀족들이 오랫동안 간직해온 정신적 가치들 가운데 전승되어야 할 긍정적 요소가 많이 있다고 생각한다. 귀족 문화 안에 들어 있는 물질주의에 맞서는 정신적 가치, 용기와 책임감, 연대와 타인에 대한 배려, 유행에 휘둘리지 않는 주체성, 문예에 대한 존중 등이 그것이다. 그러나 이런 가치가 그들의 손자 세대에까지 전달될는지는 의문이다. 물질주의적인 지배가치를 거슬러 지난 시대의 정신적 가치를 지키기 위해서는 엄청난 교양과 자기 확신이 필요한데, 젊은 세대에게 그것을 기대하기는 어렵기 때문이다.

귀족의 임무는 지키고 전달하는 것이다.
그렇다면 무엇을 지키고 전달하려는 것인가?

귀족들은 일단 저택과 영지를 지키고 이름에 남아 있는 귀족 가문의 품위와 전통을 지킨다. 그들에게 전통이란 자기도 의식하지 못하도록 깊숙이 스며들어 있는 공기의 냄새와 같은 것이다. 그러나 가문 차원에서 볼 때 귀족이 가장 중요하게 지키고 전달해야 할 것은 재산이다. 물질적 기반이 없는 이름만의 귀족은 남들로부터 비웃음의 대상이 된다. 성과 영지로 대표되는 가문의 오래된 재산을 잘 지키고 관리해서 다음 세대에 고스란히 넘겨주는 것이 귀족의 일차적 의무다.

테레즈는 루르마랭 근처에 있는 앙수이 성의 가족들 사이에 일어난 재산 분규를 귀족의 품위를 지키지 못한 부끄러운 일로 평가한다. 성주였던 아버지가 돌아가신 후 자식들이 벌인 긴 송사는 귀족 가문의 위엄을 다 사라지게 했고, 결국은 그 성을 마르세유의 부동산 재벌에게 팔아넘기고 거기서 나온 돈을 나누어 갖는 방식으로 처리했다. 그렇게 그 집안의 귀족 전통 유지의 거점이었던 성이 없어져버렸다.

지난번 지방선거에서 앙수이 성의 넷째아들이 앙수이 시장으로 선출되었지만, 테레즈는 그를 '별로'라고 생각한다. 일단 그 시장의 부인이 귀족 집안 출신이 아닐뿐더러 귀족의 후예가 공화국의 시장이 된 것을 일종의 배반행위로 여긴다. 그에 덧붙여 테레즈는 얼마 전 앙수이 성 후손들의 재산 분규를 다룬 텔레비전의 다큐멘터리에는 거짓말이 너무 많았다고 말한다. 지금 그 성을 매각하고 받은 돈을 분할하는 송사는 그리 간단하게 끝나지 않을 것 같다는 것이다. 테레즈는 앙수이 성의 분규를 비판적으로 보면서 자신의 가문에서는 가족 사이의 불화와 재산 분쟁이 일어나지 않도록 잘 관리해야겠다는 생각을 한다.

드 빌리에 가와 자기 친정 가문의 흩어져 있는 재산 가운데 상태가 좋지 않고 관리가 어려운 부실한 재산들을 처분하고, 꼭 지켜야 할 핵심적인 재산들을 좋은 상태로 보수해서 아들과 딸들이 관리하기 쉽게 물려주는 것이 테레즈와 클로드의 상속 방침이다. 테레즈는 유행을 타지 않는 고전적인 것들을 선호한다. 가문의 문장이 인쇄된 편지지, 검은 크라프트 종이로 만든 앨범, 몇 대째 내려오는 다이아몬드 반지와 진주목걸이 등은 테레즈의 자부심을 표현한다. 새로 유행하는 것을 따르기보다는 아무도 소유할 수 없고 흉내낼 수 없는 오래된 물건들로 정체성을 유지한다.

"여기에 내가 새로 산 것은 하나도 없어요."

이 말은 테레즈의 자부심을 그대로 드러낸다. 물론 조금 과장이 들어간 말이긴 하지만, 테레즈에게 그 이상의 자랑은 없을 것이다.

테레즈는 퀴퀴롱에 있는 오래된 시계 수리 전문점에 100년이 넘은 오메가 시계를 가지고 간다. 낡아서 못 쓰게 된 검은 가죽 시곗줄을 바꾸고 시계 부속을 다 분해하고 소제해서 완전하게 수리된 시계를 자랑스럽게 차고 다닌다. 집안 대대로 내려오는 오래된 보석을 세공하기 위해 엑상프로방스에 있는 보석상에 간다. 17세기 보석 장신구들의 사진이 실린 두툼한 카탈로그를 빌려와서 자기가 소유한 보석들은 어떻게 세공할 것인지를 고민하기도 한다.

사실 테레즈의 집안은 클로드의 집안보다 더 오래된 전통을 지닌 귀족 가문이다. 프랑스 중부 베리 지방에 있는 넓은 영지와, 해자垓字로 둘러싸여 있고 첨탑이 있는 중세의 큰 성이 그 증거물이다. 테레즈의 아버지는 귀족 출신으로 생시르 사관학교를 나와 장군이 되었다. 2차대전이 끝난 후 그는 독일의 바덴바덴에 주둔한 프랑스군의 지휘자로 부임했다. 테레즈의 외할아버지도 장군이었는데, 아들 없이 딸만 둘을 두었다. 그래서 큰사위로 육군 장교를 맞이했다. 베리의 성은 테레즈 어머니 집안으로부터 내려온 것이다.

우리나라의 양반은 문인이지만 프랑스 귀족의 원조는 무인들이다. 테레즈의 고조할아버지는 루이 필리프 시대의 장군이었다. 그 당시 가장 유명했던 화가가 앵그르다. 그래서 고조할아버지는 앵그르에게 자기 부인의 초상화를 그려달라고 부탁했다. 지금 그 초상화가 루르마랭의 저택에 걸려 있다. 테레즈의 어머니가 얼마 전 돌아가신 후 베리 성에 걸려 있던 그 초상화를 테레즈가 상속받아 루르마랭 성으로 가져온 것이다.

테레즈에게는 남자 형제가 없고 세 살 아래의 여동생만 하나 있다. 여동생 이네스는 파리 트로카데로 광장 근처의 아파트에서 살고 있다. 이네스는 파리에 있는 영국 교육기관에서 행정일을 하고 있다. 결혼은 하지 않았지만 20년 전부터 만나는 귀족 출신의 남자가 있기는 하다. 미메라는 애칭으로 불리는 그 남자는 혼자 살면서 자기와 같은 부류의 사람들과 카드놀이 모임 등 사교 활동을 하며 지낸다. 이네스보다 스무 살 위인 그 남자는 작은 몸집에 영리해 보이는 눈을 가지고 있다. 그의 차림새와 말투, 거동은 경쾌하다. 오랫동안 자기와 비슷한 몰락하는 귀족들하고만 지내온 그는 어딘가 모르게 세상에서 동떨어진 듯한 분위기를 지녔다. 이네스와 미메는 근처에 각자 따로 살면서 20년간 연인 관계를 유지하고 있다.

이네스는 40대 후반이 가까워오지만
아직까지 날씬하다못해 마른 몸매에
누구와 타협할 필요 없이 살았던 사람 특유의
예민하고 개성적인 아름다움을 가지고 있다.

어머니가 돌아가신 후 집안에서 대대로 내려오는 유산을 두 딸이 나누어 가졌지만 그림, 가구 등 넓은 공간이 필요한 유물들은 거의 모두 루르마랭의 저택으로 가져오게 되었다. 이네스의 파리 아파트에는 그것들을 보관할 장소가 없기 때문이다. 루르마랭 저택 1층의 초상화 갤러리가 끝나고 2층으로 올라가는 계단 옆 벽에는 세 명의 여자 초상화가 걸리게 되었다. 테레즈의 고조할머니, 증조할머니, 그리고 할머니의 초상화가 걸렸다. 초상화 속의 세 여자들은 아주 엷은 미소를 띠고 그 시대의 화려한 드레스를 입은 채 허리를 곧게 세우고 모두 비슷한 자태로 앉아 있다. 오른쪽 뒤에는 거울이 있어서 고조할머니의 옆모습이 조금 반사되어 있다. 앵그르가 그린 고조할머니의 초상화를 들여다보면 흰색 바탕에 붉은색과 초록색이 배합된 화려한 드레스를 입고 자줏빛 천으로 덮인 소파에 앉아 있다. 왼쪽 팔목에는 커다란 루비가 박힌 화려한 팔찌를 끼고, 살짝 옆으로 앉아 우아한 눈길로 내려다보고 있다. 초상화 속 젊은 귀부인이 끼고 있는 그 팔찌는 테레즈의 고조할머니, 증조할머니, 할머니, 어머니를 거쳐 테레즈에게 전해졌다. 이 팔찌는 우여곡절을 거쳐 테레즈와 이네스의 소유가 되었다.

테레즈가 결혼하기 전 엄마가 집안 파티에서 그 팔찌를 끼고 있는 모습을 한두 번 본 기억이 있다. 엄마는 그 팔찌에 대해 말할 때면 약간 흥분된 어조로 자랑스럽게 팔찌의 유래를 말하곤 했다. 당시 파리 최고의 보석상에게 주문하여 만든 그 팔찌에 박힌 루비는 고조할아버지가 이집트에서 가져온 귀한 보석이었고, 세공은 보즈 광장에 있는 보석점 쇼메의 수석 장인이 한 것이라고 했다. 그런데 엄마가 돌아가신 뒤 유물을 정리했는데 그 팔찌가 나타나지 않았다. 그러다가 중요한 서류들을 넣어둔 서랍장을 정리하게 되었다. 거기서 약간 누렇게 색이 바랜 봉투를 발견했다. 봉투 위에는 엄마의 필체로 '팔찌'라고 쓰여 있었다. 테레즈는 가슴이 두근거렸다.

봉투를 열어보니 흰 종이 위에 알파벳과 숫자가 섞인 긴 암호가 적혀 있었다. 테레즈는 그 암호를 한참 동안 바라보다가 클로드를 불렀다. 친구들과 투자회사를 설립해서 금융계의 일들을 잘 알고 있는 그는, 곧 그것이 팔찌를 맡겨둔 은행 금고의 암호라는 것을 즉각적으로 알아차렸다. 그리고 여차저차 고심한 뒤 그 암호의 첫 부분은 스위스 은행을 가리킨다는 것을 알아냈다. 문제는 그 많은 스위스 은행 중에 어떤 은행이냐는 것이었다. 얼마 안 가서 클로드는 암호 앞쪽의 알파벳 몇 개가 스위스 제네바에 있는 한 사립 은행의 이니셜임을 알아냈다. 그리고 뒤쪽의 암호는 테레즈가 해독했다. 엄마는 늘 어린 시절을 보낸 파리 16구 앙리 마르탱 거리에서 살 때가 가장 행복했다고 말하곤 했는데, 그 숫자는 바로 그때 엄마가 살던 거리 이름의 알파벳과 번지수 그리고 전화번호를 조합해놓은 것이었다.

얼마 후 여동생 이네스와 테레즈는 암호가 들어 있는 봉투와 가족관계증명서 그리고 엄마의 사망증명서를 가지고 스위스로 가는 기차를 탔다. 제네바행 기차는 파리 리옹 역에서 출발했다. 테레즈와 이네스는 탐정이 된 듯한 기분이 들었다. 제네바 역에 내려 택시를 타고 은행이 있는 길 이름을 대면서 그곳으로 가자고 했더니, 택시기사가 백미러로 테레즈를 쳐다보았다. 택시기사는 그 은행 이름을 다시 대면서 "그 은행으로 가시는 거죠?"라고 묻는 것이었다. 테레즈는 마치 금지된 일을 하다가 들켜버린 사람처럼 가슴이 덜컹했다. 은행에 도착하여 약속된 시간에 은행장을 만났다. 그리고 준비해온 서류를 내밀면서 자기 둘이 딸이라고 하니까 아무런 질문도 하지 않았고, 의심하는 기미도 없었다. 잠시 후 앵그르가 그린 초상화 속의 그 팔찌는 새 주인을 찾게 되었다.

그 귀중한 팔찌를 가지고 있지만
테레즈는 과시를 위한 사치를 하지 않는다.

다소 낡은 느낌을 주는 구형 푸조 중형차를 아무렇지도 않게 몰고 다닌다. 한여름 오전, 아직 햇살이 뜨거워지기 전 루르마랭에서 퀴퀴롱 시장으로 가는 한적한 시골도로 위를 운전하는 테레즈의 모습에는 함부로 대할 수 없는 기품이 있다. 허리를 꼿꼿하게 세우고 두 팔에 힘을 주어 운전대를 잡고 있는 테레즈의 모습은 마치 말 위에 올라타 고삐를 잡고 있는 기사의 모습 같기도 하다. 테레즈는 매일 오전 10시가 조금 지나면 혼자서 조용히 자동차에 오른다. 시동을 걸고 창문을 열고 아직은 뜨거워지지 않은 미지근한 지열과 미풍을 느끼면서 한가한 시골길을 천천히 달리는 것은 어떤 예식과도 같다. 그때 테레즈는 일상생활과 관련된 생각은 일절 하지 않는다. 그저 눈앞에 펼쳐지는 들판과 플라타너스 나무들, 그리고 아직 순한 햇빛과 미풍을 몸으로 느낄 뿐이다.

아무도 지나가지 않는 포도밭이 펼쳐진 한적한 시골길 위를
천천히 운전해서 장이 서는 마을로 가는 동안
테레즈는 누구의 아내도, 누구의 엄마도,
누구의 딸도 아니다.

그 시간 테레즈는 프로방스의 자연이 가져다주는 평화로움을 깊이 들이마시는 감수성이 예민한 여성일 뿐이다. 이 시간 집에서는 여름마다 오전 한나절 일을 도와주러 오는 지젤이 점심 준비를 하고 있을 것이다.

아직도 테레즈는 가끔씩 루르마랭에 있는 오래된 양장점에 가서 1950년대 영화에나 나올 것 같은 수수한 원피스를 맞추어 입는다. 붉은색과 푸른색 그리고 옅은 노란색이 가는 선과 굵은 선으로 교차하며 체크무늬를 이룬 면 소재의 옷감에다가 단추나 지퍼 등 부속 장식이 거의 눈에 띄지 않는 스타일을 선호한다. 루르마랭의 화려한 햇빛

이 모든 장식을 불필요하게 만드는지도 모르겠다. 시원한 느낌을 주는 천과 최소한의 디자인만으로도 테레즈는 충분히 빛난다. 때로는 마치 한 조각의 천을 접어서 만든 것 같은 느낌이 들 정도로 가볍고 단순해 보이는 진한 자줏빛 원피스를 입는다. 테레즈의 단순하고 평범해 보이는 옷들은 그녀가 시장에 갈 때나 집에 손님들을 초청했을 때나 햇볕이 내리쬐는 정원의 나무그늘에 앉아 쉴 때나 늘 잘 어울린다. 그런데 테레즈의 원피스들은 몸에 꼭 맞는 느낌을 준다. 살이 조금 있는 듯하지만, 그렇다고 그것을 가리기 위해 헐렁한 옷을 입지는 않는다. 중년 여성 특유의 여성성을 살리는 것이 테레즈의 옷 입는 스타일이다. 아무리 한여름이라도 숏팬츠는 절대 입는 법이 없고 보통때도 바지는 거의 입지 않는다. 테레즈가 신는 신발과 들고 다니는 가방에도 테레즈 나름의 분위기가 스며들어 있다. 여름 바캉스 기간에는 약간 낡은 듯이 보이는 진한 붉은색의 굽이 낮은 가죽 샌들을 신는다. 테레즈가 들고 다니는 가방은 붉은색과 진한 푸른색이 몬드리안식의 선을 이루며 시원한 느낌을 주는 마직으로 되어 있다. 테레즈의 차림새는 루르마랭의 햇빛이 만들어내는 경쾌하고 밝은 분위기에 아주 잘 어울린다.

03

아이들을 낳아 기르고 집안일을 관리하며 귀족으로서의 품위를 지키고 집안의 가치를 전수하는 일은 귀족 여성 테레즈의 신성한 의무다. 세월이 흐르면서 아이들이 다 커서 집을 떠났다. 일이 줄어들어 한가하면서도 한동안 적적했다. 그러나 요즈음은 아들딸 대신 손자 손녀들을 돌보는 일이 생겼다. 이번 여름에 작은딸 엘리자베트의 큰아들, 그러니까 테레즈의 손자 라파엘이 솔리스트로 노래하는 소년합창단이 남불 순회공연을 했다. 테레즈의 성이 있는 루르마랭에서도 공연했다.

테레즈는 합창단원 70여 명 전원을 집으로 초대해 점심과 저녁식사를 제공했다. 큰 성을 가진 사람이 아니면 할 수 없는 일이다. 예전 같으면 하인들에게 음식 준비를 시켰겠지만 지금은 외부의 요식업체에 주문한다. 테레즈는 일하는 사람들과 함께 일회용 접시와 컵 등을 준비해서 정원에 천막을 치고 식탁을 차리고 미리 예약한 음식을 시간에 맞추어 도착하게 했다. 성에서 내려다보이는 넓게 펼쳐진 정원 풀밭 위에 100년이 넘은 플라타너스 나무가 만드는 그늘 아래 흰 천으로 된 천막을 치고 식탁을 차렸다. 두 테이블로 나누어 한 테이블에 각각 30여 명의 아이들이 둘러앉았다. 테레즈는 식탁 주변을 오가며 성의 안주인으로서의 역할을 수행했다. 세상이 아무리 바뀌어도 테레즈는 아무 흔들림 없이 자기 할 일을 다 한다.

테레즈는 한때 인류학자 레비스트로스에게 관심이 많아서 몇 년간 콜레주 드 프랑스(입학조건도 강의료도 없는 프랑스의 국립 고등교육기관)에 그의 강의를 들으러 다녔다. 생클루에 살면서 파리에 저녁 강의를 들으러 다니려면 여간 정성이 필요한 것이 아니다. 특히 겨울에는 해도 짧은데 파리 5구에 있는 콜레주 드 프랑스까지 나와서 강의를 들었다면, 레비스트로스에 대한 테레즈의 관심이 무척 컸음을 짐작할 수 있다. 귀족 집안에서 자라서 친족 체계에 관심이 있어서였을까? 아니면 빠르게 변화하는 현대 사회를 떠나 원시 부족사회와 신화의 세계 속으로 빠져들기 위해서였을까?

얼마 전에 레비스트로스가 100세를 넘기고 세상을 떠났다. 그때 나는 테레즈가 왜 레비스트로스에게 관심을 가졌는지 추측해보았다. 그건 아마도 귀족 신분과 관련되어 있을 것이다. 평소에 그녀는 좋은 혈통을 유지하는 일에 관심이 많았다. 그러니까 레비스트로스의 강의를 통해 인류는 어떻게 근친결혼을 피해서 건강한 다음 세대를 낳을 수 있었는지, 다른 문화권에는 어떤 결혼 관습이 있었는지 등에 대해 알고 싶었을 것이다.

테레즈는 자신의 임무를 품위 있게 수행하면서
자신의 자리를 지킨다.
말투나 거동, 눈길과 얼굴 표정, 걸음걸이에서
귀족의 품위가 드러난다.

테레즈의 거동은 다른 사람들과 함께 있을 때 더 분명하게 구별된다. 어느 봄날 일요일 낮에 테레즈와 함께 한 아랍 식품점에 들렀을 때의 일이다. 그날 나는 파리 서쪽 교외 생클루 언덕에 있는 테레즈네 집에서 점심을 먹기로 했다.

테레즈의 집은 1920년대 파리에서 베르사유로 가는 철도를 만들기 위해 영국에서 건너온 건축가와 조경사들의 거처로 쓰인 공관이었다가 민간인에게 불하된 집이다. 아담하게 마련된 주택단지에는 서른 채 정도의 저택들이 적당한 간격을 두고 배치되어 있다. 그곳에는 전통 있는 집안의 자손들이 각자의 가문에 자부심을 느끼며 동질적 공동체를 이루어 살고 있다. 단지 주민들은 외부인이 누릴 수 없는 한 가지 특권을 누린다. 단지와 붙어 있는 생클루 공원을 제집 정원처럼 드나들 수 있는 특권이다. 단지 주민들은 공원에 들어가기 위해 단지 밖으로 나가 동쪽 방향으로 제법 멀리 위치한 정문을 통과할 필요가 없다. 그들은 단지와 곧바로 연결된 공원 쪽문을 여는 오래되고 묵직한 무쇠열쇠를 하나씩 가지고 있다. 그래서 주말은 물론 평일 저녁에도 열쇠로 문을 열고 공원의 키 큰 나무들이 줄지어 있는 숲길을 제집 정원처럼 마음대로 산책할 수 있다. 어떻게 보면 아무것도 아닌 특권 같지만 그 열쇠 하나가 생활의 질을 완전히 바꾸어놓는다. 영국의 건축가들과 조경사들이 이 공사를 마치고 돌아갈 때 클로드의 할아버지가 단지의 집 한 채를 불하받았다. 할아버지 생존 당시에는 루르마랭의 성이 주요 거처였고 이 집은 파리에 오면 잠시 머무르는 별장이었지만, 클로드와 테레즈에게는 이 집이 주요 거처가 되고 루르마랭의 성이 별장이 되었다.

파리 16구 센 강변 비르아켐 다리 아래에서 72번 버스를 타고 생클루의 다뉴브 역에서 내렸다. 버스정류장 뒤에 정차해 있던 테레즈의 차가 눈에 띄었다. 테레즈의 집에 가기 위해서는 지하철이나 버스에서 내린 다음에 언덕을 한참 걸어올라가야 한다. 그래서 차를 가지고 다니지 않는 내가 테레즈네 집에 초청될 때면 테레즈나 클로드가 차를 가지고 데리러 나왔다.

나를 보자 테레즈가 차에서 내렸고, 차 안에서는 테레즈가 늘 동반하는 개 낸시가 운전석 옆자리에서 일어나 눈을 크게 뜨고 창밖의 나를 바라보았다. 테레즈는 인사를 나눈 후 몇 가지 살 것이 있으니 저 가게를 들렀다 가자고 했다. 테레즈가 가리키는 가게는 오래전부터 버스정류장 옆 작은 광장에 있어온 아랍 가게를 말한다. 이 가게는 말 그대로 아랍 사람들이 운영하는 구멍가게이다. 슈퍼마켓이 널리 퍼지기 전에는 이런 식의 아랍 가게들이 꽤 잘됐다. 1990년대까지만 해도 주말이면 슈퍼들이 문을 열지 않았기 때문에 일요일에는 아랍 가게로 가서 장을 보아야 했다. 아랍 특산품을 제외하고는 물건의 품질이 떨어지고 가격이 슈퍼보다 조금 더 비싸다. 특히 야채는 신선도가 많이 떨어진다. 체인점식의 큰 슈퍼들이 늘어나면서 이런 가게들의 운명은 거의 끝을 향해 가고 있다. 얼마 전부터 저녁에 문 닫는 시간을 늦추고 주말에도 문을 여는 큰 슈퍼들이 늘어나고 있기 때문이다.

가게 밖 진열대에 있는 과일들을 둘러보다가 테레즈는 체리를 사기로 했다. 체리는 아주 잘 익은 상태여서 빨리 먹어야 할 것 같았다. 그런데 적당히 익은 체리인 셈인데도 테레즈가 무언가 썩 마음에 들지 않아하는 느낌이 들었다. 체리가 진열되어 있는 모습 때문일 것이다. 그래도 테레즈는 나무상자 안에 놓인 체리를 종이봉투에 담았다. 그리고 가게 안으로 들어갔다. 주인이 앉아 있는 계산대 뒤쪽으로 길고 큰 대바구니 안에 여남은 개의 바게트가 들어 있었다. 테레즈가 바게트를 하나 달라고 한 후 곧이어 "이 빵 괜찮아요?" 하고 물었다. 그냥 바게트의 상태를 물은 것이라고 느꼈다. 하지만 빵집에서 바게트를 살 때 그렇게 물어보는 사람은 없다. 빵집 안에는 갓 구운 빵 냄새가 진동하고 바게트는 파리 사람들의 주식이니 매일 만들어놓는 것은 너무 당연한 일이었다. 그러나 그곳은 빵집이 아니라 작은 규모의 어두컴컴한 아랍 가게였다.

한순간 테레즈의 얼굴에서 망설임이 느껴졌다. 테레즈가 늘 다니는 빵집에 가려면 다시 차를 타고 가야 한다. 그러면 점심식사 시간이 늦어진다. 클로드는 식사 시간이 늦어지는 것을 아주 싫어한다. 딜레마에 빠진 테레즈는 그냥 거기서 바게트를 사기로 했지만, 편치 않은 자신의 마음을 달래기 위해 "이 빵 괜찮아요?" 하고 한마디 툭 던졌을 뿐이다. 그때 주인이 그냥 "그럼요! 좋지요!"라고 대답해주었으면 끝나는 상황이었다. 그런데 그 주인의 얼굴 표정이 갑자기 확 변하더니 "여기 있는 모든 물건은 다 좋은 거예요" 하면서 불쾌하다는 듯이 테레즈를 쳐다보았다. 그러고는 "내가 여기서 장사한 지가 벌써 20년이 넘었고 여긴 단골손님들이 주로 오는 가게예요" 열을 내면서 말하다가 급기야는 "생클루 시장도 내가 잘 알지요. 여기 고객이에요. 우리집 물건을 가지고 그러는 사람은 없어요"라고 감정이 격앙된 투로 말했다. 나는 그의 태도에 민망해졌다. 그러나 테레즈는 얼굴색 하나 바꾸지 않고 점잖은 목소리로 "그래요? 이거 하나 주세요"라고 말하며 값을 치르고 유유히 상점을 걸어나왔다. 나는 무안했다. 테레즈도 무안할 것 같아 내가 말했다.

"저 주인이 좀 지나치게 화를 내는 것 같네."

그러자 테레즈는 아무렇지도 않게 이렇게 대꾸했다.

"이네스가 일요일에 점심식사를 하러 우리집에 올 때면 가끔 둘이 저 가게에서 물건을 사곤 하는데……"

혼자 사는 이네스는 일요일 점심이면 종종 언니네로 식사를 하러 오는데 테레즈는 동생을 데리러 차로 여기까지 내려온다. 그날 점심식사 준비에 부족한 것이 있으면 그 가게에서 사곤 했다. 그러니까 아랍 가게 주인과 테레즈는 이미 여러 번에 걸쳐 안면이 있는 사이였다. 그렇다면 친절할 수도 있는데 왜 저렇게 과잉반응을 보이는지 이상했다.

사실 테레즈는 어려서부터 제한된 귀족사회에서 생활해왔다. 집에는 언제나 일을 거들어주는 사람들이 있었고, 아랍 가게는커녕 슈퍼마켓도 가보지 않고 살았다. 성인이 되어서 보통 사람과 같은 삶을 살긴 했어도 테레즈의 내면에는 여전히 그 이전에 형성된 습관이 있었다. 그 습관은 테레즈가 현대적인 일상생활에 적응하는 데 은연중에 방해 요소가 되었다. 스스로를 보통 사람과 구별지으려고 하는 몸에 밴 습관이 저도 모르게 작용하기 때문이다. 그것은 현재 상황에 몰두하지 않고 무언가 조금 비껴 있는 듯한 표정, 거침없고 흔들리지 않는 시선, 친절하지만 조금 군림하는 듯한 느린 말투와 정확한 발음, 동요하지 않는 침착한 거동으로 나타나 상대방에게 뭔가 불편한 거리감을 느끼게 한다. 그것이 루르마랭에서는 문제가 되지 않는다. 루르마랭의 상점들이나 앙수이, 퀴퀴롱 등에서 일주일에 한두 번 정기적으로 서는 시골장에서는 상인들이 테레즈가 드 빌리에 성의 안주인인 것을 알기 때문에 그녀의 특별한 태도는 그냥 자연스럽게 받아들여진다. 그런데 테레즈의 이런 태도가 파리의 아랍 가게에서 문제가 된 것이다.

사실 프랑스에는 아랍 사람이 700만이나 산다. 그들은 프랑스의 옛 식민지 출신들이다. 아랍 가게의 상인들은 이민 노동자로 와서 돈을 좀 모아 가게를 차린 사람들이다. 1962년 알제리가 독립함으로써 식민지 상태는 벗어나게 되었지만, 오랫동안 억압받고 수탈당했고 프랑스에 와서도 2등 시민으로 살고 있는 식민지 출신 사람들의 심사가 편할 수만은 없다. 그러나 내가 운영하는 가게 안에서만은 내가 주도권을 잡을 수 있다. 물론 손님한테 잘해야 하지만 때로 기분이 나쁘면 '너 같은 사람 안 와도 좋다'는 태도를 취할 수 있다. 그런 심사가 테레즈에게 터져버린 것이다.

아랍 사람으로서 오랜 전쟁을 겪었고 수모를 당했고 현재도 차별당하고 있는 가게 주인은 프랑스 사람에게 저도 모르게 적대감을 가지고 있던 차에 테레즈가 빵의 질을 의심하는 것이 마치 자신의 인격을 무시하는 것처럼 느껴졌을 수도 있다. 평소에 테레즈가 이네스와 함께 와서 물건을 고르고 사는 태도에서 무언가 기분이 상해 있었는지도 모르겠다. 그러다가 테레즈가 웬 동양 여자와 함께 나타나서 "이 빵 괜찮아요?" 하고 묻자 평소에 품고 있던 뭔지 모를 기분 나빴던 감정이 폭발해버린 것이다. 어쩌면 낯선 동양 여자 앞이라서 더 자존심이 상했을지도 모른다. 프랑스에 살면서 아랍 사람으로서 무시받았던 기억들, 오랫동안 프랑스에게 당했던 아랍 국가의 불만들, 현재 일어나고 있는 이슬람 문명과 서양 문명이 충돌하는 사건들의 잔상 위에 '이렇게 무시당하면서 억울하게는 못산다' '도대체 네가 뭔데!' 하는 생각들이 순식간에 회오리치듯 합쳐지면서 만들어낸 반응이었다.

그 짧은 순간에
나는 프랑스혁명 전야의 '분노'를 느꼈다.

테레즈는 늘 남의 시선을 많이 의식하며 산다. 그것은 자기가 특별한 사람이라는 것, 즉 귀족 신분임을 남에게 인정받으려는 무의식의 발현이다. 가족 이외의 다른 사람과 대면할 때면 테레즈는 늘 연극무대 위에 있는 배우와 같다. 누구나 때로 조금씩 연기를 하고 산다. 그러나 정도의 문제이다. 어렸을 때부터 늘 흐트러짐 없이 품위 있게 보이도록 교육을 철저히 받아서 저도 모르게 배우처럼 말하고 연기하듯 표정을 만든다.

테레즈는 누구에게 먼저 말을 걸지 않는 경향이 있다. 만년에 루르마랭에 정착한 알베르 카뮈가 자동차 사고로 세상을 떠난 후에도 그의 딸 카트린 카뮈는 계속 루르마랭에 살고 있다. 테레즈의 둘째딸과 카트린 카뮈의 딸이 같은 학교에 다녔고 함께 테니스를 친 적도 있지만, 테레즈는 카트린 카뮈에게 먼저 말을 붙이지 않는다. 그런데 상대방 카트린 카뮈도 말을 붙여오지 않았다. 그래서 30년 이상을 같은 루르마랭에 살면서도 서로 모르는 척하며 지낸다. 테레즈는 아이들을 키울 때 "먼저 말을 붙이지 말아라"라고 가르친다. 물론 먼저 말을 붙여오는 어른에게는 예의를 갖추어 답하라고 가르친다. 그런데 아이들은 이 말을 어른들뿐만 아니라 제 또래 친구들과의 관계에도 적용했다. 그러면서 아이들의 자발적이고 즉흥적인 감정 표현은 조절되어갔다. 그렇게 되면 자연스러운 호기심을 표현하는 능력, 소박한 사교능력, 친근감을 표현하는 능력들은 즉흥성을 잃게 된다. 늘 감정을 조절하고 조심스럽게 표현하는 아이로 키우게 된다. 결과적으로 아이들이 아무하고나 쉽게 사귀지 못하게 되는 것이다.

루르마랭을 대표하는 또 한 명의 작가 앙리 보스코 집안과의 경우도 마찬가지이다. 테레즈의 저택으로 들어가는 길목의 언덕 위에 앙리 보스코가 살면서 글을 썼던 집이 있다. 서재의 창문을 열면 뤼베롱산이 펼쳐지는 그곳에서 프로방스를 배경으로 하는 소설을 썼다. 지금은 보스코의 나이든 여자 조카가 그 집을 관리하고 있는데, 내가 루르마랭에 머무를 때 그 조카의 딸을 알게 되어서 그 집에 가게 되었다. 그녀는 보르도에 있는 프랑수아 모리아크 기념재단의 총무를 맡고 있다. 그 경험을 바탕으로 앙리 보스코 기념사업회를 만들려고 준비중이다. 루르마랭에서 알게 된 카뮈 기념사업회의 총무인 앙드레 포스터에게 앙리 보스코에 대해서 물어보자, 마침 루르마랭에 와 있던 그녀를 소개해주었던 것이다. 그래서 루르마랭 광장의 가비 카페에서 그녀를 처음 만나게 되었고 그후 그녀는 나를 기꺼이 그 집에 초대했다. 그래서 테레즈가 차로 나를 보스코의 집까지 데려다주게 되었다.

테레즈네 집으로 갈 때 지나는 오른쪽으로 난 좁다란 길, 아무도 다닐 것 같지 않은 그 길 저 위쪽에 아담한 프로방스식 돌집 한 채가 바로 보스코의 집이었다. 테레즈네에서 차로 삼 분 남짓한 거리였다. 그런데 테레즈는 그 집에 처음 들어와보았다고 했다. 거의 50년을 같은 마을에서 이웃으로 살면서 단 한 번도 왕래가 없었던 것이다. 테레즈는 그날에야 외국인인 나를 매개로 해서 보스코의 나이든 조카와 그 딸에게 처음 인사를 했다.

루르마랭 한가운데에는 작은 규모의 광장이 있다. 오르모 광장이다. 그 광장에는 카페와 문방구, 과일 가게, 여름에는 아이스크림 가게 등이 사이좋게 마주보고 있어서 주민들은 하루에 한 번 이상은 그곳을 통과하게 되어 있다. 며칠 동안 광장의 가비 카페에 한나절만 앉아 있으면 그 마을 주민들의 동선과 인간관계를 대충 파악할 수 있다. 광장 앞길은 좁지만 그래도 차 한 대가 통과할 수 있다. 차로 그곳을 지나던 사람들은 카페테라스에 이웃이 한 사람이라도 앉아 있으면 지체 없이 차를 세워 창문을 열어놓고 한없이 이야기를 나눈다. 한참 후에 다른 차가 바짝 뒤로 다가와야만 아쉬운 표정으로 창문을 올리며 인사를 나누고 떠난다.

『프로방스에서의 일 년』(한국어판 제목 '나의 프로방스')이라는
책을 써서 세계적인 베스트셀러 작가가 된 영국인
피터 메일도 루르마랭 근처에 살고 있다.
테레즈는 그 사실을 잘 알고 있고
또 오르모 광장에서 가끔 마주치기도 한다.
그러나 그와 인사를 나누지는 않는다.

그러던 어느 날 내가 테레즈와 오르모 광장의 가비 카페 맞은편에 있는 문방구에서 나오다 피터 메일과 마주쳤다. 그래서 나는 그와 반갑게 인사를 나누었다. 나는 바로 그 전해 어느 여름날 오전 시간, 거의 손님이 없는 조용한 가비 카페 테라스에서 프로방스 지역신문을 보고 있었다. 그때 문화면에서 한 인터뷰 기사가 눈에 들어왔다. 몇 년 전 서울에서 읽었던 『프로방스에서의 일 년』의 저자 피터 메일의 인터뷰였다. 그의 사진도 크게 실려 있었다. 그런데 그 인터뷰 기사 속의 인물과 비슷한 사람이 바로 내 옆테이블에 앉아 있었다. 나는 신문 속

의 사진과 실물 사이를 몇 번 오가다 같은 사람임을 거의 확신하게 되었다. 그래서 먼저 그 카페의 갸르송에게 신문 속의 사진을 손가락으로 가리키면서 조용히 물어보았다.

"혹시 저 사람이 이 사람 아닌가요?"

그랬더니 늘 친절했던 그 갸르송은 잘 모른다고 어정쩡하게 답했다. 조금 더 앉아 있자니 어떤 중년의 영국 부부가 지나가다가 그를 보고 반갑게 "하이, 피터!" 하며 인사하고 지나갔다. 그래서 그가 피터 메일일 가능성이 더 높아졌다. 그도 내가 자신의 외국 독자임을 눈치챘을 것이다. 그와 눈이 마주쳤다. 그 순간 용기를 내서 "이 신문에 난 사람이 당신 아닌가요?"라고 물었다. 그러자 그는 빙그레 웃으며 고개를 끄떡거렸다.

파리의 생제르맹데프레 광장에서는 문인이나 예술가 등이 많이 드나드는 되마고 카페나 플로르 카페 같은 곳에 아무리 유명한 작가가 앉아 있어도 그들의 사생활을 방해할 수 없는 분위기가 감돈다. 그곳에서는 '예의바른 무관심'을 지키는 것이 예의다. 그런데 남불의 여름, 조그마한 도시 루르마랭의 가비 카페 테라스의 인간적인 규모와 한가한 분위기가 그와의 대화를 가능케 했다. 그렇게 알게 된 그를 일 년 후 같은 장소에서 다시 만나게 된 것이다. 루르마랭은 그만큼 작다. 내가 문방구 앞에서 피터 메일을 테레즈에게 소개하자, 테레즈는 아주 반가워하는 태도를 취하면서도 약간의 거리를 느끼게 하는 말투로 자신이 그의 책을 잘 알고 있다는 것을 넌지시 표현했다. 물론 피터 메일도 테레즈를 알고 있었다. 카페테라스에 앉아 있을 때 그녀가 카페 앞을 유유히 걸어 지나가면, 옆자리의 사람들이 마담 드 빌리에라고 수군거렸기 때문이다.

사실 루르마랭에서 테레즈가 개인적으로 만나는 사람은 거의 없다. 사적인 이야기를 주고받는 친구는 더 없다. 화랑을 경영하는 비비엔느와의 관계도 그렇다. 가끔 그녀의 화랑에 들러 그림을 둘러보지만 그녀와 사적인 관계를 갖지는 않는다. 아이들의 결혼식 때에도 그런 관계가 드러난다. 테레즈는 비비엔느를 디너 테이블까지 초청하지는 않는다. 성당에서 혼인식을 올리고 나서 성에서 준비한 아페리티프 자리까지만 초청한다. 테레즈는 가끔 엑상프로방스의 친구들 집에 부부동반으로 초대를 받아서 가는데 그들도 다 귀족이다. 루르마랭에서는 가끔 앙수이 성에서 열리는 귀족들끼리의 모임이 테레즈의 사교 생활이다. 귀족들이 자기들끼리만 노는 이유는 귀족의 위세를 유지하려는 목적도 있지만, 소득의 출처가 다른 사람과 교제하다보면 문제가 발생하기 때문일 것이다.

여름 내내 매주 화요일 아침마다 퀴퀴롱의 연못 주위에는 활기찬 장이 선다. 커다란 직사각형 형태의 연못 주위에 키가 큰 플라타너스 나무들이 시원한 그늘을 만들어준다. 퀴퀴롱 사람들뿐 아니라 근처의 작은 마을 주민들과 그 마을에 바캉스를 와 있는 외국인들도 화요일에 서는 퀴퀴롱 장을 기다린다. 커다란 연못 주위의 카페들은 화요일 아침 일찍부터 장에 물건을 가지고 나온 상인들로 북적거리기 시작한다. 새벽부터 각자 정해진 자리에 텐트를 치고 작은 트럭에 싣고 온 야채, 과일, 옷, 꽃, 장식품, 그림, 골동품 등을 보기 좋게 펼쳐놓는다.

치즈, 통닭구이, 생선, 올리브를 파는 상인들은 아예 자신들이 타고 온 카라반 차에 음식을 차려놓고 팔기도 한다. 상인들은 손님들이 본격적으로 나타나기 전에 저마다 카페의 콩투아르에 둘러서서 커피나 맥주 한잔을 마신다. 그 시장에 오래전부터 물건을 가지고 나오던 사람들이기 때문에 서로를 잘 안다. 그들은 직접 농사지은 과일이나 야채, 직접 만든 치즈나 올리브 등 자기들의 상품에 대해 특별한 자부심을 가지고 있다.

어느 날 퀴퀴롱 장으로 가는 차 안에서 테레즈가 나에게 애정을 가득 담은 표정과 목소리로 이렇게 말했다.

"내겐 좋은 친구들이 있어요……
오늘 그들을 보게 될 거예요."

테레즈의 얼굴에 그 친구들에 대한 훈훈한 감정과 신뢰감, 그리고 자부심이 피어났다. 그날 오전, 테레즈와 함께 퀴퀴롱 장에 가서 이것저것 둘러보고 다닐 때였다. 연못의 초입 부분에는 야채나 과일 등 농산품들이 차려져 있고, 다른 쪽으로 갈수록 공산품들이 펼쳐진다. 과일 가게 앞에서 잘 익은 멜론을 고르고 있는데 뒤에 서 있던 테레즈가 무척 다정하고 반가운 목소리로 "봉주르! 샹탈……" 하는 것이었다. 나는 뒤를 돌아보았다. 테레즈 앞에는 은은한 은빛 머리칼을 늘어뜨린 채 차분하고 편안한 미소를 띤 중년 여성이 서 있었다. 오랫동안 특별히 욕심을 내며 아등바등하지 않아도 편하게 살 수 있었던 사람들에게서 풍기는 어떤 여유가 느껴졌다. 샹탈은 나를 보자 부드러운 미소를 머금은 채 반가움과 다정함이 느껴지는 인사를 했다.

테레즈는 샹탈이 이 지방에서 아주 오랫동안 산 사람이라고 했다. 조금 후 또다른 친구가 나타났다. 누군가 테레즈 뒤에서 달콤한 목소리로 "봉주르, 메 자미!Bonjour, mes amies!"(안녕, 내 친구들아!) 하는 것이었다. 베르나데트라는 친구였다. 샹탈보다 조금 젊은 듯한 베르나데트는 며칠 후 자기집에 이 친구들 부부를 초청해놓은 상태였다. 세 명의 '좋은 친구들'은 어떤 긴장감도 없이 몸에 밴 그들만의 예절로 자연스럽고 즐겁게 이야기를 나누었다. 테레즈가 "내겐 좋은 친구들이 있어요"라고 말했던 것이 무슨 뜻인지 알게 되어 나는 내심 고개를 끄덕였다. 좋은 친구란 서로 적당한 예절을 지키면서도 꾸밈없고 자연스럽게 편안한 마음으로 이야기를 나눌 수 있고, 헤어진 후에도 나누었던 이야기를 편안하게 음미할 수 있으며, 때로는 잔잔한 미소를 떠올리게 하는 친구일 것이다.

04

내가 루르마랭을 알게 된 것은 지금부터 5년 전의 일이다. 7월 말의 뜨거운 여름날이었다. 먼저 아를에서 시외버스를 타고 아비뇽으로 가서 그곳에서 다시 페르튀행 버스를 갈아탔다. 그때 나는 아를에 있는 반 고흐 유럽번역문화센터에 있었다. 거기서 한 달을 보내고 난 다음 파리로 올라갈 생각이었다. 그러다가 아를에서 멀지 않은 님에 내려와 있던 친구 카트린을 만났다. 카트린은 내가 프로방스의 햇빛을 좋아한다고 말하니까 그렇다면 루르마랭을 꼭 가보아야 한다면서 테레스를 소개해주었다. 문화부에서 일하고 있는 카트린은 테레즈의 집안에 대한 다큐멘터리를 만드는 일에 관여했고, 그후 어느 영화감독에게 테레즈네 저택을 촬영장소로 소개한 적도 있다고 했다. 그러는 과정에서 테레즈와 친구가 되었다고 했다.

아를에서 아비뇽에 도착할 때까지는 날씨가 맑았는데 아비뇽에서 루르마랭으로 가는 버스를 갈아타고 출발한 지 얼마 되지 않아 비가 내리기 시작했다. 버스가 아비뇽 시내를 벗어나자 뤼베롱 산이 나타났다. 뤼베롱 산은 내가 앉은 좌석 왼쪽 유리창을 통해 계속 나를 따라왔다. 버스에는 사람들이 드문드문 앉아 있어서 다소 쓸쓸한 느낌이 들었다. 뤼베롱 산의 윗부분은 구름에 싸여 그 형체를 분명하게 드러내지 않고 있었다. 그래서 더욱 신비한 느낌을 갖게 했다. 버스는 가끔씩 정류장에 멈추었고 한두 사람이 내리거나 탔다. 그동안 프로방스의 햇살에 취해 있던 나는 아비뇽에서 루르마랭으로 가는 길 위에서 지금까지 내가 살아왔던 곳, 경험했던 곳과는 아주 다른 곳으로 가고 있다는 예감이 들었다. 내가 지금 가려고 하는 그곳은 어떤 곳일까? 빗방울이 세지도 약하지도 않게 떨어지는 유리창 밖을 내다보고 있자니까 더욱 그런 기분에 젖어들었다. 마치 희미한 꿈속으로 빠져드는 것 같았다. 아예 이대로 며칠이고 계속 버스 안에 앉아 있고 싶었다. 이 신비한 기대감 속에 머물러 있고 싶었다.

그렇게 한 시간 정도를 갔는데 어느 순간 버스 운전사가 다음 정거장이 루르마랭이라고 알려주었다. 나는 몽롱한 분위기에서 빠져나와 아쉬운 마음으로 두 개의 여행가방을 챙겨 내릴 준비를 했다. 그런데 버스에서 내리기 직전 갑자기 엄청난 소나기가 쏟아지기 시작했다. 마치 아마존 열대 우림의 스콜처럼 많은 양의 비가 일시에 쏟아져내렸다. 어쩔 도리가 없어서 비를 맞으며 버스에서 큰 가방 두 개를 힘들게 끌고 내렸다. 그때 수수하게 차렸지만 우아한 자태의 프랑스 중년 여성이 자동차 문을 열고 내려 내게로 다가왔다. 그녀가 바로 테레즈였다. 우리 두 사람은 간단히 인사를 마치고 비를 맞으며 여행가방을 자동차 트렁크에 밀어넣었다. 그런 다음 테레즈는 운전석에 나는 그 옆자리에 앉았다. 성으로 가는 길에도 소낙비는 계속되었고 거리에는 아무도 없었으며 자동차 앞면 유리창에 세차게 떨어지는 빗소리 때문에 대화를 지속하기도 힘들었다. 겨우 한마디 대화만 나누었을 뿐이다.

“루르마랭에 이런 빗줄기가 쏟아지는 건 아주 드문 일이에요. 특별한 날이네요.”

“오는 날이 장날이네요!”

자동차는 이내 빌리에 길로 들어섰고 플라타너스 나무들이 두 줄로 늘어선 성의 입구에 도착했다. 길 양옆에 펼쳐진 밭을 뒤덮고 있는 해바라기꽃들이 비를 맞으며 흔들리고 있었다.

현관에 비 맞은 여행가방을 내려놓은 뒤 이 집 가문의 선조들 초상화들이 걸린 현관 복도를 지나 살롱으로 들어갔다. 테레즈의 남편 클로드가 살롱에서 나의 방문을 기다리고 있었다. 넓고 안락한 분위기의 살롱 벽에는 오래된 풍경화들이 걸려 있었다. 비를 맞은 탓인지 나는 잠시 한기를 느꼈다. 얼마 안 있어 집안에서 일을 도와주는 여자가 따뜻한 차를 끓여가지고 들어왔다. 고색창연한 느낌을 주는 찻잔에 담긴 차를 마시면서 이런저런 이야기를 나누었는데 마치 무슨 박물관 속에 들어와 있는 느낌이었다. 얼마 후 나는 계단을 오르고 긴 복도를 지나 2층의 손님방에 안내되었다. 방 유리창을 통해 전경이 한눈에 확 들어왔다. 그사이 비가 말끔하게 그쳐 있었다. 저멀리 또하나의 성이 보였는데 나중에 알고 보니 그 성이 바로 후손들 사이에 재산 분규가 났던 앙수이 성이었다.

그날 저녁식사를 마치고 클로드는 나를 그 성에 마련된 서재로 안내했다. 거기에는 프랑스혁명을 반대했던 드 메스트르와 드 보날드의 전집, 디드로와 달랑베르가 편집한 백과사전, 볼테르 전집 초판본, 루소의 저서 초판본들이 서가에 꽂혀 있었다. 클로드가 열어 보여주는 서랍장 속에는 대대로 내려오는 집안 문서들과 피렌체 대사를 지냈던 클로드의 고조할아버지의 개인 서류들이 잘 분류되어 있었다. 그렇게 나는 그곳에서 일주일을 그 집안 사람들과 함께 지내게 되었다.

05

테레즈가 사람을 평가하는 기준은 복잡해 보이지만 알고 보면 단순하다. 우선 출신 성분과 태생이 중요하고 그다음에 자질과 능력을 본다. 테레즈는 1973년에 귀족 가문 출신인 클로드와 결혼을 했다. 그 해는 1968년 학생운동의 여파 속에서 퐁피두 대통령이 파리 중심부의 재래식 전통시장 레알을 철거하고 퐁피두 문화센터를 짓기 시작한

해였다. 테레즈는 1967년에 바칼로레아에 우수한 성적으로 합격했지만 대학에 진학하지 않았다. 테레즈는 가정교육을 통해 인생에 필요한 것을 배웠고, 가톨릭 계통의 사립 중고등학교를 다니면서 부족한 점을 채웠다. 그녀의 부모는 양쪽 모두 귀족 집안이다. 아버지 집안은 보르도 지방의 귀족이었고 어머니 집안은 프랑스 중부 베리 지방의 귀족이었다. 결혼 후 테레즈는 딸 둘에 아들 하나를 낳아 키웠다. 결혼한 지 1년 반 만에 큰딸 안 마리를 낳았고 연년생으로 둘째딸 엘리자베트를 낳았다. 엘리자베트를 낳았을 때 테레즈는 외할머니도 딸 둘을 낳았고 어머니도 딸만 둘 낳았는데, 자기도 딸만 둘을 낳고 아들을 낳지 못할까봐 걱정하기 시작했다. 그런데 둘째딸을 낳은 지 2년 만에 아들 로랑을 낳았다. 로랑은 테레즈를 자기 의무를 다한 완전한 여성으로 만들어주었고, 테레즈는 이후 드 빌리에 가문의 당당한 안주인이 되었다.

테레즈는 아이들이 정규 학교에 들어가기 전부터 훌륭한 가정교사를 초빙하여 글 읽기와 글쓰기, 수학과 과학을 가르치다가 학교에 갈 나이가 되면 가톨릭 계통의 전통 있는 사립 학교에 보냈다. 학교의 교육 내용과 방법도 중요하지만, 그런 학교를 다녀야 자기들과 비슷한 배경의 아이들을 만날 수 있기 때문이었다. 여가 시간에는 세 아이 모두에게 승마와 테니스와 수영 이렇게 세 가지 운동을 시켰고, 피아노와 성악도 배우게 했다. 테레즈는 아이들의 여가 활동 가운데서 승마를 가장 중요하게 생각했다. 장군이 많이 나온 무인 귀족의 집안에서 자란 테레즈는 집안 전통에 따라 어려서부터 승마를 했다. 테레즈는 승마의 전통을 아이들에게 전승하기 위해 학교 수업이 없는 수요일 오후마다 세 아이를 세브르에 있는 승마학교에 데리고 다녔다. 아이들이 말을 타는 모습을 보고 있노라면 테레즈의 머릿속에는 어린 시절 아버지가 테레즈와 여동생 이네스를 양쪽 말에 태운 뒤 가운데에 서서 줄을 잡고 연습시키던 행복한 순간들이 떠오르곤 했다.

테레즈는 자식들에게 어떤 상황에서도
감정의 동요를 일으키면 안 된다고 가르쳤다.
흥분한다든지, 당황한 것을 드러낸다든지,
큰 소리로 말한다든지, 말을 많이 한다든지,
허둥지둥해서는 안 된다는 것을 말로 가르치는 동시에
자신의 모범을 통해 보여주었다.
자기감정에 휘말려 얼굴을 붉히는 순간
귀족의 품위가 사라진다고 생각하기 때문이다.

큰딸 안 마리는 튼튼하고 영리했고, 작은딸 엘리자베트는 섬약했지만 예술적 감각이 뛰어났다. 아들 로랑은 언제 보아도 듬직했다. 테레즈는 딸들 교육에도 열심이었지만 특히 아들 로랑의 교육에 더 많은 신경을 썼다. 선조 가운데 외교관이 많이 나와서 아들도 외교관이 되기를 바랐다. 그래서 로랑을 파리 정치대학 시앙스 포Science Po에 입학시키기 위해 좋은 고등학교 졸업 후 예비학교에 보냈다. 로랑은 뛰어나지는 않았지만 꾸준하게 공부하는 수줍은 아이였다. 그런데 로랑은 시앙스 포 시험을 보러 가던 날 아침, 시험장으로 자동차를 타고 가다가 갑자기 위경련을 일으켜 시험을 보지 못하고 병원 응급실로 실려갔다. 엄마와 집안의 지나친 기대를 이기지 못한 급성 신경증 증세였던 모양이다. 그래서 로랑은 파리의 시앙스 포 대신 마르세유에 있는 엔지니어 학교에 입학했다. 마르세유에서 엔지니어 학교를 졸업한 로랑은 친척의 소개로 로칠드 재단에 취직해서 복지프로그램과 문화프로그램을 기획하고 있다.

결혼식이야말로 귀족 가문의 전통과 영광이 드러나는 결정적인 순간이다. 테레즈는 나에게 가족앨범으로 정리된 두 딸의 결혼식 사진을 보여주며 그때의 장면을 즐겁게 회상했다. 큰딸 안 마리의 결혼식은 영화 〈마농의 샘〉에 나오는 뤼베롱 산속의 보진 성당에서 거행되었고, 작은딸 엘리자베트의 결혼식은 영화 〈지붕 위의 기병〉에 나오는 퀴퀴롱 성당에서 했다. 번성한 가문이 되기를 기원하며 결혼 기념으로 성당 앞에 올리브나무를 심었다. 결혼식이 끝난 다음에 드 빌리에 가의 성에 마련된 아페리티프에 300여 명의 하객을 초청했고, 디너 테이블에는 150여 명을 초청해 성대한 저녁식사를 대접했다. 그리고 어둠이 내릴 때쯤 성 주위에 횃불을 밝히고 밤새 댄스파티를 벌였다.

큰딸 안 마리는 생화학을 전공해서 화학회사에 취직했고 정유회사 토탈의 간부 사원인 장 밥티스트와 결혼했다. 안 마리는 결혼 후 아들 둘에 딸 하나를 낳아 키우면서 공부를 계속하여 화학박사학위를 받았고 현재는 제약회사 사노피의 실험실에 근무한다. 둘째딸 엘리자베트는 파리 2대학인 아사스 법대를 졸업하고 변호사가 되었고, 집안끼리도 잘 아는 어릴 적 친구이자 자기와 같은 변호사인 샤를르와 결혼해서 변호사 부부가 되었다. 둘째딸은 변호사 사무실에서 일했는데 결혼 이후 직업 생활을 중단했다. 그 대신 이들 셋에 딸 하나를 낳아 키우면서 취미로 도자기 공예를 하고 있다.

둘째 사위는 귀족 집안이지만
첫째 사위는 부르주아 가정 출신이어서
이름에 '드'자가 들어 있지 않다.
그래서 테레즈와 클로드는
큰딸의 아이들 이름에 '드 빌리에'라는
자기 집안의 이름을 하나 더 붙여 호적신고를 했다.

테레즈는 두 딸이 낳은 손자 손녀들을 생각하면 마음이 뿌듯해진다. 테레즈는 혈통을 아주 중요하게 생각한다. 그 점에서 두 딸은 혈통이 좋은 집안과 결혼하여 우수한 아이들을 낳았다고 생각하여 만족스럽다. 테레즈는 요즘 여자들이 실컷 자유롭게 살다가 더이상 할 일이 없어지면 그때야 아이를 낳으려고 한다며 비판한다. 다행히 테레즈의 딸들은 일찍 결혼해서 일찌감치 아이들을 낳은 것에 대해 안심한다.

그런데 문제는 로랑이었다. 로랑은 서른이 넘어서도 결혼할 생각이 없는 눈치였다. 엑상프로방스에 사는 백작부인을 통해 미국 동부로 이민 간 프랑스 귀족의 후손이자 하버드 대학을 나온 규수 등 여러 번에 걸쳐 그럴듯한 중매가 들어왔지만 성사가 되지 않았다. 테레즈와 클로드는 내심 초조해하고 있지만 아무리 부모라도 아들에게 결혼을 강요할 수는 없다는 것은 알고 있다. 테레즈는 외손자와 외손녀들을 돌보며 기쁨을 느끼지만, 빨리 아들이 낳은 친손자를 볼 날을 꿈꾸며 지낸다.

테레즈의 직업은 필체 해독가다. 직업이라고 말했지만 그 일을 해서 돈을 번다는 말은 아니다. 가끔씩 귀족들의 유언이나 공증 문서들의 필체 진위 여부를 파악하는 일을 해서 일정한 수입을 올리기는 한다. 또 회사에서 신입사원을 뽑을 때 최종 후보자들의 필체를 검사해 인사 담당관들에게 조언해주기도 한다.

테레즈를 통해 필체 해독에 관심을 갖게 된 나는 어느 날 파리 몽파르나스 부근의 거리를 거닐다가 '심리학 학교'라는 간판이 눈에 띄어 발을 멈추었다. 내 친구 자크린이 이 학교에서 오랫동안 사회학을 가르쳤다는 이야기를 들었기 때문이다. 자크린은 자기가 속한 사회과학고등연구원에서 강의할 때보다 이 '심리학 학교'에서 가르칠 때 더 재미난다고 했다. 대학에서 다양한 학문을 전공한 다음 정말 심리학 공부가 하고 싶어서 오는 학생들이기 때문에, 인간과 사회에 대한 문제의식도 진지하고 저마다 삶의 경험에서 우러나오는 이야기들을 나눌 수 있어서 좋다고 말했던 것이 생각났다. 학생들 개인의 임상적인 문제를 사회적인 문맥 속에 넣어가며 설명하고 토론을 통해서 함께 분석을 시도하는 수업 방식이 집단치료 효과를 만들어낸다고도 했다.

사실 인간의 문제를 가볍게 다루면서 사회를 연구한다는 것이 얼마나 피상적인 접근인가? 그래서 관심을 가지고 그 학교 안으로 들어가 게시판에 붙어 있는 학교 소개문을 읽다보니까 필체 해독학이라는 과목이 들어 있었다. 참 재미있다는 생각이 들었다. 과학적 실험을 강조하는 미국 대학의 심리학과에서는 필체 해독학이라는 과목을 개설할 수 없을 것이다. 그런 비과학적 접근을 대학에서는 가르칠 수 없다고 생각할 것이다. 나도 은연중 그렇게 생각했다. 그러나 파리의 '심리학 학교'에서는 그런 과목을 가르치고 있었다. 그런 전통 때문인지 테레즈는 심리학자인 나에게 자신이 필체 연구가라고 자랑스럽게 말한다. 테레즈는 막내아들 로랑이 유치원에 다니게 되었을 때 필체 연구를 시작했다. 시간 여유가 조금 생겼기 때문이다. 테레즈는 그 시절을 이렇게 회상한다.

"결혼 전에는 제 인생에 특별한 계획이 없었어요. 물론 결혼을 하고 아이들을 낳아 키워야 한다는 것은 말할 것도 없이 제 인생의 중심에 있었지요. 그것 말고 뭐 특별히 인생의 계획이라든가 하고 싶었던 것은 없었어요. 세 아이를 낳아 어느 정도 기우고 난 후에야 필체 연구를 시작했어요. 그건 여자도 아이 키우고 가정을 가꾸는 것 말고 '조금은' 다른 일을 가져야 한다는 생각이 들어서지요."

테레즈는 가정 살림 말고 '조금은' 다른 일로 필체 연구를 시작했고 이미 20년 전에 프랑스 필체연구가협회가 창설될 때 주도적인 역할을 했다. 처음에 30명으로 시작한 이 협회는 현재 300여 명이 모이는 단체로 발전했다. 파리에서 협회 모임이 있을 때면 회원들을 생클루의 집에 초청하기도 한다.

테레즈에게는 사랑하는 개가 한 마리 있다. 아이들이 다 커서 집을 떠나 돌볼 사람이 없게 되자 테레즈는 개 한 마리를 입양하고 낸시라고 이름 붙였다. 딸 둘이 다 결혼하고 아들마저 집을 나가 살게 되면서 생긴 테레즈의 빈 둥우리 증후군을 낸시가 채워주었다. 테레즈는 언제나 낸시와 함께 지내고 낸시는 언제나 테레즈의 보살핌 속에서 산다.

그녀에게는 자신의 애정을
아무 계산 없이 스펀지처럼 흡수하고
그럴수록 자기를 필요로 하는 어떤 생명체가 필요하다.

낸시는 그런 테레즈의 사랑을 거부한 적이 없다. 늘 순하고 약간 겁에 질린 듯한 눈으로 테레즈를 바라본다. 그리고 테레즈에 대한 애정을 긴 귀를 후드득 흔들며 표현한다. 테레즈의 차에는 낸시의 냄새가 배어 있다. 그게 테레즈에게는 아무 문제가 되지 않는다. 그 차에 탈 때마다 어김없이 개털과 먼지가 뭉친 덩어리가 보이고, 거기에 배설물 냄새가 어우러져 노린내를 풍긴다. 그래서 테레즈의 차에 탈 때면 마구간에 들어가는 느낌이 들기도 하고, 어느 시골 농가의 건초를 쌓아놓은 창고 옆을 지나가는 듯한 느낌이 들기도 한다. 테레즈가 부득이 낸시를 집에 혼자 두고 외출하려고 차에 오를 때, 테레즈를 쳐다보는 낸시의 눈빛은 매우 애처롭다. 그러면 테레즈는 "그래 그래" 하면서 낸시의 목덜미를 애무하며 안아준다. 그럴 때 테레즈는 낸시를 마치 연약하고 섬세한 연하의 애인처럼 대하는 것 같다.

루르마랭 성의 대문을 지나 마당으로 들어가는 입구에는 철제의자 두 개가 3미터 정도의 거리를 두고 놓여 있다. 두 의자 사이에는 기다란 각목 하나가 얹혀 있다. 그건 낸시에게 이곳 밖으로 나가면 안 된다는 경계선 표시다. 언젠가 낸시가 집밖으로 나가서 돌아오지 않은 적이 있다. 그때 테레즈는 자동차를 타고 세 시간 동안 동네 곳곳을 헤매고 다녔다. 그러다가 어느 골목길에서 정신이 나간 상태로 어슬렁대고 있던 낸시를 찾아서 집으로 데리고 온 적이 있다. 그 직후 마당 입구에 철제의자와 기다란 각목으로 경계 표지판을 세워놓고 낸시에게 이곳을 넘어가면 안 된다고 철저하게 교육시켰다. 아무튼 낸시는 테레즈의 마음 상태를 잘 파악하는 영리한 개다. 그래서 테레즈가 수영장 의자에 비스듬히 누워 자기만의 시간을 즐기고 있을 때면 결코 테레즈를 귀찮게 하는 법이 없다. 그럴 때 낸시는 스스로 알아서 다른 식구들 옆으로 가서 테레즈가 자기를 부를 때까지 가만히 앉아 대기한다.

06

테레즈의 여름 바캉스는 브르타뉴의 라볼에 있는 해변가 별장에서 시작된다. 6월 중순경이면 생클루의 집을 떠나 브르타뉴 해변으로 향한다. 바닷가에서 일주일 정도를 지낸 다음 뤼베롱 산자락에 있는 루르마랭의 성으로 간다. 그리고 거기서 9월 중순까지 두 달 이상을 머문다. 테레즈 부부가 바캉스 기간에 외국 여행을 하는 법은 없다. 특히 클로드는 자기가 사는 파리 근교 생클루의 집, 루르마랭의 저택, 브르타뉴 라볼의 해변가 별장, 베리 지방에 있는 테레즈 집안의 성 이외에 다른 어느 곳에도 가고 싶어하지 않는다. 그 이상 편안하고 좋은 곳은 이 세상에 없다고 생각한다. 비행기를 타고 멀리 외국으로 가는 여행은 고개를 절레절레 저으며 거절한다. 테레즈는 그런 남편에 맞추어서 살아왔지만, 사실 테레즈 자신도 다른 곳에 갈 마음이 별로 없다.

6월 말경에 루르마랭의 성에 도착하면 우선 먼지 냄새가 나고 약간 축축한 기운이 감도는 살롱의 창문과 덧문을 활짝 열어젖힌다. 그러고 나서 가구들 위에 씌워놓았던 덮개들을 걷어낸 다음, 정원의 빨래건조대에 널어 말린다. 플라타너스 나무 가지 사이로 새어들어오는 햇볕과 시원한 바람은 축축해진 덮개들을 건조한 상태로 바꾸어놓는다. 널어놓은 지 몇 시간 후에 만져보면 벌써 뽀독뽀독한 면 느낌이 묻어난다.

테레즈는 올해 여름도 어김없이 루르마랭의 성에서 지냈다. 7월 초에 둘째딸 엘리자베트가 남편과 함께 네 명의 아이들을 데리고 왔다. 세 살 반인 막내 다니엘은 아직도 기저귀를 차고 있다. 네 명의 아이들을 돌보기가 힘들어 젊은 보모 한 사람을 고용했다. 작년 여름에는 먼 친척 집안의 손녀가 바캉스 겸 아르바이트를 하러 와서 여름 내내 함께 지냈는데, 일도 잘 못하고 눈치도 없어서 무척 답답했다. 일 도와주러 온 사람이 아니라 상전을 모시고 있는 것 같았다. 그래서 올 여름에는 영국 아가씨 한 명을 수소문해서 오게 했다. 아는 사람을 통해 오긴 했지만 인척 관계가 아니어서 훨씬 대하기가 수월했다. 일도 더 깔끔하게 잘했고 아이들과 영어로 이야기하니까 영어 공부도 시키는 셈이었다.

7월 중순이 되자 큰딸 안 마리 부부가 세 명의 아이들을 데리고 왔다. 8월 초에는 아들 로랑이 친구 한 명을 데리고 왔다. 그래서 루르마랭에서 테레즈의 일상은 생클루에서보다 훨씬 더 분주하다. 아침 7시면 일어나 손자 손녀들을 챙긴다. 8시가 되면 여름 바캉스 기간 동안 매일 한나절 집안일을 도와주는 지젤이 도착한다. 지젤은 대가족의 아침식사 테이블을 차리는 일로 하루 일과를 시작한다.

테레즈는 아침식사 후에 잠시 휴식을 취하다가 오전 10시가 되면 점심식사 준비를 위해 루르마랭이나 카드네, 퀴퀴롱이나 보진에서 열리는 시장으로 향한다. 루르마랭에 갈 때는 도심 입구의 주차장에 차를 세워놓고 밀짚으로 만든 튼튼하고 큼직한 시장가방을 팔목에 걸치고 오르모 광장 쪽으로 걸어들어간다. 광장으로 들어가기 직전에 오래전부터 단골인 식료품점에 들른다. '남쪽의 빛'이라고 쓴 빛바랜 상점 간판이 이 가게가 얼마나 오래되었는지를 증명하듯 걸려 있다. 테레즈는 일단 밖에 진열된 야채와 과일을 둘러본 뒤 가게로 들어간다. 거기서 기본적인 생필품과 과일, 야채, 소시송(프랑스 소시지), 치즈, 빵 등을 산다. 5년 전까지만 해도 50대의 활기찬 여주인 줄리가 테레즈를 반갑게 맞으며 그날 나온 싱싱한 과일이나 식재료에 대해 설명하곤 했다. 그러나 어느 날 줄리는 잠시 아프다가 금방 세상을 떠났다. 그후 줄리의 맏딸이 가게를 맡아 운영하고 있다. 예쁘장하고 가냘픈 몸매를 지닌 30대 초반의 여성이다. 그녀는 가게 운영이 힘에 벅찬지 늘 지쳐 보이는 얼굴을 하고 있어서 가엽게 느껴질 정도다. 가게는 작아도 그 안에 있을 것은 다 있다. 올리브유, 치즈, 소시지, 포도주, 프로방스 요리에 필요한 향신료 등 무엇 하나 없는 것이 없다. 요즘처럼 노천시장이 자주 서기 전에는 이 가게가 식재료 공급의 중심지였다. 이제는 장이 안 서는 날 루르마랭 주민들이 그때그때 긴급하게 필요한 물건을 사러 오는 가게로 전락하고 말았다. 그래도 테레즈는 줄기차게 이 가게를 들락거린다. 세상을 떠난 줄리와의 의리를 지킨다기보다는 몸에 붙은 오래된 습관 때문이다.

테레즈 덕분에 알게 된 이 가게에 어느 날 나 혼자 들어갔다. 그날은 맏딸 대신 어떤 해맑고 앳된 여학생이 가게를 지키고 있었다. 그녀는 열여덟 살 먹은 줄리의 막내딸이었다. 5년 전 열세 살 때 갑작스레 엄마를 잃은 후 언니들과 함께 살았고, 올해 아비뇽 대학 지질학과에 입학한 상태였다. 그날은 힘들어하는 언니 대신 비교적 한산한 오후 한나절 혼자 가게를 보고 있었던 것이다. 그녀와 이야기하다가 내가 그녀의 엄마를 안다고 하자, 애타는 눈빛으로 자기 엄마가 어땠는지 들려달라고 했다. 아직 어렸던 열세 살에 엄마가 돌아가셔서 엄마에 대한 기억이 선명하지 않다고 했다. 그래서 엄마에 관한 어떤 이야기라도 듣고 싶어하는 눈치였다. 어렵게 상실감을 극복해가고 있는 그녀의 아픔이 진하게 전해져 내 마음도 아팠다.

루르마랭 성에서 대가족이 함께 지내는 여름 바캉스 기간에 테레즈는 거의 매일 장을 보아야 한다.

장에 가는 것은 일단 신선한 음식 재료를
사기 위한 것이지만,
그 1차적인 목적 이외에도 살아 있음에 대한
생생한 느낌을 확인하는 즐거움이 있다.

특히 여름철의 장은 더 그렇다.
모든 시름을 잊게 된다.

햇빛을 실컷 머금은 과일과 야채를 보는 것만으로도 생기가 되살아난다. 싱싱한 과일을 자랑스레 펼쳐놓은 농부이자 상인들의 삶의 활력도 고스란히 장터에 살아 있다. 프로방스의 화려한 햇빛의 색깔이 장터를 더 명랑하고 밝게 한다. 저마다 햇빛을 가리는 텐트를 쳐놓고 있어도 강렬한 빛은 텐트를 뚫고 들어와 펼쳐진 물건들에 햇빛의 색깔을 덧칠해준다.

테레즈는 모든 것을 한군데에서 다 갖추고 있는 대형 슈퍼마켓에 가는 걸 싫어한다. 페르튀에 큰 슈퍼마켓이 있지만 그곳보다는 퀴퀴롱의 자그마한 슈퍼를 즐겨 찾는다. 퀴퀴롱에 장이 서는 날이면 먼저 그곳 슈퍼마켓에 들러 세제나 휴지 등 생필품을 미리 사서 차에 넣어놓은 후 슈퍼마켓 바로 옆에 서는 퀴퀴롱 장으로 간다. 거기에서 싱싱한 아스파라거스, 토마토, 호박, 양파, 감자, 가지 등 갖가지 채소를 산다. 퀴퀴롱의 농업협동조합 가판장에서는 포도, 사과, 참외, 수박 등의 싱싱한 과일을 산다. 식구가 많을 때는 살구 한 상자를 집기도 한다. 자신의 영지에서 나오는 질 좋은 올리브유가 다 떨어졌을 때는 농협에서 파는 올리브유를 사기도 한다.

요즈음 클로드가 잇몸에 염증이 생겨 입맛이 없다고 음식을 거의 먹지 않는다. 그래서 그의 입맛을 돋우는 음식을 해주려고 신경을 쓴다. 예전에는 클로드가 음식 타박을 하면 기분이 나빴던 적도 있었다. 그건 다 젊었을 때의 일이다. 이제 클로드의 건강을 생각해줄 사람은 테레즈뿐이다. 그래서 최근에는 클로드가 좋아하는 도미나 농어, 장봉 크뤼(생햄)나 마른 소시지와 브리, 로크포르, 생네크테르 등의 치즈를 자주 산다.

가끔씩 기분이 나면 미스트랄이 불어 쌀쌀한 저녁에 정원에서 식사할 때 입기 위해, 요즈음 유행하는 짙은 오렌지색 블라우스를 산다. 7월 말이 생일인 아들 로랑을 위해 여름 와이셔츠나 티셔츠를 골라보기도 한다. 딸들이 입으면 좋을 것 같은 여름 바캉스용 원피스를 점찍어두기도 한다. 그러다가 11시 40분쯤 되면 신데렐라처럼 서둘러 장터를 빠져나온다. 빨리 집으로 돌아가서 점심식사 테이블을 차려야 하기 때문이다.

테레즈는 장을 보고 돌아와서 짐을 들고 부엌으로 들어간다. 지젤이 점심식사 준비에 한창이다. 부엌 한편에는 싱싱한 붉은 빛깔의 토마토를 가지런히 썰어서 쌓아놓은 큼지막한 샐러드 접시가 놓여 있고, 장봉을 담아놓은 접시도 보인다. 잘 익은 멜론이 단물을 잔뜩 머금은 채로 접시 위에서 반짝거린다. 가스불 위에는 호박, 피망, 가지 등을 쪄서 간을 맞춘 라타투이가 맛있는 냄새를 내며 익어간다. 오늘은 초청한 손님 없이 식구들과 아들 로랑의 친구 에두아르와 함께 점심식사를 한다. 에두아르는 로랑이 마르세유의 엔지니어 학교에 다닐 때부터 친하게 지내는 친구다. 이번 여름에 몇 주간 이곳 루르마랭 집에 머물며 과수원 철책과 출입문을 비롯해서 집안 이곳저곳 보수가 필요한 곳을 로랑과 함께 손볼 예정이다. 로랑의 친구만이 아니라 가끔씩 오는 사위들의 친구들도 여름에 며칠씩 이곳에서 바캉스를 보내며 저택의 여기저기를 손보아준다. 오래된 저택은 늘 어딘가 보수할 곳이 있기 때문이다. 손님들은 그렇게 밥값을 톡톡히 하는 셈이다. 그래도 이처럼 좋은 환경에서 한나절 일하고 수백 년 된 나무 아래서 포도주를 한잔하고 페탕크 놀이를 한 후 수영도 하고, 조용한 숲속으로 산책을 떠날 수도 있다는 것은 특권이다.

로랑의 친구 에두아르는 예절 바르고 잘생긴 용모를 지닌 귀족 출신의 청년이다. 매사에 조심스럽게 행동해서 누구도 기분 상하게 하는 법이 없으며 눈이 유난히 크고 조금 겁먹은 표정을 하고 있다. 테레즈는 늘 그의 옷차림을 칭찬한다. 오늘 점심식사 테이블에는 옅은 하늘색 옥스퍼드지로 된 긴팔 와이셔츠를 베이지색 긴 면바지 안에 단정하게 집어넣은 차림으로 나타났다. 반면에 로랑은 초록색 반바지에 빛바랜 듯한 하늘색 폴로 티셔츠를 바지 위로 내어놓은 편한 차림으로 테이블에 앉았다. 그 모습을 본 테레즈는 로랑에게 조용한 목소리로 말했다.

"너도 에두아르처럼 입지 그러니……"

저택의 오른쪽 마당에는 수백 년 된 울창한 마로니에 나무가 커다란 그늘을 만들고 서 있다. 그곳이 여름이면 테레즈네가 식사를 하는 장소다. 손님들이 와도 그곳에서 식사를 한다. 초대손님 없이 식구들이나 가까운 친구들과 식사할 때는 식탁에 앉아 있는 사람들의 옷차림이 자유롭다. 한여름 더위가 한창일 때는 오전에 수영장에 들어가 물속에 몸을 담그고 나와서 식사하는 사람들이 대부분이어서 그렇다. 시장을 보고 온 테레즈도 점심 준비가 거의 끝나면 나머지 일들을 지젤에게 맡기고 잠깐이라도 수영장으로 가서 몸을 담근다. 장을 보고 들어와 서둘러 점심 준비를 하느라고 더워진 몸을 좀 식히고 점심을 상쾌하게 먹기 위해서다. 딸 안 마리는 수영복 위에 발리식의 가운을 걸치고 조금 젖은 머리로 식탁에 앉고, 이네스는 가느다란 몸에 짙은 초록색 가운으로 수영복의 아래쪽만 겨우 가린 채 어깨는 다 드러내놓고 앉아 있다. 테레즈는 코발트색 헝겊 한 장을 곧 풀어질 듯이 슬쩍 가슴에 동여매고 식탁으로 온다. 점심식사 후 잠시 쉰 다음 다시 수영장으로 돌아갈 차림들이다. 남자들은 수영복 위에 반바지를 입고 상의는 와이셔츠나 티셔츠를 입고 앉아 있다.

하지만 손님들이 초청된 날의 식탁 분위기는 사뭇 다르다. 손님들이 오는 식사 테이블에는 아이들이 결코 함께 앉지 않는다. 아이들은 본 식사 전에 간단하게 자기들끼리 먹게 한다. 중요한 손님을 초대할 때면 테레즈는 테오 신부를 꼭 부른다. 그는 집안의 대소사를 치를 때 늘 중요한 역할을 하는 드 빌리에 집안의 사제다.

귀족들은 그 스스로 고귀한 존재가 아니라
그들을 섬기는 사람이 있을 때 귀한 존재가 된다.

드 빌리에 집안의 결혼식, 장례식, 세례식 등 집안의 대소사를 관리하는 테오 신부는 빌리에 가문이 귀족임을 상기시키는 중요한 장치의 하나다. 식탁에서 테오 신부의 자리는 늘 테레즈의 옆자리다. 그날 초청된 사람 중에 가장 중요한 인물이 차지하는 자리이다. 테레즈는 나에게 테오 신부에 대해 이야기할 때면 무슨 중요한 비밀이라도 이야기하듯이 눈을 반짝이며 말한다.

"테오 신부는 정말 좋은 분이에요……"

식사중에도 테레즈는 테오 신부를 섬세하게 챙긴다. 반면에 클로드는 테오 신부와 별로 이야기를 나누지 않는다. 여름날 점심식사에는 엷은 분홍빛 로제 포도주가 나오고 장봉에 겉은 초록색이지만 속은 노란색인 프랑스 참외를 곁들인 '장봉 오 믈롱'을 전식으로 내놓는다. 아니면 토마토에 모차렐라 치즈를 곁들인 '토마토 모차렐라'를 준비한다. 본식으로는 오전에 장에서 사온 큼직한 도미 요리에 감자를 곁들이곤 한다. 후식은 언제나 과일과 치즈를 준비한다. 때로 미리 구워놓은 과일 타르트를 내어놓기도 한다.

한 집안의 분위기를 가장 잘 알 수 있는 시간은 온 식구들이 식탁에 둘러앉아 식사하는 시간이다. 어떤 집안의 식사 시간 분위기는 화기애애하고 어떤 집안은 먹기에만 바쁘고 대화가 없다. 또 어떤 집안은 말은 별로 없지만 온 식구가 음식을 맛있게 먹고 어떤 집은 마지못해 겨우 같이 앉아서 묵묵히 먹기만 한다. 테레즈네 집안 식구들의 식사 시간은 어떤 분위기일까? 여름휴가철 수백 년 된 마로니에 나무 그늘 아래 차려놓은 식탁은 기본적으로 행복한 분위기를 만든다. 어린 손자 손녀들이 함께 식사할 경우 아이들의 재잘대는 소리가 식탁의 분위기를 살아 있게 한다. 하지만 아이들 없이 어른들끼리 식사할 때의 분위기는 한마디로 덤덤하다. 화려하고 들뜨기 쉬운 햇빛 아래서 식사하지만 어느 누구도 실없는 말을 하는 법이 없다. 차분하고 조용조용하게 이야기를 나눈다. 어쩌다 클로드가 포도주를 몇 잔 마신 후 기분이 좋아지면 테레즈의 음식 솜씨를 놀리는 썰렁한 유머를 내뱉는다.

"우리집 음식은 꼭 군대 막사 음식 같아."

그 유머에는 테레즈가 무인 집안의 딸이란 것을 놀리는 것 같기도 하고, 테레즈의 음식이 군대 음식같이 맛이 없다는 뜻도 있다. 테레즈는 그런 말에 끄떡도 않는다. 클로드가 그러거나 말거나 자신의 도리를 다할 뿐이다.

언젠가 클로드는 어떤 모임에서 뷔페식으로 저녁을 먹고 돌아오는 길에 이렇게 말했다.

"그게 어디 저녁을 먹은 거야?"

클로드는 정식으로 테이블에 앉아서 누가 서빙하는 따뜻한 음식을 먹어야 식사를 한 것이라고 생각한다. 어려서부터 대접을 받고 살아온 클로드의 오래된 생활습관이다. 예전에는 그런 태도가 남자들의 자기중심주의의 발현이라고 여겨져 화가 나곤 했다. 물론 클로드는 자기중심적이다. 달라진 것은 테레즈다. 그가 왜 그런 자기중심성을 가지게 되었고, 성숙할 기회를 갖지 못한 채 아직도 그대로인가에 대해 이해해보려는 마음이 커진 것뿐이다. 클로드의 오래된 습관을 무리하게 바꾸어보려는 시도는 클로드가 결혼 초기에 테레즈의 습관을 자기 마음대로 조종하려고 했던 행위와 같은 것이라는 생각이 든다. 세월이 흐르면서 클로드의 고쳐질 가능성이 전혀 없는 자기중심성을 테레즈 나름의 방식으로 수용하게 되었다. 클로드의 오래된 습관이 그를 버티게 해주는 동력이 될 수도 있다는 생각도 들었다. 그 동력을 강제로 빼앗아버리면 남편 클로드라는 배는 가라앉게 될 것이고, 그렇게 되면 테레즈 자신에게 무슨 이득이 될 것인가? 테레즈는 나이가 들수록 클로드의 다름을 넉넉하게 이해하고 감싸주려는 자신의 변화를 느낀다.

그래서 테레즈의 '좋은 친구들' 중의 한 명인 베르나데트네 집에 가서 뷔페로 저녁을 먹고 온 날은 집에 와서 따뜻하게 키슈라도 하나 오븐에 데워준다.

한번은 내가 그 집 식구들과 점심식사를 할 때 테이블에 벌 한 마리가 날아들었다. 나에게 그 순간은 '식탁 위의 벌 사건'으로 기억되고 있다. 그날 커다란 벌이 윙윙거리며 식탁의 음식 위와 사람들 사이를 오갔다. 식탁 주변을 떠나지 않는 벌 때문에 놀라서 소란을 떠는 사람은 아무도 없었다. 의자에서 벌떡 일어나 피하려는 사람도 없었다. 그대로 조용히 자기 자리를 지키고 앉아 벌이 다가오면 얼굴을 피할 뿐이었다. 유독 벌을 무서워하는 나는 속이 탔지만 유난을 떨 수가 없어 식은땀만 흘리며 꾹 참고 앉아 있었다. 결국 내 표정을 읽고 분위기를 파악한 로랑이 일어나 그 벌을 다른 쪽으로 유도하면서 그 공포의 '벌 사건'은 종결되었다.

점심식사 후에는 제각각 자기가 원하는 장소로 가서 휴식에 들어간다. 그날 로랑은 에두아르와 저택 뒤쪽에 있는 과수원 문에 페인트를 새로 칠하러 갔다. 오후 2시가 되니 햇볕은 한창 뜨겁다. 페인트 통을 들고 작업복으로 갈아입은 두 친구가 일하러 가는 뒷모습이 다정해 보인다. 뜨거운 햇볕 아래에서 두 친구는 줄곧 이야기를 나누며 작업을 한다. 에두아르는 로랑에게 이 집의 조경에 대해 조언을 하기도 한다. 저택 정면 쪽의 조경이 더 확 트이려면 포도밭 쪽의 키 큰 나무들을 조금 더 쳐내야 한다는 것이다. 5시까지 꼼꼼하게 일을 마치고 난 뒤 두 사람은 샤워를 하고 위아래 흰색 테니스복으로 갈아입고 테니스채를 들고 마당에 나타난다. 그리고 오래된 흰색 르노 자동차를 타고 루르마랭에 있는 테니스장으로 유유히 떠난다.

07__

테레즈가 결혼하자마자 성의 안주인 노릇을 한 건 아니다. 아이들이 어렸을 때 여름이면 온 가족이 이곳에 오곤 했지만, 그때는 그 집에 시누이가 살고 있었다. 클로드의 누나인 마들렌느는 테레즈네 식구가 오는 것을 반기기는 했지만, 자기 아들 가족이 올 때와 시기를 달리하기를 요구하면서 눈치를 주기도 했다. 그러나 테레즈는 이미 루르마랭의 빛에 반해 있었던 터라 그쯤은 다 감당할 수 있었다. 그렇게 세월이 흐르면서 마들렌느가 세상을 떠났고 클로드가 그 성의 상속자가 되었다. 그때 테레즈의 나이 서른다섯이었다. 그 성을 자유롭게 드나들던 마들렌느의 자식들이 아쉬워했지만, 법적으로 아무런 문제를 제기할 수 없었다. 테레즈는 그들에게 언제나 집을 개방했지만 그들은 점차 성에 뜸하게 오다가 다른 곳에 별장을 산 이후로는 루르마랭에 다시 얼굴을 내밀지 않았다. 그 이후 루르마랭의 성은 완전히 테레즈의 관할하에 들어왔다. 명실공히 루르마랭 성의 안주인이 된 것이다. 아이들이 커가면서 테레즈는 말없이 빌리에 가문을 관리했다. 외할머니와 어머니가 집안을 좌지우지하는 것을 보고 자라면서 테레즈는 알게 모르게 성 안주인의 역할을 내면화했는지도 모른다.

테레즈는 루르마랭에서라면 무엇을 해도 다 좋다. 그냥 가만히 앉아 있어도, 시장을 보러 가도, 손님들을 위해 점심을 준비해도, 손자 손녀들이 수영장에서 노는 것을 바라보아도 몸의 긴장이 다 풀어지는 것 같다. 그 모든 순간 중에서도 테레즈가 가장 좋아하는 시간은 수영장 옆에 놓아둔 장의자에 혼자 누워 있을 때다. 오후 2~3시경 점심식사가 끝나고 식구들과 손님들이 아직 식탁에서 완전히 떠나기 전일 수도 있다. 그들은 식탁에서 조금 더 이야기를 나눌 것이다. 커피를 한잔 더 마실 수도 있다. 이때쯤 테레즈는 조용히 식탁을 빠져나와 수영장 쪽을 향한다.

이번 여름에는 클로드의 사촌동생 앙드레와 그의 부인 베아트리스가 와서 일주일을 지내고 갔다. 테레즈는 손님들에게 신경을 쓰느라고 사춘기에 접어든 손자 라파엘을 잘 돌보아주지 못한 것을 내심 서운하게 생각한다. 앙드레의 아버지는 프랑스 귀족이었고 엄마는 미국 동부 출신의 여자였다. 그녀는 결혼하기 전까지는 개신교도였지만 결혼 후 가톨릭으로 개종하고 열렬한 신자가 되었다. 앙드레는 두 사람 사이에 태어난 네 명의 아들 중 막내아들이었다. 앙드레의 부모는 아들 중 한 명이 신부가 되기를 원했다. 그래서 가장 침착하고 조용한 성격의 앙드레를 수도원에 보냈다. 앙드레는 열 살부터 스무 살까지 수도원에 살면서 신부가 되기 위한 교육을 받았다. 그러나 수도원 생활에 회의를 느끼고 고통받다가 결국 수도원을 제 발로 걸어나왔다. 그후 앙드레는 현실에서 다른 직업 생활을 하기가 힘들어 조용히 집안의 재산을 관리하며 살다가 다행히 명랑하고 밝은 분위기를 풍기며 세련된 취향의 베아트리스를 만나 결혼했다. 베아트리스의 엄마는 프랑스 최초의 여성 중국학자였다. 베아트리스는 어머니가 돌아가신 후 서재의 중국학 장서들을 콜레주 드 프랑스와 기메 박물관 도서관에 기증했다고 한다. 앙드레와 베아트리스는 다섯 명의 아이를 낳았다. 그중 막내아들이 청각장애가 심각했는데, 그 막내아들을 훌륭하게 교육시켰다. 베아트리스는 일찍 상속받은 재산을 아이들 교육에 투자하여 고루 다 잘 키웠다. 이제 그들에게는 손자 손녀가 열아홉 명이나 된다. 테레즈는 베아트리스의 자녀교육 방식과 손자 손녀가 많다는 사실을 훌륭하게 생각한다.

베아트리스가 체류하는 기간 중에 테레즈가 나를 초대했다. 그날 점심식사 시간에는 여성 문제가 화두가 되었다.

베아트리스는 흔히 여성운동의 물결 이후
여성이 강해지고 남녀가 평등해졌다고 말하지만,
프랑스는 늘 여성들이 지배해왔다고 주장했다.

이제 와서 '앞으로는 여성이 남성을 지배하는 세상이 될 것이다'라는 식의 말은 새삼스럽다고 말하면서, 겉으로는 남자가 지배한 듯 보이지만 세상은 늘 여자가 지배한 역사였다고 말했다. 특히 프랑스는 그래왔다는 게 베아트리스의 생각이다. 테레즈는 조용히 듣다가 자기의 의견을 담담하게 꺼냈다.

"나는 여성들이 쟁취했다고 흥분하는 많은 것들이 어쩌면 스스로의 발목을 잡는 것인지도 모른다고 생각해요. 남자들이 공감능력이 떨어지는 건 사실이에요. 자기중심적이고 이기적이지요. 아주 오랫동안 남녀 관계가 그렇게 유지되었으니까요. 오랜 세월 남자들은 그렇게 살아도 되도록 습관이 들었지요. 그런데 그것을 견디기 싫다고 여자들이 남자를 버리고 혼자 살면 그건 어디 견디기가 쉽나요? 더 어렵죠. 혼자 산다는 것이 얼마나 힘든 일인데요."

테레즈는 일반적으로 세상사에 대해 회의가 별로 없다. 여성 문제에 대해서도 마찬가지이다. 자기에게 주어진 아내로서, 엄마로서, 할머니로서, 딸로서의 의무를 회의 없이 잘 수행해왔다. 클로드 집안과 친정집에서 물려받은 재산과 물건들을 클로드와 협력하면서 잘 지켜왔다. 테레즈는 유지할 것들에 둘러싸여 살고 있다. 체면 유지, 품위 유지, 재산 유지, 수많은 초상화들과 귀한 물건들의 관리와 유지, 서택과 별장의 유지 등 온통 지켜야 할 것뿐이다. 이 명백한 것들을 지키기에 바빠서 근본적인 회의를 할 수 없는지도 모른다. 아니 회의할 필요가 없는지도 모른다. 이 세상에서 불평등한 것은 남녀 관계만이 아니다. 여러 차원의 불평등이 있다. 그런데 테레즈는 남녀 관계 외에는 불평등한 대접을 받을 일이 거의 없다. 예외적인 특권층으로 살아왔기 때문이다. 그래서 그쯤은 감수하고 살 만한지도 모르겠다. 테레즈의 이야기를 듣던 베아트리스가 한마디 더 한다.

"여자들이 평등, 평등 하니까 남자들이 주눅이 들게 되죠. 그러면 여자들은 중요한 한 가지를 잃게 돼요. 남자들을 유혹하는 재미 말이에요. 남자와 여자가 재미나게 지내는 것도 인생에서 중요한 것 아닌가요? 미국의 페미니스트들은 이 점을 간과한 것 같아요."

베아트리스의 말처럼 프랑스에서는 어딜 가나 남녀가 잘 어울린다. 어울려 시시덕대는 것이 참 자연스럽다. 남녀 혼성 문화가 오랜 전통을 가지고 내려와서 그렇다. '갈랑트리'라고 부르는 남녀 간의 가벼운 희롱의 전통이 현재의 남녀 관계에도 스며들어 있다. 그렇다면 프랑스의 여성 문제는 남녀가 어울려 재미나게 지내면서도 어떻게 평등한 관계를 유지하느냐이다. 점심식사가 끝나고 나서도 클로드와 베아트리스 부부는 계속 이야기를 나누었다. 테레즈는 자기 이야기를 마치고 마로니에 나무 그늘 밑의 점심식사 자리를 조용히 빠져나와, 보온병과 담배 그리고 읽던 책을 가지고 수영장 가장자리 나무그늘 아래 펴놓은 파라솔 밑으로 향했다.

나도 식탁을 빠져나와 영지 안을 한 바퀴 산책한다. 영지의 저택 뒤로 난 돌계단을 따라 올라가면 영지에 속하는 작은 부속 성당이 나온다. 클로드의 할아버지와 아버지가 그 성당 지하에 안장되어 있다. 테레즈는 그 작은 성당을 좋아한다. 혼자 들어가 기도를 하거나 그냥 앉아 있는다. 성당의 서늘한 기운이 자신의 마음을 정화해주는 것 같다고 한다. 그 앞을 지날 때면 내게도 함께 들어가자고 한다. 그곳에서 클로드는 세례를 받았다. 테레즈는 전에는 이 성당에서 집안 행사가 종종 있었는데 이제는 뜸하다며 아쉬워했다.

그곳을 지나 조금 더 올라가면 평지가 나오고 수영장이 펼쳐지는데, 소독한 수돗물이 아니라 산에서 흘러나오는 지하수로 수영장을 채운다. 그러니까 예전에는 지하수를 저장해두던 저수조였다. 요즈음 새로 만든 수영장들이 수조의 바닥과 벽에 푸른색 페인트를 칠해서 인공의 바다같이 시원한 느낌을 만들고 있는 것과 달리 이 수영장 내부는 자연스러운 갈색과 초록색이 혼합되어 있어서 아주 고풍스러운 분위기를 풍긴다. 긴 직사각형 모양의 수영장 세 면은 숲으로 둘러싸여 있다. 수영장 바로 옆에는 오래된 상수리나무들이 서 있다. 수영장의 일부는 거대한 상수리나무가 서늘한 그늘을 이루고 있다. 나뭇잎들이 물위에 만드는 그림자들은 물이 움직일 때마다 출렁거려서 신비한 효과를 자아낸다. 그 옆에는 올리브나무들이 줄지어 서 있는 완만한 언덕이 있다. 거기에는 아이들을 위한 그네가 설치되어 있다.

숲으로 이어지는 수영장 위의 언덕 위로 난 길을 한참 걸어가면 사냥할 때 숨어서 망을 보던 작은 돌집이 나타난다. 클로드의 할아버지와 아버지는 옛날에 이곳에서 사냥을 많이 했다. 클로드의 아버지는 클로드에게 할아버지를 따라다니며 사냥했던 즐거운 추억을 자주 들려주곤 했다. 나는 그 돌집에 들어갈 때마다 그곳에서 매복하여 사냥감이 나타나기를 기다렸던 클로드의 조상들을 그려보게 된다. 그 순간 어디선가 "탕! 탕! 탕!" 하는 요란한 총소리가 숲속으로 퍼져나가는 소리가 들리는 것만 같다. 또 그들에게 수없이 죽임을 당했던 온갖 동물들의 모습을 떠올려보기도 한다. 테레즈 식구들에게 사랑을 받는 개 낸시와 오랫동안 이 집안의 사냥감이 되었던 야생동물들 사이에는 어떤 차이가 있을까? 클로드는 이제 사냥을 하지 않지만 집안 대대로 해오던 사냥에 대해서 큰 애정을 가지고 있다. 클로드는 언젠가 나에게 파리에 있는 '사냥과 수렵 박물관'이 아주 볼만하다며 꼭 가보라고 권하기도 했다. 그러나 나는 왠지 가기가 싫어서 아직까지도 그곳에 가보지 않았다. 사냥은 귀족들의 스포츠였다. 그렇다면 프랑스 귀족들을 잘 이해하기 위해서 한 번쯤은 가봐야 할지도 모르겠다.

이 돌집 뒤로는 산으로 올라가는 좁은 산책로가 있다. 그 뒤로는 혼자 들어가기가 좀 꺼려지는 숲길이 나 있다. 그 길을 계속 따라가면 옆 동네가 나타난다. 테레즈도 끝까지 가보지 못했다고 한다. 나는 중간에 발길을 돌려 다시 성으로 내려온다. 100헥타르나 되는 숲을 다 걸어볼 수는 없는 일이다.

수영장 맞은편에는 공터가 있다. 키 큰 마로니에 나무들이 시원한 그늘을 만들어주어서 한낮에도 그 공터에서 이 집 남자들은 남불 고유의 페탕크 놀이를 한다. 테레즈의 남편 클로드, 아들 로랑, 그리고 두 사위가 페탕크 놀이의 고정 멤버이지만 때로 가까운 손님들도 점심 식사를 마친 다음 페탕크 놀이에 참여한다.

식탁을 빠져나온 테레즈는 수영장의 파라솔 아래 놓여 있는 천으로 된 긴 의자에 몸을 맡긴다. 오전 내내 서서히 덥혀지다가 오후가 되면서 긴 의자 속으로 깊숙이 파고드는 프로방스의 햇볕 기운을 고스란히 느끼며 의자 위에 몸을 비스듬히 눕힌다.

테레즈는 세월의 흔적이 담긴 오래된 보온병에서
커피를 커피잔에 천천히 따른다.
뜨거운 커피가 점점 뜨거워지는 몸속으로 흘러들어가면서
테레즈는 삶의 모든 구속과 긴장,
의무와 책임으로부터 벗어남을 느낀다.

천천히 커피를 한잔 마신 다음 〈마담 피가로〉 잡지를 읽기 시작한다. 잡지를 읽으면서 세상 돌아가는 소문에 접한다. 그러다가 눈이 피곤해지면 담배 한 대를 꺼내 입에 물고 라이터로 불을 붙인다. 담배 한 모금을 길게 빨아들인 다음 '후우' 하고 내뱉는다. 그러고 나면 가슴이 조금 후련해짐을 느낀다. 그런 다음 선글라스를 끼고 미동도 없이 의자에 누워 한참 동안 온몸으로 쏟아지는 햇빛을 느낀다. 그렇게 여유 있는 시간을 지내다가 몸이 더워지면 노란색 수영복 위에 두르고 있던 코발트색 천을 의자에 던져놓고 물속으로 풍덩 뛰어들어가 길이 20미터 정도의 수영장을 세 번 정도 왕복한다. 늘 얼굴을 물위로 내놓고 천천히 수영한다. 운동이 아니라 몸에 물을 축여서 몸의 온도를 낮추기 위한 수영이다. 그러고 나서 물에서 나와 다시 의자에 몸을 눕혀 따뜻한 햇볕을 느낀다. 그러면 이 세상에 아무것도 존재하지 않게 된다. 젖은 몸을 받아주는 그 의자의 따뜻한 느낌만 존재한다. 수영복의 물기는 이내 공기 속으로 사라진다. 세상의 모든 것은 그 의자의 곡선을 따라 다 사라지고 테레즈는 순식간에 공기보다 더 가벼운 존재가 된다. 그러면 눈을 감고 감은 눈 위로 춤을 추며 만들어내는 온갖 빛의 형체들에만 마음을 모은다. 그 형체들은 고요한 공간 위에 세상에서 가능한 모든 빛깔을 만들며 출렁댄다.

테레즈가 자신의 의무로 받아들인 일들을 마치고
잠시 휴식을 취하는 시간은
그녀에게 거의 예식에 가까운 신성한 시간이다.
테레즈는 자기만의 고요한 시간이
사라진 상태는 상상할 수 없다.

그것은 신성한 의무인 집안일 수행의 바깥짝이다. 그러나 이 휴식의 시간이 그리 오래 지속되지는 못한다. 특히 손자 손녀들이 와 있을 때는 더 그렇다. 점심식사 후 낮잠을 자고 일어난 손자 손녀들이 오후 4시경이면 수영장으로 모여들기 때문이다. 그러나 테레즈는 자신의 휴식 시간이 짧아지는 것을 아쉬워하지는 않는다. 자기만의 시간 못지않게 손자 손녀들과 함께 보내는 시간도 그녀에게는 똑같이 소중하기 때문이다. 아이들이 수영장으로 나오면 빌리에 저택에는 활기가 가득찬다. 아이들의 까르르하고 웃는 소리가 살아 있는 분위기를 만든다. 수영장 주위를 뛰어다니는 아이들, 보모의 보호를 받으며 튜브 위에 올라앉아 물위를 떠다니는 아이들, 외삼촌 로랑에게 수영을 배우는 아이들의 모습을 바라보고 있으면 테레즈는 자신이 무척 행복하다고 느낀다.

클로드는 물속에 들어가는 일이 별로 없다. 테레즈와 단둘이 있을 때 테레즈의 성화에 못 이겨 함께 들어가기도 하지만, 그리 흔한 일은 아니다. 하지만 수영장에서 그가 맡은 아주 중요한 역할이 있다. 수영장의 수질 관리다. 매미채 모양의 자그마한 그물망에 3미터는 될 법한 가늘고 유연하게 휘어지는 나뭇가지를 이어 만든 채를 물속에 담그고 수영장 가를 걸어 돌면서 수면 위에 떠 있는 낙엽이나 나뭇가지, 크고 작은 벌레 등을 건져낸다. 이 일은 클로드가 늘 도맡아한다. 이 일을 하면서 클로드는 가끔씩 무언가를 지시하거나 아이들에게 조심시키는 말을 한다. 이때만은 클로드의 목소리가 꽤 커진다. 그의 목소리는 아이들의 웃음소리와 어울려 명랑하게 숲속으로 퍼진다.

08

테레즈는 청소년기를 파리 16구의 앙리 마르탱 거리에 있는 외할머니 집에서 보냈다. 그러다 여름방학이 시작되면 엄마와 함께 베리 지방에 있는 외할머니 소유의 성으로 내려가곤 했다. 엄마가 자랐던 베리 지방에 가면 엄마는 더 엄마다워져서 테레즈를 더 힘들게 했다. 엄마는 생기가 넘치고 사교적이며 외향적이고 늘 우아했고 자기다운 아름다움을 꾸밀 줄 아는 여자였다. 엄마는 집안 내에서 남을 지배할 때 가장 자기다웠다. 테레즈는 어려서부터 유난히 공부에 취미가 있었다. 일찍부터 가정교사와 함께하는 공부 시간을 좋아했지만 학교를 다니기 시작하면서 공부하는 것이 더 즐거워졌다. 공부를 통해 세상을 아는 것이 집에서 여동생 이네스와 노는 것보다 훨씬 즐거웠다. 중고등학교 때 친구들은 모두 테레즈를 공부 잘하는 아이, 똑똑한 아이라고 기억한다. 그러나 성인의 나이가 되면서 테레즈의 내부로부터 공부보다 더 중요한 것은 귀족으로서의 품위를 지키며 사는 삶이라는 목소리가 크게 울리기 시작했다.

테레즈는 가톨릭교회에서 운영하는 사립 고등학교를 마치고 2년 코스의 비서 학교를 다니면서 세상을 조금 더 알게 되었다. 주말이면 같은 부류의 남녀가 모이는 파티에 참석하기도 했다. 그러다가 클로드를 만났다. 테레즈가 클로드를 만났을 때 클로드는 경제학 박사학위 논문을 쓰고 있었다. 잘생기고 체격도 좋은데다가 문화와 지리, 역사와 정치 등 여러 분야에 해박한 지식을 가지고 있는 클로드는 테레즈의 존경심을 불러일으켰다. 테레즈가 가지고 있던 '멋있는 남자'의 이상에 들어맞았다. 클로드도 품위와 귀족적 교양을 갖춘 테레즈가 마음에 들었다. 무엇보다도 1968년 학생운동 이후 자유와 권리를 주장하며 거세어져가는 파리의 여성들과는 달리 자신의 자리를 덤덤히 지키는 테레즈가 믿음직해 보였다. 얼마 후 두 사람은 집안 어른들의 허락을 받아 결혼했다.

귀족들 사이의 결혼은 개인들 사이의 결혼이기에 앞서 집안과 집안 사이의 결혼이다. 그리고 집안의 지위와 재산 등 객관적 조건이 크게 작용한다. 과거에 귀족의 신분은 사회적으로 보장되었지만, 법적으로 귀족제도가 폐지된 이후 자본주의 사회에서 귀족 신분을 유지시켜주는 것은 무엇보다도 영지와 성, 보석과 가구, 그림 등을 비롯한 부동산과 생활에 필요한 자금을 제공하는 증권, 국채, 저축 등의 금융자산들이다.

그러나 귀족들의 결혼에 재산의 규모만 작용하는 것은 아니다. 테레즈의 가문은 테레즈가 결혼할 즈음에는 많이 기울었고, 아버지는 이미 많은 땅을 팔아버린 상태였다. 테레즈의 외가에서 내려온 베리의 성을 유지하는 데 들어가는 막대한 돈을 버는 사람은 없었고, 그렇다고 가진 재산을 활용해서 돈을 만들 수 있는 방법을 진지하게 궁리하는 사람도 없었다. 엄마는 아버지의 무능함을 탓했지만 엄마도 그런 면에 무지하기는 마찬가지였다. 그런 상태에서 클로드와 결혼함으로써 테레즈의 처녀 시절은 끝이 났다.

40년이 넘는 긴 결혼 생활 중에서 클로드가 직장을 가진 기간은 얼마 되지 않는다. 처음에는 경제학 공부를 하면서 시간을 보냈지만 경제학 박사학위 논문을 마치지 않고 중간에 그만두었다. 그러다가 아버지가 돌아가셔서 클로드가 집안 재산을 관리하는 일을 떠맡았다. 나이 40이 다 되어서야 친구가 창업한 투자회사에서 일을 시작했지만 50세 무렵에 퇴직했다. 그후에 재산 관리를 하면서 책을 읽고 여가 생활을 즐기는 삶을 살고 있다.

대부분의 사람들이 자아실현에 앞서
돈을 벌기 위해 직업을 가지고 매일 직장에 출근하지만,
재산 소득으로 살아가는 귀족들에게는
소득을 얻기 위한 직장이 필요 없다.
귀족들은 오히려 매일 직장에 출퇴근하는 삶을
비정상적인 것으로 생각한다.

결혼 이후 테레즈에게 일어난 가장 큰 변화는 엄마의 지배를 벗어났다는 것이다. 12세기 중반부터 보르도 지방을 지배한 아버지 집안은 군인 집안이었다. 아버지는 집안의 전통을 따라 생시르 군인학교를 나온 장군이었다. 엄마의 집안도 아버지의 집안과 거의 같은 수준의 무인 귀족이었다. 두 집안의 결혼은 순조로웠고 당연한 것처럼 보였다. 그러나 엄마는 군인이었던 아버지가 이래라저래라 하는 명령과 지시를 견디기 힘들어했다. 어쩌면 엄마는 아버지처럼 장군이 되었어야 할 사람이었다. 테레즈가 어렸을 적에 엄마는 외할아버지가 전쟁터에 나가 이룬 무공 이야기를 많이 들려주었다. 엄마가 이 이야기를 할 때는 마치 장군처럼 느껴졌다.

엄마가 남자 못지않게 남을 지배하려는 성격인 반면, 아버지는 귀족으로서의 위엄과 동시에 다른 사람들에 대한 베풂의 가치를 소중히 여겼다. 그래서 아랫사람들에게 언제나 부드럽고 너그럽게 대할 것을 강조했다. 아버지는 돌아가시기 전에 여름이면 바캉스를 가곤 하던 대서양 연안 바닷가 라볼에 있는 별장을 테레즈와 여동생 이네스의 이름으로 등기 이전을 해놓았다. 엄마는 그 사실을 알고 매우 불쾌해했으나 어쩔 수 없는 일이었다. 아버지 사후 엄마는 친정 쪽에서 내려온 베리 지방의 성을 관리하면서 모든 사람 위에 군림하는 성격을 마음껏 발휘했다. 성에서 일하는 사람들은 물론 테레즈와 여동생 이네스에게도 사사건건 모든 것을 자기가 원하는 대로 하라고 강요했고 그렇게 하지 않으면 계속 죄책감을 느끼게 했다.

그런 엄마가 얼마 전에 돌아가셨다. 6년 동안 침대에 누워 생활하다 돌아가셨다. 엄마는 나이가 여든을 넘자 몸이 불편해지면서 잘 움직일 수 없게 되었다. 엄마는 큰딸 테레즈가 사는 파리 교외 생클루의 집 가까이로 이사 오고 싶어했다. 그래서 테레즈는 수소문해서 생클루에 단출한 개인집을 하나 구했다. 엄마가 가까이 이사 온 후 테레즈는 거의 매일 엄마를 보러 갔다. 엄마는 테레즈의 간호와 보호를 받는 의존적 상태가 되었지만, 늘 남에게 명령하는 성격은 그대로였다. 엄마는 아무리 늙고 움직이지 못하는 상태가 되었어도 누군가의 지시에 따라 사는 것을 견디지 못했다. 테레즈는 나에게 이렇게 말했다.

"엄마는 끝까지 나와 여동생 이네스에게 지시하는 입장에 있으려고 했어요. 꼼짝 못하는 상태가 된 이후에도 모든 것을 자기 마음대로 정해야 한다고 생각했지요. 그래서 결혼하지 않고 혼자서 사는 한 친척을 집사로 두었어요. 그녀가 마지막까지 모든 행정일, 은행일을 맡아 하도록 했지요. 딸들에게 의존한다는 것을 받아들이지 못한 거죠. 차라리 새엄마라면 덜 섭섭했을 거예요. 우리 엄마는 두 딸들과의 애정에 확실히 문제가 있었어요. 신뢰하지 못한 걸까요? 자존심이었을까요? 아무튼 복잡해요……"

그래서 테레즈는 엄마가 돌아가실 때까지 약 먹는 일과 상속에 관한 일 등 크고 작은 일로 계속 엄마와 승강이를 벌였다. 엄마가 돌아가시고 나자 자유로워진 느낌이 들었다. 그런데 그해 여름, 루르마랭 시장에 나갔다가 테레즈는 갑자기 먹먹해지는 상태를 경험했다. 오래전부터 시장 한구석의 작은 공간에서 액세서리와 소품을 만들어 파는 한 장인의 진열대 앞에서 일어난 일이었다. 엄마가 마지막까지 약통으로 쓰셨던 작은 보석함과 똑같은 보석함이 거기에 있었다.

그때 테레즈의 입에서
신음 같은 소리가 흘러나왔다.
"아! 엄마의 약통……"

그 작은 보석함은 몇 년 전 여름, 이 가게에서 테레즈가 샀던 보석함과 똑같은 것이었다. 엄마에게 선물로 드렸고 엄마는 그걸 마지막 순간까지 약통으로 썼다. 엄마 침대 옆에 늘 놓여 있던 그 약통을 보니 무어라 표현할 수 없는 슬픔이 테레즈의 가슴을 쓸어내렸다. 언젠가 나와 함께 그 가게 앞을 지나던 테레즈가 발걸음을 멈추고 '엄마의 약통'을 손으로 가리키면서 떨리는 목소리로 나에게 한 이야기다. 그 순간 테레즈는 그냥 다섯 살 먹은 엄마의 어린 딸로 돌아갔다. 그렇다면 과거에 테레즈를 괴롭히던 엄마에 대한 미움이라는 감정은 다 어디로 간 것일까? 그토록 강했던 엄마는 떠난 다음 테레즈의 가슴에 어떻게 남아 있는 것일까?

요즈음 테레즈는 엄마가 생의 마지막날들을 살던 생클루의 집에 남긴 유품을 정리하느라 많은 시간을 보낸다. 애증이 엇갈리는 엄마와의 추억을 상기시키는 오래된 물건들을 다시 들추어내면서 정리한다는 것이 테레즈의 마음을 복잡하고 힘들게 한다. 엄마가 남긴 집안의 중요한 물건들을 여동생 이네스와 나누어 가지는 일도 보통 마음 복잡해지는 일이 아니다. 엄마가 돌아가시기 전까지 테레즈는 언니로서 일방적으로 동생 이네스를 돌보아주는 게 자기가 할 일이라고 생각하며 살았다. 딸만 둘인 집안에서 테레즈는 동생 이네스를 보호해주어야 할 의무감을 갖도록 키워졌기 때문이다. 게다가 이네스는 남편도 없고 자녀도 없기 때문에 테레즈의 보호본능이 더 작동했을 것이다. 무엇보다도 강하고 화려한 엄마 밑에서 두 자매는 일종의 연대의식으로 뭉쳐야만 했다. 그런데 어머니의 유산과 유품을 정리하면서 둘 사이에 약간의 긴장감이 생겼다. 그런 상황에서 테레즈는 많은 부분을 이네스에게 양보하는 입장을 취하면서 어려운 순간을 잘 넘겼다.

며칠 전 테레즈와 클로드는 베르나데트 부부, 엑상프로방스의 잔 부부와 함께 카드네 근처 샹탈 부부의 저택에 초대받았다. 샹탈 부부는 파리에서 정년퇴직한 후 친정 쪽에서 물려받은 오래된 영지로 내려와서 조용히 살고 있다. 네 부부는 몇 년 전부터 여름이면 이집 저집 번갈아 다니며 모인다. 여름이 오면 네 부부가 모두 남불로 내려와 지내는데, 나이 차이는 조금 있어도 잘 맞는 편이어서 서로 교류하면서 지낸다. 이 모임은 일단 부인들끼리 잘 통하기 때문에 잘 유지된다. 클로드를 비롯한 남사들도 부부가 함께 모여 이런저런 이야기 나누는 이 모임을 좋아한다.

그날 저녁 샹탈은 인도로 가서 국제 NGO 활동을 하는 자기 딸 이야기를 들려주었다. 샹탈의 외동딸이다. 샹탈의 딸 모드는 어려서부터 신앙심이 깊고 공부도 잘하는 착하고 우수한 아이였다. 동네 성당에서도 봉사 활동을 많이 하던 모드는 파리에 가서 공부하는 동안에도 이민자 아이들을 돌보는 일을 했다. 파리에서 시앙스 포를 나온 모드는 어느 해 여름방학 동안에 인도에 가서 자원봉사 활동을 하고 돌아온 다음부터 인도에 관해 본격적으로 공부하고 활동을 시작했다. 샹탈은 그런 딸이 자랑스러우면서도 걱정되었다. 결국은 자신의 가치관과 교육이 그런 결과를 낳은 것이기에 뿌듯하면서도 한편 딸의 장래가 걱정스러웠다. 모드는 시앙스 포를 졸업한 후 곧바로 국립 행정학교에 들어갔다. 이런 경우는 극히 예외적이다. 그곳은 아주 뛰어난 학생만이 졸업 후 일이 년 후에 겨우 들어갈 수 있는 엘리트 학교다. 그 학교를 졸업하면 고급관료의 길을 걷게 되어 있다. 샹탈 부부의 가슴은 딸에 대한 자부심으로 부풀었다. 테레즈는 늘 그런 딸을 가진 샹탈이 부러웠다. 그런데 그 딸이 어느 날 그런 엘리트 코스를 다 그만두고 인도로 가서 좋은 일을 하며 살겠다고 떠나버린 것이다. 샹탈의 딸 이야기를 듣던 테레즈는 왜 모드가 그런 극단적인 선택을 했을까 하는 의문이 들었다. 아무튼 특별한 아이로구나 하는 생각도 했다. 샹탈은 이제 그 이야기를 담담하게 했다. 샹탈네 정원에서 네 부부는 저녁해가 완전히 사라져 깜깜해질 때까지 편안하고 훈훈한 시간을 보냈다. 밤 11시가 넘어 한기가 느껴지기 시작할 때가 되어서야 그날의 즐거운 대화를 가슴에 담고 헤어졌다. 돌아오는 길에 차 안에서 테레즈가 클로드에게 말했다.

"샹탈이 언제나 남 돕는 일을 좋아하고 선하게 살려고 했던 것은 내가 잘 알지만…… 그래도 하나뿐인 딸아이가 인도에 가서 그들을 도우며 살겠다고 떠나버렸으니 샹탈의 마음이 어떨까? 겉으로는 태연하지만 속상하겠지?"

그런데 클로드의 대답은 조금 의외였다.

"당신 집안이 자랑스러워하는 성자 샤를 드 푸코같이 되려나보지. 모드는 진심으로 그 일에 인생을 건 것 같던데…… 그게 노블레스 오블리주의 삶 아니야? 위선이나 자기기만으로 하는 일이 아니라면 그 이상 귀족다운 삶이 어디 있겠어. 참 대단한 아이야. 그렇게 좋은 머리에 그렇게 많은 유산을 받을 아이가 말이야. 당신이 샹탈을 정말 좋은 사람이라고 하더니 그 말이 맞는 거 같네. 그러니까 딸을 그렇게 키워낸 거지……"

테레즈도 결혼 전 한때 남을 위해 살기로 결심한 적이 있었다. 그런데 지금의 테레즈는 완전히 자기 가족의 행복만 생각하며 산다. 때로는 이 사실이 조금 부끄럽다는 느낌이 들기도 한다. 그럴 때면 부리나케 다른 생각을 하려고 애쓴다.

성자 샤를 드 푸코는 테레즈의 집안에서 나온 성자다. 어린 시절 테레즈는 그 성자의 이야기를 귀가 따갑게 들으며 자랐다. 그가 성자로 추대되는 예식이 있을 때 집안 식구들과 함께 바티칸에 가서 교황까지 알현했다.

상탈의 이야기를 듣고 온 그날 밤 테레즈는 잠이 오지 않았다. 어릴 때 들었던 샤를 드 푸코가 사막에서 기도하며 투아레그족 사람들을 돕던 이야기가 생각났다. 그래서 침대에서 조용히 빠져나와 서재로 가서 샤를 드 푸코의 일생에 대한 책을 꺼내 들었다. 그리고 서재의 일인용 안락의자에 등을 기대고 앉아서 푸코 성자의 일대기를 천천히 읽어내려갔다. 무슨 일인지 예전에 그에 대한 이야기를 읽을 때와는 다른 느낌들이 일어나면서 가슴이 뜨거워졌다. 젊은 시절 외웠던 샤를 드 푸코의 기도문을 천천히 암송했다.

하느님 아버지 저를 당신께 바칩니다.
저를 당신께서 원하는 대로 만들어주십시오.
저를 무엇으로 만들지라도 저는 당신께 감사합니다.
저는 모든 준비가 되어 있고, 모든 것을 다 받아들입니다.
아버지여, 당신의 뜻이
나와 당신의 모든 피조물 안에서 이루어진다면
저는 다른 아무것도 바라는 바가 없습니다.

제 인생을 당신의 손에 맡깁니다.
나의 신이여, 나를 당신께 드립니다.
나의 모든 사랑을 담아, 끝없는 믿음으로,
아무 제한 없이 저의 삶을 당신께 바칩니다.
왜냐면 당신은 나의 아버지이므로.

테레즈의 두 눈에서 뜨거운 눈물이 흘러내렸다. 천천히 일어나 서재의 창문을 열었다. 아침해가 서서히 밝아오고 있었다.

09

테레즈는 아주 많은 것을 가졌다. 태어날 때부터 주어진 것들이다. 다른 사람들이 아무리 노력해도 결코 가질 수 없는 것들이다. 그런데도 얼굴이 편치 않아 보인다. 타인을 의식할 필요가 없는 시간에도 무언가 긴장된 얼굴을 하고 있다. 찌푸린 것 같기도 하고 무슨 걱정이 있는 것 같기도 하다. 무언가에 쫓기는 것 같기도 하고 조금 짜증이 나 있는 것 같기도 하다.

테레즈의 얼굴에 나타나는 긴장감은 자기도 모르게 귀족다움을 지키려는 의지에서 기인하는 것은 아닐까. 세상 사람들은 앞을 보고 사는데 귀족다움을 지키려는 테레즈는 굳이 뒤를 보며 산다. 그렇게 의식이 남들과 반대되는 방향으로 움직이기 때문에 늘 긴장감이 돌 수밖에 없는 듯하다. 뒤에 귀중한 것을 남겨두고 있어서 앞으로 진전을 해도 늘 미련이 있고 의식이 불편할 것 같다.

세상은 이제 더이상 귀족제도를 인정하지 않는다. 그런데 테레즈는 자기 가족의 귀족 신분을 끝까지 포기할 수가 없다. 포기하거나 단념하기에는 너무 안타깝다. 테레즈의 정체성은 이미 그렇게 형성되었고, 가치관은 벌써 그렇게 굳어져 있기 때문이다. 과거의 영광에 사로잡혀 있는 사람들은 현재가 늘 과거보다 못하다고 생각해서 불만과 긴장감과 불안감을 떨쳐버릴 수가 없다. 그러나 가진 것이 별로 없어도 자부심을 가지고 자기 방식으로 살아가는 사람들은 편안한 마음으로 자연스럽게 살 수 있다. 그들은 남의 눈을 크게 의식하지 않기 때문에 자기 자신으로 살아가기가 훨씬 더 쉽다. 테레즈가 귀족 신분이라는 우월감을 벗어버릴 수만 있다면 훨씬 마음이 편안해지고 긴장감도 줄어들어 자연스러운 삶을 살 수 있을지도 모른다.

테레즈의 딸들도 마찬가지이다. 어릴 적부터 다른 사람을 대할 때 늘 거리를 두도록 교육받다보면 사람들과 자연스럽게 가까워질 가능성이 차단된다. 그런 태도가 몸에 배면 사회생활을 할 때 어색하고 긴장감이 있을 수밖에 없다. 자발성이 자연스럽게 표현되고 꾸미지 않은 듯 자연스러운 태도를 가진 여성을 매력적이라고 보는 프랑스 현대사회에서 귀족다움이라는 태도는 사회생활을 하는 데 도움이 되지 않을 것이다.

10

테레즈의 영지에는 중앙의 저택 말고도 몇 개의 작은 부속건물들이 있다. 우선 테레즈가 사는 성 옆에는 선대에 집안 친구들이 사냥하러 오면 머물렀던 별채가 있다. 원래는 영지에서 수확한 올리브유를 저장하던 창고였는데, 주변을 정돈하고 내부를 개조해서 숙소로 만들어놓은 것이다. 그곳에는 은퇴한 스위스 장군 부부가 살고 있다. 한 10년 전쯤의 일이다. 매년 여름 로크당테롱에서 열리는 음악회에 갔다가 친구를 통해서 이 스위스 장군 부부를 알게 되었다. 그들은 프로방스의 햇빛에 매료되어 매년 여름휴가를 루르마랭에 와서 지냈는데, 은퇴 후에는 아예 루르마랭에 와서 살겠다는 의사를 표명했다. 그래서 클로드는 비어 있던 그 별채를 스위스 장군 부부에게 저렴한 가격에 임대했다. 그러나 몇 년 뒤 스위스 장군이 세상을 떠났다. 테레즈의 생각으로는 장군 부인이 혼자 살기는 어려울 것이므로 스위스로 돌아갈 것으로 예상했다. 그러나 예상 밖으로 장군 부인은 아직까지 그 별채에서 혼자 잘살고 있다. 여름철 새벽이면 그 장군 부인은 얇은 면으로 된 가운을 입고 수영장으로 나온다. 그리고 가운을 벗고 아무것도 걸치지 않은 맨몸으로 아침 수영을 즐긴다. 테레즈와 클로드는 스위스 장군 부인의 사생활을 존중하여 거의 마주치지 않고 지낸다.

루르마랭 성 입구에는 옛날에 성의 출입을 관리하던 이층집이 있다. 지금 이곳에는 아멜리 부인이 산다. 올해 아멜리의 나이는 아흔셋이다. 그래도 어찌나 정정한지 모른다. 등이 굽었지만 모든 일상적 활동을 다한다. 아멜리는 테레즈의 성에서 60년이 넘게 일했다. 물론 지금은 너무 연로해서 집안일을 직접 하지는 않지만, 어떤 의미에서는 아직도 이 집안일을 하며 살고 있다. 늦가을에서 늦은 봄 사이에 주인이 없을 때는 대문 옆에 붙은 작은 이층집에 혼자 살면서 성 전체를 지킨다. 아멜리는 1944년에 이곳에 왔다. 당시 아멜리는 남편과 아들 하나를 데리고 아비뇽 근처의 시골에 살았는데, 미군의 노르망디 상륙 작전에 이어 프로방스 상륙 작전이 실시되었을 때 이에 저항하는 독일군 비행기가 떨어뜨린 폭탄으로 살던 동네 전체가 파괴되었다. 그래서 당시 지중해에서 안시로 이어지는 나폴레옹 도로를 지키던 레지스탕스 출신들로 이루어진 지역의 임시 행정 담당자들이 피해자들을 이곳저곳으로 배정했다. 그때 아멜리와 그의 남편은 이 성에 와서 3개월 동안 일하며 숙식하게 되었다. 그러나 3개월에서 6개월, 6개월에서 1년 이렇게 기간을 연장하다보니 평생 이 집에서 일하며 살게 되었다. 그녀는 3대에 걸쳐 이 집 사람들을 모셨다. 클로드의 할아버지와 아버지에 이어 클로드가 이 성의 주인이 된 긴 세월 동안 아멜리는 이 성을 그림자처럼 지켰다.

테레즈는 아멜리 부인을 아주 친절하게 대한다. 아무리 일하는 사람이라 하더라도 테레즈보다 먼저 이 집에 들어와서 오랫동안 이 집 사람들을 섬겼기 때문이다. 아멜리는 클로드를 어린 시절부터 보아왔으며 집안의 대소사를 다 겪었기 때문에, 어떤 면에서는 테레즈보다 이 집안의 풍습을 더 잘 알고 있다. 그래서 테레즈가 처음 이 성에 와서 공간 배치나 물자 관리를 하는 방식에 대해 할아버지 때에는 이렇게 했다는 식으로 이견을 제시하기도 했다. 테레즈는 그런 아멜리의 반응이 조금 주제가 넘는다고 생각했지만, 아멜리를 자기 사람으로 만들기 위해 작은 감정을 참으면서 좋은 관계를 유지했다.

아멜리는 아흔이 넘었지만 정신은 맑아서 이 성에서 일어난 거의 모든 일을 선명하게 기억하고 있다. 그녀의 말에 따르면 1943년 나치들이 이 성을 접수해서 군대용 건물로 쓰려고 했지만, 프랑스 외무성 고급관료 출신이었던 클로드의 아버지는 귀족의 위엄과 권위로 맞서 이

성을 빼앗기지 않고 끝까지 지켜냈다고 한다. 그 무렵 이곳에 와서 살기 시작한 아멜리 부부는 성주의 신임을 얻었다. 아멜리는 집안 살림을 했고 목수였던 남편은 고장난 가구나 살림살이 고치기, 전기와 수도 관리, 지붕 고치기, 정원 가꾸기 등의 일을 도맡아했다. 아멜리 부부는 이곳에 와서 아들 하나와 딸 하나를 더 낳았다. 이곳에 데리고 들어온 큰아들은 파리로 일자리를 찾아 떠났고, 딸은 결혼해서 엑상프로방스로 가서 살고 있다. 아멜리의 막내아들 미셸은 아버지처럼 목수가 되어 이 성의 모든 수리와 관리를 도맡아하고 있다. 미셸은 테레즈의 성에서 100미터쯤 떨어져 있는 옛날 마름이 살던 집에 산다. 최근에 미셸은 클로드의 배려로 그 집을 후한 값에 샀다. 그렇게 함으로써 미셸은 자기집을 갖게 되었고, 성주인 클로드는 자신의 성 옆에 살면서 계속해서 성을 지키고 관리할 사람을 얻은 셈이다.

여름이면 미셸은 싱싱하고 먹음직스러운 야채와 과일을 며칠에 한 번씩 테레즈네 부엌으로 가져다준다. 그가 들고 오는 대바구니에 담긴 야채나 과일을 보고 있으면 저절로 입에 군침이 돈다. 아무런 조리 없이 그냥 먹어도 좋을 것 같은 야채와 과일을 보는 순간 테레즈는 활짝 웃으며 야채의 신선도와 과일의 빛깔에 찬사를 보낸다. 특히 화려한 빛깔의 토마토들은 일품이다. 빨강 노랑 주황 연두색 등 토마토 색깔은 그 모양만큼이나 다양하다. 각양각색의 토마토들을 그냥 가지런히 썰어만 놓아도 온 식구의 점심 샐러드가 되고도 남는다.

테레즈는 루르마랭에 머무는 동안 가끔 아멜리의 가족을 정원으로 초청한다. 저녁식사 테이블은 아니고 간단한 아페리티프에 초청하는 것이다. 그럴 때 테레즈는 소시송과 장봉, 약간의 크래커와 방울토마토, 치즈 등을 정원 테이블에 뷔페식으로 차려놓는다. 그리고 빛깔이 진하지 않은 시원한 로제 와인을 내놓는다. 미셸 부부와 아들 자그와 제롬, 그리고 아멜리가 온다. 한낮의 뜨거운 해가 힘을 잃어갈 6시 경에 아멜리 가족은 깨끗한 차림으로 수백 년 된 마로니에 나무 그늘 아래 나타난다. 집주인과 아멜리 가족은 저택 뒤 숲에서 불어오는 산들바람에 한껏 기분이 좋아져서 한 시간 반가량 즐거운 대화를 나눈다. 집 이야기, 아이들 직장 이야기, 아멜리가 한바탕 늘어놓는 클로드의 할아버지 이야기, 집 앞 전망을 가로막던 큰 마로니에 나무 가지를 어떻게 잘라내어서 지금의 조망을 만들었는지에 대한 이야기, 테레즈의 아이들이 어릴 적 자랄 때 이야기들을 나누다보면 테레즈와 아멜리 가족은 정말 많은 이야기를 함께 나누어 가지는 한가족 같다. 8시 경이면 다정한 인사를 나누고 각자 자기의 자리로 돌아간다.

오랜 세월을 함께 살았기 때문에 테레즈뿐만 아니라 테레즈의 식구들도 모두 아멜리를 거의 가족처럼 대한다. 테레즈의 아들과 딸은 말할 것도 없고 다음 세대로 내려가 손녀와 손자들도 여름에 이곳에 오면 아멜리가 물린 젖병의 우유를 먹고 자랐다. 지금도 여름 바캉스 철이면 아멜리가 부엌에서 이 집안의 어린아이들을 안고 있는 모습을 볼 수 있다. 아멜리는 여름이 오면 대문 옆 자기집보다 저택 부엌에서 더 많은 시간을 보낸다. 여름에는 아이들이 늘 북적대기 때문에 일손이 필요하다. 아이 보는 젊은 여자를 고용하지만, 젊은 여자가 다른 집안일을 할 때 아기가 울면 아멜리가 아이를 안고 젖병을 물린다. 그렇게 자란 테레즈의 손녀 로렌느, 손자 라파엘, 가브리엘, 앙드레는 모두 아멜리에게 다정하게 반말을 했다. 그러나 아이들은 어느 정도 크면 아멜리에게 존댓말을 한다. 그때 존댓말은 상대방에 대한 존대가 아니라 주인과 아랫사람 사이의 거리를 확인하는 방법처럼 느껴진다. 그것은 그들 사이의 보이지 않는 법칙이다.

11

벌써 9월에 들어선 지도 보름이 지났다. 그사이에 여름이 지나고 가을이 오고 있다. 루르마랭의 저택에는 여름 바캉스 기간 동안 열대여섯 명 정도의 대가족이 함께 생활하던 분주한 분위기가 사라지고 다소 쓸쓸한 분위기가 감돈다. 8월 말이 되면서 두 딸과 사위들은 아이들을 데리고 먼저 파리로 올라갔다. 바캉스가 끝나고 어른들은 직장일을 시작하였고, 아이들은 학교에 다니기 시작할 것이다. 테레즈와 함께 마지막까지 남아 있던 클로드도 파리에 서류 처리할 일이 있어서 일주일 전에 올라갔다. 테레즈는 혼자 남아 저택의 이곳저곳을 돌아보고 뒷정리를 했다. 테레즈는 다른 가족들이 다 떠나고 혼자 남은 이 시간을 좋아한다. 영지의 오솔길을 낸시를 데리고 산책하면서 지난 여름에 있었던 일들을 마음속에 차곡차곡 정리한다. 여름에서 가을로 옮겨가려는 계절의 변화를 몸으로 느껴보기도 한다.

모든 느낌은
혼자 있을 때 더 세밀하게 다가온다.

아침에 일어나 덧문을 열고 나올 때 정원에서 들어오는 나무 향기가 사뭇 다르게 느껴진다. 아직 밤기운을 다 벗어버리지 못한 나무들에서 배어나오는 이른 아침의 맑은 기운이 새삼 반갑게 느껴진다. 아이들과 산책할 때엔 들리지 않던 숲의 소리들도 세밀히 들을 수 있다. 바람에 부대끼는 나뭇가지와 나뭇잎 소리, 발밑의 흙과 작은 돌멩이들이 테레즈의 발걸음과 만나면서 내는 소리, 오솔길 양쪽의 나무들 사이를 오가며 테레즈와 동행하는 온갖 새들의 지저귐, 이 소리들이야말로 테레즈의 내밀한 친구들이다. 테레즈는 이 모든 자연의 소리들에게 감사의 마음을 전한다.

뜨거웠던 햇빛도 약해지기 시작했다. 미스트랄 바람이 윙윙 소리를 내며 불어온다. 맑은 날씨가 계속되면서 기온은 25도를 웃돌았다. 벌써 초가을 햇살이라 한여름 같지는 않지만 반소매를 입고 다녀야 할 정도다. 포도밭의 포도송이들이 마지막 햇살을 받아 익어가는 소리가 들리는 듯하다. 곧 수확의 순간이 올 것이다. 테레즈는 포도밭 한가운데로 들어가서 수확을 기다리는 포도알을 바라보다가 머리를 들어 하늘을 올려다보기도 했다. 늘 거기 있어서 든든한 하늘. 구름 한 점 없이 파란 하늘 위로 새 한 마리가 높이 날고 있었다. 영지 안을 걷다보면 마로니에 나무의 열매가 '툭' 하는 소리를 내고 떨어진다. 모든 것은 변한다. 모든 것은 순환한다. 테레즈는 저택 곳곳을 점검하고 창문의 덧문들을 하나하나 꼼꼼하게 닫는다. 그리고 현관에 내려다두었던 여행가방을 마당에 세워둔 자동차의 트렁크 속에 밀어넣는다. 그런 다음 자동차에 오르지 않고 집 앞에 놓여 있는 긴 나무벤치에 가만히 앉아

본다. 테레즈는 내가 그의 저택에서 머무르다 떠날 때면 매번 나에게 그 자리에서 함께 사진을 찍자고 제안하면서 이렇게 말하곤 했다.

"우리가 어떻게 변해가는지
나중에 보면 재미있을 거예요."

그래서 저택의 돌로 된 회색 벽을 뒷배경으로 테레즈와 나란히 앉아 찍은 사진이 여러 장 있다. 그 벤치에 앉으면 확 트인 포도밭이 눈앞에 펼쳐진다. 50여 년 전 클로드의 할아버지가 집 앞을 가리고 있던 나무들을 조금씩 쳐내고 조경을 새로 한 후로, 이 벤치에 앉으면 하늘과 포도밭이 시원스레 연결되는 전망을 갖게 되었다. 멀리 뤼베롱 성당에서 오전 10시를 알리는 종소리가 들린다. "쿠, 쿠, 쿠우" 하는 산비둘기의 울음소리도 들린다. 이제 떠날 시간이다. 테레즈가 아쉬워하는 마음을 알았는지 아멜리가 나와서 다정하게 작별 인사를 한다. 테레즈는 아멜리의 두 손을 꼬옥 잡아준다. 그리고 자동차의 운전석에 몸을 집어넣는다. 마음을 편안하게 먹고, 심호흡을 하고, 허리를 꼿꼿하게 세우고, 시동을 걸고, 두 손으로 운전대를 잡고 천천히 출발한다. 성을 빠져나와 큰길로 나온다. 거리에는 차들이 거의 보이지 않는다. 초가을 아침의 공기가 상쾌하다. 테레즈는 말을 타고 가는 기사처럼 앞을 똑바로 바라보며 카바용 방향의 국도로 들어선다.

딸의
모험과
엄마의 질투

스페인 공화주의자의 딸
마농의 내면 이야기

01

여름휴가가 막 끝나고 가을 산들바람이 불기 시작하는 9월 중순의 어느 날, 파리 15구의 라모트-피케-그르넬 지하철역에서 내려 코메르스 거리로 들어섰다. 그 거리 125번지에 있는 미슐랭 식당에 들어서니 왼쪽 테이블에 마농의 얼굴이 보였다. 여름휴가에서 돌아온 이후 처음 보는 그녀의 얼굴빛은 건강한 갈색으로 바뀌어 있었다. 얼핏 보면 30대 여자의 느낌을 준다. 그녀가 입고 나온 옅은 베이지색 원피스는 몸에 살짝 걸쳐놓은 듯 감촉이 부드러워 보였고, 원피스 위로 작은 구멍이 송송 뚫린 듯 느슨하게 짜인 얇은 회색 스웨터를 걸치고 있었다. 목에는 초록색과 노란색이 섞인 고전적인 에르메스 스카프를 가볍게 둘렀다.

그날따라 마농은 더 경쾌해 보였다.

자기 동네 식당에 나오면서도
구석구석 신경을 쓴 파리지엔느의 분위기였다.

지난번 만났을 때 돌아가신 엄마 이야기를 하면서 많이 힘들어했는데, 여름 바캉스 기간 동안 어머니의 죽음을 제 나름대로 정리해서 많이 받아들인 것 같았다.

언제부터인가 그녀는 나를 만나면 자기 내면의 속 이야기를 들려주기 시작했다. 그날도 식사를 마치고 카페로 자리를 옮겨 이런저런 이야기를 나누었다. 그러다가 마농은 근처에 있는 자기집에 가서 차 한 잔을 더하고 가자고 제안했다. 옥상에 꾸며놓은 정원을 보여주고 싶다고 했지만 계속해서 더 할 이야기가 있었던 모양이다. 그녀의 아파트는 코메르스 거리에서 곁가지를 쳐서 들어간 마르티르 거리 안에 있었다. 깨끗하게 청소가 된 건물 입구에 들어서 승강기를 타고 6층에 내렸다. 마농은 같은 건물의 3층에 7년을 살다가 3년 전에 6층으로 이사했다. 새로 이사한 아파트는 이전의 아파트보다 평수가 조금 더 큰데다 건물의 최상층이어서 앞쪽으로 넓게 테라스가 펼쳐져 있다. 거실의 큰 유리문을 스르륵 밀고 나가면 파리의 지붕들이 눈앞에 확 펼쳐지면서 마농이 정성들여 가꾼 테라스 정원에 발을 들여놓게 된다. 그곳에 이사 오면서 그녀는 메마른 테라스에 꽃과 나무를 정성스럽게 가꾸어 녹색 공간으로 바꾸어놓았다. 아파트 건물 전체를 향해 밀려드는 햇볕은 먼저 정원으로 쏟아진 후 점차 실내로 퍼진다.

피레네 산맥 밑자락의 포라는 작은 도시의 맑은 공기를 들이마시며 어린 시절과 청년기를 보내서인지, 그녀는 땅의 기운이 느껴지고 식물이 가까이 있을 때에만 마음의 평화를 얻는다. 사향초, 로즈마리, 란타나, 사과나무, 레몬 나무, 월계수, 회양목, 올리브나무, 백리향, 딸기나무, 베고니아, 달리아, 히아신스 등이 크고 작은 화분에서 자라고 있는 그 정원은 그녀의 자랑거리이다. 50평방미터 정도 되는 테라스에 어쩌면 이렇게 다양한 식물을 키우고 있는지 감탄할 뿐이다. 정원에서 자라고 있는 각 식물들의 습성에 대해 이야기할 때면, 그녀의 얼굴에는 꽃과 나무들에 대한 애착이 배어나오고 행복해 보이기까지 한다. 딸기나무에 달린 조그마한 딸기열매를 따서 먹어보라고 줄 때나 보통 사과의 반도 되지 않는 작은 사과가 열린 사과나무를 바라보면서 감탄할 때는 마치 순진한 어린아이 같다. 나무에 물을 주다가 레몬 나무를 살짝 흔들어서 코를 들이대고 눈을 지그시 감고 향기를 맡아볼 때면, 그녀가 레몬 나무와 깊은 교감을 하고 있는 것이 느껴진다.

사람만이 아니라 식물들에게도 사생활이 있다.
그녀의 테라스는
그녀가 식물들과 사적인 이야기를
주고받는 공간이다.

날씨가 좋을 때는 그 테라스에 마련한 파라솔 아래서 차를 마시거나 간단한 서류정리를 한다. 주말에는 책을 읽거나 일광욕도 한다. 여름 바캉스를 떠나기 전인 6월에는 해가 길어져, 일을 마치고 돌아온 남편 베르트랑과 둘이서 선선한 바람을 맞으며 늦게까지 저녁식사를 즐긴다. 파리라는 대도시에서 이렇게 전망 좋고 하늘과 맞닿아 있어 숨통이 탁 트이는 공간을 갖고 산다는 것만으로도 그녀의 마음은 부자가 된다. 그래서 수업이 없는 날이면 많은 시간을 테라스 정원의 식물 가꾸기에 바친다. 그녀의 사생활은 그렇게 식물들의 사생활과 밀접히 연결되어 있다. 식물들과 마음을 나누는 일은 그녀의 일상에 커다란 위안과 기쁨을 제공한다. 그녀는 특히 비 오는 날 오후 늦게 테라스에 앉아 있기를 즐긴다. 일을 마치고 돌아와서 아무도 없는 아파트 내부에 혼자 있기보다는 거실에 음악을 틀어놓고 테라스로 향하는 큰 유리문을 활짝 열어놓은 다음 테라스로 나간다. 거실에서 흘러나오는 음악을 식물들과 함께 들으면서 꽃과 나무들을 찬찬히 들여다보고, 먼지가 앉은 나뭇잎을 하나하나 닦아주기도 한다. 날마다 조금씩 달라지는 식물들과 감정을 교감하는 순간은 그녀에게 무엇과도 바꿀 수 없는 비밀스러운 시간이다. 그러고 나면 마음이 훨씬 가벼워지고 여유로운 기분이 든다.

아파트 안에는 거실과 식당 그리고 세 개의 방이 있다. 거실에서 복도를 지나 마농의 방으로 들어가면 유리창 앞에 그녀가 매일 마주하는 책상이 놓여 있다. 책상의 오른쪽에 오래된 흑백사진이 들어 있는 은빛 테를 두른 사진틀이 하나 놓여 있다. 알프스 산의 어느 조그만 마을, 어느 가을날 낮이 끝나고 아직 밤이 오지 않은 어스름한 황혼녘에 두 사람이 긴 나무의자에 앉아 찍은 사진이다. 그런데 사진 속에는 얼굴 대신 뒷모습만 보인다. 사진 속의 두 사람은 넓게 펼쳐진 호수와 멀리 하늘과 맞닿아 곡선을 그리고 있는 산들을 바라보고 있는 듯하다. 마농의 남편 베르트랑의 외할머니 실비와 외할아버지 베르나르의 사진이다.

때로 한 사람의 앞모습보다 뒤돌아 천천히 시리져가는 그 사람의 뒷모습이 더 많은 것을 이야기해줄 때가 있다. 저도 모르게 찍힌 뒷모습 사진 속에는 위선도 거만함도 악함도 들어 있지 않다. 쓸쓸하고 측은한 마음을 불러일으키는 그 사람의 본모습이 나타나 있을 뿐이다. 그렇게 남을 의식하지 않은 뒷모습이 한 사람이 살아온 인생을 거짓 없이 있는 그대로 말해줄 때가 있다. 마농에게는 이 사진이 그렇다. 자기가 좋아했던 사람, 이젠 떠나고 없는 사람의 정면 사진을 앞에 놓고 매일 바라보는 일은 어쩌면 고통스러울 수도 있다. 평정한 마음을 잃게 할 삶의 여러 장면들이 떠오를 수도 있다. 그러나 뒷모습으로 다가오는 두 사람의 모습은 마농에게 복잡한 감정보다는 따뜻한 마음을 불러일으킨다. 서로 의지하며 오랜 시간을 함께 살다간 그들은 사진 속에서 다정하게 어깨를 맞대고 앉아 있다. 두 사람의 약간 굽은 등에서 긴 세월을 함께 살아온 시간의 빛과 그림자가 오롯이 느껴진다. 마농이 남편 베르트랑의 외할머니 외할아버지의 인생이 깊게 스며들어 있는 그 흑백사진을 좋아하는 데는 이유가 있다.

베르트랑의 엄마 브리지트는 그르노블 대학에서 철학을 공부했다. 브리지트는 원래 파리지엔느이다. 브리지트의 엄마 실비는 무남독녀 외동딸이었는데 부모로부터 재산을 물려받아 평생 편하게 살았다. 실비는 어려서부터 자기만 위해주는 부모 밑에서 자라서인지 자기 딸을 보살피기보다는 자신을 먼저 돌보는 것이 당연한 여자였다. 다행히 그런 실비를 예쁘게 보아주는 남편을 만나서 둘은 55년을 함께 살았다. 실비는 첫딸 브리지트를 낳은 후 2년 만에 아들 필리프를 낳았다. 브리지트는 엄마가 아들을 대놓고 선호하는 분위기에서 자라면서 그 차별을 매우 예민하게 느꼈다. 엄마가 필리프를 달콤하게 대하는 장면을 보면 브리지트는 늘 질투가 났다. 그러면서 브리지트는 조금씩 뚱한 아이가 되어갔다. 필리프의 폭신하고 보드라운 뺨에 뽀뽀해주는 엄마의 표정은 거의 종교적이었다. 눈을 지그시 감고 기도하는 모습으로 어린 아들의 뺨에 가볍게 입술을 가져갔다.

그럼에도 불구하고 프랑스의 가족 관계에서 그 중심은 부부이다. 브리지트의 엄마도 예외가 아니었다. 엄마는 철저히 부부 위주로 일상생활을 해나갔다. 필리프조차도 엄마와 아버지가 단둘이 있는 시간과 공간에는 절대 끼어들 수가 없었다. 엄마에게 이 원칙은 너무나도 자명한 일이었다. 엄마 실비는 언제나 자기 자신을 가꾸는 일이 우선이었고 다음이 남편, 그다음이 아들, 그리고 마지막으로 브리지트를 돌보았다. 이것은 물론 브리지트의 주관적인 판단이다. 브리지트는 부모가 사는 파리를 떠나기 위해 일부러 그르노블 대학으로 갔다. 실비는 딸이 파리 대학을 놔두고 그르노블 대학으로 가기로 했다고 하자 이렇게 말했다.

"잘됐네. 여보, 우리 이젠 그르노블로 스키 타러 가면 되겠네!"

멀리 떠나가는 딸을 말리기는커녕 반기는 것 같았다. 브리지트가 떠나자 엄마는 파리 시내를 떠나 조용한 교외인 생제르맹앙레에 있는 큰 저택으로 이사를 갔다. 브리지트는 캠퍼스에서 루시앙을 만났다. 루시앙은 알프스 작은 마을의 초등학교 교사의 아들로 여간 착실하고 꼼꼼한 사람이 아니었다. 둘은 졸업 후 같이 중앙아프리카공화국으로 떠났다. 브리지트는 철학 교사 자격증을, 남편 루시앙은 문학 교사 자격증을 손에 쥐고 떠났다. 떠나기 전에 결혼식을 올렸다. 결혼식은 실비가 원하는 대로 파리 교외 생제르맹앙레의 성당에서 했고, 손님들은 모두 집으로 와서 큰 정원에서 피로연을 열었다. 브리지트와 루시앙은 중앙아프리카공화국의 수도 방기에 있는 고등학교에서 일 년 정도 근무하다 세네갈의 수도 다카르로 옮겨갔다. 거기에서 큰아들 베르트랑이 태어났다. 브리지트는 자기 엄마가 남동생 필리프에게 달콤한 뽀뽀를 해주던 것처럼 자기도 모르게 베르트랑을 달콤하게 대했다. 브리지트는 베르트랑을 그렇게 대하다가도 엄마가 자기보다 남동생 필리프를 선호하던 장면이 생각나면 멈칫하곤 했다.

2년 후에 베르트랑의 여동생 에브가 태어났다. 브리지트는 이때부터 "난 여자아이가 더 좋아!"를 입에 달고 살았다. 그러나 내심 큰아들 베르트랑을 좋아하는 것은 변함이 없었고 조용한 베르트랑은 엄마의 기대에 어긋나지 않는 반듯한 아이였다. 다카르에서 초등학교와 중학교를 다닌 베르트랑은 좋은 교육을 받기 위해서 열다섯 살 때 프랑스의 파리로 보내졌다. 베르트랑이 떠난 후 남은 가족들은 얼마 안 가서 콩고의 브라자빌로 옮겨갔다. 그리고 2년 후에는 온 식구가 프랑스로 영구 귀국했다. 베르트랑이 떠난 지 얼마 안 되어서 베르트랑의 어린 남동생 하나가 사고로 세상을 떠났기 때문이다. 아들을 잃은 외국에서 더이상 살 힘이 없어진 부모님은 영구 귀국하기로 했고, 아프리카에 사는 동안 바캉스 때마다 오던 스위스에 가까운 프랑스의 호수도시 안시의 한 아파트로 왔다.

파리에서 학교를 다니게 된 베르트랑은 안시에 있는 엄마에게 매일 전화를 걸었다. 혼자 기숙사 생활을 하고 있었는데, 파리의 친구들을 깊이 사귈 수 없어 외로웠다. 그럴 때면 세네갈에 두고 온 친구 디아로가 자주 생각났다. 너무나 좋은 친구였다. 베르트랑이 왕따라도 당할라치면 온몸으로 막아주던 세네갈 아이였다. 베르트랑은 주말이면 파리 근교 생제르맹앙레의 외가댁에 자주 갔다. 외할머니는 베르트랑에게 정성을 쏟았고, 학부형 모임에도 할머니 같지 않게 예쁘게 차려입고 나타났다. 베르트랑은 안시에 있는 엄마와 전화로 많은 이야기를 했다. 엄마 브리지트는 전화로 시시콜콜 잔소리를 했다. 베르트랑에게는 그런 잔소리가 늘 필요했다. 베르트랑은 혼자서 결정을 못하는 아이였다. 엄마가 그렇게 만든 것이다. 무엇이든 다 알아서 해주는 엄마였다.

베르트랑은 파리에서 좋은 경영대학을 나온 후 리옹에서 첫 직장을 잡았다. 그곳에서 3년을 지냈다. 그다음 두번째 직장이 포의 한 은행이었다. 그곳에서 마농을 만났고 자기가 가지지 못한 밝음과 당당함, 그리고 적극적인 마농의 모든 것에 매료되었다. 둘을 연결해준 것은 포에서 멀지 않은 해변가였다. 두 사람은 첫눈에 서로가 서로에게 꼭 맞는 사람이라고 느꼈다. 마농은 베르트랑에게 자신감을 갖게 하는 여자였다. 마농과 함께 있으면 걱정이 없었다. 마농은 무슨 문제가 생기면 무엇이든 척척 다 알아서 힘도 안 들이고 해결해주었다. 그런데 마농에게는 남편도 있고 아이도 있었다. 베르트랑은 그에 상관없이 마농에게 빠져들어갔다. 마농은 베르트랑과 그의 직장을 든든하게 생각했다.

두 사람이 함께 살겠다는 결정에 베르트랑의 엄마는 분했다. 착하고 공부 잘하고 말 잘 듣던 아들, 좋은 직장에 조용히 잘 다니는 잘난 아들이 여섯 살이나 나이가 많은 여자, 그것도 애가 딸린 여자에게 훅 빠진 것 같아 분했다. 거의 매일 전화를 걸어 보고하고 무엇이든 물어보고 결정하는 아들이 달라졌기 때문이다. 그렇다고 베르트랑이 자율성을 가지게 된 것은 아니다. 이제는 엄마 대신 마농이 다 정해주고 밀어주며 자신감을 갖게 했기 때문이다. 브리지트는 며느리 마농을 만나면 두고두고 무언가 마음을 긁는 이야기를 했다. 베르트랑이 마농의 남편이 된 후부터 엄마 브리지트는 "난 여자아이를 더 좋아해!"를 "나는 여자아이만 좋아해!"로 바꾸었다.

브리지트의 딸 에브는 그런 엄마의 마음을 이용해서 언제나 지나친 요구를 한다. 거의 명령을 한다. 그래도 브리지트는 쩔쩔매면서 딸의 요구를 다 들어준다. 마농은 그런 시어머니를 이해할 수 없었다. 어쩌면 브리지트는 자신이 딸로서 사랑을 충분히 받지 못했다는 결핍감을 자신의 딸 에브에게 사랑을 듬뿍 줌으로써 해결해보려고 했는지도 모른다. 그러나 베르트랑의 외할머니 실비는 달랐다. 시어머니 브리지트가 마농에게 마음 상하게 구는 것을 이야기하면 잘 들어주고 마농의 편을 들어주었다. 할머니라고는 얼굴도 본 적 없는 마농에게 실비는 진짜 자기 할머니 같았다. 실비한테는 어리광을 피울 수도 있었다. 시어머니 브리지트가 억울한 소리를 했을 때 실비에게 전화를 걸어 울면서 하소연한 적도 있다. 할머니는 그걸 다 받아주었다.

마농은 아이가 어렸을 때 안시에는 자주 가지 않았다. 재혼할 때 데리고 들어온 전남편의 아들 화비앙을 반기지 않는 눈치가 뻔했기 때문이다. 그러나 실비는 처음부터 화비앙을 반겼다. 마농은 파리 교외의 실비네 집을 친정처럼 여기게 되었다. 아이들을 데리고 집에 도착하면 실비는 언제나 대문 앞에 나와서 아이들의 눈높이에 맞추어 무릎을 접고 앉아서 두 손을 활짝 벌리고 차에서 내리는 아이들을 안아주었다. 아이들은 향긋한 향수 냄새가 나는 할머니 품을 좋아했다. 실비의 남편은 아내의 모든 뜻을 다 따라주는 남편이었다. 그래서 그 집에 가면 아이들도 마농도 베르트랑도 화기애애한 가운데 주말을 보내곤 했다.

마농은 가끔씩 은빛 테를 두른 사진틀 속으로 들어가
두 사람 옆에 가만히 앉아본다.

거기에 그렇게 나란히 앉아 저멀리 펼쳐진 알프스 산을 함께 바라보고 있노라면, 호숫가에서 불어온 바람과 함께 그들의 체취가 흠뻑 느껴지면서 베르트랑과 결혼한 후 그들과 함께했던 즐거웠던 추억들이 하나하나 피어오른다.

마농의 방에서 나와 복도를 지나면 햇빛 가득한 거실이 나온다. 거실의 긴 소파 옆에는 보조탁자가 놓여 있다. 그 탁자 위에는 키가 한 60센티미터 정도 되는 흑인 소년상이 서 있다. 담담하면서도 정직해 보이는 표정이 정교하게 드러나는 흑인 병정 인형이 장총을 들고 단정하게 서 있다. 몇 년 전 6월 파리 6구의 생쉴피스 광장 앞을 지나던 베르트랑은 그 광장에 임시로 연 고물시장 브로캉트에서 그 병정 인형을 만났다. 프랑스 식민지였던 세네갈의 젊은이들은 1차대전 때에 프랑스

군으로 참전했는데, 병정 인형은 그 당시의 군인 차림을 하고 있었다. 단정한 흰색 군복에 빨간색 직사각형 모양의 높은 군모를 쓰고 긴 총을 땅에 세워 들고 있었다. 베르트랑은 그 흑인 병정 인형이 너무나도 친근하고 사랑스러웠다. 그 자리에서 부르는 값을 주고 당장 샀다. 인형을 사들고 집에 들어서는 베르트랑은 전쟁에서 승리하고 들어오는 병정 같았다. 베르트랑은 마농에게 이렇게 말했다.

"이 병정에게 세네갈 이름을 붙여줄 거야!"

세네갈은 베르트랑이 유년 시절과 사춘기를 보낸 곳이다. 그 시절이 그리운 베르트랑은 세네갈에 남기고 온 자기 친구의 이름을 그 병정에게 붙여주었다.

"이제부터 이 인형의 이름은 디아로야! 늘 나를 지켜주던 친구의 이름이지."

그러자 마농이 말했다.

"이젠 디아로가 우리 모두를 지켜줄 거야!"

베르트랑은 세네갈에 대한 지울 수 없는 그리움을 가지고 산다. 다카르에서 프랑스 교사 부부의 아들로서 특권층으로 살았던 것은 사실이지만, 거기서 살 때 다 좋았던 것만은 아니다. 아프리카로 나가서 근무하는 프랑스 교사들은 특별수당이 있어서 월급을 많이 받았다. 그래서 집안 형편은 넉넉했다. 그런데 늘 마음이 편치 않았던 것 같다. 마음에 어떤 불편함을 안고 살았던 것 같다. 그런데 정작 마음이 더 불편해진 것은 열다섯 살에 혼자 프랑스로 돌아와 기숙학교를 다니면서부터이다. 세네갈에서 살다 온 것이 그리 자랑스럽게 느껴지지가 않았기 때문이다. 그래서일까? 베르트랑은 아프리카에서 살던 이야기가 나오면 대화의 주제를 슬쩍 바꾸려 했다. 물론 가족끼리는 편안하게 다 말한다. 마농은 부모가 스페인에서 프랑스로 자리를 옮겨온 망명객 가족이어서 이주민의 아픔을 잘 안다. 그래서 베르트랑의 마음도 잘 이해한다. 스페인 공화주의자로 프랑스에 망명한 마농의 아버지는 프랑스에서 살면서도 늘 스페인을 그리워했다. 1975년 스페인의 정치 체제가 민주화되자 고국으로 돌아가고 싶어했다. 그러나 그때는 너무 늙었고 건강에도 자신이 없어서 갈 수가 없었다. 시대를 막론하고 살던 자리를 떠나 생소한 곳에 와서 다시 뿌리를 내리는 것은 참 힘든 일이다.

베르트랑은 파트릭 모디아노의 소설을 즐겨 읽는다.

"나는 모디아노 소설의 희미한 분위기를 좋아해."

어두침침한 골목을 헤매다가 어디로도 나오지 못하는 듯한 희미함이 좋다고 한다. 아직도 베르트랑의 마음은 세네갈과 포와 파리의 골목들을 헤매고 다니는지 모르겠다.

마농의 완전한 이름은 마농 블랑슈이다. 마농 블랑슈는 아버지 나이 마흔여섯, 어머니 나이 서른아홉이 되는 해에 세상에 태어난 귀여운 막내딸이었다. 아버지는 사랑스러운 막내딸을 위해 마농 블랑슈라는 우아한 이름을 붙였지만, 집에서는 긴 이름 대신 마노라는 애칭으로 불렀다. 그래서 가족과 친척들부터 시작해서 친구들에 이르기까지 가까운 사람들은 모두 아버지를 따라 그녀를 마노라고 불렀다. 이제 아버지 어머니를 비롯해 주위의 가까운 친척들이 하나둘 세상을 떠나면서 그녀를 마노라고 불러주는 사람들의 숫자는 점점 줄어들고 있다.

내가 그녀와 개인적인 관계를 갖게 되고 점점 내밀한 이야기를 나누기 시작하면서 그녀는 나보고 자기를 마노라고 부르라고 했지만, 그럼에도 불구하고 얼마 동안 나는 그녀를 애칭으로 부르지 못했다. 마노라는 귀여운 이름이 한사코 입에서 떨어지지 않았다. 그녀의 귀여운 애칭은 그녀를 어린 시절부터 보아왔던 사람들만이 누릴 수 있는 특권 같이 느껴졌기 때문이다. 한번 입에 붙은 호칭을 바꾸는 데는 시간이 걸리는 법이다. 호칭 속에는 이미 두 사람 사이에 굳어진 관계가 들어가 있기 때문이다. 그러다가 어느 날 용기를 내어 '마노'라고 불러보았다. 그러면서 그녀와 더욱 친밀한 관계를 형성하게 되었다. 호칭의 변화가 인간관계의 심화를 가져왔던 것이다.

02

파리는 아롱디스망이라고 부르는 스무 개의 구로 구성되어 있다. 각각의 구마다 사는 사람들이 다르고 동네의 분위기도 다르다. 마농은 15구에 살면서 16구에 있는 학교로 출퇴근을 한다. 마농은 중학교에서 스페인어를 가르치는 선생님이다. 15구가 비교적 안정된 중산층이 사는 동네라면 16구는 부유층 주거지라고 할 수 있다. 파리 교육청은 교사를 배치할 때 출퇴근이 용이하도록 주거지 근처의 학교에 배정하는 원칙이 있다. 마농은 16구에 있는 중학교에서 가르치고 싶다는 희망을 파리 교육청에 제출했다. 그녀가 16구와 붙어 있는 15구에 살고 있기 때문이었는지, 아니면 그 학교에 당시 스페인어 교사가 없어서였는지, 그녀는 원하던 16구에 있는 빅토르 위고 중학교에서 가르치게 되었다. 마농은 출퇴근 시에 파리 지하철 노선 가운데서 가장 우아한 6번선을 타고 이동한다. 마농은 파시 정거장에 내려 학교까지 걸어가면서 16구 여자들을 관찰하며 이렇게 중얼거린다.

"16구에는
뚱뚱한 여자가 없는 것 같아!"

그런데 마농은 16구 여자보다 더 날씬하다. 마농은 서른 살까지 프랑스 남서부의 포에서 살다가 남편 베르트랑을 따라 파리로 와서 살게 되면서 파리지엔느가 되었다. 이후 16구 중심에 있는 학교에 근무하면서 마농은 16구 여자들을 늘 눈여겨 관찰해왔다. 마농은 나에게 자신의 관찰 결과를 이렇게 말해주었다.

"얼핏 보기에는 별로 신경써서 꾸민 것 같지 않고 머리 스타일이나 의상이 언제나 자연스러워. 화장을 짙게 하고 진한 루주를 바른 여자는 찾아보기 어렵지. 거의 화장한 것 같지도 않게 옅은 화장을 살짝한 정도야. 16구 여자들 사이에는 그들만이 공유하는 일상의 연출법이 있는 것 같아. 지나치게 드러나게 꾸미지 말 것, 자연스럽고 가볍고 경쾌하게 꾸밀 것, 자발성이 느껴지고 자유로운 분위기를 연출할 것 등이지. 암묵적인 이런 기준이 그들이 남과 자기를 구별하는 분장법이야. 전통적인 귀족의 단정하고 품위 있는 고전적 우아함을 존중하면서 거기에 부르주아의 개방성과 자유로움을 가미한 것이라고 할까?"

이쯤 되면 마농의 관찰력은 거의 전문가 수준이다. 그런데 재미있는 것은 마농이 발견한 분장의 원칙이 나이를 초월한다는 점이다. 30대 여성이나 60대 여성에게 그런 기준이 공통으로 작용한다. 물론 그들은 자신의 여성성을 과시하는 자기만의 개성 있는 특수한 장치도 가지고 있다. 다들 자기의 신장과 체형, 얼굴형과 얼굴빛, 눈동자와 머리칼의 색에 맞추어 각자 자기만의 화장법과 옷 입는 법을 연출한다. 자기만의 포인트를 살려 개성을 연출하는 감각들이 보통이 아니다.

그녀들은 머리끝부터 발끝까지 유명 브랜드로 휘감는다거나
유행에 모든 것을 맞추는 일은 결코 하지 않는다.
그런 식의 치장은 누보 리슈(벼락부자)들이나 하는
치장법이라고 속으로 조소한다.

한두 가지 품목 정도는 유행을 따르거나 브랜드가 알려진 상품으로 치장하기도 한다. 그러나 그 나머지는 잘 알려지지 않은 고유한 상품들을 잘 배합함으로써 자기만의 독특한 분위기를 연출하려고 한다. 제 손에 어울리는 반지, 팔의 분위기를 살려주는 팔찌, 얼굴을 환하게 해주는 귀걸이, 가슴의 우아함을 드러내는 목걸이 등의 액세서리를 적절하게 활용하고 자신의 체형에 맞는 적당한 크기의 핸드백을 든다. 머리 스타일은 물론 구두의 디자인이나 색깔에도 신경을 쓴다. 그런데 재미있는 것은 여러 요소들이 서로 조화를 이루면서도 답답함을 벗어

나 '가벼운 파격'을 만든다는 점이다. 옷은 유행에 맞춘 것인데 머리 모양은 아주 고전적인 여성의 분위기를 자아내는 방식으로 느슨하게 틀어올린다든가, 옷은 좀 평범해 보이는데 구두는 유난히 여성적이면서 색깔도 흔히 볼 수 없는 예사롭지 않은 것을 신었다든가 하는 식이다. 분명 40대 중반에 한두 명의 아이를 낳아 키운 여자의 몸인데 과감하고 공격적으로 가슴을 노출한다거나 일부러 몸에 꼭 끼는 다소 작아 보이는 짧은 원피스를 입기도 한다.

다들 자기만의 방식으로 꾸미고 다니는데 거동에 어색함이나 불편함이 없고 자연스럽고 당당해 보인다. 그런 거동은 어려서부터 몸에 밴 습관일 터이지만, 때로 다른 사람의 눈을 의식해 연출한 것일 수도 있다.

아무튼 그녀들의 치장법 속에는
무언가 특별한 게 있다.
얼핏 보면 잔잔히 흐르는 강물 같지만
어느 순간 갑자기 빠르게 흐르는 급류로
변할 수도 있다는 암시가 들어 있다.

자연스러움과 고상함 속에 들어 있는 개성과 자발성과 자유로운 분위기는 예상치 못한 돌발적 행동의 가능성을 슬며시 드러낸다. 어떤 파격이 잠재해 있는 듯한 분위기로 보는 사람의 호기심을 자아낸다. 16구 여자들은 그런 차림으로 거리에 나타나 약간의 거만함을 풍기며 우아하게 몸을 움직이며 걸어다니는 것이다. 이런 분위기는 혼자 걸어

다닐 때나 남자와 함께 다닐 때나 학교에서 아이를 찾아올 때나 마찬가지이다.

총명한 마농은 16구의 파시 거리나 퐁프 거리를 지나다니는 여자들을 자세히 관찰해보면서 자기만의 분위기를 만들어냈다. 각자 자기 방식으로 연출하고 다니는 그들만의 암호를 풀어낸 후에 그 거리에 어울리고 자기에게도 어울리는 자기만의 암호를 만들어낸 것이다. 지방도시 포에서 베르트랑을 따라 파리로 와서 처음 정착했을 때에는 파리 여자들이 하나같이 다 세련되어 보였다. 포에서는 나름대로 멋쟁이라는 소리를 들었지만 파리에서는 저절로 주눅이 들었다. 그러나 영리하고 미적 감각이 뛰어난 마농은 곧 우아하고 세련된 파리지엔느가 되었다.

그후 또 몇 년이 지나 16구의 중학교로 배정받았을 때에는 퐁프 거리의 여자들이 여느 파리지엔느들과는 또다른 무엇인가가 있다고 느꼈다. 우아하고 경쾌하고 거리낌이 없어 보이면서도 나른한 듯한 여유가 느껴졌다. 그런 분위기는 안정된 경제적 기반에서 오는 것이겠지만, 그것만으로 16구 프랑스 여자들의 분위기를 다 설명할 수는 없겠다고 생각했다. 시간이 지나면서 마농은 16구 여자들의 그런 분위기가 그 여성들과 짝을 이루는 16구 프랑스 남성들의 여성에 관한 오래된 환상과 관련되어 있다는 가설을 세웠다. 16구에 살 수 있는 경제력을 가진 남성들이 그런 분위기를 가진 여성들에게서 매력을 느끼기 때문에 16구 여성들이 그에 부응하는 자태를 꾸미게 되었을 것이란 말이다. 중학교에 부임한 지 얼마 지나지 않아 마농에게는 16구 여자들 같은 분위기가 자연스럽게 몸에 스며들었다. 그 동네를 매일 다녀서이기도 했지만, 그녀에게 16구 남성들이 매력적으로 느껴지기 때문에 16구 여성의 분위기를 갖게 되는 일이 더 수월했을 수도 있다. 그녀는 15구에 살지만 16구적 생활 방식을 지향한다.

03

마농은 일주일에 열여덟 시간씩 스페인어를 가르친다. 정해진 수업 시간 외에도 아이들의 과제물을 고쳐주는 일이 있다. 그녀는 나이가 들어가면서 일주일에 열다섯 시간만 가르치면 좋겠다는 생각을 한다. 불과 세 시간 차이인데도 왠지 열다섯 시간은 할 만하지만 열여덟 시간은 너무 많게 느껴진다. 사실 몇 년 전까지만 해도 마농은 스스로 원해서 일주일에 아홉 시간만 가르쳤다. 월급이 적어졌지만 베르트랑과의 사이에서 낳은 둘째아들 앙투안의 교육에 신경을 쓰면서 좀더 많은 시간을 집안에서 보내고 싶어서였다. 그건 회사의 간부로 일하는 베르트랑의 수입이 괜찮았기 때문에 가능했다. 이제 막내아들 앙투안도 고등학교를 졸업하고 프레파(그랑제콜 입시 준비반)를 거쳐 그랑제콜의 하나인 에콜 상트랄에 다니고 있어서, 더이상 그녀의 보살핌을 필요로 하지 않게 되었다. 그래서 그녀는 다시 풀타임 교사로 돌아갔다. 일주일에 아홉 시간씩 가르치다가 열여덟 시간으로 돌아가니까 오히려 시간이 천천히 가는 듯한 느낌이 든다.

방학은 마농의 생활에서 아주 소중한 시간이다. 학교 선생이라는 직업이 월급은 많지 않지만, 다른 사람보다 휴가 기간이 길다는 장점이 있다. 마농의 여름휴가 기간은 6월 말에 시작해서 9월 초까지 두 달이 넘는 데 비해, 은행에서 일하다가 얼마 전부터는 보험회사 간부로 일하고 있는 남편의 휴가 기간은 다른 프랑스 노동자들과 마찬가지로 일 년에 5주밖에 안 된다. 마농 부부는 여름에 긴 휴가 기간을 함께 보내지만 봄, 가을, 겨울에도 함께 일주일 정도 여행을 떠난다. 그 모든 여행은 다 마농이 계획하고 준비한다. 마농이 남편보다 시간상의 여유가 있기도 하지만, 그녀가 그런 일을 체계적으로 잘하기 때문이다. 마농은 일찌감치 비행기표를 저렴한 가격으로 구매하고, 좋은 호텔을 할인 가격에 인터넷으로 예약하는 일들을 아주 효과적으로 잘 처리한다. 남편 베르트랑이 그녀가 준비한 여행에 늘 만족하며 그녀의 능률적인 여행 준비를 높이 평가하기 때문에, 그녀는 즐거운 마음으로 여행을 계획하고 준비한다.

남자 교사보다 여자 교사의 수가 많은 중학교에서 마농은 인기 있는 여교사의 하나다. 아이들은 물론 학부형들에게도 그렇다. 학생들을 가르치는 일에도 열심이지만, 자기 자신을 가꾸고 자기 아이들을 교육하는 일에도 빈틈이 없어 보인다.

어디서 비롯된 것인지는 분명치 않지만,
학교일과 가정일이라는 이중의 노동에 지쳐 보이는
다른 여선생들과는 달리
마농에게는 어떤 여유만만함이 느껴진다.

그 여유는 돈 잘 버는 버젓한 지위의 남편을 가진 여성들에게서 볼 수 있는 거만함이 아니라 타인의 이야기를 잘 들을 줄 알고 공감하고 배려하는 마음의 여유다. 일상의 순간 속에 그 모습을 드러내는 그녀의 다른 사람에 대한 배려와 친절은 학교 교실에서나 교무실에서나 그녀를 돋보이게 한다. 마농은 수업 준비를 철저히 한다. 가르치는 일을 오래했지만 늘 새로운 교재와 교육 방식을 만들려고 노력한다. 스페인어로 된 신문이나 잡지를 읽으면서 학생들의 흥미를 유발할 수 있는 스페인어권 국가들에 관한 기사를 스크랩한다. 휴가중에도 수업시간에 활용할 수 있는 글이 눈에 띄면 꼭 복사해놓는다. 그리고 학생들이 써낸 과제물을 고치는 일에 유난히 많은 정성을 쏟는다.

마농은 언제 보아도 매력적이다. 그녀는 약속장소에 들어오는 순간 어떤 생기 같은 것을 몰고 들어온다. 날씬하고 자그마한 몸집에 꾸밈없이 나오는 표정이 풍부하다. 그런데 말을 시작하면 그녀가 상당히 단단한 여자임을 알 수 있다. 깔끔한 발음과 풍부한 감정을 드러내는 변화무쌍한 억양으로 상대방을 자기에게로 끌어들이면서, 동시에 상대방의 말을 기꺼이 들어주겠다는 개방성이 두 눈의 표정에서 느껴진다. 그녀는 아무리 추운 겨울이어도 가슴을 가리는 티셔츠나 목까지 올라오는 검정 터틀넥을 입지 않는다. 춥다고 하면서도 두텁고 우둔한 스웨터보다는 가는 실로 짠 스웨터를 겹쳐 입는다. 또 치렁치렁한 긴치마나 무릎 밑으로 내려오는 투박한 외투를 입지도 않는다. 추운 날에도 엉덩이를 살짝 덮을 정도의 코트를 입고 상큼하게 나타난다. 그녀가 만나는 사람에게 상쾌한 기분을 선물하는 이유가 경제적으로 안정된 든든한 남편이 있고 아이들도 말썽 없이 잘 자라고 스스로는 학교 교사 생활에 만족하고 있기 때문만은 아닐 것이다. 그런 밝음과 상쾌한 분위기는 어쩌면 그녀의 인생 초기에 만들어진 것일지 모른다. 그렇게 한 번 형성된 분위기는 살면서 어떤 어두움을 만나도 그 상황을 밝음으로 쉽사리 바꾸어놓는다. 다만 그 어두움의 무게가 너무 무겁거나 어두운 기간이 너무 길어지지만 않는다면 말이다.

열 길 물속은 알아도 한 길 사람 속은 알기 어렵다는 말이 있다. 아무 문제 없이 잘살고 있는 듯이 보이는 여자들의 마음에도 고통과 슬픔이 숨어 있기 마련이다. 그녀도 예외가 아니다. 겉으로 보기에 남부러울 것 없는 안정된 삶을 살고 있는 그녀도 자기 안에 어두운 그림자를 지니고 있다. 그녀의 그 상큼함 뒤에 자신도 아직 다 알지 못하는 어떤 슬픔이 숨어 있다. 그 슬픔의 정확한 깊이와 정체를 그녀 스스로도 다 알지 못하기 때문에 가끔씩 그녀는 방황한다.

누구라도 한 사람을 진정으로 이해하려고 들면
그 사람의 슬픔을 느낄 수 있다.
그런데 사람들은 그 슬픔을 서로 외면해버리려고 한다.
남의 슬픔이든 자신의 슬픔이든
슬쩍 묻어두고 사는 편이 훨씬 쉽기 때문이다.

그럼에도 불구하고 슬픔은 가끔씩 불쑥 고개를 들이민다. 그러면 더 강한 힘으로 눌러버린다. 그러면 그 슬픔은 찌그러들어 흉한 괴물처럼 변형되고, 나중에는 감당하기 어려운 커다란 괴물로 자라 삶을 더욱 고통스럽게 만들기도 한다. 그래서 내 슬픔의 정체를 밝혀보는 일은 당장은 고통스러워도 미래의 더 큰 고통을 피하기 위해서 꼭 필요한 일이다. 나이가 들수록 묻어두고 눌러두었던 본성과 지난날의 어두운 기억들이 서서히 고개를 든다. 아무리 화장을 하고 성형수술을 해도 내면의 분위기는 감출 수가 없다. 마농을 사귀면서 나는 그녀의 밝음 속에 감추어져 있는 어두운 그림자를 보게 되었다.

코메르스 거리의 미슐랭 식당에서 식사를 마치고 나서 마농의 아파트 베란다에 나가 꽃들을 바라보고 함께 차를 마시며 이야기를 나누었다. 내가 자기의 마음을 이해해줄 수 있다고 생각했는지 아니면 그때가 스스로 자신을 들여다보는 시기였는지 그녀는 베란다 탁자 앞에 앉아 차를 마시면서 자신의 숨겨진 이야기를 꺼내놓았다. 아무리 세상이 바뀌어도 한 인간이 살아가는 삶의 원형은 가족 속에서 만들어진다. 그러기에 모든 개인이 겪는 고통의 씨앗과 뿌리는 가족사라는 땅속에 들어 있다. 다음은 내가 들은 마농의 가족 이야기이다.

04

죽은 사람은
산 사람의 마음속에 자기 무덤을 만든다.
살다보면 마음속에
무덤이 하나둘 늘어간다.

마농이 스물두 살 때 오빠가 죽었다. 그때 오빠 나이 마흔 살이었다. 자동차 사고였다. 이상하게 처음에는 눈물이 나오지 않더니, 오빠가 죽은 뒤 보름이 지나자 눈물이 하염없이 쏟아지기 시작했다. 아버지가 마농을 달랬으나 울음은 멈추지 않았다. 그때 엄마가 울고 있는 딸의 방으로 들어왔다. 엄마는 너무 담담해서 차가울 정도로 느껴지는 목소리로 말했다.

"아니, 재가 왜 저렇게 울어?"

엄마는 무서울 정도로 강한 여자였다. 어디 마음속 깊은 곳에 아픔이 없었을까마는 엄마는 아들의 죽음도 소리 없이 다 견디어냈다.

오빠가 세상을 떠나고 3년 후에 또 한 사람이 세상을 떠났다. 이번에는 아버지였다. 아버지 나이는 일흔둘이었고 엄마는 아버지와 일곱 살 차이였으니까 예순다섯이었다. 그때 마농은 스물다섯이었다. 당시 그녀는 이미 한 남자를 만나 결혼해서 집을 떠나 있을 때였다. 그러니까 마농의 결혼은 오빠의 죽음과 아버지의 죽음이라는 두 개의 죽음 사이에 이루어졌다. 그녀는 포의 토박이 남자와 결혼해 살고 있었다. 그때까지 아이는 없었다. 아버지 장례를 치르고 얼마 되지 않아 어느 날 엄마가 전화를 했다. 엄마는 잘 지내느냐고 물었다. 마농은 그렇지 못하다고 대답했다. 그러자 엄마는 "왜?"라고 물었다. 그때 마농의 입에서 자기도 모르게 한마디의 말이 툭 튀어나왔다.

"이 세상에서 가장 사랑하는 사람이 죽었는데
내가 어떻게 잘 지낼 수 있겠어?"

그랬다. 그녀가 세상에서 가장 사랑한 사람은 아버지였다. 어린 시절부터 그녀는 아버지를 좋아했고 아버지도 영리한 늦둥이 막내딸을 무척 사랑했다. 아버지는 마농이 어릴 때 두 가지 말을 자주 했다. 첫째는 "너는 뭐든지 잘할 수 있어!"였다. 그 말은 자신감을 주기도 했지만 왠지 '너는 뭐든지 잘해야 해!'라는 뜻으로 들리기도 했다. 아버지는 마농에게 "너는 예쁘고 착한 아이니까, 주위의 모든 사람들에게 웃으면서 부드럽게 대하면 그만큼 사랑받을 수 있다"는 말도 자주 했다. 마농이 고등학생이 되고 아버지의 말상대가 되었을 때 아버지는 자신의 젊은 시절 이야기를 해주었다.

아버지는 1936년 스페인내전 당시 프랑코 장군으로 대표되는 군부 파시즘에 반대해 무장투쟁을 벌인 시민군의 지도자로 활동하다가, 1939년 피레네 산맥을 넘어 프랑스로 망명한 스페인 공화주의자였다. 할아버지는 빌바오라는 도시에서 무역업을 하던 부유한 도시 부르주아였다. 아버지는 대학생 시절부터 부패한 가톨릭교회를 비판하며 프랑스의 계몽사상과 혁명사에 심취했던 공화주의자였다. 그는 빌바오 대학의 비판적 토론 서클의 지도자였고 1936년 프랑코가 쿠데타를 일으키자 즉각적으로 반대투쟁에 나섰다. 1937년 빌바오 봉기에서 시민군이 프랑코의 군대에 의해 무자비하게 학살당한 뒤에는 마드리드로 가서 시민군을 위한 물자보급 작업을 지휘하면서 지도부의 정보 참모로도 활동했다. 그러다가 1939년 3월 마드리드가 프랑코 군대에 의해 함락되자 산악지대로 피신했다. 프랑코에 다시 대항할 봉기의 가능성을 엿보았지만, 프랑코군의 공격이 압박을 가해오자 함께 활동하던 남동생과 서로 의지하며 밤길을 걷고 또 걸어 한 달 만에 피레네 산맥을 넘어 프랑스로 망명했다. 그후 프랑스 정부가 마련한 스페인 망명객을 위한 캠프에서 몇 달을 지냈다. 아버지는 그때의 비참했던 경험을 털어놓기도 했다. 빌바오 부르주아의 자제로 자라면서 물질적 빈곤을 경험하지 못했던 그였다. 내전 당시에도 물자보급을 담당한 관계로 궁핍함을 크게 느끼지 않았다. 그런데 망명객 수용소의 생활은 비참하기 그지없었다. 한방에 3층짜리 침대를 4개씩이나 놓고 12명이 함께 잤다. 식사 시간에는 세 사람의 음식을 배식판 하나에 담아 인간답지 못하게 끼니를 이었다. 그 이야기를 하는 마농의 표정이 굳어졌다.

"수용소 사람들을 그렇게 대접했다는 점에서 프랑스는 부끄럽게 생각해야 해."

훗날 아버지는 나중에 망명 온 고향 사람들에게서 집안의 모든 재산이 프랑코군에 의해 몰수당했고, 부모님은 서로 분리되어 다른 수용소에 억류되어 있다는 소식을 들었다. 당장이라도 스페인으로 돌아가 프랑코군에 항거하고 싶었지만 그럴 상황이 아니었다. 아버지는 마음을 가라앉히고 프랑스 땅 포에서 스페인 망명객들을 돕는 단체를 만들었고, 스페인 출신 여자 나탈리를 만나 결혼했다. 그녀는 한 번 이혼한 여자였다. 첫 결혼에서 낳은 딸과 아들이 있었다. 아버지는 두 아이를 제 자식처럼 끔찍이 사랑했다.

아버지는 스페인에서 좋은 학교를 나오고 엔지니어 자격증도 있었지만 취직에 어려움을 겪었다. 토탈이라는 큰 석유회사에 들어가 낮은 직급부터 시작했다. 그의 실력과 성실함 덕에 그는 회사에서 빠르게 진급해서 생활이 곧 안정되었다. 결혼한 지 한참 후에 마농이 태어났다. 두 아이를 데리고 결혼한 마농의 엄마는 그 아이들이 소외될까 봐 아이를 낳는 것을 주저했다. 그러다 늦게 낳은 아이가 마농이다. 마농이 태어났을 때는 살림이 안정되어서 집안에 피아노를 들여놓기도 했다.

청소년 시절 마농은 아버지가 살아온 이야기를 들으며 아버지에 대한 무한한 존경심을 가지게 되었다. 아버지가 스페인을 떠나 프랑스로 망명할 때 밤에 달빛을 받으며 피레네 산길을 걸었던 이야기를 하도 실감나게 들어서, 마치 자기가 깜깜한 밤에 피레네 산맥을 넘어 프랑스로 들어온 것 같은 착각을 하기도 했다. 마농의 마음속에는 이민객의 딸로 자란 어린 시절 체험과 더불어 아버지가 물려준 정의감과 인도주의적 정신이 깊이 뿌리내리고 있다. 마농은 학교에서 포르투갈이나 북아프리카에서 이민 온 가정의 아이들이 학교생활에 잘 적응할 수 있도록 세심하게 돌본다.

마음의 방어기제를 내려놓고 편하게 이야기하다보면 말실수가 툭 튀어나올 때가 있다. 그날 마농은 아버지 이야기를 하다 갑자기 이런 말을 내뱉었다.

"아버지가 죽었을 때
나는 죽었어."

그러더니 곧바로 말을 바꾸었다.

"아니, 내가 무슨 소릴 하는 거야. 아버지가 죽었을 때 나는 스물다섯 살이었어."

나는 그녀의 말실수가 깊은 의미를 담고 있음을 직감적으로 깨달았다. 맞다. 아버지가 죽었을 때 그녀도 죽은 것과 마찬가지였다. 아버지의 죽음은 그녀에게 그렇게도 커다란 상실감을 불러왔다.

그런데 아버지가 세상을 떠나고 6개월 후에 이번에는 언니가 마흔세 살로 세상을 떠났다. 골수암이었다. 스물한 살에서 스물다섯 살까지 4년 동안에 그녀가 온전히 감당하기에는 너무 많은 일이 일어났다. 오빠, 아버지, 언니 이렇게 세 사람이 세상을 떠났고 그 와중에 결혼하여 새로운 가정을 이루었다. 불과 4년 만에 그 이전과는 완전히 다른 삶이 시작되었다. 그 두 개의 삶 사이에는 마치 건널 수 없는 강이 흐르고 있는 듯했다.

05

마농은 첫 남편 에릭을 친구 집에서 열린 저녁파티에서 처음 만났다. 그때 에릭은 작은 기업체의 직원이었고 마농은 사범학교를 막 졸업한 상태였다. 마농의 눈에 커다란 몸집의 에릭은 우둔해 보였고 다소 우울해 보이기까지 했다. 파티를 연 친구가 마농에게 그를 소개해줄 때 에릭은 웃는 둥 마는 둥 무언가 당황한 표정을 짓고 있었다. 등에도 힘이 들어가 있지 않았고 팔짱을 끼고 어깨도 펴지 않은 어정쩡한 자세였다. 그럼에도 눈은 빛났고 얼굴의 윤곽은 뚜렷했다. 그는 자그마한 키의 마농에게 눈높이를 맞추려고 그랬는지 등을 굽힌 채로 이야기를 했다. 등을 꼿꼿하고 반듯하게 세운 마농의 모습과 대조적이었다. 마농은 시종일관 자신만만한 태도로 그와 이야기를 나누었다.

이야기하다보니 그는 수줍음을 타는 내성적인 사람이었다. 두 사람은 이야기가 잘 통했다. 에릭은 마농의 이야기를 조용히 그러나 깊이 공감하는 표정으로 들었다. 그들은 곧 연인이 되었다. 딸에 대한 기대가 컸던 마농의 아버지는 에릭을 사윗감으로 탐탁하게 여기지 않았다. 비록 망명객의 신세지만 스페인에서는 격조 있는 부르주아 집안이었고, 똑똑하고 미모를 지닌 자기 딸이 평범한 가정 출신에 무엇 하나 돋보이는 것 없는 남자와 결혼한다는 것을 쉽게 받아들일 수 없었다. 아버지는 에릭을 처음 본 날 저녁, 딸에게 이렇게 말했다.

"그런데 내가 보기에는 그 남자가 너를 충분히 감싸주지 못할 것 같구나."

그렇다고 해서 아버지가 마농의 결혼을 대놓고 반대한 것은 아니다. 어머니도 에릭을 사윗감으로 환영하지는 않았지만 그렇다고 반대 의사를 표명하지도 않았다. 그런 과정을 거쳐 마농은 에릭과 결혼했고, 2년 후에 아들 화비앙을 낳았다. 아버지가 돌아가신 다음해였다. 남편 에릭은 항상 마농의 말을 잘 들어주었고 가정에 헌신적이었기 때문에 가정생활에는 큰 문제가 없었다.

그러다가 지금의 남편 베르트랑을 만났다. 에릭과의 사이에서 화비앙이 태어난 다음해였다. 베르트랑은 마농이 고객으로 다니던 소시에테 제네랄 은행의 직원이었다. 은행에서 고객으로 한두 번 만난 적이 있는 베르트랑을 어느 날 포 근처의 해변에서 우연히 마주쳤다. 그 후 다시 고객으로 은행에 나타난 마농에게 베르트랑은 그날 점심을 같이할 수 있냐고 물었다. 마농은 얼굴이 조금 달아올랐지만 곧 그러겠다고 했다. 그날 두 사람은 사람이 별로 다니지 않는 조용한 가시오 거리에 있는 한 비스트로에서 점심식사를 했다. 그렇게 두 사람 사이의 개인적 관계가 시작되었다. 그러나 마농은 이미 결혼해서 아기가 하나 있는 상태였다. 더이상 진전시킬 수 있는 관계가 아니었다. 그런데 마농보다 여섯 살 아래이고 총각이었던 베르트랑이 예상 밖으로 적극적으로 나왔다. 언제 어디서나 큐피드의 화살을 맞은 사람은 상식과 규범을 뛰어넘는 힘을 발휘한다. 마농에게 첫눈에 반한 베르트랑은 마농을 만날수록 더욱 적극적으로 변해갔다. 소극적인 베르트랑에게 어디서 그런 힘이 나왔는지 모를 일이다. 마농의 마음도 베르트랑의 뜨거운 눈길과 열정에 점차 전염되었다. 그러다 어느 날 베르트랑은 마농에게 아이를 데리고 포를 떠나 함께 파리로 가자고 했다. 훤칠하게 잘생겼고 파리에서 그랑제콜을 나왔고 근사한 직장을 가지고 있는 미혼 남자의 저돌적 청혼 앞에서 마농의 마음은 흔들리기 시작했다.

마농은 그 당시 오빠, 아버지, 언니가 연속적으로 세상을 떠나고 난 뒤 의기소침하고 기진맥진한 상태에서 인생의 새로운 변화를 찾고 있었는지도 모른다.

매일매일 똑같은 일들이 반복되는
무미건조한 삶이라는 책의 그 무거운 페이지들을
한장 한장 넘길 힘이 없었다.

남편은 성실했고 밥 먹고 사는 데 큰 걱정거리는 없었지만, 그렇다고 흥분되거나 즐거운 일도 없었다. 사는 게 점점 더 권태롭게 느껴지기도 했다. 그때마다 아버지가 에릭을 처음 본 날 한 말이 귀에 들리는 듯했다.

"그 남자가 너를 충분히 감싸주지 못할 것 같구나."

마농은 아버지의 말을 이렇게 해석하기 시작했다.

'그 남자는 너에게 안 어울려. 너에게 부족해. 직업도 변변치 않아. 너는 그보다 훨씬 더 좋은 남자를 만나 잘살 수 있어.'

매일 삶은 지속되었지만 어딘가 마음 한구석이 비어 있었고 때로 찬바람이 부는 것처럼 시리기도 했다. 그냥 있으면 그대로 조용히 침몰할 것 같았다. 인생의 전환점이 필요했다. 베르트랑은 마농의 그런 마음을 정확하게 읽었다. 그래서 마농에게 계속 파리로 가서 새로운 삶을 시작하자고 했다. 어느 날 마농은 결단을 내렸다. 에릭과는 포라는 도시로 엮인 관계였기 때문에 그 둘을 동시에 떠나지 않고는 새로운 인생을 시작할 수 없다는 생각이 들었다. 그래서 전격적으로 남편과 포라는 답답한 도시를 떠나 아들 화비앙을 데리고 베르트랑을 따라 파리로 올라왔다. 그리고 새로운 삶을 시작했다.

요즈음 들어 마농은 문득문득 지난날을 돌이켜본다. 지금 생각해보면 그때 전남편과 별문제 없이 그런대로 잘 지내고 있었는데 어떻게 그와 헤어지게 되었는지 모르겠다. 전남편 에릭은 마농보다 두 살 위였고 마음을 편안하게 해주는 남자였다. 중소기업체의 사무직원이었지만 생활하는 데는 지장이 없었다. 그는 언제나 마농의 이야기를 잘 들어주었고 무엇이든지 강요하는 법이 없었다. 직장일에 충실했고 집안일도 나누어서 했다. 아들 화비앙이 태어난 이후로는 더욱 충실한 가장이 되었다. 아내의 말을 잘 들어주는 착하고 다정한 남편이었지만, 야심이 없고 그저 쥐꼬리만한 월급을 주는 회사에 다니는 것으로 만족했다. 패기와 추진력이 없었다.

마농이 베르트랑과 포를 떠나 파리로 가기로 작정한 다음에 그 결정을 전격적으로 선포했을 때, 에릭은 그다지 분노하지 않았다. 그저 묵묵히 마농의 결정을 수용했다. 그는 그런 사람이었다. 에릭은 마농의 권태감을 이미 알고 있었는지도 모른다. 만약에 그 당시 에릭이 베르트랑과의 파리행을 가로막고 나서면서 자기와 함께 계속 포에서 살자고 끌어당겼다면 어땠을까? 어쩌면 그와 지금도 포에서 조용하게 살고 있을지도 모른다.

요즘 와서 마농은 그 당시 갑자기 삶의 행로를 바꾼 이유는 에릭에 대한 불만보다는 갑자기 들이닥친 마음의 소용돌이 때문이었을 거라고 해석한다. 그때는 사방이 막혀 있다고 느끼면서 포를 떠나지 않으면 인생이 앞으로 나아갈 수 없을 것 같다는 생각이 매일 머릿속을 맴돌았다. 그때 베르트랑이 나타나 시골의 작은 도시를 떠나 화려한 대도시 파리로 가서 새로운 인생을 살고 싶었던 결혼 전 처녀 시절의 꿈을 되살렸는지도 모를 일이다.

06

프랑스는 전 세계에서 인구당 정신분석가의 숫자가 제일 많고

세계에서 항우울제 복용량이 가장 높은 나라다.
그런데 마농은 심리학자나 정신분석가를 믿지 않는다.

심리학자는 왠지 가볍게 느껴지고 정신분석가는 엉터리가 너무 많아서, 분석을 잘못 받았다가는 인생이 거기에 묶여서 옴짝달싹 못하게 된다는 이야기를 많이 들어왔기 때문이다. 그래서 마농은 수소문해서 자기에게 맞는 정신과 의사를 찾아내었다. 마농은 벌써 4년 넘게 정기적으로 정신과 의사를 만나고 있다. 마농이 정신과 약을 먹는지, 먹는다면 어떤 약을 먹고 있는지는 남편도 모른다. 얼마 동안은 그 당시 새로 개발된 항우울제를 복용했지만, 작년부터 약은 먹지 않고 의사와 상담만 한다. 마농은 지난 4년 동안 정신과 의사를 본 것이 자신을 많이 안정시켜주었다고 말한다. 한때는 일주일에 세 번 간 적도 있다. 그리고 점차 일주일에 두 번 다니다가 한 번으로 줄었다. 지금은 보름에 한 번씩 의사를 본다.

그렇다면 마농은 무슨 정신적 고통 때문에
정신과 의사를 찾는 것일까?

"나는 아버지가 돌아가신 후 20년 넘게 엄마를 돌보아왔어. 나에게 남은 친정 식구는 엄마 한 사람뿐이었으니까. 그런데 엄마는 늘 나를 조종하려고만 했어. 엄만 자기주장이 너무 강한 사람이어서 내내 힘들었어……"

마농의 엄마 나탈리의 강한 성격은 어쩌면 당연한 것이다. 한 사람의 성격은 타고나는 측면도 있지만 다분히 사회적 조건의 결과이다. 타고나는 성격 특성 중 어떤 것은 사회적 조건에 의해 서서히 사라질 수도 있고, 또 어떤 것은 강화되어 한 사람의 돌출된 성격 특성으로 자리잡는다.

엄마 나탈리는 스페인의 마드리드 근처에서 태어났다. 그런데 여섯 살이 채 되기도 전에 외갓집으로 보내졌다. 나탈리가 태어난 지 얼마 안 되어 아버지는 다른 여자와 함께 마드리드를 떠나버렸다. 그런 집안 형편 때문에 나탈리는 일찌감치 프랑스로 이민 가서 포에서 자리잡고 사는 외할머니 외할아버지 집으로 보내졌다. 외갓집에서는 일찍 결혼해서 연년생으로 아이를 낳고 남편마저 떠나버린 큰딸의 부탁을 들어주지 않을 수 없었다.

외할머니는 어린 손녀에게 애정을 표현할 여력이 없는 상황이었다. 포 시내의 여성 잡화점에서 하루종일 점원일을 했고, 집에 와서는 아직도 성년이 되지 않은 두 아이를 돌보아야 했다. 외할아버지는 멀리서 온 외손녀를 따뜻하게 대했다. 스페인에서 이민 온 친구들 모임에도 늘 데리고 다녔다. 다 외로운 사람들이었기에 말도 잘하고 붙임성 있는 나탈리를 모두 예뻐했다. 할아버지들은 늘 노래를 부르라고 했고 나탈리는 스페인 노래를 곧잘 했다. 흥이 나면 춤도 잘 추었다. 인기를 독차지하면서 자신감도 생겼다. 아직 잘 못하던 스페인어는 금방 잊어버렸지만, 마드리드의 집에서 엄마랑 언니랑 셋이서 부르던 노래는 마치 머릿속에 녹음되어 있는 것처럼 자동적으로 입에서 나왔다.

나탈리는 늘 엄마가 그리웠다. 가끔씩 보내주는 선물이 엄마와 이어지는 유일한 끈이었다. 엄마는 글을 몰라서 아이에게 편지를 쓰지 못했다. 날이 갈수록 엄마의 선물을 받는 것도 뜸해졌고 나탈리는 점점 조용하고 말없는 아이가 되어갔다. 마드리드의 집 풍경이 자주 생각났다. 아버지가 떠난 집에서 엄마랑 언니랑 그래도 즐거운 추억을 꽤 만들었던 것 같다. 조그만 정원 한구석에 엄마가 만들어준 장난감 집 같은 놀이장소가 늘 머릿속에 선명하게 떠오르곤 했다. 목공에 소질이 있던 엄마는 나무로 뚝딱뚝딱 아이들이 원하는 것을 잘 만들어주었다. 그중에서도 작은 집 같은 그 공간은 두 아이에게 좋은 놀이터였다. 그 장난감 집 안에서 나탈리는 언니와 꼭 붙어 앉아 있곤 했다. 그 장면이 머릿속을 왔다갔다했다. 그 장면은 늘 정적과 함께 생각났다.

초등학교에 입학하면서부터 나탈리는 자신이 버려진 아이라는 생각을 하게 되었다. 언니는 엄마랑 마드리드에 있는데 자기만 혼자 프랑스에서 외롭게 살고 있는 상태가 쓸쓸하고 허전하게 느껴졌다. 그러다가 자기가 버려진 것은 결국 집을 떠난 아버지 때문이라는 생각이 들면서 아버지에 대한 미움이 커져갔다. 미움은 강한 증오가 되었고 버려졌다는 생각은 배반에 대한 과민한 방어자세로 이어졌다. 그런 와중에 나탈리는 사춘기에 접어들었고 금세 남자아이들 눈에 띄었다.

열일곱 살이 되자 외갓집을 나와 한 남자와 살게 되었다. 열여섯 살 때부터 포 시내의 루아얄 광장의 한 카페에서 일을 했는데, 거기서 일곱 살 위의 제라르를 알게 되었다. 그는 루아얄 광장에서 솜사탕을 파는 상인이었다.

일요일 오후에 엄마의 손을 잡고 예쁜 블라우스에 치마를 입고

솜사탕을 사러 오는 아이들을 보면
나탈리는 가슴이 울렁거렸다.
열일곱 살 먹은 처녀지만 다섯 살 먹은 아이처럼
엄마와 온 아이들이 너무 부러워서
가슴이 시려올 정도였다.

솜사탕 차가 오는 토요일과 일요일은 카페에서 일하는 내내 마음과 눈이 그곳으로 향해 있었다. 어떤 아이가 몇시쯤 오는지도 다 알 정도로 한 사람 한 사람을 눈여겨보고 있었다. 특히 여자아이들이 엄마와 둘이 손을 잡고 오는 장면은 나탈리의 가슴을 더 쓰리게 했다. 제라르는 손님이 없을 때면 카페로 들어와 카운터바에 서서 에스프레소 커피를 한 잔 주문하곤 했다. 에스프레소를 조금씩 홀짝거리다가 저쪽에 손님이 나타나면 광장 대각선 끝에 세워둔 솜사탕 차로 달려갔다. 제라르는 나탈리의 마음을 알았는지 언제부터인가 카페의 테라스 자리로 올 때면 솜사탕을 커다랗게 말아서 나탈리에게 가져다주었다. 마치 커다란 꽃다발을 바치는 것처럼. 그러면 나탈리는 어린아이처럼 좋아했다. 엄마가 다시 돌아온 것만 같았다.

나탈리는 솜사탕처럼 푸근한 마음씨를 가진 제라르와 곧 결혼하고 딸과 아들을 3년 차이로 낳아 키웠다. 그사이 제라르는 더이상 솜사탕 차를 끌고 다니지 않게 되었다. 루아얄 광장 구석에 조그마한 사탕 가게를 하나 열었다. 온갖 울긋불긋한 사탕들을 유리병 속에 예쁘게 진열해놓고 가게를 처음 열던 날, 두 사람은 참 행복했다. 둘이 처음 만났던 그 카페 옆에 사탕 가게를 열다니…… 천사들이 두 사람을 지켜준다고 생각했다.

큰딸이 열 살 되고 아들이 일곱 살이던 어느 여름날 오후 나탈리는 제라르가 자신이 일하던 그 카페의 종업원과 연인 사이라는 걸 알게 되었다. 변명하고 사과하는 제라르의 어떤 말도 소용없었다. 모든 것은 끝났다.

나탈리는 또 한번 버림을 받았고
또 한번 배반을 당했다.

제라르는 자기가 잘못한 것은 인정하지만, 나탈리를 버린 것은 아니라고 다급하게 매달렸다. 그러나 나탈리는 어릴 적에 아버지가 엄마와 자기와 언니를 버린 것처럼 제라르가 자신과 두 아이를 버린 것이라고 간단히 단정지어버렸다. 그 어린 시절의 상처가 되살아나서 가슴에 쓰라린 회오리바람을 일으켰다. 마치 제라르가 배반할 것을 기다려온 사람처럼 드디어 올 것이 왔다고 생각하며 헤어졌다. 그렇게 덧난 상처는 잘 가라앉지 않았다. 그후 나탈리는 늘 가슴속에 상처를 싸매놓고 살았다. 가끔씩 그 상처 부위가 다시 쓰라려오곤 했다.

그후 엄마는 일곱 살 된 아들과 열 살 된 딸을 혼자 키우며 살았다. 길게 주욱 펼쳐져 있는 피레네 산맥이 보이는 산책로의 꽃가게에서 점원으로 일하며 신임을 얻어, 언제부터인가 주인이 모든 걸 맡겼다. 그러다 주인이 퇴직하면서 나탈리가 그 가게를 맡게 되었다. 마침 자리가 난 가게 위층에 아파트를 얻어 살면서 두 아이를 열심히 키웠다. 그러다 마농의 아버지 장폴을 만났다. 선량하고 모진 데라고는 없어 보이는 지적인 분위기의 장폴에게 마음을 빼앗겼다. 나탈리는 저녁때 꽃가게를 닫고 나서 장폴과 함께 해가 넘어가는 피레네 산맥을 바라보며 산책로를 하염없이 걸었다.

장폴은 나탈리의 두 아이를 친자식처럼 사랑했다. 두 아이도 장폴을 잘 따랐다. 사춘기에 접어든 딸도 새아버지를 좋아해서 아무 문제 없이 잘 지냈다. 아이들은 아는 것도 많고 엄마보다 더 따뜻한 성품을 가진 장폴이 새아버지인 것이 자랑스러웠다. 숙제를 하다 물어보면 역사, 불어, 수학, 지리 등 무엇이든지 모르는 것이 없었다. 그러다 몇 년이 지난 후에 마농을 낳았다. 나탈리는 장폴과의 사이에 아이를 낳게 되면 두 아이가 소외감을 느낄까봐 아이를 늦게 낳았던 것이다.

그렇게 선하고 편안한 장폴과 살면서도 나탈리의 불안감은 완전히 사라지지 않고 있었다. 장폴이 조금만 자기 말을 안 들어줘도 그가 배반한 것처럼 펄펄 뛰었다. 소리를 지르는 것은 언제나 나탈리였다. 나탈리가 소리를 지르면 장폴은 조용히 집을 나가 한참 산책하다가 들어오곤 했다. 언제부터인가 어린 마농은 아버지가 다시 안 돌아올까봐 무서웠다. 그래서 한 여덟 살부터 엄마가 언성을 높이면 마농은 아버지를 따라 밖으로 나갔다. 피레네 산맥이 쭉 펼쳐져 보이는 산책길을 한참 걷다가 아버지는 이렇게 말하곤 했다.

"너네 엄마는 진짜 힘든 사람이구나……
그래도 엄마는 좋은 사람이야."

아버지는 손을 잡고 따라 나온 마농을 그렇게 안심시켰고 둘은 사이좋게 집으로 돌아왔다.

엄마는 남편의 죽음도, 그 이전 아들의 죽음도, 그후 큰딸의 죽음도 다 견디어냈다. 그녀는 예순네 살 때부터 시작된 시련을 그렇게 말없이 견디어내면서 30년 가까이 더 살았다. 그렇게 강인한 엄마와 마농의 관계는 애증의 감정이 얽혀 있는 복잡한 관계다. 아버지가 돌아가신 후 마농은 의식적으로는 언제나 엄마의 좋은 딸이 되려고 노력했다. 아니 어쩌면 아버지와 약속을 지키는 좋은 딸이 되기 위해 애썼는지도 모른다. 아버지는 돌아가시기 전 마농을 침대 곁으로 가까이 오라고 불렀다. 그리고 두 손을 꼭 잡고 낮은 목소리로 말했다.

"너희 엄마를 끝까지 지켜줄 거지? 약속해다오."

마농은 어느 날 엄마 이야기를 하다가 상기된 얼굴로 이렇게 말하기도 했다.

"우리 엄마는 뭐든 제멋대로 하려는 독재자야. 다 자기가 조종하려고 해."

그러면서도 마농은 엄마가 사는 포를 떠나 파리에 올라와 새로운 삶을 시작한 이후 여름방학마다 몇 주는 꼭 포에 내려가서 엄마와 함께 지냈다. 엄마의 말벗이 되어주고 집안의 이곳저곳을 정리해주고 고장난 물건들을 고쳐주고 병원에도 함께 가면서 딸로서의 도리를 다했다. 바캉스라고 하지만 바캉스가 아니라 평소보다 더 힘든 노동의 시간이었다. 낮에 엄마를 모시고 산책을 나갔다 온 후 이른 저녁을 함께 하고 마농이 잠깐 산책을 하고 오겠다고 말하면 엄마는 "너 아까 나랑 산책 다 하고 왔는데 왜 또 나가니?"라고 말한다. 엄마와 한 산책은 산책이 아니고 일이었기 때문에 좀 숨통을 틔우고 싶어서 나가는 마농의 마음을 엄마는 이해하지 못했다. 마농은 혼자 집을 나서면서 엄마 옆에 있는 것이 왜 이렇게 가슴을 막히게 하니 생각해본다. 이런 숨막힘은 언제부터 시작되었을까?

마농은 어린 시절부터 아버지와 가까웠다. 아버지는 불안정한 정치 망명객이었지만 근본이 안정된 사람이었다. 늘 마음에 여유가 있었다. 어릴 적 스페인에서 사랑을 흠뻑 받고 자란 사람이어서 부드럽고 편안한 심성을 가지고 있었다. 아버지는 딸에게 거리낌없이 마음껏 사랑을 주었다. 아버지는 딸에게 사랑하는 마음을 주면서 떠나온 고향을 그리워하는 마음을 치유하고 있었는지도 모른다. 반면 엄마는 마농을 다정하게 대하다가도 주춤하며 사랑을 철수하곤 했다. 편안하고 따뜻하게 안아주는 엄마가 아니었다. 때로 엄마가 자기를 얄미워한다는 느낌이 들 때도 있었다. 엄마 자신도 왜 그러는지 모르게 그렇게 되었다. 엄마는 행복할 수 있는 상황에서도 마음껏 행복을 누릴 수가 없는 사람이 되어버린 듯했다. 어릴 적 아버지가 무책임하게 떠나버린 이후 행복한 어린 시절이 갑작스레 멈추어버렸던 경험 때문인지도 모른다. 영문도 모른 채 그런 단절감을 체험했던 어린 나탈리는 행복이란 마음을 푹 놓고 즐기다가는 무슨 일이 일어날지 모른다는 사실을 몸으로 경계하게 되었다. 행복은 언제든 알 수 없는 이유로 사라져버리는 신기루와 같은 것이라고 여기게 되었다.

어린 시절 급작스러웠던 단절의 체험이 잘 이해되지 않은 채로 남아 발목을 끈질기게 잡고 놓아주지 않았다. 또 한편으로는 첫 결혼에서 낳은 두 아이를 마농처럼 편안한 환경에서 키우지 못한 것에 대한 회한이 있었는지도 모른다. 사태를 그렇게 몰아간 첫 남편 제라르에 대한 해결되지 않은 분노가 마음속 한구석에 남아 있었을 것이다. 이따금씩 무언지 모를 분노와 원망이 비늘처럼 일어날 때면 나탈리는 가슴을 쓸어내리면서 참으려 했다. 하지만 결국 그 분노는 어떤 식으로든 폭발했다. 마농에게 모든 걸 다 해주면서도 마농이 제 기준에 조금 못 미치면 버럭 화를 내곤 했다. 그건 아버지에게도 마찬가지였다. 어쩌면 아버지에게 더 심했을 수도 있겠다. 왜냐면 엄마는 아버지를 산같이 믿으며 의지했기 때문이다. 엄마는 화를 내면서도 아버지를 사랑했다.

"너희 아버지는 정말 좋은 사람이야. 모든 사람에게 진심으로 대하지. 그리고 선하고…… 난 너희 아버지를 존경한다."

엄마가 이렇게 말할 때면 어린 마농의 눈에도 엄마의 아버지를 향한 존경심이 느껴졌다. 엄마는 자기가 여태까지 알던 사람들과는 다른 후광을 남편에게서 보고 있었다.

엄마와의 관계는
시간이 갈수록 점점 더 힘들어져갔다.
어쩌면 그녀가 일방적으로 힘들어한 건지도 모른다.
엄마는 늙어갔지만 아무것도 내려놓으려고 하지 않았다.

모든 일을 자기 마음대로 결정하면서 점점 더 딸을 가까이 두려고만 했다. 그런 엄마와 함께 지내는 일은 편안할 수가 없었다. 하지만 엄마에게는 마농이 유일한 가족이었고 그녀에게도 엄마는 마지막으로 하나 남은 가족이었다. 자신이 포를 떠나 파리에 와서 살기 때문에 평소에는 어쩔 수 없이 따로 살지만 방학 때마저 따로 지낼 수는 없는 관계였다. 그래서 방학중에는 늘 몇 주라도 엄마와 함께 지낸 후 나머지 시간은 남편 베르트랑과 함께 여행을 떠났다. 엄마는 아버지가 남긴 재산으로 제법 윤택한 생활을 하고 있어서 때로 마농에게 상당한 액수가 쓰인 수표를 건네주기도 했다.

엄마는 나이가 들면서 점점 더 혼자 지내는 것을 힘들어했다. 마농이 전남편과 헤어지고 베르트랑과 함께 포를 떠나 파리로 올라올 때 엄마는 전혀 그녀를 붙잡지 않았다. 그런데 약 10년 전부터는 딸이 멀리 살고 있다는 사실에 대해 불만을 말하기 시작했다. 그렇다고 자기가 포를 떠나 파리로 올 생각은 하지 않았다. 그 대신 딸이 포에 자주 내려와주기를 원했다. 그러나 마농은 엄마가 원하는 만큼 자주 내려갈 수는 없는 형편이었다. 그러자 엄마는 예상치 못한 일을 자주 벌였다. 아파트의 두꺼비집을 일부러 내려놓고서 전기가 들어오지 않아 아무것도 할 수 없게 되었다고 긴급한 전화를 걸어오기도 했고, 유리창이 닫히지 않아 바람이 들어와 추워서 살 수가 없다는 전화도 했다. 거실에서 미끄러져 넘어져서 걸을 수가 없게 된 적도 있고 독감에 걸려 몇 주일씩 침대에 누워 있기도 했다. 그럴 때마다 마농은 만사를 제치고 급히 포로 내려가 문제를 해결해주고 엄마를 돌보았다. 그런 일들이 계속되면서 점점 힘이 빠졌다. 할 만큼 했다는 생각도 들었다. 그러다가 어느 날 엄마로부터 전화가 왔다. 수화기 저편에서 엄마가 말했다.

"난 아무래도 너희 집으로 가서 함께 살아야겠다."

이제 자기 혼자 포에 살기가 도저히 힘들다고 했다. 통보하는 듯한 말투였다. 그러나 그럴 만한 처지가 아니었다. 아들 화비앙과 앙투안이 커서 공간이 비좁은 편이고 남편 베르트랑이 장모와 함께 사는 것을 받아들이지 않았다. 물론 마농은 엄마의 요청을 거절했다. 마농은 엄마를 설득해서 결국 양로원에 보냈다. 그런데 괴로웠다. 마농은 엄마가 마농네 집에 오겠다는 말을 꺼낼 때부터 벌써 죄책감으로 괴로워지기 시작했다.

엄마를 양로원의 방에 남기고 돌아오는 날
마농의 머릿속에 항상 살아 움직이던
아버지의 말이 환청처럼 다시 들렸다.
"너희 엄마를 끝까지 지켜줄 거지?
약속해다오."

사랑하는 아버지와의 약속은 지금까지도 마농을 끈질기게 따라다닌다. 어려서부터 마농은 아버지와 유난히 가까웠기 때문에 엄마와의 관계가 그만큼 힘들었는지도 모르겠다. 아버지가 돌아가신 후 어느 날 엄마에게 마농이 전화로 했던 말, "이 세상에서 가장 사랑하는 사람이 죽었는데 내가 어떻게 잘 지낼 수 있겠어?"를 엄마는 곱씹으면서 섭섭해했다. 엄마는 마농이 자기를 가장 사랑하고 돌보아주기를 바랐다. 그러면서 엄마는 마농에게 자주 수표를 끊어주었다. 때로는 큰 액수를 끊어주기도 했다. 사랑을 표시하는 거라고 했지만, 마농을 자기 마음대로 조정하기 위해서였는지도 모른다. 어느 날 마농은 이렇게 말했다.

"엄마는 돈으로
나를 사려고 했어."

엄마는 매사에 자기 틀이 있고 정답이 있는 사람이었다. 마농은 어려서부터 그런 엄마에게서 탈출하고 싶었다. 젊은 시절 베르트랑을 따라 파리로 올라온 것은 엄마를 떠나 다른 곳에 살고 싶다는 숨은 욕망이 작동했을지도 모른다는 생각이 든다.

모든 모녀 사이의 갈등은 시대의 변화와 밀접한 관련이 있다. 지난 시대의 사는 법을 몸에 익힌 어머니가 달라진 세상에 사는 딸에게 자기가 살아온 방식을 강요하기 때문에 갈등과 긴장이 생긴다. 1910년대생인 어머니 세대에게 여자라면 아무리 똑똑하고 대학 공부를 했어도 집안을 지키며 자식들을 잘 키우고 살림 잘하는 것이 가장 이상적인 삶의 모습이었다. 그것은 귀족의 경우이건, 스페인에서 망명 온 남자의 아내이건, 지방도시에서 평화롭게 사는 고급관료의 아내이건 다 마찬가지였다. 그 시절 똑똑한 여자들은 집밖에 나가서 활동하지 않고 집안에서 남편과 아이들을 보살피는 삶을 살았다. 그러나 세상이 변하면서 여자들도 사회에 나가 직장을 갖는 시대가 되었다. 그래서 어머니들은 딸들에게 적극적으로 사회에 나가 직장 생활을 하도록 고등교육을 받게 하고 힘을 실어주게 되었다. 딸과 아들을 차별하지 않으려고 했다. 그 결과 딸들은 엄마들과 다른 삶을 살게 되었다. 그런데 이상하게 2차대전 이후 태어난 베이비붐 세대의 딸들은 엄마를 사랑하면서도 엄마와 갈등 관계에 있다. 마농의 경우도 그렇다. 엄마는 딸이 자기와 달리 자유롭게 살기를 원하면서도 자기와 다른 방식으로 사는 딸에게 시기심을 느끼는지도 모를 일이다.

마농은 정신과 의사와 상담을 하면서 스스로에게 많은 질문을 던진다.

'베르트랑을 만나서 포를 떠나 파리로 간 것은 무의식적으로 엄마를 떠나기 위한 것은 아니었을까?'

'엄마와 심리적으로 한몸을 이루고 있어 적당한 거리를 두지 못하기 때문에, 엄마와의 관계에서 정신적 고통을 받고 있는 것은 아닌가?'

마농은 정신과 치료를 정기적으로 받으면서 가까운 사람들과 일정한 거리를 갖게 되었다. 그전에는 필요할 경우 학교의 동료들이나 학생들과는 거리를 갖기가 쉬웠지만 엄마와 남편, 아들을 비롯한 친밀한 관계의 사람들과는 그러지 못했다.

가까운 사람들과의 관계에 문제가 생기면
늘 자기가 무엇인가 잘못한 것이라고 여겼다.
언제나 죄책감에 시달렸고
그래서 괴로웠다.

정신과 치료를 받으면서 마농은 자기가 남들에게 잘하는 이유를 깊이 생각해보았다. 어느 순간 마농은 자기의 마음속에 모든 사람들에게 사랑받아야 한다는 강박관념이 작용하고 있음을 알았다.

그러다가 어느 날 '왜 남들이 나를 꼭 좋아해야 하나?'라는 질문을 던지게 되었다. 그리고 그 질문에 대해 한참 동안 생각하다가 남들이 나를 꼭 좋아하지 않을 수도 있다는 생각을 갖게 되었다. 어떻게 모든 사람들에게 다 사랑을 받고 좋은 사람이라는 평가를 받을 수 있단 말인가? 그러면서 마농은 가족들과의 관계에서 점차 '적당한 거리'를 두는 방법을 터득했다.

07__

아버지에게 절대적인 사랑을 받은 딸은
무의식적으로 모든 남자들이
자기를 그렇게 사랑해주기를 바란다.

마농도 아버지가 자기를 절대적으로 사랑했던 것처럼 모든 사람들이 자기를 사랑해야 한다고 생각한 것은 아니었을까? 프랑스 여자들이 남자를 대하는 방식에는 묘한 감칠맛이 있다. 처음에는 다소 거리를 두고 수줍어하는 태도를 취하지만 일단 대화가 시작되면 얼굴빛이 조금 붉게 달아오르고 눈빛에 생기가 나며 상대방 남자의 표정과 말의 내용에 집중하며 상대방의 관심을 불러일으킨다. 남자의 마음을 파고드는 프랑스 여성들의 태도에는 다른 나라 여성들이 흉내내지 못할 어떤 요소가 숨어 있다.

마농도 이 점에서는 누구 못지않게 프랑스적인 여자다. 마농의 얼굴 표정, 말하는 방식, 외모에는 프랑스적인 여성다움이 속속들이 배어 있다. 현재의 남편 베르트랑을 처음 만났을 때도 마농은 저도 모르게 그런 태도를 취했을 것이다. 학교 교무실에서도 교장과 교감 그리고 다른 동료 남자 교사들과의 관계에도 그런 태도가 작동한다. 마농은 동료 남자들과 일하다가 무슨 긴장된 일이 생기면 특유의 미소와 말투, 애교가 넘치는 목소리로 순식간에 그 갈등 상태를 가볍게 처리해버리고 만다. 그러나 겉으로 나타나는 그런 감칠맛 있는 매력 뒤에는 자기 입장을 양보하지 않으려는 단호함과 자기 입장이 정당하다는 당당함이 핵심을 이루며 배수진을 치고 있다.

마농이 40대 중반을 넘어서고 있을 때, 그녀의 학교에 불어 교사인 크리스틴이 전근을 왔다. 그녀는 마농보다 세 살 젊었는데 첫눈에 얼핏 보아도 화려한 미인이었다. 그런데 마농에 비해 크리스틴은 훨씬 야심이 많은 여자였다. 크리스틴의 남편은 프랑스를 대표하는 일간지 '르 몽드' 사에서 근무하는 기자였다. 크리스틴은 얼마 전까지 파리 교외의 한 고등학교에서 불어를 가르치고 있었다. 남편은 파리의 중심에서 활동하면서 잘나가는데 자신은 파리 교외에 처박혀 아무 도전도 받지 않고 발전도 없이 하루하루를 보내는 것 같아서 점점 불안해지고 있었다. 그러다가 파리 16구의 중학교로 발령을 받았다. 좋은 동네였지만 학교의 분위기는 너무 가라앉아 있었다. 또 고등학교에서 프랑스 문학을 가르치다가 중학생들을 가르치게 되니 자연히 흥미가 없어졌다. 그래서 크리스틴은 중학교 교감이 되는 과정을 밟기 시작했다. 그녀에게는 클레망틴과 마리라는 이름의 두 딸이 있다. 그런데 그녀는 결혼 전부터 늘 불쌍한 아프리카 아기를 입양해서 키우고 싶다는 꿈을 꾸어왔다. 남편 장미셸도 그녀의 그런 소망을 존중해서 둘째딸 마리가 일곱 살이 되었을 때 아이티의 고아원에서 한 살도 채 안 된 남자 아기를 데려왔다. 영양부족으로 바싹 마른 아기는 크리스틴의 가정에서 엄마와 아버지 그리고 두 누나들의 사랑을 듬뿍 받으며 곧 토실토실한 장난꾸러기 아이가 되어갔다. 그 아이에게 마르티유라는 이름을 붙였다. 마르티유는 얼굴색이 까맣다. 그래서 크리스틴이 마르티유를 데리고 다니면 누가 보아도 입양한 아이임을 금방 알 수 있다. 그런 시선에 상관없이 크리스틴은 마르티유 이야기를 할 때면 행복한 웃음으로 얼굴이 환해진다.

크리스틴이 등장하기 이전 마농은 학교 여교사들 가운데 가장 매력적인 여자였다. 그런데 이제 경쟁자가 나타난 것이다. 크리스틴이 즉각적으로 마농의 관심을 끈 것은 말할 것도 없다. 처음에 두 사람은 서로 돕고 잘 지냈다. 16구에 처음 부임한 교사들은 그 동네의 분위기에 낯설어한다. 너무 화려한 것 같기도 하고 아이들의 분위기도 다르다. 유대인 학생이 한 반에 70퍼센트 이상이다. 처음에 크리스틴도 잘 적응이 안 되었다. 그때 그 학교에 오래 근무한 마농이 선뜻 나서서 도와주었다. 똑똑하고 강한 여자들 사이의 친화력이 작동하기도 했다. 마농은 크리스틴을 보면서 같은 여자로서 기분이 좋았다. 실력이 있고 매사에 자기 의견이 분명하고 누구에게도 당당한 크리스틴이 매력이 있다고 느꼈다. 그러나 둘 사이에는 경쟁심도 있었다. 그리고 그 경쟁은 참으로 미묘하다. 서로 가깝게 지내다가도 어느새 아주 사소한 일에서 그만 관계가 틀어져버린다.

경쟁심이 있는 사람은
경쟁 관계에 있는 사람에 대해
자기도 모르게 깎아내리는 말을 하게 된다.

마농과 크리스틴 두 사람을 다 아는 나로서는 마농이 크리스틴에 대해 이야기하는 것을 들을 때마다 두 사람 사이의 팽팽한 경쟁 관계를 느낄 수 있다. 마농은 나에게 이렇게 말했다.

"크리스틴은 두 딸이 있는데 남자아이를 입양하다니 그게 두 딸에게 어떤 영향을 미칠까 걱정스러워. 엄마와 아들의 관계는 특별한 건데…… 두 딸이 상처받지 않겠니?"

"크리스틴은 내가 학생들에게 인기가 많다는 사실을 못 견뎌. 크리스틴이 엄청나게 똑똑한 여자라는 것은 분명해. 자신감이 있는 것은 좋지만, 어떤 경우라도 자신이 그늘에 있는 걸 못 받아들이지. 자신이 가장 추앙받는 위치에 있어야 하는 여자야. 야망이 크고 늘 위에서 지시하는 입장에 있으려고 하지. 그러니까 교감이 되고 교장이 되려고 하는 거야. 요즘은 교사들이 그런 거 하지 않으려고 하는데. 아무튼 나르시시즘이 많은 여자야……"

크리스틴에게는 확실히 어떤 카리스마가 있다. 지금보다 더 중요한 일을 하겠다는 인생의 계획을 가지고 있어서 생기는 분위기인지도 모른다. 마농과 크리스틴이 일하는 중학교의 교장은 여선생들과 이야기할 때 팔이나 어깨에 슬쩍 손을 얹으며 이야기하는 버릇이 있다. 하물며 몇 번 만난 적이 있는 학부형을 대할 때도 아무렇지 않게 신체접촉을 하는 경우가 있다. 미국 같으면 당장 성희롱으로 문제가 될 일인데 이 학교 사람들은 그 나이든 교장이 북아프리카에서 오래 살았던 사람이어서 친근감의 표현을 그렇게 한다고 여기면서 그냥 넘어간다. 프랑스에서 성희롱 개념은 미국에서처럼 딱딱하지 않다. 프랑스 문화에 오랫동안 스며들어 있는 남녀 혼성 문화의 전통 때문이다. 서로 기분을 거슬리지 않으면서 남녀가 함께 어울려 지내는 분위기가 자연스럽다. 그런데 크리스틴에게는 그 나이든 교장도 그렇게 마음대로 대하지 못한다. 크리스틴은 교감 자격시험에서 1등을 했고 작년에 13구에 있는 중학교의 교감이 되어 16구의 중학교를 떠났다. 크리스틴이 떠남으로써 두 사람 사이의 경쟁은 무의미하게 되었지만 마농의 마음속에서마저 그 경쟁심이 사라진 것은 아니다. 마농은 교감이 되어 떠나는 크리스틴을 보면서 자기 자신은 늘 같은 자리에서 같은 일을 반복하며 재미없게 사는 것은 아닌가 하는 자괴감이 들었다.

외모의 아름다움으로 추앙받던 여자들은
나이가 들고 늙어가는 것에 대해 대처하기가
보통 여자들보다 더 힘들다.
아름다움에는 여러 종류가 있지만
그중에서도 가장 큰 아름다움이 젊음이기 때문이다.

노력을 통해 억지로 젊은 분위기를 조금 더 연장할 수는 있어도 젊음 그 자체는 유지할 수가 없다. 40대를 넘어 50대로 들어서면서 조금씩 일어난 얼굴과 신체상의 변화가 쌓여 이제 마농의 외모도 예전 같지 않다. 마농은 그녀 특유의 감칠맛 있는 태도로 여성스러움을 연장하고는 있지만, 일찍부터 햇볕을 많이 받고 살아왔기 때문에 깊은 주름이 있는 피부를 갖게 되었다. 거울을 마주했을 때 얼굴에 굵은 주름이 하나둘씩 늘어가는 것을 보면 안타까운 심정이 든다. 말하는 태도, 웃는 방식, 사람들을 대하는 태도는 여전해도 그녀는 더이상 남자들의 관심을 끄는 주인공이 될 나이는 지났다. 지난번 베르트랑과 함께 식사할 때 본 마농의 얼굴에는 주름살이 더 깊어졌다. 그래도 아직 성형수술은 하지 않는다. 옷 입는 방식이나 태도는 16구 여자들과 비슷하지만 성형을 하지 않는 것은 다르다. 그러나 언젠가는 마농도 자신의 얼굴에 손을 댈 것이다. 시간이 지날수록 성형수술을 반대하는 완강한 태도가 누그러지고 있다. 작년까지만 해도 마농은 이렇게 말했었다.

"나는 절대 성형하지 않을 거야.
얼굴에 보톡스 주사를 맞아서
입술 위쪽 부분이 부풀어오른 여자들을 보면
모두 유령들 같아. 끔찍해.
왜 누구도 그 모습이 유령 같다고 말해주지 않는 걸까?"

그런데 요즈음 마농의 말은 이렇게 바뀌었다.

"저 여자들 좀 봐. 어째 보톡스를 맞은 사람들은 모두 다 비슷한 인상이 되는 걸까. 나는 보톡스 맞는 시기를 최대한 뒤로 미룰 거야."

마농과 베르트랑이 사랑에 빠진 후 함께 북아프리카 모로코의 사막으로 여행 갔을 때, 그곳의 원주민 노인과 이야기를 나눈 적이 있다. 그 노인은 젊은 시절 낙타에 짐을 싣고 사막을 횡단하던 상인이었다. 그가 마농의 아름다운 자태를 보고 베르트랑에게 이렇게 말한 적이 있다.

"당신 여자는 낙타 스무 마리를 주고도 가질 수 없는 여자다."

사막에서 낙타는 최고로 가치 있는 재산 목록 1호이다. 여성을 사물화한 데는 문제가 있지만, 그래도 마농이 한 마리도 아니고 스무 마리 낙타보다 더 가치 있는 여자라는 말은 그 노인으로서는 최고의 찬사를 보낸 셈이었다. 그러나 지금의 마농은 그때의 마농이 아니다. 어느 날 마농의 남편 베르트랑이 웃으면서 마농이 젊은 시절에는 낙타 스무 마리 값이 나갔는데 지금은 겨우 낙타 한 마리 값이나 나갈지 모르겠다고 농담한 적이 있다. 그때 마농의 얼굴에는 순간 복잡한 심사의 찬바람이 지나갔다. 마농은 아직은 좀더 여자로서 대접받고 여자로서의 삶을 즐기고 싶다는 생각을 버릴 수가 없다. 그런 욕망과 현실 사이의 괴리가 그녀를 계속 따라다니면서 그녀의 보이지 않는 마음을 괴롭히고 있다.

마농은 어머니와의 관계 때문에 정신과 치료를 받게 되었다고 말하지만, 어떻게 보면 50대에 다다르면서 여성으로서의 정체성 위기에 빠져 정신과 의사를 정기적으로 만나 상담을 하고 있는지도 모른다. 여자로서의 아름다움을 정체성의 기본요소로 생각하고 남자들에게 사랑받는 여자로서 자부심을 느끼며 살아왔는데, 이제 더이상 전처럼 남자에게 매력적인 여자가 될 수 없다는 사실이 그녀를 불안감과 무력

감에 빠지게 하는지도 모른다. 이제 아이들은 다 컸고 마농의 젊은 시절도 다 지나갔다. 누구나 다 그렇듯이 마농에게도 퇴직할 날이 다가오면서 살아온 인생 전체를 다시 생각하고 재해석해야 할 필요성이 커졌다. 마농은 정신과 의사와의 정기적 만남을 통해 수습할 수 없이 헝클어져 저 깊은 곳에 묻혀 있던 지난날의 기억들을 떠올려 어떤 방식으로든 정리하고 있는지도 모른다.

08

마농에게는 정신과 의사 말고 속 이야기를 나누는 남자가 한 사람 더 있다. 같은 학교에서 불어 교사로 근무했던 피에르이다. 그런데 피에르는 동성애자로 알려져 있다. 요즈음은 '게이 프라이드' 시위도 자유롭게 열리고 프랑스 사회에 전반적으로 동성애자에 대한 이해가 생겨났지만, 불과 20년 전만 해도 동성애자를 정신병자 취급하는 분위기가 일반적이었다. 그런 점에서 볼 때 마농은 일찍 편견에서 벗어나 열린 태도를 가지고 있었다. 피에르는 좋은 불어 선생이었다. 마농은 그때부터 그와 가까운 동료였다. 보통 남자들이 가지지 못한 섬세한 공감능력을 가진 피에르는 마농의 대화 상대가 되었다. 사람들은 피에르 뒤에서 그가 동성애자라고 수군거렸다. 그러나 그의 실력은 점점 학부형들 사이에 퍼졌고, 수군거리던 동료들도 그가 실력 있고 좋은 사람이라고 생각하게 되었다. 교사들의 입장을 대변하는 일을 맡아서 학교측과 교섭을 벌이는 일도 부드럽게 잘 처리했다. 그러다가 마농이 남편 베르트랑과의 사이에서 낳은 아들 앙투안이 중학교에 들어가게 되었을 때, 피에르를 집으로 불러 앙투안을 지도하게 했다. 앙투안은 어려서부터 뛰어난 아이였고 특히 수학과 과학에 재능을 보였는데, 불어에는 큰 취미가 없었다. 피에르의 탁월한 교수법 때문인지 앙투안은 그때부터 불어에도 재미를 붙이게 되었다.

피에르가 집에 와서 앙투안을 가르친다고 하니까 학교의 한 동료 여교사가 걱정스러운 눈으로 피에르가 동성애자인데 아들을 맡겨도 괜찮냐고 했다. 마농은 다 큰 후에 자신이 선택해서 동성애자가 되는 것은 어쩔 수 없다고 생각한다. 물론 어려서는 누가 건드리면 안 된다. 그러나 마농은 동성애자들뿐 아니라 모든 소수자들에 대해 편견을 가지지 않으려고 의식적으로 노력한다. 물론 여자 같은 말투로 몸을 꼬는 동성애자를 보면 왠지 거부 반응이 생긴다. 그렇지만 그냥 자연스러운 보통 남자인데 부드러움과 공감능력을 가진 피에르에게는 아무 거부감도 없다. 피에르가 여자아이들보다 남자아이들을 더 좋아하는 것은 분명하다. 그렇지만 그는 학교에서 남자아이들을 한 번도 건드리지 않았다.

"나는 그를 믿어. 그러니까 내 아들을 맡긴 거지."

마농은 피에르가 조기 퇴직을 해서 학교를 떠난 후에도 가끔씩 만나서 식사도 하고 이야기를 나눈다. 마농이 이 동성애자 동료와 지속적인 관계를 유지하는 까닭은 무엇일까? 성 소수자들에 대한 편견이 없어서일까? 아니면 피에르가 자기의 마음을 잘 이해해주기 때문일까? 아마도 그 둘 다일 것이다. 마농에게도 피에르에게도 누군가 자기 이야기를 들어줄 사람이 필요할 것이다. 그러나 마농이 동성애자 피에르를 만나는 이유는 조금 더 복잡할 수도 있다. 마농에게는 이야기를 나눌 사람이 필요한데 여자들보다는 남자를 선호한다. 그런데 남편 베르트랑과의 관계를 유지하면서 다른 남자를 만나기는 어렵다. 그래서 동성애자 남자인 피에르를 만나 이야기를 나누는지도 모른다. 남편은 마농이 피에르와 만나는 사실을 용인하고 있으며 셋이 함께 만나 식사를 한 적도 있다.

요즘도 마농은 가끔씩 돌아가신 아버지 생각을 한다. 아버지가 첫 남편 에릭을 보고 나서 한 말이 귓가에 들리는 듯하다.

"그 남자가 너를 충분히 감싸주지 못할 것 같구나."

그렇다면 현재 남편인 베르트랑은 마농을 충분히 감싸주고 있는가? 감싸준다는 것이 과연 무엇이란 말인가? 안정된 직장에서 높은 자리를 차지해 넉넉한 월급을 집으로 가지고 오는 일일까? 남성다운 든든함으로 야성을 풍기며 성적인 만족을 주는 것일까? 그것 말고도 마농에게는 자기의 속 이야기를 들어줄 사람이 필요하다. 학교에 여자 동료들이 있지만 그들과의 관계는 속을 터놓을 수 있는 우정 관계로 발전되지 못했다. 파리에 와서 산 지 25년 되어가지만 속 이야기 나누는 여자 친구가 한 명도 없다. 그래서 집에 돌아와 남편 베르트랑에게 말을 걸어본다.

베르트랑은 조금 복잡한 심사를 내비치는 이야기를 시작하면 금방 그 상황에서 도망치려고 든다. 아이들 교육 문제나 골치 아픈 세금 신고에 관한 문제를 이야기하면 금세 피곤한 기색을 역력히 내보이면서 "그냥 당신이 알아서 해!"라고 말을 끝내고 만다. 그럴 때면 마농은 베르트랑이 참 비겁하고 에고이스트라고 느껴진다. 베르트랑에게는 예전에 자기 엄마가 그랬듯이 잘 보살펴주면서 골치 아픈 문제들도 다 알아서 처리해주고 결정하기 어려운 일들도 다 알아서 결정을 내려주는 사람이 필요할 뿐이다. 사실 마농이 남편과 정말로 나누고 싶은 이야기는 아이들의 교육과 장래에 관한 의논이나 세금 처리 문제보다는 자신의 감정과 관련된 일들이다. 그런데 늘 처음에는 아이들 문제를 꺼낸다. 왜 그런 것일까? 아이들 교육 문제라면 당연히 둘이서 의논해야 한다는 것을 베르트랑도 받아들일 수밖에 없기 때문일 것이다. 그건 말 걸기를 합리화해주는 구실일 뿐이다.

마농은 그런 이야기로 시작해서 일터에서 일어났던 일과 관련되어 생기는 자신의 감정적인 문제들, 때로는 자신도 잘 의식하지 못하고 동료에게 무언가 당했다는 느낌들, 잠잠하다가 의식의 수면으로 고개를 불쑥 내미는 뭔지 모를 이상한 분노들에 대해 이야기하고 싶은 것이다. 마농은 베르트랑이 공감하는 태도를 가지고, 시간에 쫓기지 않고, 속이 시원해질 때까지 자기 이야기를 남김없이 다 들어주기를 기대한다. 그런데 베르트랑은 회사일에 바빠 집에 돌아와도 마음의 여유가 없어서 마농과 깊은 이야기를 나누지 못한다. 주말에도 주중에 쌓인 피곤을 풀기 위해 게으름을 피울 시간은 있어도 진지한 이야기를 나눌 준비가 되어 있지 않다. 베르트랑이 회사에서 높은 자리로 올라갈수록 마농과 이야기를 나누는 시간은 줄어들었다. 마농은 그런 남편을 바꾸어보려고 이런저런 시도를 해보았지만 짧은 시간에 보다 많은 것을 빨리 성취해야 한다는 효율성의 원칙에 시달리는 남편을 쥐어

짠다고 달라질 가능성이 없음을 이내 알아차렸다.

모든 사람은 자기 속내 이야기를 나눌 친밀한 관계를 필요로 한다. 인생의 전환기에는 그 필요성이 더욱 절실해진다. 그러나 각자 생활에 바빠 남의 이야기를 들어줄 여유가 없다. 그런데 피에르는 남의 속내 이야기에 귀를 기울일 줄 안다. 남의 고통을 자기의 가슴으로 받아낼 줄 안다. 피에르는 마농에게 남편 베르트랑이 해주지 못하는 부분을 채워주는 귀한 존재다.

09

어느 날 양로원에서 연락이 왔다.
엄마가 돌아가셨다.
95세를 지난 나이였다.

엄마는 일 년 전부터 거동이 자유롭지 않았다. 양로원에서도 휠체어에 앉아서만 이동이 가능했다. 마농은 매일 엄마와 통화했다. 어제 저녁 전화선 저편의 엄마는 힘이 하나도 없었다. 말하기도 힘들어했다. 말도 얼마 못하고 전화를 끊자고 했다. 간호사가 약을 가지고 들어와서 약을 먹어야 하기 때문이라고 했다. 전화가 끊어지기 직전, 엄마의 목소리가 들렸다. 전화를 끊으면서 약을 가지고 들어온 간호사에게 하는 말이었다.

"내 딸이에요."

딸을 사랑하고 자랑스러워하고 든든해하는 엄마의 목소리가 수화기를 놓으려던 마농의 귀에 흘러들어왔다. 엄마가 의지할 사람은 마농뿐이었다. 수화기를 놓고 마농은 자기도 모르게 혼자 중얼거렸다.

"가엾은 나의 엄마……"

그렇게 엄마와 헤어졌다. 그후 한 달 이상 허탈감에 빠져 아무 일도 할 수 없었다. 전화 통화를 끊는 순간 들은 엄마의 마지막 그 한 문장, 그 목소리가 마농 안에서 맴돈다.

"내 딸이에요."

마농에게는 아직도 어머니 장례식날의 한 장면이 계속 따라다닌다. 참 이상한 일이었다. 영구차를 앞세운 장례식 행렬은 포에 사는 어머니의 사촌, 조카들 몇 명과 마농의 남편과 아이들 그리고 마농의 전 남편과 전 시어머니 등으로 단출했다. 상주인 마농은 영구차 바로 뒤를 따르는 차에 타고 있었다. 영구차 뒤에 줄지어 따라오던 차들이 신호등에 몇 번 걸리면서 영구차와 점점 간격이 생기더니 얼마 후 드디어 운구 행렬이 토막이 나버렸다. 그런데 저 앞으로 멀어진 영구차가 갑자기 멈추어 섰다. 영구차를 운전하고 가던 기사는 마농이 타고 있는 차와 그 뒤를 따라오는 차들과 다시 합치기 위해서 포의 공동묘지를 향해 가다가 멈추어 기다리고 있었던 것이다. 그래서 영구차 바로 뒤에 따라가던 마농이 탄 차도 그 뒤에 가서 멈추어 섰다. 마농은 뒤에 따라오던 차들의 상황을 살피려고 차에서 내렸다. 그런데 그곳은 눈에 익은 장소였다. 그 순간, 그곳이 자기가 어린 시절 16년 동안 살았던 집 앞이라는 사실을 알게 되었다. 온몸에 차갑게 소름이 돋았다. 따라

내린 남편 베르트랑에게 저도 모르게 소리를 질렀다.

"여긴, 우리집이야!"

무슨 이상한 일이란 말인가? 영구차는 뒤에 오는 차들과 합류하려고 갑자기 섰다지만, 어떻게 마농이 옛날에 살던 바로 그 집 앞에서 멈추었단 말인가? 그곳은 마농의 식구가 다 함께 살던 행복한 추억만을 간직한 집이었다. 마농은 그 집에서 유아원부터 고등학교까지 다녔다. 집 바로 옆이 가톨릭 사립 학교였다. 생트마리라는 이름의 그 학교에는 유치원부터 여자고등학교까지 있었는데 유치원은 바로 집 옆이었고 그 옆은 초등학교, 마지막으로 중고등학교가 붙어 있었다. 어린 시절 그 유치원 마당을 제집 마당보다 더 좋아했다. 봄이면 작은 풀꽃들이 만발한 유치원 마당에서 하루종일 놀곤 했다. 마농은 그 집 앞에서 희미해졌던 지난날들이 파도처럼 밀려드는 한순간을 경험했다. 남편 베르트랑은 장례식을 마치고 파리로 돌아와서 그 장면을 환기시키며 마농에게 이렇게 말했다.

"돌아가신 어머니가 마지막으로 당신에게 한 방을 더 먹인 거네!"

그런지도 모를 일이다. 그 이후 엄마를 애도하는 일이 너무 힘들었다. 엄마가 돌아가시면 시원할 줄 알았다. 그런데 마음속이 허전해서 늘 안절부절못했다. 그도 그럴 것이 지난 10여 년 동안 마농의 삶에서 엄마를 보살피는 일이 큰 비중을 차지하고 있었기 때문이다. 엄마를 떠올리면 언제나 미움과 사랑의 감정이 교차했다. 엄마와의 관계를 잘 정리해서 마음을 편하게 만드는 일이 그렇게 힘들 수가 없었다.

이제, 마농은 아버지 엄마 언니 오빠가 하나도 없는 고아가 되었다. 엄마가 돌아가신 후 마농은 남은 재산을 정리해서 신고하고 상속세를 내고 얼마간의 현금을 갖게 되었다. 그래서 생활이 다소 윤택해졌다. 주말에 원하는 식당에 편한 마음으로 갈 수 있게 되었고, 해외여행도 더 할 수 있게 되었다. 그런데 부모로부터 자기보다 더 많은 액수를 상속받은 남편 베르트랑은 그 돈을 자기 통장에 입금해놓고 쓸 생각을 하지 않는다.

10

마농은 정신과 의사에게 엄마와의 관계나 아버지와의 관계만이 아니라 전남편과의 관계에 대해서도 이야기했다. 전남편 에릭은 마농이 베르트랑과 함께 파리로 떠난 이후 심한 우울증에 빠졌다. 그래서 충실하게 다니던 직장도 그만두고 몇 년 동안 실업수당을 받으며 겨우 생존을 유지했다. 아무런 잘못도 하지 않았는데 마농의 청천벽력 같은 이혼 선고를 받고 나서 인생을 주체할 수가 없었던 것이다. 그렇게 몇 년을 지내다가 정신과 치료를 받고 점차 원상태를 회복해서 다시 직장을 찾아 일을 시작했다. 그러다가 같은 직장에서 자기보다 스물세 살 아래의 젊은 여자를 만나 재혼했다. 그 여자와의 사이에 아이도 낳아 키우면서 지금은 그런대로 안정된 생활을 하고 있다. 마농은 자신의 전남편이자 화비앙의 아버지이기도 한 에릭에게 내심 죄책감을 느끼고 있었는지도 모른다. 그래서 에릭이 실업 상태에서 어렵게 생활하고 있을 때 남편 베르트랑을 설득해서, 베르트랑이 총각 시절 포에서 살 때

사둔 아파트를 에릭에게 거의 무상으로 빌려주기도 했다.

이제 에릭과의 사이에서 난 큰아들 화비앙은 스물여섯 살이고 베르트랑과의 사이에서 태어난 둘째아들 앙투안은 열아홉 살이 되었다. 요즈음 마농은 가끔씩 화비앙을 데리고 처음 파리로 올라왔을 때를 생각해본다. 그때 파리에는 남편 베르트랑 말고는 아는 사람이 아무도 없었다. 파리 생활 초기에 경험했던 잊을 수 없는 장면이 떠오른다. 어느 날 8구에 있는 생토노레 거리의 에르메스 상점에서 있었던 일이다. 세일이 시작되던 6월 말의 어느 날이었다. 새로 나온 디자인의 스카프를 사기 위해 그곳에 갔더니 많은 사람들이 몰려와서 상점 입구에 길게 줄을 서 있었다. 그래서 마농도 줄의 맨 끝에 가서 섰다. 그런데 조금 있다보니까 혼자 온 사람은 자기밖에 없었다. 다른 여자들은 다 친구, 딸, 엄마, 언니, 동생, 친척 등 누구와 함께 와서 줄을 서서 이야기하며 차례를 기다리고 있었다. 자기만 혼자 와서 외로이 앞뒤로 눈치를 살피고 있었다. 그때 파리에 아는 사람이 단 한 명도 없다는 사실을 불현듯 인식했다. 마농은 베르트랑을 따라 포를 떠나던 시절을 떠올리며 이렇게 말한다.

"정말 지금 생각하면 무모한 결정이었어. 젊었으니까 가능했지……"

그러나 그때 베르트랑은 마농을 진심으로 사랑했고 화비앙에게도 친아들처럼 잘했다. 물론 베르트랑은 아이를 갖고 싶어했다. 그러나 마농은 금방 아이를 낳는다는 것이 화비앙을 배반하는 것 같아서 자꾸 미루었다. 그렇게 몇 년이 지나 화비앙이 일곱 살이 되어 초등학교에 들어갔을 때, 둘째아들 앙투안을 낳았다. 화비앙은 어린 시절 부모의 이혼으로 겪은 마음의 상처 때문인지 연약하고 수줍은 아이가 되었다. 대학생이 되어서도 고등학생 티를 벗지 못했다. 그럴수록 마농은 화비앙에게 정성을 기울였고 화비앙도 점점 자신감을 갖게 되었다. 화비앙은 파리 언론학교를 졸업하고 아는 사람을 통해 월간지 〈엘르〉의 기자로 취직했다. 이 모든 과정에서 마농은 한국의 극성스러운 엄마들과 비슷한 역할을 자임했다. 이제 화비앙은 직장 생활도 잘 꾸려나가고 있으며 얼마 전에는 여자친구를 만나 동거중이다.

둘째아들 앙투안은 어려서부터 워낙 공부를 잘했다. 중고등학교는 에콜 빌랑그, 즉 영불 2중 언어학교를 다녔고 바칼로레아 시험에서는 '매우 뛰어남'이라는 최고의 평가를 받았다. 그런데 이상하게 폴리테크니크 시험에서 떨어져서 그다음으로 좋은 학교인 에콜 상트랄에 입학했다. 그런데 요즈음 마농은 화비앙보다 앙투안에게 더 신경을 쓰고 있다. 앙투안은 그동안 여자친구를 한 번도 사귀지 않았는데 요즈음 가브리엘이라는 남자 친구와 너무 친하게 찰싹 붙어 지내고 있기 때문이다. 전국의 수재들이 모이는 파리 고등사범학교에 다니는 가브리엘의 외모나 거동이 다소 동성애자로 보이기 때문이다.

프랑스의 아들 가진 엄마들은 한 번쯤
자기 아들이 동성애자가 아닌가 하는
걱정을 한다.

마농도 마찬가지이다. 얼마 전까지는 큰아들 화비앙이 동성애자가 아닌가 하는 생각을 한 적이 있다. 외모와 분위기로 보면 화비앙이 동성애자 같은 면이 더 있었다. 그래서 조금 걱정을 했었는데 다행히 요즈음 여자친구와 잘 지내고 있으니 이제 그런 걱정은 하지 않게 됐다. 그런데 앙투안은 외모로 보면 그런 분위기가 전혀 없는데, 여자친구는 사귀지 않고 날마다 가브리엘과 붙어다니니까 걱정이 된다고 했다. 그래서 내가 물어보았다.

"앙투안이 동성애자라면, 넌 그 사실을 받아들일 수 있니?"

"어쩌겠어. 받아들여야지. 비밀로 붙이면서 쉬쉬하지는 않을 거야."

이렇게 말하면서도 마농은 앙투안이 이성애를 경험해보지도 않고 동성애자가 되는 것은 좀 그렇다고 말한다.

"내 생각에 일단 규범 속에 들어가 경험해본 다음에 그것이 자기에게 맞지 않아서 규범 밖으로 나오는 것은 주체적인 선택이니까 낫다고 봐. 그러니까 이성애를 경험한 후에 동성애자가 된다면 이성애를 모른 채 동성애로 빠지는 것보다 미련이 없겠지. 엄마로서는 그렇게 생각하게 되네. 소수자로 산다는 것이 얼마나 어려운 일인지 조금 아니까……"

남편에게 그런 걱정을 내비치면 베르트랑은 어이없어한다.

"당신, 그런 걱정을 하다니 정말로 머리가 어떻게 된 것 아니야?"

베르트랑은 이렇게 말하면서 더이상 말상대를 해주지 않는다. 사실 요즈음 남편 베르트랑과는 거의 깊은 이야기를 나누지 못한다. 베르트랑이 회사에서 높은 자리로 올라갈수록 귀가 시간이 늦어지고 주말에도 피곤한 내색을 해서 자기 마음속에 있는 복잡한 심정을 털어놓을 분위기가 아니다. 그렇다고 베르트랑에게 무슨 다른 여자가 생긴 것 같지는 않다. 그는 언제나 착실한 가장으로서 재산을 늘리는 일에 관심을 기울이고 있다.

11

마농의 이번 여름 바캉스는 여느 때와 달리 아주 특별할 것이다. 뉴욕이라는 행선지만이 아니라 함께 동행할 사람들의 구성이 예전과는 달라졌기 때문이다. 여느 때는 마농, 베르트랑, 앙투안과 화비앙 이렇게 넷이 바캉스를 갔지만 이번 바캉스에는 네 사람이 더 늘어나 여덟 사람이 동행하게 되었다. 마농은 우선 큰아들 화비앙의 애인 엠마에게 함께 가자고 제안했다. 베르트랑은 화비앙과 그의 애인을 데리고 바캉스를 떠나는 것이 다소 부담스러웠다. 이미 다 커서 애인까지 생겼으면 둘이서 따로 여행을 가게 놔두어야지 왜 다 끌고 다녀야 하는지 이해가 안 되었다. 그러나 화비앙과 엠마가 함께 가겠다고 동의하니 어쩔 수 없는 노릇이었다. 화비앙이 여러 가지 알레르기 증상이 있어 여행중에 식당 선정이 까다로웠는데 올해도 그 문제가 계속될 수밖에 없는 상황이 되었다. 거기까지는 이해할 만하다. 문제는 마농이 자신의 전남편 에릭과 그의 젊은 부인 프랑수아즈 그리고 그 둘 사이에서 태어난 아들 레옹까지 초청할 계획을 꾸민 것이다.

사실 그동안 마농은 전남편이자 화비앙의 아버지인 에릭과 계속 좋은 관계를 유지했다. 나는 마농에게 어떻게 그런 좋은 관계를 유지할 수 있었느냐고 물었다.

"어떤 좋은 관계도 그냥 주어지는 것은 없어.
내가 공을 많이 들였지.
화비앙을 위해서는 물론이고
또 나에게도 중요한 관계니까.
내가 에릭과 함께 살았던 몇 년은
후에 베르트랑과 산 시간과 똑같이 소중하지.
그 몇 년은 지워버리기도 싫지만
또 지워버리려 해도 지워지지 않는 거니까."

혼자 살던 에릭이 몇 년 전 젊은 여자와 결혼하여 아들을 낳자 마농은 그 아이를 아주 사랑스럽게 대했고, 포에 갈 때면 그들의 아들 레옹에게 이런저런 선물도 전달하면서 자연스러운 관계를 유지하고 있다. 나에게 어린 레옹의 사진들을 보여주기도 한다. 물론 베르트랑도 마농과 함께 그들과 좋은 관계를 가지면서 가끔씩 만나곤 한다. 남편 베르트랑에게 에릭 가족과 함께 뉴욕 여행을 가자고 제안했을 때, 베르트랑은 대번에 난색을 표명했다. 마농의 전남편 가족과 함께하는 여행이 거북하고 어색하게 느껴졌기 때문이었다. 그러자 마농은 베르트랑에게 이제 작은아들 앙투안도 그랑제콜에 진학했고 큰아들 화비앙이 장성해서 애인도 생겼고 하니까, 화비앙의 아버지 에릭 가족까지 다 함께 여행을 가서 서로 잘 지낼 수 있는 관계를 만들자고 설득했다. 그래도 베르트랑이 동의하지 않고 망설이자 마농은 베르트랑에게 마지막 카드를 내보였다.

"아니, 나하고 25년을 함께 살았는데 아직도 그렇게 자신이 없어?"

베르트랑은 얼굴이 확 달아오름을 느끼면서 결국 승낙하고 말았다. 그래서 마농은 아들 화비앙과 앙투안에게도 이 계획을 알리고 동의를 구했다. 그랬더니 둘째아들 앙투안이 즉각적으로 말했다.

"웬 희한한 발상이야?"

그런데 큰아들 화비앙은 잠시 무언가를 생각하더니 이렇게 말했다.

"쿨한 생각이에요! 좋아요. 그렇게 해요."

마농이 작은아들 앙투안에게 너뿐만 아니라 모든 아들은 각자 다 자기 아버지와 함께 여행할 권리가 있다고 말하자, 앙투안도 결국 고개를 끄덕였다. 그래서 마농은 여덟 사람의 비행기표와 호텔을 예약하고 요즈음은 뉴욕에 대한 책들을 읽으면서 여행 일정을 짜고 있다.

고흐의
정신병원에 갇힌
자유로운 영혼

말할 수 없는 비밀을 품고
살아온 클레르의 속내 이야기

01

오후 3시가 조금 지났다. 더운 공기가 사방에 가득하다. 아직 조용하지만 이제 조금 있으면 학교가 파한 아이들 소리로 거리가 소란해질 것이다. 아를의 하늘은 미스트랄 바람에 씻겨 맑고 푸르다. 작열하는 햇볕이 내리쬐이는 원형경기장 앞을 지나 볼테르 광장으로 나갔다. 광장 한구석의 키가 큰 플라타너스 나무 그늘에 차려진 카페테라스에 앉아 클레르를 기다린다. 약속 시간이 아직 한 시간 정도 남아 있다. 어제 오후 파리에서 아를로 내려오는 기차에서 읽던 책을 꺼내 읽기 시작했다. 사회심리학자 알랭 에렌베르그가 쓴 『프랑스 사회의 불안La Société du Malaise』이다.

오늘날 프랑스는 세계 최고의 항우울제 소비국이다. 정신건강과 심리적 고통이 1980년대 이후 프랑스 사회에 중요한 사회문제로 등장했다. 1968년 5월혁명 이후 전통적 가치와 규범이 무너지고, 1970년대를 거치면서 각자 알아서 자신의 삶의 의미를 구성해야 하는 개인주의 사회가 되었다.

그것은 점차 부담스러운 자유가 되었다. 2000년대 이후 경쟁 심화에 따른 실업의 증가로 이런 문제들은 더욱 심각해졌다. 이런 위기 상황에 대응하여 심리적 안정을 되찾게 해주는 다양한 직업과 제도, 심리치료법과 정신건강 산업이 크게 성장했다.

이제 집단 갈등과 사회제도 등 거시적 현상보다는 개인 내면의 감정, 정서, 주관성 등 미시 차원의 문제가 심리학뿐만 아니라 인류학, 사회학, 정치학 등 사회과학의 중요한 연구 과제가 되었다.

책에 푹 빠져 있다가 시계를 보니까 약속 시간이 다가오고 있다. 어떤 사람을 기다릴 때면 그 사람의 모습을 미리 마음속에 그려보게 된다. 거기에는 얼마 후 나타날 사람에 대한 예상과 기대가 들어 있다. 오래전부터 알고 있는 친구라면 더욱 그렇다. 기대는 자동적으로 어떤 이미지를 만들어낸다. 그 사람이 시야에 나타나면 생각했던 이미지와 실체가 겹쳐지면서 저도 모르게 입가에 미소를 짓게 된다. 클레르는 늘 생기가 넘치는 몸짓으로 내 앞에 나타나곤 했다. 발걸음을 서둘러서 약간 숨이 차고 땀이 송송 맺혀 있는 발그스레한 그녀의 얼굴은 나를 만나는 게 그녀에게도 상쾌하고 즐거운 일임을 느끼게 해주었다.

그런데 그날은 달랐다. 지난 6월 초에 만난 후 겨우 3개월이 지났는데, 그동안 클레르의 몸은 많이 변해 있었다. 그날 그녀는 내가 머릿속에 그리고 있던 클레르의 모습이 아니었다. 불어나서 무거워진 몸을 받아들이지 못해 힘들어하는 느낌이 역력했다. 그녀의 육체와 정신 사이의 불화가 대번에 느껴졌다. 둔해진 것 같기도 하고 단순해진 것 같기도 했다. 한참 이야기를 나누다가 그녀를 향한 나의 안타까운 심정을 느꼈는지 이렇게 말했다.

"그동안 내가 받은 모든 마음의 상처들이
내 몸 안에 고스란히 살아 있는 것 같아.
그 상처들이 내 몸속을
효소처럼 돌아다니고 있나봐."

그러고 나선 내 얼굴을 바라보며 힘없이 웃더니 이렇게 말을 이었다.

"사실 그동안 쭉 항우울제를 복용하다가 10일 전부터는 감정조절제만 먹고 있어. 미국에서 발명한 약이래. 약의 부작용 때문인지 체중이 많이 늘었어."

클레르의 이야기를 들으면서 7년 전 아를에서 클레르를 처음 만났던 날을 떠올렸다. 그때 나는 아침 11시 파리 리옹 역에서 특급고속열차TGV를 타고 떠나 아비뇽에서 내려 아를로 가는 기차를 갈아탔다. 그리고 오후 늦게야 아를 역에 도착했다. 강렬한 햇볕에 잠시 현기증을 느끼면서 플랫폼에 발을 내딛는 순간, 바닥에서 뜨거운 열기가 휘익 올라오며 내 몸 주위를 감쌌다. 갑자기 새로운 세상에 도착한 것 같았다. 여름의 아를은 저녁이 다가와도 아랑곳하지 않고 낮의 뜨거운 열기를 쉽게 낮추지 않는다. 아담한 역사를 빠져나와 사방을 둘러보니 프로방스의 공기와 색감이 느껴졌다. 건조한 공기와 눈부신 햇빛 아래 다행스럽게도 가느다란 실바람이 불고 있었다. 당황했던 내 눈조리개의 조절 기능이 아를의 햇빛에 적응하고 나자 마음과 시야가 동시에 툭 터지는 듯했다.

시내를 향해 천천히 걷기 시작했다. 역에서 시내로 들어가는 길은 그리 멀지 않았다. 하지만 돌로 포장된 울퉁불퉁한 길 위를 바퀴 달린 가방을 끌고 걸어가기가 생각처럼 그렇게 쉽지는 않았다. 저녁을 먹으러 다들 집으로 들어간 상태여서 거리는 고요했다. 거리가 조용해서인지 가방의 두 바퀴와 바닥의 돌들이 부딪쳐 나는 달그락 소리가 유난히 크게 들렸다. 그 소리를 들으며 앞으로 나아가기 위해서는 어깨와 손목에 힘을 주어 온몸으로 가방을 끌어야 했다. 가방의 부피는 제법 컸고 무게도 꽤 나갔다. 프로방스에서 한 달을 지내기 위해 이것저것 많은 것을 준비했다. 나의 지나친 준비벽이 가방에 들어갈 물건을 많이 줄이지 못하게 했을 것이다. 저녁햇볕이 어찌나 강렬한지 모자를 썼는데도 머리 위로 뜨거운 열기가 쏟아지는 것 같았다.

역사를 떠나서 조금 걷다보니 꽤 큰 광장이 나타났다. 여러 번 왔음에도 시내로 들어가는 길이 다소 생소하게 느껴졌다. 오른쪽으로 론강 둑이 보였지만 뜨거운 태양 때문인지 사람들의 모습은 거의 보이지 않았다. 강변에 주차해놓은 관광버스들이 보였다. 그 버스를 타고 온 사람들은 지금 로마 시대의 원형경기장이나 고대극장을 구경하고 있을 것이다. 광장을 가로질러 성문 안으로 들어서자 그제야 사람들이 사는 느낌이 드는 거리가 나타났다. 그때 다시 생소한 느낌이 들었다. 마치 북아프리카의 낯선 마을에 들어선 것 같았다. 프랑스의 식민지였던 알제리, 튀니지, 모로코 등에서 프랑스로 이민 와서 힘들게 살다가 이제는 은퇴한 노인들이 길거리 카페테라스에 모여 앉아 지루한 시간을 보내고 있었다.

나의 숙소는 반 고흐 센터였다. 그곳은 중세에 지어진 수도원이었는데 19세기 말부터 병원으로 사용되었다. 반 고흐가 1888년 아를에 정착한 다음 발병해서 입원했던 바로 그 병원이다. 지금 그 병원 건물에는 아를 시립도서관, 엑상프로방스 대학의 아를 분교와 함께 유럽 번역문화센터가 들어서 있다. 번역문화센터 입구는 숨겨져 있는 듯 정원 한구석에 자리잡고 있다. 비밀코드를 누르고 문을 밀었다. 가방을 끌고 건물 안으로 들어섰다. 석조건물의 돌들이 간직하고 있던 시원한 기운이 햇볕을 받아 뜨거워진 내 주위를 감쌌다. 잠시 숨을 돌리며 주위를 둘러보았다. 나선형의 계단, 건물벽, 돌바닥, 모두 다 돌로 되어 있었다. 한 계단 한 계단 올라갈 때마다 그 돌들은 내가 밖에서 끌고 들어온 열기를 조금씩 사라지게 했다. 계단이 끝나는 곳에 문이 있었다.

그 문을 밀고 들어서자 널찍한 실내 공간이 나타났다. 왼쪽 구석의 소파에 앉아서 책을 읽고 있던 여자가 나를 보자 얼굴에 웃음을 띠면서 일어나 내게로 다가왔다. 그게 클레르와 나의 첫 만남이었다. 그녀는 이곳에서 두 달간 머무르며 번역 작업을 하고 있다고 했다. 리옹과 아를 사이에 위치한 발랑스에 살면서 일 년에 한두 번씩 이곳에 와서 일한다. 원장이 퇴근하면서 그녀에게 내가 머물 방 열쇠를 맡기고 갔다고 했다. 이야기를 나누는 사이에 창문들을 통해 들어온 햇볕이 우리가 서 있는 공간을 가득 채우고 있었다. 햇볕 때문에 클레르의 주위가 점점 오렌지색으로 번져나가는 듯한 느낌이 들었다.

클레르는 가슴과 등이 시원스레 파이고 소매가 없는 흰색 원피스를 입고 있었는데, 밝은 표정과 발그스레한 볼 때문에 생기가 가득해 보였다. 호기심에 차고 선의가 가득한 파란 눈은 클레르를 얼핏 나이보다 훨씬 젊어 보이게 했다. 그래도 분명 40대 중반의 여자였다. 번역센터 살롱의 넓은 공간 오른쪽에는 옆으로 길게 펼쳐진 모양의 창문이 나 있어서 아를의 벽돌색 지붕과 회색 돌로 지은 집들이 넓게 내려다 보였고 왼쪽으로는 푹 파인 듯 쏘옥 들어간 아늑한 휴식 공간이 있었다. 그곳이 그나마 그 시간에 가장 덜 눈부신 장소였다. 내가 문을 열고 들어갔을 때, 클레르는 거기에 마련된 소파에 앉아 책을 읽고 있었다.

번역문화센터 공간을 한번 둘러보았다. 모든 사람이 함께 사용하는 공동구역의 앞쪽에는 조리시설이 마련되어 있고, 크고 작은 식탁들이 몇 개 놓여 있었다. 그곳에는 칵테일파티를 할 수 있는 바가 있었는데, 높고 둥근 의자 위에 걸터앉아 한잔 마시거나 간단한 식사를 할 수 있을 것 같았다. 바 옆으로 난 큰 유리문을 통해 야외 테라스가 보였다. 테라스에는 햇볕을 가리는 초록색 파라솔과 함께 여러 개의 둥근 식탁이 놓여 있었다. 클레르는 햇살이 약해진 저녁 9시경부터 이곳으로 모여드는 센터의 투숙자들이 포도주를 한잔하면서 별이 하늘에 나올 때까지 이야기를 나눈다고 했다. 숙소는 부엌을 지나 길게 이어지는 복도 양쪽으로 배치되어 있었다. 좁고 긴 복도가 수도원 건물을 연상시켰다.

나에게 배정된 방은 복도 중간쯤 오른쪽에 있는 213호실이었다.

방문을 열고 들어서자 정면에 있는 직사각형 모양의 유리창 밖으로 회랑이 있는 정원이 눈에 들어왔고, 멀리 붉은 기와를 얹은 집들이 옹기종기 모여 있는 풍경이 보였다. 사람들이 다 빠져나간 고요한 정원에 짙은 분홍빛으로 피어난 유도화가 나를 올려다보며 웃고 있었다. 다음날 아침 클레르는 나에게 아를의 시장, 은행, 우체국, 약국, 서점, 카페, 식당, 산책로 등 생활에 필요한 장소들을 알려주었다. 그렇게 나의 아를 생활이 시작되었다.

02

1949년생인 클레르는 68세대에 속한다. 그러나 학생운동에 적극 참여한 적도 없고 '여성해방운동MLF' 같은 급진적 여성운동단체는 물론 임신중절과 피임 허용을 주장하는 온건한 여성단체에 관여한 적도 없다. 다만 1970년대의 자유로운 분위기를 자연스럽게 느끼면서 살았고 그 세대의 감수성을 공유한다. 성적 자기 결정권과 성해방을 당연하게 여긴다. 그러나 클레르 집안의 분위기는 딸에게 성적인 자유를 허용하지 않았다. 매주 성당에 정기적으로 나가지는 않았지만, 가톨릭의 정신적인 관습이 깊게 배어 있는 집안이었다. 클레르가 열다섯 살 때 한 포르투갈 청년과 영어 펜팔을 오래 계속하자 엄마는 클레르와 그 청년 사이에 무슨 일이 벌어질까봐 신경을 곤두세우며 감시했다. 클레르의 아버지는 1968년에 학생운동이 일어나고 사회의 전반적 분위기가 소란해지자, 딸이 학생운동에라도 참여할까봐 부리나케 차를 가지고 딸의 학교 기숙사로 찾아왔다. 클레르의 아버지는 그 당시 '리지외'라는 프랑스에서 가장 큰 비료회사에서 높은 직책을 맡고 있었다. 아버지는 기사가 운전하는 벤츠를 타고 기숙사로 찾아와서 짐도 제대로 싸지 못한 딸을 거의 강제로 차에 태우고 고향집으로 데려갔다. 클레르는 그날을 이렇게 회상한다.

"아버지는 겁에 질린 얼굴로 긴장한 채 차에 앉아 계셨어. 나에게 '얼른 타라!'고 하셨지. 나는 기사가 운전하는 까만 벤츠를 타고 젊은 학생들이 모여 본격적인 데모를 시작하려는 카르티에 라탱을 뚫고 지나갔어. 5월의 눈부신 태양이 길바닥의 돌들을 반짝거리며 비추고 있던 그 거리를 말이야."

사실 클레르가 다니던 파리 16구의 여자고등경영학교의 분위기는 잠잠할 뿐이었다. 최고의 엘리트 학교로 불리는 그곳에는 얌전한 모범생들이 대부분이었다. 그 학교는 1차세계대전 때 공헌이 컸던 페미니스트들 덕분에 만들어진 학교였다. 그전에는 남자들만 다니는 고등경영학교만 있었는데, 여자고등경영학교가 생겨 여성들도 기업가가 될 수 있는 길이 열렸다. 얼마 후 두 학교는 하나로 합쳐져 그냥 고등경영학교HEC, Hautes Études Commerciales de Paris가 되었다. 그러나 당시 클레르가 다니던 여자고등경영학교는 개선문에서 갈라지는 거리의 하나인 레몽 푸앵카레 거리에 있었고 기숙사는 8구 빌리에 거리에 있었다.

"68년 5월혁명이 진행되는 급박한 상황을 알리는 라디오 뤽상부르의 중계방송을 듣는 아이는 한두 명뿐이었어. 그때 우리 학교는 수업도 다 했어. 단지 교통수단이 없어서 기숙사가 있는 빌리에에서 16

구 학교까지 걸어다녔지."

보수적인 엘리트 학교를 다녔지만 클레르는 '리베라시옹'지나 '르 몽드'지를 읽고 선거에서는 늘 사회당 후보를 지지한다. 리오넬 조스팽이 수상일 때 수상 관저인 마티뇽 궁에서 열리는 모임에 초대받기도 했다. 클레르는 좋은 의미에서 부르주아적 생활양식과 프랑스식 교양의 전통을 간직하고 있다. 개인의 독창성과 자율성을 존중하며 예절을 지킨다.

현재 클레르의 직업은 전문 번역가다. 지금까지 번역한 책이 400권도 넘는다. 영어, 독일어, 포르투갈어, 스페인어 이렇게 네 언어로 된 책들을 프랑스어로 옮기는 작업이 그녀의 일이다. 클레르는 어려서부터 외국어에 재능이 있었다. 그 기본은 라틴어를 잘한 것에서 출발한다. 중고등학교 시절 학교에서 독일어, 영어, 스페인어를 배웠다. 그후 여자고등경영학교에 들어가서는 혼자 포르투갈 문화원에 다니면서 포르투갈어를 열심히 공부했다. 브라질에 관심이 있었기 때문이다. 고등경영학교 졸업논문으로 브라질에 진출한 프랑스 대기업 지사들의 현지 활동을 분석하고 평가하는 논문을 썼다. 상파울루의 프랑스 기업체에서 1년 동안 연수한 체험이 바탕이 되었다. 그때 포르투갈어 실력을 크게 향상시켰다. 그렇게 해서 모국어인 불어, 독일어, 영어, 포르투갈어, 스페인어 이렇게 5개 언어를 구사하는 번역가가 되었다. 클레르는 외국어로 작업하며 모어인 프랑스어에서는 느낄 수 없는 즐거움과 쾌감을 느낀다.

번역은 다른 세계로 여행을 떠나는 일이기도 하다.

독일어의 엄격함과 일관성에
매력을 느끼기도 하고,
스페인어의 음악성에서 자유로움을 느낀다.
영어로 된 문장을 분석하거나 포르투갈어로 생각할 때,
클레르는 현실을 벗어나
자신을 환대하는 나라로 빨려들어가는 느낌을 받는다.

클레르는 아동도서를 번역하고 연애소설 시리즈 '아를캥'을 번역하기도 하며 역사소설이나 과학소설도 번역한다. 그녀는 범죄를 다루는 탐정소설보다는 사랑 이야기가 주조를 이루는 연애소설 번역을 선호한다. 클레르의 로맨틱한 성향이 연애소설을 실감나게 번역하는 데 도움을 줄 것이다. 요즈음은 16세기 영국 여왕 마리 빅토리아 시절을 배경으로 한 역사소설을 번역하고 있다. 클레르가 프랑스 사람이라면 누구나 알아주는 그랑제콜 중의 하나인 고등경영학교를 졸업했다는 사실은 그녀에게 자부심을 주기도 하지만 족쇄가 되기도 한다. 클레르는 자기가 원하는 책을 번역하기도 하지만 출판사에서 일방적으로 의뢰하는 동화책이나 청소년 대상 도서를 번역하는 경우가 더 많다. 만약 클레르가 고등경영학교를 다니지 않고 소르본 대학에서 문학을 전공했더라면, 번역가로서 출판사와의 계약 관계에서 훨씬 더 많은 선택권을 누릴 수 있었을 것이다.

아를의 원형경기장 언덕 위쪽으로 난 좁은 골목길 양쪽에 4층짜리 집들이 늘어서 있다. 르텔리에 거리 7번지 4층 건물이 클레르의 집이다. 16세기에 지은 오래된 돌집이다. 클레르가 발랑스에서 이 집으로 이사 온 지는 벌써 10년이 넘었다. 현관에 들어서면 오른쪽 앞으로 완만한 나선형 돌계단이 눈에 들어온다. 2층으로 올라가는 이 돌계단에는 세월의 흔적이 그대로 남아 있다. 단단한 돌계단의 발 닿는 부분이 푹 파여 있는 모양을 보면, 사람들이 그 계단을 오르내린 기나긴 시간이 느껴진다.

골목으로 난 1층 유리창가에는 올리브나무 화분이 놓여 있다. 무성한 나뭇잎이 달린 올리브나무는 클레르의 사적인 공간을 행인들로부터 보호하는 방어장치다. 창문 밖에서 올리브 나뭇잎 사이로 클레르네 집을 들여다보면 일직선으로 쭈욱 뚫린 1층 공간이 들여다보인다. 먼저 부엌과 식당이 있고, 식당에서 서너 계단을 내려가면 거실이 펼쳐진다. 거실에는 피아노와 책장, 소파가 보이고, 거실에서 유리창문을 열고 나가면 안마당이 나온다.

클레르가 번역에 몰두하는 서재는 2층에 있다. 책상 앞에 앉아 몇 시간이고 꼼짝하지 않고 번역에 몰두하는 시간은 평온하다. 쇼팽의 피아노곡을 작게 틀어놓고 일한다. 그러다가 쉴 때는 분위기를 바꾸기 위해 헨델의 음악을 스피커가 울리도록 크게 틀어놓기도 한다. 클레르는 나뭇결이 드러난 통나무로 된 커다란 책상 앞에 앉아서 일한다. 오후 3시가 되면 왼쪽 창문을 통해 들어오는 햇볕이 너무 강해서 덧문을 닫지 않고는 일을 계속할 수가 없다. 책상에는 재떨이가 놓여 있고 서재에는 담배 냄새가 배어 있다. 책상 위에는 아를에서 멀지 않은 지중해안 에그모르트 바닷가에서 주워온 조개껍질이 든 투명한 유리병들이 늘어서 있고, 그 옆에는 하도 만져서 반들반들해진 돌멩이도 몇 개 놓여 있다. 그 돌멩이들은 때로 종이를 눌러두는 문진으로 쓰인다. 포르투갈 여행에서 사온 부엉이 모양의 문진도 있다. 오른쪽 벽의 나지막한 선반에 클레르의 20대 초반 사진이 놓여 있다. 짧은 머리에 다소 소녀 같은 매력이 싱싱한 젊음을 느끼게 한다. 자신감이 넘쳐 보이고 미래를 향해 앞으로 나아가려는 건강한 힘이 느껴진다. 그녀의 눈매에서 풍기는 강렬한 인상은 지스카르 대통령 시절 보건복지부 장관으로 임신중절법을 통과시킨 여성정치가 시몬 베유를 연상시킨다.

클레르가 즐겁다고만은 할 수 없는 번역일을
계속할 수 있는 까닭은,
그 일이 그녀에게 세상의 모든 일을 다 잊게 해주는
최후의 안식처가 되어주기 때문이다.

번역하는 책 속에 나오는 인물과 스스로를 동일시하면서 한참 동안 번역 작업에 빠져 있다보면 시간이 흐르는 것을 잊어버린다. 그러다가 눈이 피곤해지면 담배 한 대를 피워물고 1층으로 내려가 거실 앞의 안마당으로 나간다. 양쪽 옆집의 벽으로 분리된 마당에는 무화과나무, 느릅나무, 치자나무, 회양목, 월계수, 삼나무, 수국, 아몬드, 올리브나무 등이 있다. 마당 가운데에는 파라솔이 달린 긴 나무탁자와 의자들이 놓여 있다. 그곳에는 언제나 정적이 있다. 옆집에는 거의 사람이 살지 않는 것 같다. 그리고 아를의 맑고 투명하리만치 푸른 하늘과 빛나는 햇살이 있다. 가끔씩 제비가 마당 위를 높이 날아다닌다. 서재에 있다가 그 정원으로 나가면 마치 긴 동굴을 빠져나와 햇빛을 본 순간처럼 눈이 부시다. 클레르는 벽에 끼여 있는 이끼와 담쟁이덩굴을 바라보면서 들이마셨던 담배를 후 하고 내뿜는다. 머리를 들어 푸른 하늘을 올려다보면 가끔씩 긴 꼬리를 남기며 비행기 지나가는 모습이 보인다. 늦은 오후가 되면 오래된 돌벽에 그림자가 드리운다. 때로는 그 그림자가 클레르에게 말을 걸기도 한다. 그러면 클레르는 카메라를 가지고 나와 벽의 그림자와 대면한다. 그렇게 찍은 그림자 사진이 수백 장은 될 것이다.

03

한 사람을 깊이 이해하기 위해서는
그 사람의 가족사를 알아야 한다.

모든 사람은 원하든 그렇지 않든, 부모와 조부모와 증조부모로 거슬러올라가는 가족의 역사를 통해 영향을 받으며 자기를 만들고 인생을 꾸려나간다. 개인의 역사가 가족의 역사 속에 들어 있다면 가족의 역사는 한 사회의 역사와 밀접하게 연결되어 있다. 클레르의 인생사는 그녀의 가족사 속에 들어 있고, 클레르의 가족사는 프랑스와 유럽의 20세기 역사 속에 들어 있다.

클레르의 고향은 기차를 타고 프로방스로 내려가는 길목에 위치한 드롬 지역의 발랑스라는 도시다. 클레르의 아버지가 발랑스 시립

자료보관소에 가서 집안 족보를 찾아보니까 1302년까지 추적이 가능했다고 한다. 아버지 집안은 루이 15세 시절인 1722년에 처음 만든 방앗간을 대대로 물려받아 운영하는 제분업자 집안이었다. 이 제분공장에서 만든 고급밀가루제품은 왕실에 납품되기도 했다. 대를 이어가면서 우여곡절을 겪었지만 제분업은 집안의 전통으로 계승되었다. 클레르의 친할아버지는 1895년생으로 집안 대대로 내려오는 제분소를 운영하다가 1차대전에 참전했다. 대부분의 친구들이 거의 다 전사했지만 할아버지는 용케 살아 돌아왔다.

할아버지는 큰손녀인 클레르를 귀여워했다. 할아버지는 어린 시절 클레르에게 1차대전 때 머리에 입은 상처를 보여주면서 전쟁 이야기를 실감나게 해주었다. 1936년 레옹 블룸이 이끄는 인민전선이 집권했을 때, 클레르의 할아버지는 세계노동자연맹 프랑스 지부SFIO의 간부로 활동했다. 그러나 2차대전이 끝난 직후 갑자기 할머니가 돌아가신 후로 할아버지는 외롭게 혼자 지냈다. 드롬 지방의 작은 도시 뤼크의 시장으로 오랫동안 일했지만, 할아버지는 집안에서는 외톨이였다. 클레르의 엄마인 며느리와의 관계가 안 좋았기 때문이다. 집안 식구들 아무도 그와 살갑게 이야기하지 않았다. 집안에서 그의 유일한 말 상대자는 큰손녀 클레르뿐이었다. 할아버지는 어느 날부터인가 자기 머릿속에 탄환이 박혀 있다는 말을 반복하면서 점점 쇠약해졌다.

1922년생인 클레르의 아버지 뒤랑은 열여섯 살까지만 학교에 다녔다. 정규 교육을 중학교까지 받은 셈이다. 그런데 그는 청소년 시절부터 늘 새로운 것을 만들어내고 발명하는 것을 꿈꾸었다. 도서관에서 혼자 책을 찾아보며 연구에 몰두하는 것을 본 동네 신부님이 그에게 "너는 엔지니어가 되어야겠구나!" 하면서 파리의 국립기술대학CNAM에 들어가라고 격려하기도 했다. 그 말을 진지하게 받아들인 뒤랑은 열심히 입학시험 준비를 했다. 그러다 2차대전이 터졌다. 뒤랑은 얼마 후 독일 점령군 관료로부터 독일로 가서 일하라는 명령을 받았다. 이에 뒤랑은 함께 독일로 발령받은 동료들을 설득해 집단적으로 그 명령을 거부하는 연판장을 돌렸다. 그래서 독일 경찰의 추적을 받게 되었다. 그러다가 뒤랑은 드롬 지역의 레지스탕스 운동조직과 연결되었다. 곧바로 교육을 받고 지하 항독투쟁에 가담했다. 1942년에는 독일군 보급로를 차단하는 임무를 수행했고, 그 경험을 바탕으로 300여 명의 레지스탕스에게 특수교육을 시켰다. 1944년 프랑스 북쪽의 노르망디 상륙작전에 이어 전개된 프로방스 상륙작전 당시에는 낙하산 부대를 인도하면서 드롬 산악지대에서 독일군을 공격하는 게릴라 전투를 벌였다. 그러다가 해방을 맞이하여 고향 발랑스로 돌아왔다.

그런데 고향에 돌아와보니 집과 제분소가 거의 폐허가 되어 있었다. 독일군과 그들의 앞잡이 노릇을 하는 밀정들이 항독 운동을 하는 집안에 대한 보복으로 제분소를 완전히 파괴해놓았던 것이다. 뒤랑은 처음에는 망연자실했지만, 곧 용기를 내어 아버지와 함께 집과 제분소를 새로 짓다시피 보수 작업을 하고 다시 사업을 일구었다. 그러나 시대가 변하고 있었다. 사업 감각이 있던 뒤랑은 아버지를 설득해서 이미 너무 경쟁자가 많은 밀가루 제조업을 그만두고 가축사료공장을 세웠다. 이 사업은 크게 성공해서 1970년대에 들어서 전국에서 가장 큰 사료공장이 되었다. 아버지는 레지스탕스 운동을 한 공로로 레지옹 도뇌르 훈장을 받았으며, 조직력과 리더십도 있어서 동료 기업가들의 추

천을 받아 발랑스 상공회의소 의장을 역임했다. 정년퇴직 이후 아버지는 자신의 레지스탕스 체험을 기록으로 남기는 일에 몰두해서 세 권의 책을 출간했다. 먼저 자신의 개인적 경험을 회고하는『레지스탕스를 기억하기에 아직 늦지 않았다』를 썼고 이어서 드롬 지역 레지스탕스 운동의 역사를 다룬『내가 겪은 드롬의 레지스탕스』를 썼다. 그다음에는 영국에서 항독 운동을 한 드골과 드롬 지역 레지스탕스 운동 사이의 관계를 다룬『드골과 드롬의 레지스탕스』를 출판했다.

말하자면 클레르의 아버지 뒤랑은 일찍 어른이 되어 위험하고 어려운 삶의 역경을 자신의 의지와 노력으로 극복한 자수성가형 인물이다. 그런데 그런 삶을 살면서 그의 감정은 무뎌지고 굳어졌다. 다른 사람의 마음을 잘 이해하지 못하는 무정한 사람이 되었다. 그런 그의 성격은 결혼하고 가정을 꾸미고 나서도 전혀 변화를 겪지 않았다. 목표를 세우고 그것을 실현하는 과정만 중시하지 그 나머지는 그의 안중에 들어오지 않았다. 그는 핑계나 개인적 사정을 전혀 고려하지 않는다. 가족 구성원 모두 다 자신의 현명한 결정과 명령에 따라야 했다.

"아버지는 엄청난 소유욕을 가진 사람이야. 물질뿐 아니라 가족도 완전히 소유해야만 안심하는 사람이었으니 우리 가족이 얼마나 숨이 막혔겠니?"

자기 힘으로 성공한 자수성가형 인물들은 흔히 자기의 판단 기준을 모든 사람에게 강요하고, 그 기준에 맞지 않으면 계속해서 남을 비난하는 성향이 있다. 클레르의 아버지도 그랬다. 그런데 아버지의 강한 성격 뒤에는 두려움과 걱정이 깊숙이 자리를 잡고 있었다. 자신의 막연한 불안을 잊으려고 아버지는 계속 남을 비판하고 괴롭혔는지도 모르겠다. 아버지는 자신의 판단을 상대화할 줄 모른다. 레지스탕스 투쟁을 했고 사업가로서 성공했으며 자식 셋을 다 훌륭히 공부시켰다는 사실에 근거한 아버지의 자부심을 꺾을 사람은 아무도 없다. 그런 아버지의 말을 거부할 수 없었기에 클레르는 심한 억압감을 느끼면서 답답한 청소년기를 보냈다.

클레르의 어머니 수잔은 대대로 드롬 지방에 살아온 토박이 집안 출신이다. 클레르의 어머니는 클레르의 아버지가 레지스탕스 활동에서 돌아온 지 얼마 안 되어 결혼했다. 처음에 어머니는 아버지 회사의 비서였다. 수잔은 열네 살까지 학교를 다녔다. 그리고 곧 리옹의 이모네로 가서 비서일을 배우는 학원에 다닌 후, 열일곱의 나이에 처음 일을 시작한 곳이 아버지 회사의 사무실이었다. 그때 아버지는 의욕에 넘쳐 일하는 총각 사장님이었다. 폭격으로 폐허처럼 되어버린 집도 근사하게 다시 짓고 있었다. 신입사원 수잔은 점심시간이면 샌드위치 도시락을 혼자 먹은 후 회사 주변을 산책했다. 주변이라야 들판이 전부였다. 멀리 드문드문 집들이 보였다. 수잔은 그 가운데 한창 공사중인 사장의 집을 멀리서 바라보며 이렇게 중얼거렸다.

"저렇게 큰 집안의 주부는 정말 고달프겠다. 큰 유리창이 저렇게 많다니…… 저 유리창들을 어떻게 다 닦을까?"

당시에는 가정집에 유리창을 많이 만들 때가 아니었지만 젊은 사업가는 집 짓는 데도 야심이 있었다. 드롬 산의 햇빛을 모조리 끌어들이려는 듯 천장까지 유리창을 올려서 커다란 베란다도 만들었다.

회사에 들어간 지 얼마 안 된 신입사원 수잔은 곧 젊은 사장의 눈에 띄었다. 사장은 수잔을 자신의 비서로 일하게 했고, 얼마 후에는 자신의 아내가 되게 했다. 클레르는 부모의 결혼을 이렇게 해석한다.

"그때 집안에는 여자가 필요했어."

할머니가 돌아가신 후 집에는 여자가 없었다. 물론 그게 다는 아니었다. 수잔은 피부가 투명하도록 하얀 여자였다. 여성스러운 그 무엇이 몸에 배어 있고 부르주아 예절을 갖춘 여자였다. 게다가 서류 처리와 손님 접대를 잘하는 유능한 비서였다. 그래서 수잔은 자연스럽게 유리창으로 둘러싸인 큰 집의 안주인이 되었다. 훗날 엄마는 그 시절을 회상하면서 이렇게 말하곤 했다.

"내가 그 유리창 많은 집의 여주인이 될 줄이야……"

큰 집의 안주인이 되었지만 시아버지와의 사이가 힘들었다. 어린 나이에 멋도 모르고 결혼한 어린 며느리에게 시아버지는 불만이 많았다. 우선 음식을 못할뿐더러 집안 살림에 대해 아무것도 모른다는 것이었다. 어쩌면 할아버지로서는 갑자기 사라진 아내의 자리를 며느리가 차지한 것 같은 상황을 받아들이기 힘들었는지도 모른다. 수잔의 결혼 생활은 겉으로는 순탄해 보였으나 마음속에는 크고 작은 매듭들이 만들어지고 있었다. 시아버지와의 불화는 시간이 흐를수록 악화되었다.

1차대전 전투에서 머리에 상처를 입은 뒤 불안과 공포증에 시달리던 시아버지는 늘 술을 입에 달고 살았다. 그리고 일상에서 크고 작은 불만이 많았다. 자신이 불행했기 때문이었다. 그런 할아버지였지만 클레르와는 사이가 좋았다. 할아버지는 남자아이는 아니었지만, 건강하고 유난히 똑똑해서 무엇을 해도 남자 못지않게 해내는 클레르를 무척 귀여워했다. 할아버지와 잘 지내는 클레르에게 엄마는 이런 말을 했다.

"아이구! 너의 할아버지는 말이야……
첫아이인 네가 태어났을 때
딸이라는 사실을 알고 집밖으로 뛰어나가서
그날 먹은 점심을 토했단다. 그 정도였어!"

"엄마는 아무리 할아버지가 싫었어도 나에게 그런 말은 하지 말았어야 했어……"

나에게 이렇게 말하는 클레르의 얼굴에서 할아버지에 대한 깊은 연민이 느껴졌다. 시아버지와 며느리 사이의 불화는 점점 깊어갔지만 그에 아랑곳하지 않고 클레르와 할아버지는 점점 더 많은 이야기를 나누는 사이가 되어갔다. 할아버지가 자신의 인생에 대해서 이야기할 때 진지하게 들어주는 것은 손녀딸 클레르뿐이었다. 아무도 그의 인생에 대해 관심과 호기심을 가지지 않았다. 그러나 클레르는 할아버지의 제분소 이야기, 1차대전 당시 참전했던 이야기, 나치 치하에서 아들이 레지스탕스 운동을 했다는 이유 때문에 당했던 힘들었던 이야기들을 눈을 반짝이며 들었다. 학교 선생님이나 집안 식구 누구에게도 들을 수 없는 재미있는 이야기였다. 할아버지는 클레르가 학교에서 돌아오는 시간에 맞추어 맛있는 간식을 준비해두었다. 클레르는 엄마가 할아버지를 싫어한다는 것을 잘 알고 있었지만 쌀쌀한 엄마보다는 언제라도 반가워하는 할아버지가 더 가깝게 느껴졌다. 그래서 학교가 파하고 집으로 들어올 때에는 할아버지가 사는 별채에 먼저 들러 할아버지가 준비한 간식을 먹으면서 그날 학교에서 있었던 일들을 이야기하고 난 후 엄마가 있는 안채로 들어가곤 했다.

어린 클레르에게 엄마와 할아버지의 관계는 마음의 부담이 되었다. 엄마와 공모하여 할아버지를 욕할 수 없었기 때문이다. 어느 날부터 자연스럽게 할아버지는 가족의 중요한 공동 공간이었던 살롱에 들어오지 않게 되었다. 얼마 후에는 식사도 혼자 부엌에서 했다. 1층의 가족화장실을 쓸 권리를 상실하고 부엌을 통해 내려가는 지하화장실을 사용했다. 그 화장실은 공장 직원들이 사용하는 화장실이었다.

"할아버지는 점점 힘이 없어지면서 결국 그런 수모를 당하게 되신 거야……"

클레르가 열다섯 살이 되던 해에 뤼크를 떠나 그곳에서 18킬로미터 떨어진 디라는 도시로 이사를 갔다. 인구 5천 명 정도의 아담한 소도시였다. 아버지는 그곳에서 본격적으로 비료사업에 전념했다. 할아버지는 그냥 뤼크의 집에 남기로 했다. 그때부터 할아버지는 돌아가실 때까지 죽 혼자 지냈다. 디로 이사할 때 클레르의 아버지는 독재자의 면모를 유감없이 발휘했다. 새로 이사 가는 집에 대해 아내와 아이들이 원하는 조건들은 전혀 고려하지 않았다. 그저 평판이 좋은 동네에 사람들에게 부러움을 살 만한 큰 규모의 집으로 이사 가면 그만이었다. 새로 이사 간 디라는 도시는 뤼크에서 그리 멀지 않았는데도 풍경은 사뭇 달랐다. 뤼크가 프로방스 풍경에 가까웠다면 디는 알프스 풍경에 가까워 전체적으로 덜 환하고 덜 부드러웠다. 뤼크에는 소나무가 많았는데 디에는 쭉쭉 뻗은 전나무가 많았다. 이사 간 집의 커다란 정원에 서면 드롬의 높은 산들이 눈앞에 주욱 펼쳐져 있었다. 할아버지가 남아 있는 옛 마을 뤼크도 멀리 보였다.

시간이 흐르면서 집안에서 엄마의 입지는 확고해졌고 할아버지의 자리는 점점 축소되었다. 이사 간 후 처음으로 맞이하는 크리스마스 파티를 준비하다가 엄마와 아버지 사이에 언성이 높아졌다. 엄마는 할아버지를 부르지 말고 그냥 우리 가족끼리 파티를 하자고 했다. 뤼크를 떠나기 전에 엄마와 할아버지 사이의 불화가 정점에 달했고, 엄마는 더이상 시아버지의 존재를 견디기가 힘들어졌던 모양이다. 엄마와 아버지가 티격태격 다투는 소리를 들으면서 클레르는 숨죽여 흐느꼈다. 두 사람의 말다툼은 아버지의 이 한마디로 끝났다.

"그래도 나의 아버지인데……"

그 말을 남기고 아버지는 자동차에 올라 시동을 걸었다. 뤼크의 집으로 자기 아버지를 모시러 간 것이다. 그 순간을 회상하며 클레르는 나에게 이렇게 말했다.

"어린 나는 그 긴장을 다 감당해야 했어."

04

세월이 갈수록 클레르와 엄마 사이에 간극이 생겼다. 엄마는 사람들 앞에서 늘 고상하게 웃는 자태를 잃지 않았다. 그러나 클레르는 엄마에게서 따뜻함을 느끼지 못했다. 누구의 잘못일까? 엄마가 일부러 쌀쌀하게 굴지는 않았을 것이다. 엄마는 공부도 잘하고 무슨 일이

든지 잘해나가는 딸이 자랑스러웠을 법하다. 그런데도 칭찬해주고 격려해주기보다는 무언가 깎아내린다는 느낌을 갖게 했다. 클레르는 인정받으려고 더 적극적으로 굴었고, 그럴수록 엄마는 쌀쌀하게 대했다.

"나는 늘 엄마가 나를 사랑하지 않는다고 생각했어. 막내인 남동생 제롬이 태어난 후, 그 생각은 명백한 사실로 밝혀져버렸어. 제롬을 보는 눈길과 나를 대하는 눈길이 분명히 달랐기 때문이지. 나는 늘 엄마의 관심과 사랑을 확인하고 싶었어. 하지만 번번이 실패로 끝나고 말았지. 엄마는 남들이 다 나를 칭찬해도 거기에 어떤 적극적인 반응을 보이지 않고, 그냥 침묵이나 조용한 웃음으로 답하고 말았지."

클레르는 그 순간 담배를 한 대 피워물고 나서 말을 이어갔다.

"엄마는 나에게 한 번도 예쁘다는 말을 해주지 않았지. 그런데 내가 첫아이를 임신하고 있을 때였어. 친척들이 다 모인 자리에서 두 살 아래 여동생 마르틴을 '우리 예쁜 아이'라고 부르며 옆에 앉아 있던 만삭의 나를 기죽이는 거야. 엄마는 나 때문에 약한 마르틴이 눌려 산다고 생각해서인지 늘 마르틴 편을 들며 그애를 치켜세우곤 했지. 나는 뭐든 적극적으로 잘하는 아이였지. 일단 건강하고…… 얼마 전에 나의 정신분석가와 어떤 책에 대해 이야기를 나눴어. 아동심리학자 앨리스 밀러가 쓴 『우수아의 비극, 나의 증언』이란 책이었어. 어린 시절 이야기를 하다가 '영재'란 단어가 내 입에서 툭 튀어나왔고, 그 순간 내가 어릴 적에 자주 듣던 말이라는 생각이 떠올랐어. 그 영재라는 단어가 내 어린 시절의 아픔을 비늘처럼 일어나게 했어. 갑자기 가슴이 막히면서 눈물이 쏟아지는 거야. 엄마는 내가 두 동생들보다 너무 뛰어나게 되는 걸 경계했지. 나 땜에 마르틴과 제롬이 눌리면 안 된다는 생각에서

인지 나에 대해서는 거리를 두고 늘 사랑과 인정에 인색했어……"

한 사람의 성격과 자질은 유전인자와 더불어 세대를 거치며 내려온 가족사의 경험에 의해 영향을 받는다. 클레르는 정신분석가와의 상담 과정에서 어린 시절 자신과 엄마와의 관계에 문제가 있었음을 깨달았다. 세상의 모든 딸에게 가장 가까운 사람은 엄마다. 혼자 사는 딸의 경우 엄마는 가장 든든한 친구가 되어주기도 한다. 그러나 클레르는 엄마와 그런 관계를 맺지 못했다. 클레르는 어려서부터 엄마에게서 충분한 애정을 느끼지 못하고 항상 결핍감에 시달렸다. 엄마는 많은 시간을 주로 아버지의 사업에 관계된 세금 관련 서류 등을 처리하며 보냈다.

지금도 클레르에게 생생한 감각으로 남아 있는 기억이 있다. 초등학교를 갓 들어갔을 때였다. 학교가 끝나면 엄마들이 교문 앞에서 자기 아이를 기다리다 반갑게 맞이하여 집으로 데리고 간다. 그런데 클레르를 교문 앞에서 맞아준 사람은 엄마가 아니었다. 학교가 파하면 교문 앞은 아이들을 기다리는 엄마들의 애정과 기다림으로 따뜻하고 부드러운 흥분이 감돈다. 아이들이 나오기 시작하면 엄마들은 각자 자기 아이를 금세 찾아내었고, 이제 학교에 다니게 된 아이가 기특하기도 하고 왠지 감격스러워서 거의 울 것 같은 행복한 표정으로 아이를 안아준다. 클레르는 학교 문을 나서며 두리번거렸다. 엄마를 찾던 클레르는 젊은 엄마들 사이에 유일하게 나이가 든 한 노인을 보았다. 할아버지였다. 순간 어떤 혼돈감이 어린 클레르의 머리를 스쳐갔다. 엄마가 아니고 할아버지가? 클레르는 학교에서 돌아오자마자 1층의 부엌과 가족들이 식사하던 큰 방을 지나서 엄마의 사무실로 급히 달려갔다. 엄마는 그곳에서 사무 처리를 하고 있었다. 그때 느꼈던 안도감과 섭섭함은 오랜 세월이 지난 지금도 마음속에 생생하다. 그후로 매일 학교가 끝날 시간이면 할아버지가 클레르를 교문 앞에서 기다렸다. 클레르는 할아버지의 텁텁한 뺨에 뽀뽀하면서 엄마의 향긋한 냄새가 나는 뽀송뽀송한 뺨을 그리워했다.

어쩌다 엄마가 학교에 오는 날도 있었다. 그럴 때 엄마는 클레르의 뺨에 뽀뽀를 해주기보다는 딸이 자기에게 뽀뽀하도록 뺨을 그냥 대어주었다. 마치 뺨을 빌려주는 듯했다.

그 순간 클레르는 엄마가
자신을 귀찮아한다는 느낌을 받았다.
그때 느낀 그 허전함은 너무도 생생해서,
지금도 그 순간을 떠올리면
버림을 받는 기분이 되곤 한다.

엄마의 마음이 바빠서였을까? 엄마는 집안 살림도 맡아야 했고, 아버지 회사의 사무일도 처리해야 했고, 할아버지를 돌보아드려야 했기 때문에 마음의 여유가 없었을 수도 있다. 그러나 사랑은 즉각적으로 몸으로 느낄 수 있는 것이다. 짧은 순간에 감각을 통해 느껴지는 것이 관심이고 사랑이다. 엄마가 바빴다는 것이 클레르를 등한시했던 이유가 될 수 있는지도 모른다. 게다가 클레르는 어려서부터 자기 일을 혼자 잘 처리했다. 그럼에도 클레르는 늘 엄마의 관심과 사랑을 필요로 하는 어린아이였다.

클레르는 학교에 다니기 시작하면서 줄곧 일등을 하는 우등생이었다. 그런데 초등학교 시절 엄마와의 관계에서 잊히지 않는 기억이 또 하나 있다. 초등학교 4학년 때의 일이다. 클레르는 발랑스 초등학생 모두가 참여하는 작문대회에서 일등을 해서 발랑스 시장으로부터 상장을 받게 되었다. 클레르는 시상식장에서 엄마가 오기를 기다렸다. 그런데 엄마는 끝내 모습을 나타내지 않았다. 아버지와 할아버지만 왔다. 나중에 안 사실이지만 그 당시 엄마는 할아버지와 힘든 관계를 지속하고 있었다. 할아버지는 손녀딸이 자랑스러워서 시상식장에 자기도 가겠다고 했고, 엄마는 할아버지와 식장에서 옆자리에 함께 앉아 있게 되는 것이 불편해서 몸이 아프다는 이유를 대고 그 자리에 불참한 것이다.

어느 날 클레르는 내가 추천해준 정신분석가의 책을 읽고 나서 이렇게 말했다.

"한 사람이 미치기 위해서는 적어도 3대가 필요하다는데, 내가 미친 것은 아니지만 나의 깊은 심리적인 문제는 엄마 쪽의 여러 세대에 걸쳐 만들어진 것 같아."

클레르는 자신의 엄마 수잔에게도 문제가 있고, 그 문제는 엄마의 외할머니 대에서 출발했다고 본다. 엄마의 외할머니는 일찍 과부가 되었다. 그때 이미 두 딸이 있었다. 먹고살 수가 없었던 그녀는 두 딸을 친정엄마에게 맡기고 혼자 파리로 올라갔다. 친정엄마도 일찍 과부가 되어 남편과 함께 하던 식료품점을 혼자 운영하고 있었다. 엄마의 외할머니는 파리에 가서 간호사 교육을 받았다. 그후 일이 잘 풀려 파리의 어느 유명한 집안의 간호사 겸 조산사로 들어갔다. 그 집안 모든 여자들이 출산하는 아기를 받고 돌보는 일이었다. 그 아이들 중에는 후에 외교관 경력을 쌓다가 외무부 장관이 된 사람도 있다. 그러는 사이 두 딸은 친정엄마의 손에서 키워졌는데, 과부였던 친정엄마는 생활력이 강해서 식료품점을 잘 꾸려나갔다.

그런데 어떤 이유에서인지 클레르의 증조외할머니는 클레르의 외할머니가 일곱 살 되는 해에 그녀를 이탈리아에 있는 기숙학교로 보냈다. 파리에 가 있는 간호사 딸이 양육비와 교육비를 송금해주었고 자신도 잘 벌고 있었기에, 손녀가 입학한 이탈리아 기숙학교로 돈을 부치는 데 아무 어려움이 없었다. 좋은 교육을 시키겠다는 의도였는지 몰라도 그곳에서 클레르의 외할머니 카트린은 힘든 어린 시절을 보냈다. 숨막히는 규율과 수녀들이 수행하는 지나치게 엄격한 교육 방식은 어린 카트린을 외롭고 불행한 아이로 만들었다. 불행한 어린 시절을 보낸 사람은 성인이 된 후 아무리 형편이 나아져도 어린 시절의 고통을 떨쳐버리지 못한다. 카트린은 엄마가 살아 있는데도 멀리 떨어져 살면서 엄마의 다정한 보살핌을 받지 못하고 아동기를 보냈다. 엄마는 제 아이 대신 파리에서 남의 집 아이들을 보살피고 있었다.

카트린이 수두에 걸려 기숙사 독방에 누워 있을 때였다. 막 여덟 살이 될 무렵이었다. 카트린은 이때 이야기를 자주 했다. 목이 뜨거울 정도로 열이 나는데, 간호라고는 가끔씩 수녀님이 물과 약을 가져다주면서 "괜찮냐"며 이마를 짚어보고 나가는 것이 다였다. 수녀가 나가고 나면 어떤 섭섭함과 분노가 열에 들뜬 카트린의 몸을 더 뜨겁게 했다. 이 순간에도 엄마는 파리의 부잣집에서 그 집 아이들을 돌보고 있을 거라는 생각은 카트린을 더 슬프게 만들었다. 아이의 마음에 분노 비슷한 감정이 쌓여갔다.

그러나 그 분노는 카트린을 강하게 만들어갔다. 적어도 겉으로는 그랬다. 카트린은 엄마보다 더 잘되고 싶었다. 그 당시 카트린이 잘될 수 있는 길은 '좋은 남자'를 만나는 것이었다. '좋은 남자'를 만나려면 여성적인 매력으로 남자를 끄는 힘이 있어야 했다. 카트린은 그 시대가 요구하는 매력적인 여성상을 잘 체화하려고 했다. 그래야 소위 집안 좋고 잘생기고 돈 잘 버는 '좋은 남자'를 만날 수 있기 때문이었다. 그런데 카트린은 튼튼하고 잘생기기는 했지만 사회적인 인정은 받기 힘든 남자와 사랑에 빠졌다. 그 남자는 카트린이 이탈리아에서 공부를 마치고 돌아와 외할머니 집에서 쉬고 있을 때 알게 된 그 동네 철공소 장인이었다. 카트린은 그 남자와 결혼하여 안정된 가정을 이루었다.

아이들을 낳아 키우면서 이탈리아 수녀원 기숙학교에서 받았던 상처가 조금씩 치유되었다. 카트린의 맏딸이 바로 클레르의 엄마 수잔이다. 남편은 성실했고 돈도 잘 벌었다. 카트린은 그녀의 엄마와 달리 아이들에게 좋은 엄마가 되려고 했다. 그러나 좋은 엄마가 무엇인지를 몰랐기 때문에 이탈리아 기숙학교의 수녀들에게 배운 생활 방식을 엄격하게 적용하여, 아이들을 남 보기에 반듯하게 키우려고 애썼다. 그런 엄마에 의해 키워진 클레르의 엄마 수잔은 겉으로는 온화했지만, 그녀의 엄마가 평생 해결하지 못했던 분노를 다른 방식으로 물려받았다. 수잔은 가끔 딸들에게 이렇게 말하곤 했다.

"내가 리옹에서 비서학교를 다닐 때였어. 그때 주말이면 리옹에 사는 작은 이모네 집에 가곤 했지. 이모부는 은행원이었어. 늘 깨끗이 다려진 하얀 와이셔츠를 입고 출근하셨지. 이모네에는 내 또래의 사촌

베아트리스가 있었는데 가끔 우리집을 무시하는 듯한 말을 하곤 했어. 그때마다 난 수치심을 느끼면서도 그냥 아무렇지 않은 듯이 듣곤 했어. 우리 아버지가 돈은 꽤 벌지만 철공 장인이라고 무시한 거야. 그때 받았던 수치심을 생각하면 지금도 내 얼굴이 붉어지는 것 같아."

수잔의 마음속에 쌓여 있던 분노는 어떤 식으로 클레르에게 투사되었다. 좀 특별하고 뛰어난 여자아이였던 클레르를 있는 그대로 받아들이지 못하고 늘 탐탁지 않은 눈길로 바라보았다. 제 엄마가 자기에게 그랬듯이 딸에게 사랑의 눈길 대신 경계와 엄격한 규율의 눈길을 보냈던 것이다.

클레르는 나에게 숨겨져 있던 자기 엄마 쪽 여성 3대 이야기를 다 하고 나서 이렇게 말했다.

"왜 이렇게 똑같은 일이 반복되는 건지……"

성찰능력이 있는 클레르는 정신분석 관련 책들을 읽으면서 할머니들과 어머니가 겪었던 문제들이 자기 인생에서 반복되는 것을 분석할 수 있게 되었다. 그러면서 자신과 딸들의 관계를 생각해보게 된 것이다.

05

아를의 유럽번역문화센터는 클레르에게 일종의 피정의 집이다. 클레르는 발랑스에서 보내는 생활이 지루해지면 일감을 싸가지고 아를의 번역센터에 와서 한두 주일을 보내다 가곤 했다. 그러다가 점점 아를에 마음을 붙이게 되었다. 아를을 좋아하게 된 마음 밑에는 발랑스를 떠나고 싶은 마음이 자리하고 있었는지도 모른다. 인간적 규모의 작은 도시 아를에서는 은행, 우체국, 시장, 약국, 시청 등 어디든지 걸어다니면서 일을 처리할 수 있었고, 생트로핌 성당의 회랑이나 알리스캉의 산책로 등 오랜 시간의 흔적이 남아 있는 장소를 걸으며 마음의 안정감을 되찾을 수 있었다. 황혼이 내리는 저녁이면 강바람을 맞으며 론 강변을 산책할 수도 있었으며 고통스러운 삶을 살다 간 반 고흐의 흔적이 마음에 위안을 주었다. 번역센터에서 만나게 되는 세계 여러 나라 출신의 번역가들을 만나 이야기를 나누는 일도 흥미로웠다. 그래서 1998년 여름 드디어 발랑스에 있는 큰 집을 팔고 아를 원형경기장 서쪽 골목에 있는 4층짜리 건물을 샀다. 지역 라디오방송국이 스튜디오로 사용하던 그 건물은 지은 지 500년이 넘는 아주 오래된 집이었다.

클레르가 오래된 집을 사서 개조하는 작업을 하기는 이번이 두번째였다. 파리 고등경영학교를 졸업한 직후 파리에서 남들이 부러워하는 회사에 다니다가 여러 가지 이유가 겹쳐 정신적인 위기를 맞이했을 때의 일이다. 그때 클레르는 발랑스 중심가에 거의 버려져 있던 아주 낡은 집 한 채를 구입했다. 보통 사람은 엄두도 내기 힘들 정도로 낡고 허름한 집을 자기 생각대로 고치기 시작했다. 그렇게 집을 고치는 일은 힘들었지만 마음을 치유하는 과정이기도 했다. 폐허 상태의 집을 반듯한 공간으로 바꾸어놓는 일에 몰두하다보면 마음의 상처가 사라지는 듯했다. 그때 그 경험을 되살려 이번에도 용기를 내어 아를에 오래된 집을 산 것이다. 발랑스 집을 판 돈의 3분의 2로 이 집을 샀고 나머지 3분의 1로 집을 고쳤다. 클레르는 일단 1층에 부엌과 거실을 꾸미고 거실 앞의 안마당을 정리했다. 2층에는 일하는 서재를 꾸미고 3층에는 침실을 마련하고 4층에는 손님방을 만들었다. 이사를 하고 난 다음에도 계단, 창문, 지붕, 거실 바닥 등 집안 여기저기 보수 공사를 했다.

클레르는 물을 좋아한다. 아를에는 론 강이 흐르고 가까이에 프랑스 최대의 철새 도래지인 카마르그 습지가 있으며 지중해가 지척에 있다. 8월 중순이면 유럽 전역을 유랑하는 집시들이 다 모여 밤을 지새우며 축제를 벌이는 생트마리드라메르가 자동차로 삼십 분 거리에 있다.

책상 앞에 붙박이처럼 앉아 번역에 몰두하는 클레르의 삶과
어느 한곳에 정착하지 않고 여러 곳을 떠돌며
생활하는 집시들의 삶은
정반대에 위치해 있는 것처럼 보인다.
그러나 꼭 그렇지만은 않다.
클레르의 몸은 책상 앞에 있지만
그녀의 정신은 넓은 세상을 마음대로
떠돌아다니기 때문이다.

어릴 때부터 그녀는 집을 떠나 세상 곳곳을 돌아다니는 꿈을 꾸

었다. 클레르는 번역을 하다가 지루해지면 차를 몰아 바닷가로 나간다. 아를에 정착한 이후 바다는 클레르의 가장 믿을 수 있는 친구가 되었다. 끊임없이 밀려오는 파도 소리가 클레르의 마음을 위로해준다. 물론 깊은 우울에 빠져 있을 때에는 바다를 찾지 못한다. 집밖으로 나갈 수조차 없기 때문이다. 그러나 상태가 조금 나아지면 다시 바다로 간다. 바닷가에 차를 세우고 수평선을 바라보기만 해도 위로가 된다. 바다 냄새를 맡고 있으면 이 세상에 오기 전에 자신이 머물렀던 곳으로 돌아온 기분이 든다. 6월 초부터는 그 바닷물에 몸을 담글 수도 있다. 지중해의 소금기를 머금은 바닷물로 온몸을 적시고 나면 몸과 마음이 정화되는 느낌이 든다.

클레르는 아버지의 기대에 부응하여 파리 고등경영학교를 나왔지만, 사실 예술가적 기질을 많이 가지고 있다. 문학은 말할 것도 없고 그림과 사진도 좋아한다. 르네 샤르의 시집과 앙드레 지드, 생텍쥐페리의 소설을 즐겨 읽었다. 클레르는 취미로 예술사진을 찍는다. 나를 만날 때면 늘 자기가 찍은 사진을 보여주곤 한다. 그녀가 찍은 사진에는 그녀만의 감수성이 묻어난다. 그래서 내가 그녀에게 안부전화를 할 때 빠지지 않는 질문이 두 개 있다. 하나는 "요즈음 무슨 책 번역하니?"이고 다른 하나는 "요새 사진 많이 찍었어?"다. 클레르는 어느 곳을 가든 남이 보지 않는 것을 보는 특별한 눈으로 자기만의 사진을 찍는다. 아를에 정착한 이후 폐허에 스며들어 있는 오래된 시간의 흔적을 사진에 담는다. 그녀의 흑백사진에는 그림자가 많이 나온다. 아를 시내를 걷다가 이끼가 낀 오래된 돌을 찍고 자기가 사는 집 안마당도 찍는다. 바다에서 주워다 일하는 책상 앞에 놓아둔 돌과 조개껍질 등을 배치해서 정물화 사진을 찍기도 한다. 카마르그의 습지도 찍고 에그모르트의 성벽을 찍기도 한다. 나는 그녀에게 언제 한번 작은 사진전시회라도 열어보라고 부추긴다.

06

클레르는 큰딸이고 밑으로 여동생 마르틴과 남동생 제롬이 있다. 셋 다 공부를 잘했지만 그 가운데 클레르가 가장 총명했다. 클레르는 발랑스에서 초중고등학교를 다닐 때 내내 수석을 했다. 바칼로레아를 우수한 성적으로 통과한 다음, 대학은 파리로 진학하고 싶었다. 학교 선생님들은 클레르에게 프랑스 전국에서 공부 잘하는 수재들이 모이는 그랑제콜의 하나를 선정해 응시하라고 격려했다. 아직 인생을 어떻게 살아야 할지 모르던 나이에 클레르는 파리 고등사범학교ENS에 들어가서 문학을 전공하고 싶었지만 아버지의 기대에 부응하여 파리 고등경영학교에 지원해서 당당하게 합격했다. 발랑스의 부모 곁을 떠나 파리에서 혼자 사는 삶이 시작되었다.

뤽상부르 공원이나 센 강변을 산책하고 카르티에 라탱의 샹포 영화관으로 프랑수아 트뤼포의 영화를 보러 가기도 했다. 파리 시내를 마음껏 활보하면서 해방감을 느꼈다. 학교 수업이 그리 흥미롭진 않았지만 포르투갈어를 배우는 재미에 빠졌다. 브라질 청년을 만나 그에게 포르투갈어 개인수업을 받으며 짧은 사랑에 빠지기도 했다. 그는 영화를 공부하는 네 살 위의 청년이었다.

경영학교의 마지막 학기를 마치고 브라질로 연수를 떠났다. 연수를 마치고 쓴 졸업논문은 그해 최우수 졸업논문으로 선정되었다. 졸업 후 바로 회사에 입사했다. 월급도 많았고 파리 시내에 사람들을 만나러 갈 때는 운전사가 달린 회사의 승용차를 이용했다. 미국계 금융회사였는데 보수는 좋았지만 가끔 윤리적으로 문제가 되는 일을 할 수밖에 없었다. 그러나 이미 들어온 회사이니 그저 묵묵히 열심히 일했다. 그러나 직장에서 일을 시작한 지 일 년이 조금 넘자 자신이 하고 있는 일과 인생의 의미를 되묻게 되었다.

회사일이 점점 더 무의미하게 느껴졌다. 퇴근하고 나면 부리나케 집으로 돌아와서 그림을 그리기 시작했다. 그때 그린 그림 한 점이 지금도 클레르가 작업하는 서재의 한쪽 벽에 외롭게 걸려 있다. 그 그림 속의 주인공은 거미 같기도 하고 고통받는 소녀 같기도 하다. 파스텔 톤의 옅은 분홍색을 칠한 작은 거미는 마치 추락하고 있는 것 같기도 하고 비상하고 있는 것 같기도 하다. 어디에 갇혀 괴로워하는 것 같기도 하고 굴레에서 벗어나려고 몸부림치는 것 같기도 하다. 어린 거미의 몸에서는 얇은 비늘 같기도 하고 날개 같기도 한 것들이 떨어져나가고 있다.

"그 당시 나는 이미 소중한 것들이
내게서 떨어져나가는 것을 느꼈어.
이 그림은 나의 상실감을 표현한 거야……"

이 그림을 보고 있으면 그 당시 클레르의 외로움이 느껴진다. 누구 한 사람 마음을 터놓고 이야기할 사람이 없었다. 화려한 도시 파리에서 클레르는 심한 외로움을 느꼈다. 학창 시절 친구들이 있었지만 제각각 흩어져 일하고 있었다. 집안에 경제적인 여유도 있고 공부도 잘했고 예술을 사랑했지만, 파리에서 좋아하는 남자를 만날 수 없었다. 1968년 5월혁명 이후 한창 자유로움이 만개하던 파리에서 클레르는 왜 남자를 만나지 못했을까?

"엄마는 여성적인 매력을 혼자만 가지고 있었어. 딸들에게 물려주질 않았어. 그래서 마르틴과 나는 사회생활하는 데 어려움이 있어. 나만 아니라 마르틴도 어딘지 뻣뻣해서 사회생활할 때 늘 삐꺼덕거리지. 엄마는 여성적인 화사함이라고 할까 부드러운 분위기랄까, 그런 요소를 가지고 있어서 보는 사람들에게 경계심을 가지지 않게 하는 것 같아. 그런데 나나 마르틴은 인간관계에서 윤활유라고 할 그 무엇이 결여되어 있어. 특히 남자들과의 관계에서 말이야. 그걸 남자들을 끄는 매력이라고 해야 할지도 몰라. 여성다운 무엇이 몸에 배어 있으면 사회생활하는 데 확실히 편한 거 같더라고…… 아무튼 난 그 점에서 무언가 부족해……"

클레르는 엄마가 여성다움을 혼자만 간직하고 두 딸에게 전수하지 않은 것에 대해 불평을 늘어놓았다. 나는 그 말을 들으면서 속으로 이렇게 생각했다.

'엄마에게서 여성적인 그 무엇을 물려받는 것이 엄마가 의식적으로 전수해준다고 되는 문제는 아닐 거야…… 엄마의 사랑을 받으며 함께 사는 과정에서 저절로 습득되는 것은 아닐까?'

모든 자식들에게 엄마는 '첫사랑'이다.
언젠가 모녀 관계에 대한 책을 읽다가 알게 된 사실이다.
남자아이들만이 아니라 여자아이들에게도
엄마는 첫사랑이다.

첫사랑의 대상인 엄마와 같은 성性을 가지고 태어난 딸들도 엄마의 품에서 따뜻한 애정을 경험하면서 엄마를 훗날 만나게 될 이성 연인의 모델로 삼게 된다는 것이다. 그렇다면 클레르는 인생의 초기에 엄마와 어떤 관계를 맺었을까? 클레르는 어려서부터 엄마와의 관계에서 갈증을 느꼈다. 할아버지와 좋은 관계를 유지했던 클레르는 어린 시절 엄마와 자신을 동일시하는 단계를 거치지 못했는지도 모른다. 그렇다면 왜 엄마가 예뻐한 마르틴도 엄마의 여성성을 물려받지 못했을까?

엄마의 부부 관계가 문제의 근원일 수 있다. 엄마가 남편과의 관계에서 근본적으로 모멸감을 가지고 살았기 때문인지도 모른다. 소유욕이 강하고 자신이 다 맞지 않으면 못 견디는 남편에게 맞추어서 살았지만, 수잔은 그런 자신의 처지가 싫었다. 그래서 딸들은 그녀처럼 남자의 비위를 맞추며 사는 삶이 아닌 자신의 삶을 살기를 원했을 것이다. 두 딸은 자기와 같은 삶을 살지 않기를 바랐을 것이다. 그래서 엄마는 저도 모르게 딸들에게 여성다움이라든가 여성적인 매력을 전수하지 않았는지도 모른다.

어느 날 클레르는 이런 이야기를 했다.

"우리 엄마는 열일곱 살에 자기 상관인 스물다섯 살 사장하고 결혼한 거야. 그때 아무것도 몰랐다고 늘 말하곤 했지. 그때 엄마는 그저 여자가 필요한 집에 들어가 여자가 해야 하는 모든 일들을 한 거지. 그런데 우리 아버지는 자기의 불안과 근심 때문에 주위 사람들을 못살게 구는 사람이었어. 늘 자신이 결정해야 하고 모든 일에 일일이 다 관여하면서 지시했어. 자기가 모든 면에서 다 맞는 걸로 끝나야 했어. 아버지는 '집안의 독재자'였지……"

어린 아내 수잔은 결혼 직후 곧 태어난 클레르를 편안한 마음으로 품안에 안고 여유 있게 키우지 못했다. 엄마는 클레르를 낳을 때도 무척 고생을 했다. 클레르를 키우면서도 늘 눌리고 긴장된 상태로 지냈다. 열여덟 살밖에 안 된 엄마가 무엇을 얼마나 알았겠는가. 클레르는 크면서 엄마에게 자주 들은 말이 생각났다.

"난 정말 너무 일찍 결혼했어! 아이를 어떻게 낳는 줄도 몰랐어. 아무것도 모르는 애가 어린 엄마가 되어버린 거지."

그 말을 들을 때마다 클레르는 조산사의 외손녀가 아이를 어떻게 낳는 줄도 몰라 고생했다니 어이가 없다는 생각이 들었다. 그러면서 이렇게 중얼거렸다.

"엄마는 처음부터 끝까지
주체가 아닌 대상으로만 살았어."

남편 뒤랑의 지배하에 살았던 수잔은 삶에 대한 불만을 마음속에 꽁꽁 감추고 살았다. 모든 권력을 잡고 있는 강한 남편에게 겉으로는 맞추고 살았지만 일방적으로 맞추고 사는 자신에 대해 자기 비하감이 들곤 했다. 자존심이 강한 엄마는 자신의 처지가 때로는 가증스럽게 느껴지기도 했다. 그러나 입 밖으로 표현은 하지 않았다.

클레르는 솔직하고 정답고 남의 마음이 상하지 않도록 잘 보살핀다. 그리고 위계적인 인간관계를 갖지 않는다. 모든 사람을 인간답게 대하고 권력관계로 사람을 대하지 않는다. 늘 약자의 입장을 고려하고 인종이나 종교로 차별을 두거나 무시하는 법도 없다. 남이 모욕당하는 모습을 보기 힘들어하고 그들을 배려하고 보살피려 한다. 이런 특성들이야말로 생명을 만들고 키워내고 풍성하게 유지시키려는 여성다움이 아닐까? 그런데 클레르는 자신에게 여성다움이 부족하다고 생각한다. 68혁명 이후 자유로운 사회 분위기에서 살았지만, 클레르가 생각하는 여성다움은 오래되고 진부한 여성다움인 것 같다. 한마디로 그건 남자를 유혹할 수 있는 능력을 말하는 것이다. 그런 여성성이 부족해서 성해방의 물결을 자유롭게 즐기지 못했다고 생각하고 있는지도 모른다.

만약 클레르가 다음 두번째 생에서 다시 여성으로 태어난다면 어떤 인생을 살고 싶을까? 나의 질문에 클레르는 웃으면서 순간적으로 농담처럼 대답했다.

"아! 나는 두번째 인생만으로는 안 돼.
세번째, 네번째 생이 있어야 해.
이루어지지 않았던 사랑,
용기가 없어서 시작도 못했던 사랑들을

한 번씩 다 해보아야 하니까……"

웃으며 가볍게 대답하더니 잠시 후 얼굴 표정이 사뭇 진지해지면서 다시 답을 했다.

"난, 날씬한 여성으로 살고 싶어!"

07

파리에서 외롭게 직장 생활을 하면서 클레르는 점점 우울해지고 있었다. 좋은 학교를 나와서 남들이 부러워할 정도로 월급을 많이 받는 회사에서 일하고 있지만, 자기가 하는 일에 자부심을 가질 수가 없었다. 그런 상태로 지내던 클레르는 어느 주말에 고향으로 갔다. 부모님에게 자신의 괴로움을 말하고 직장을 그만두고 고향 발랑스로 내려오겠다는 의사를 내비쳤다. 그때 아버지보다 엄마가 더 펄쩍뛰면서 화를 냈다. 엄마는 분노를 즉각적으로 분출했다.

"내가 너 요즘 뒤라스의 소설 『파괴하라! 그녀는 말한다』를 읽고 있는 줄 다 안다. 너 지금 그럴 셈이지?"

아버지는 파리에서 고등경영학교를 졸업하고 금융업체에 다니는 딸을 자랑스러워했다. 앞으로 자기가 이룬 사업을 바탕으로 딸이 여성기업가로 성장하기를 기대했다. 아버지는 클레르가 다니고 있는 회사를 그만두겠다는 말에 아무 대꾸도 하지 않았지만, 내심 딸이 지금 겪고 있는 위기를 잘 극복하고 기업가 집안의 능력 있는 남자와 결혼하기를 바란 것은 물론이다.

그렇지만 클레르로서는 아버지의 기대나 엄마의 분노 때문에 무의미한 생활을 계속할 수는 없는 노릇이었다. 그렇다고 아무 대책도 없이 회사를 당장 그만둘 수도 없는 노릇이었다. 그래서 고민 끝에 클레르는 일단 그동안 저금한 돈에다 은행에서 대출한 돈을 합쳐서 발랑스 중심부에 아주 허름한 집 한 채를 샀다. 그런 다음 아버지의 도움을 받아서 그 집을 고치기 시작했다. 보통 사람이라면 엄두도 못 낼 낡은 집을 사서 고치는 딸을 보고 엄마는 클레르가 제정신이 아니라고 생각했다. 그러나 기업가 정신이 있는 아버지는 발랑스 중심부에 있는 그 집의 위치를 보고, 집을 잘만 고치면 산 값의 두 배 이상 받을 수 있을 거라고 내다보았다.

클레르는 그때부터 주말이면 파리에서 몇 시간씩 차를 몰고 내려와서 집 고치는 일에 매달렸다. 버려졌던 공간이 하나하나 새 모습을 갖춘 분위기 있는 장소로 변화되었다. 집을 고치는 일은 예술 창작 과정과 비슷했다. 마음을 달랠 길 없던 클레르는 집을 고쳐나가면서 조금씩 마음이 안정되는 걸 느꼈다.

그 무렵 클레르는 대통령 선거를 맞이하여 고향 발랑스에서 투표를 하고 파리로 올라가는 기차 안에서 우연히 어린 시절 초등학교를 같이 다녔던 동네 친구 장클로드를 만났다. 그도 투표하고 올라가는 길이라고 했다. 그는 파리에서 스포츠신문의 사진기자로 일하고 있었다. 어려서부터 그는 자동차에 대한 열정이 대단했다. 고등학생 때 자동차 경주 광고사진을 찍어 상을 타기도 했다. 클레르가 다니는 회사의 동료들이 바늘로 찔러도 피 한 방울 나올 것 같지 않은 냉혈동물들이었던 데 비해 오랜만에 다시 만난 장클로드는 순수하고 인간적으로 느껴졌다. 사실 조건상으로 보자면 그는 클레르보다 훨씬 못한 남자였다. 일단 클레르의 집안에 비해 너무나 평범한 집안의 후손이었고 클레르보다 두 살 위였는데 낙제를 거듭해서 같은 학년이 되었던 열등생이었다. 그러나 순수하고 열정이 있고 자유로운 영혼을 소유한 남자였다. 클레르는 장클로드의 그런 점에 끌렸다. 중고등학교 시절부터 사진 찍기를 좋아하던 그 남자는 프랑스 육군 소속 사진작가로 활동하다가 스포츠신문의 사진기자가 되어 있었다.

그날 이후 클레르는 파리에서 장클로드와 자주 만났다. 함께 사진을 찍으러 도빌 해변으로 주말여행을 가기도 했다. 그러다가 동거를 시작했고 얼마 지나지 않아 아이를 갖게 되었다. 그래서 두 사람은 결혼하기로 결정했다. 부모에게 이 사실을 알렸을 때 아버지의 반응은 냉담했다. 클레르의 아버지는 어린 시절 동네에서 보아온 평범한 동네 청년 장클로드를 적합한 사윗감으로 생각할 수가 없었다. 그러나 아버지는 클레르가 장클로드의 아이를 가졌다는 말을 듣고 나서 마지못해 결혼을 승낙했다. 그때 아버지가 한 말이 지금까지 클레르의 귀에 생생하다.

"누구나 자신의 인생을
망칠 권리는 있으니까……"

엄마 수잔은 클레르를 비웃듯이 이렇게 말했다.

"너는 온갖 외국 남자들과 펜팔을 하더니 결국 동네 남자와 결혼하냐?"

사실 클레르는 열세 살 때부터 펜팔을 시작했다. 청소년 시절 클레르는 외국어로 펜팔하는 즐거움에 빠져 지냈다. 엄마 말대로 여러 명과 펜팔을 했다. 포르투갈 남자와는 영어로, 칠레 남자와는 스페인어로, 독일 남자와는 독일어로 펜팔을 했다. 후에 고등경영학교에 다닐 때에는 열다섯 살 때부터 4년 동안 영어로 펜팔을 했던 포르투갈 청년과 파리에서 만나기도 했다. 그러니까 엄마의 말이 틀린 것은 아니다. 엄마는 그후에도 가끔씩 그 말을 반복했다. 그럴 때마다 클레르는 마음이 상한다. 그런데 왜 클레르는 온갖 국적의 남자들과 펜팔을 하며 알고 지냈으면서 결국에는 동네 총각과 결혼했을까?

"난 여자로서 자신이 없었어. 일단 그때까지 나를 여자로 대해주는 남자가 없었어…… 결국 나를 여자로 대해준 첫 남자와 결혼을 하게 된 거야."

클레르는 이렇게 말하고 나서 잠시 후 다음과 같이 말을 이어나갔다.

"음…… 그런데 그보다도 내가 우리 집안에 대해 자신이 없었어. 남들은 우리 집안을 책도 많고 문화와 전통이 있는 집안으로 생각해. 아버지가 상공회의소 의장이었으니까. 엄마도 겉으로 보기에 우아한 부르주아 여성이고. 고등학교 때 담임선생님이 이런 말을 한 적이 있었어. '너는 참 책이 많은 집에서 자라난 것 같다'고. 그 말을 듣고 내 얼굴이 빨개졌던 것 같아. 사실 우리집에는 책이 별로 없었어. 실용적인 책 말고는…… 뼈대 있는 프랑스 부르주아 집안의 남자를 사귀면 우리 부모가 보기와는 달리 교육을 많이 받지도 문화적 교양이 높지도 않다는 사실이 들통날 것 같았어. 남들이 우리를 보는 것과 실제 우리 집안 사이에는 간극이 있었어."

클레르는 나에게 그동안 하지 않았던 하고 싶은 이야기를 다 털어놓았다.

"우리 아버지는 열여섯 살까지 학교에 다녔어. 그러니까 아버지 학력은 중졸이지. 아버지는 한때 파리의 큰 비료회사의 상무일을 본 적이 있는데, 그때 문화적 소양이 많은 사람들에 둘러싸여 지내셨나 봐. 그때 자신이 문화적 소양이 부족하다는 사실을 알게 되었고, 그 사실로 인해 많이 힘들어하신 거 같아. 파리에서 일할 때 자신이 공부를 많이 못한 것에 대한 깊은 수치심을 느끼게 된 것 같아. 결국 아버지는 그 회사를 그만두고 고향 발랑스로 내려가셨어. 거기에서 자기 회사를 차리고 사장이 되었지. 그후로 돌아가실 때까지 아버지는 사업을 확장했지만, 파리에서 겪은 수치심은 사라지지 않았던 것 같아. 아버지가 말년에 자신의 레지스탕스 경험을 바탕으로 두꺼운 책들을 쓰는 일의 동력은 바로 학력에 대한 수치심이었어. 죽기 전날까지 그 수치심과 싸우신 거야……"

자신이 겪는 고통의 뿌리를 캐기 위해 자신의 가족사를 오랫동안 분석해온 클레르는 엄마에 대해서는 이렇게 말을 이었다.

"한편 엄마는 열네 살에 학교를 떠났어. 중학교에 다니다 만 거야. 그후에 비서일을 배운 게 다야. 엄마는 가끔 고개를 갸우뚱하면서 질문하곤 했어. '나의 엄마 카트린은 이탈리아의 수녀원에서 고등교육을 받았으면서, 왜 딸인 나에게는 교육을 많이 시키지 않은 걸까?' 엄마의 그 질문도 교육을 제대로 받지 못한 것에 대한 열등감의 표현이지 뭐겠어."

중년의 나이에 접어든 여자는 자신의 과거를 좀더 투명하게 바라보려고 한다. 그러려면 스스로에 대해 비판적 거리를 가져야 한다. 이지적이면서도 성찰적인 클레르는 자신이 청소년기에 펜팔에 빠져들었던 이유를 다음과 같이 분석했다.

"펜팔도 마찬가지야. 내가 자신 있는 건 글쓰기였거든. 모르는 남자와 글로 소통하며 가까워지는 방식에 더 자신이 있었던 거야. 실제로 만나서 나를 좋아하게 만들 수 있다는 자신이 없었어…… 남자를 직접 만나면 어떤 억압 때문에 나 자신을 잘 표현하지 못했던 같아. 그렇지만 편지 쓸 때는 나를 더 자유롭게 표현할 수 있었어…… 부모님은 회사일로 늘 바빴지만 자식들이 책을 읽으며 지내는 걸 제일 좋아하셨어. 글쓰고 읽고 공부하는 것을 존중하는 분위기였지. 처음에는 부모님께 칭찬받으려고 읽고 쓰다가 거기에 빠져버린 거야."

나도 클레르의 편지를 받아본 적이 있다. 그녀의 편지글은 정말 아름답다. 문체가 명확하면서도 다정하고 사색이 가득 담겨 있으며 리듬감이 있어서 읽고 나면 마음이 정화되는 느낌이 든다. 인간적으로 클레르와 깊게 교류하고 있다는 느낌도 갖게 된다. 클레르의 남을 배려하는 마음이 편지에 그대로 담겨 있어서 멀리 있어도 가까운 친구가 된 것같이 느껴진다.

08

클레르는 장클로드와 발랑스에서 결혼식을 올린 후 파리에 올라와서 정식 결혼 생활을 시작했다. 몇 개월 후 해산일이 다가오면서 클레르는 다니던 회사를 사직했다. 풍요롭지는 않았지만 장클로드와 함께 사는 게 행복했다. 주말이면 둘이 몇 시간씩 차를 몰고 발랑스의 집을 고치러 내려갔다. 사진 찍는 일에도 점점 더 흥미를 느끼게 되어 함께 사진을 찍으러 다니기도 했다. 큰딸 알리스가 태어난 후에는 남편 장클로드가 관계하는 언론사들의 번역일을 맡아 하기 시작했다.

얼마 후, 남편은 스포츠신문의 사진부 차장이 되었다. 점점 생활이 나아졌다. 그러다가 알리스가 세 살이 되었을 때 부부 사이에 긴장이 생겼다. 두 사람은 예술적 취향은 비슷하지만 가치관과 생활 방식이 워낙 달랐다. 클레르가 어린 시절부터 집안에서 규율을 지키며 사는 방식을 몸에 익혔다면 장클로드는 마음 내키는 대로 무질서하게 살아가는 습관이 몸에 배어 있었다. 장클로드는 처음에는 클레르와 함께 살며 생활에 규칙이 생기는 것이 좋았으나, 점차 구속감을 느끼게 되었다. 그럴 즈음 클레르는 두번째 아이를 갖게 되었다. 그때가 결정적인 순간이었다. 이곳저곳 출장을 다니는 일이 늘어나면서 장클로드가 집에 들어오지 않는 날이 많아졌다. 그런 와중에 둘째딸 마리솔이 태어났다. 장클로드는 두 아이의 아버지라는 역할이 주는 무게를 이기지 못하고 괴로워했다. 둘 사이의 말다툼이 잦아졌다. 그러다가 어느 순간, 더이상 장클로드와 사는 일이 어렵겠다는 판단이 섰다. 결혼 초에는 클레르의 이야기를 잘 들어주고 의견을 존중하던 장클로드가 점점 남자의 권위를 부리기 시작했다. 장클로드가 권위를 부릴수록 클레르는 그를 무시하게 되었다. 그의 권위가 정당하게 느껴지지 않았기 때문이다. 장클로드로서는 자기보다 나은 여자와 살면서 처음에는 자부심을 느꼈는지 모르지만, 점차 그 사실이 자존심을 상하게 했는지도 모른다. 장클로드가 클레르의 의견을 무시하면서 남자의 권위로 억누를 때면 클레르는 남편의 태도에서 아버지의 모습을 보았다. 점점 다툼이 잦아졌고 클레르의 예상대로 남편은 어느 날부터 집으로 돌아오지 않았다. 집을 나간 건 장클로드였지만 어쩌면 클레르가 내쫓은 것인지도 모른다.

한참을 지나도 나타나지 않았다. 클레르는 모든 것이 끝났다고 생각했다. 그런데 장클로드는 6개월 후 얼굴을 내밀었다. 자기가 잘못했으니 다시 함께 살자고 했다. 그러나 이미 마음의 결정이 이루어진 이후의 일이었다. 클레르는 이혼 서류를 제시했고 이혼은 수순대로 진행되었다.

이혼을 결정하고 법적 절차를 밟기 시작하는 것과 동시에 클레르는 적극적으로 번역일을 시작했다. 경제적으로 독립해야 했기 때문이다. 처음에는 대기업의 포르투갈어와 독일어 서류를 번역했다. 그러나 그것만으로는 수입이 충분치가 않았다. 다행히 라루스 출판사에서 일하던 친구가 포르투갈어와 스페인어로 된 동화 번역일을 찾아주었다. 그래서 점차 안정된 수입을 얻을 수 있게 되었다.

그러나 두 아이의 엄마 노릇을 하면서

번역일에 정신을 쏟으며 살다보면
어느 순간 사는 일이 힘들어지기도 했다.
화려하고 자유로운 파리에서
더 외롭고 초라하게 느껴지기도 했다.

그러다 한 남자를 만났다. 남자를 찾고 있었는지도 모른다. 큰딸 알리스가 열 살쯤 되었을 때였다. 그는 프랑스의 식민지였던 인도양의 섬 레위니옹의 고등학교 체육 교사로 나가 있는 남자였다. 크리스마스와 연말연시 휴가를 보내려고 파리에 와 있던 그를 친구 마들렌느의 집에서 열린 파티에서 만났다. 이국적인 분위기와 섬을 좋아하던 그 남자는 자기가 원하는 곳에서 살기 위해 프랑스에서의 안정된 교사직을 버리고 레위니옹으로 자처해서 갔다고 했다. 자신이 원하는 삶을 선택해 사는 그의 용기에 관심이 생겼다. 둘은 곧 가까워졌다. 그후 그는 휴가 때 파리로 올 때마다 클레르와 시간을 보냈다. 그러다가 둘은 함께 살기로 했다. 그래서 클레르는 두 딸을 데리고 레위니옹으로 가서 살 준비를 시작했다. 아이들도 좋아했다.

파리를 완전히 떠나 그곳에 뿌리를 내리기 전에 일단 시험 삼아 여름 바캉스를 그곳에 가서 보내보기로 했다. 큰딸이 열 살, 둘째딸이 일곱 살 때의 일이었다. 그러나 그곳에 가서 지낸 지 얼마 안 되어 클레르의 결심은 흔들렸다. 두 딸을 데리고 그와 함께 그곳에서 산다는 일이 무모하게 느껴졌다. 첫 남편 장클로드와 살다 헤어질 무렵 느꼈던 그 불안감이 다시 엄습했다. 그 남자는 낯선 곳으로 찾아온 클레르와 두 딸의 든든한 보호자가 되기에는 너무 자기중심적인 사람이었다. 이 남자도 장클로드처럼 가정이라는 틀에 갇히기에는 자유분방한 사람이었다. 그 사람과의 결합이 또다시 실패로 끝날 것이라는 예감이 들었다.

클레르는 바캉스가 끝나기 전에 두 딸을 데리고 파리로 돌아오는 비행기를 탔다. 그 비행기 안에서 세 사람은 모두 풀이 죽어 있었다. 그러자 얼마 안 있어 그 남자는 레위니옹을 떠나 로제르의 고등학교로 발령을 받아서 프랑스로 돌아왔다. 그리고 끈질기게 클레르에게 함께 살자고 했다. 클레르는 그 청에 못 이겨 다시 아이 둘을 데리고 로제르로 살러 떠났다. 그러나 6개월 만에 그 남자와의 관계가 완전히 끝났다. 두 아이를 데리고 파리 집으로 돌아왔다. 클레르만이 아니라 두 딸에게도 그 남자와의 사건은 큰 상처를 남겼다. 다시 파리로 돌아온 후 두 딸은 다니던 학교로 돌아갈 수가 없었다. 학교 친구들은 그들이 완전히 떠난 것으로 알았기 때문이다. 몸과 마음이 지친 클레르는 사태를 수습하지 못했고 파리를 떠나고 싶다는 마음이 들었다. 부모님이 사는 고향 발랑스로 돌아가서 새로운 생활을 시작하기로 작정했다. 이제는 남자 없이 혼자 두 딸을 키우며 살기로 마음먹었다. 그래서 고향 발랑스에 사두었던 집으로 이사했다.

일단 아버지가 사준 파리의 아파트를 판 자금으로 생활하면서 마땅한 번역 일감을 찾았다. 다행히 클레르의 실력은 일감을 얻기에 충분했다. 영어, 독일어, 포르투갈어, 스페인어 등 닥치는 대로 연애소설, 역사소설, 동화책, 과학책 등 주문이 들어오는 대로 번역을 했다. 기가 죽어 있는 두 아이들을 보살피면서 자기 자신도 추슬러야 했다. 모든 지난 일을 애써 잊으려는 심정으로 번역일에 몰두했다. 사실 그 남자와 두 번에 걸친 사건을 겪은 클레르의 마음은 처음 이혼했을 때보다 훨씬 더 힘들었다. 그럴 때마다 클레르는 발랑스에서 멀지 않은 아를 주변의 해변가로 차를 몰고 갔다. 혼자 지중해의 수평선이 펼쳐진 바닷가를 산책하며 지난 일을 정리하곤 했다.

가끔씩 파리에 출판사 일을 보러 갈 때를 제외하면
클레르는 늘 혼자 일했다.
그러나 클레르가 번역에 몰두해 있을 때는
혼자가 아니기도 하다.
왜냐면 번역하는 동안은
그 책 속의 인물들과 완전히 하나가 되어
함께 살기 때문이다.

사실 그러지 않고는 번역일을 계속하기가 힘들다. 그렇게 작품 속에 빠져 살다가 번역이 끝나고 다시 자기 자신으로 돌아오면 한동안 허전함을 느낀다.

발랑스로 내려와 살면서 부모님 집에 가끔씩 가는데, 그럴 때마다 클레르는 섭섭함을 느낀다. 아버지는 딸이 살아가는 모습을 마지못해 보아주지만 딸이 하는 번역일을 인정하지 않는다. 그 말은 딸의 인생을 인정하지 않는다는 말이다. 아버지에게 클레르는 고등경영학교를 나와 제 갈 길을 가지 않고 엉뚱한 삶을 살고 있는 인생에 오류가 난 사람일 뿐이다. 400여 권의 책을 번역한 전문번역가가 되었어도 그건 마찬가지다. 클레르가 외국에 초청을 받아서 번역에 대해 강연하고 돌아와도 관심을 보이지 않는다. 한번은 지식인들이 즐겨 듣는 라디오 방송인 프랑스 퀼튀르에 출연해서 번역일에 대해 토론했다. 방송을 듣고 나서 엄마는 이렇게 말했다.

“통 무슨 소리인지 모르겠더라. 근데 네 목소리가 떨리는 것은 분명하더구나.”

클레르는 처음 얼마 동안은 자신이 번역한 책이 나오면 꼭 아버지에게 한 부씩 보내곤 했다. 그러나 계속 아무 반응도 없어서 더이상 보내지 않는다. 딸에게 많은 것을 기대한 아버지의 실망감이 느껴져 가슴이 아프기도 했지만, 자기는 자기의 인생을 살아야지 부모가 원하는 삶을 살 수는 없는 일이었다. 아버지는 딸이 대기업 간부로 살아가다가 가업을 이어서 여성기업가로 활동하기를 기대했다. 아버지는 가끔 쓸쓸한 표정으로 이렇게 말한다.

“난 네가 파리 고등경영학교에 입학한 날을 못 잊는다. 그때가 내 인생에 가장 행복한 순간이었다.”

아버지는 이처럼 클레르에 대해 자부심과 기대가 컸다. 그러나 클레르의 인생은 궤도를 바꾸었고, 이혼하고 혼자 두 아이를 키우며 살고 있다. 그런 딸의 모습을 지켜보는 아버지의 실망감은 누그러지지 않고 지속되었다. 아버지는 모든 사람이 부러워하는 파리 고등경영학교를 졸업하고 별로 돈도 나오지 않는 번역일을 그렇게 기를 쓰고 하고 있는 딸을 이해할 수가 없다. 클레르는 클레르대로 아버지의 그런 태도를 볼 때마다 마음의 상처를 받았다. 그러나 세월이 흐르면서 이제는 그러려니 하고 받아들인다. 오히려 기대한 딸에게 실망한 아버지의 마음을 이해하려고 애써보는 편이다.

09

혼자 사는 여자는
친구가 많아야 한다.
함께 내밀한 이야기를 나눌 수 있는 친구가 있으면
외로움은 반감될 수 있다.

클레르에게 상드린은 그런 친구 가운데 하나다. 상드린은 클레르와 열일곱 살 때 처음 만났다. 둘은 파리 고등경영학교에 들어가기 위한 준비 과정인 예비학교 프레파에서 만났다. 클레르는 일 년 만에 합격했고 상드린은 그다음해에 합격했다. 학년이 달라졌지만 둘은 늘 붙어다녔다. 졸업 후 상드린은 기업에서 계속 일하면서 평생 결혼하지 않고 자유롭게 살았다. 혼자 살기 때문에 경제적으로도 늘 여유가 있어서 여행도 많이 하고 문화 생활도 즐겼다. 그러다가 쉰두 살이 되던 해 오랫동안 일하던 대기업의 간부직을 퇴직하고 은퇴 생활을 시작했다.

직업 활동을 할 때는 괜찮았는데 나이가 들어서 동반자 없이 혼자 사는 일이 힘들고 외로웠다. 그래서 상드린은 인터넷 만남 사이트를 통해 베르나르라는 남자를 만났다. 베르나르는 남불의 알피유 산자락에서 트랙터를 운전하며 올리브 농장을 경영하는 순박한 남자다. 교육 수준에서는 상드린과 맞지 않는다. 그러나 상드린은 그전에 만난 세련된 매너의 교육받은 남자들과의 덧없는 관계를 너무 많이 겪었다. 상드린은 땅과 함께 사는 베르나르의 겸손함과 지혜, 소박한 자신감 같은 것들이 신선하게 느껴졌다. 그래서 두 사람은 자주 만나게 되었다. 베르나르는 상드린이 올리브 농장에 딸린 자기집으로 들어와서 함께 살기를 원하지만 상드린은 도시적 삶을 완전히 떠날 수가 없다. 아니 도시와 농촌을 오가며 혼자 살기도 하고 남자와 같이 살기도 하는 것이 상드린이 원하는 삶인지도 모른다. 그래서 상드린은 리옹에 있는 아파트에서 자기 세계를 지키면서 마음이 원할 때면 시골로 가서 베르나르를 만나 함께 지낸다. 때로는 베르나르가 리옹으로 오기도 한다. 클레르는 상드린의 그런 삶을 부러워하지만, 자신은 정작 베르나르 같은 사람과 함께 살 수 없음을 잘 안다. 자신의 정신세계를 이해하지 못하는 사람하고는 같이 지낼 수 없기 때문이다.

클레르에게는 상드린 말고 또 한 명의 여자 친구가 있다. 번역일로 알게 된 마들렌느도 혼자 자유롭게 살고 있다. 라루스 출판사에 근무한 지 20년이 넘는 베테랑 편집자이고 파리에서 대학을 나온 토박이 파리지엔느다. 지금은 파리 근교 부촌 뇌유의 아파트에 살고 있다. 클레르와 마들렌느는 둘 다 혼자 사는 여자로서 서로를 잘 이해했고 문학적 취향과 예술적 감수성이 잘 맞았다. 마들렌느가 아를에 오면 생트마리드라메르나 카마르그로 가서 산책했고, 클레르가 파리에 가면 사진전시회나 연극을 보러 가기도 했다. 그러나 친구를 만나 함께 지내고 이야기를 나누어도 해결되지 않는 무엇이 클레르의 마음속을 떠돌아 다녔다. 친구를 만나고 돌아온 날 밤이면 클레르의 마음은 늘 허전했다. 클레르는 그보다 더 친밀한 애정이 필요했다.

10

클레르는 중학교에 들어가서도 엄마와 거리감을 느끼며 살았다. 그러다가 결코 의식에서 지울 수 없는 충격적인 사건을 경험했다. 클레르가 열세 살 때였다. 엄마는 외견상 독실한 가톨릭 신자였고 성당 일을 열심히 했다. 그때 아프리카 콩고에서 온 젊은 흑인 신부 둘이 클레르의 집에서 한 달 정도 함께 지낸 적이 있다. 그 두 사람의 흑인 신부는 프랑스 가톨릭협의회 초청으로 발랑스 교구에 농업기술을 배우러 왔는데, 사제관의 시설이 부족해서 주임신부가 클레르의 엄마에게 숙식을 부탁했던 모양이다. 한 사람은 건장한 체격에 흑갈색의 매끈한 피부를 가진 에두아르였고 또 한 사람 시몽은 마른 듯 자그마한 몸집에 유난히 눈이 반짝거리는 조용해 보이는 청년이었다. 예의바르고 교양 있는, 장래가 촉망되는 신부들이었다. 당시 열세 살 소녀 클레르는 든든한 느낌의 에두아르가 좋았다. 그는 푸근한 오빠 같았다.

엄마 수잔보다 다섯 살 정도 어린 그 두 젊은 신부들이 집에 와서 살게 되니 집안은 갑자기 활기가 넘쳤다. 엄마는 두 흑인 신부들을 돌보아주느라고 많은 신경을 썼다. 그러면서 당연히 그들과 많은 시간을 보내게 되었다. 그들은 클레르 가족과 함께 저녁식사를 했다. 그들과 함께하는 저녁식사 시간은 활기가 있고 부드러움이 감돌았다. 엄마는 손님이 있으니 더 정성스레 음식을 차렸고, 그들의 풍부한 교양과 부드러운 말솜씨는 식탁 분위기를 밝게 만들었다. 보통때 저녁식사 시간은 거의 아버지의 훈육 시간에 가까웠고 분위기는 딱딱했다. 아버지는 아이들에게 하고 싶은 말을 저녁 식탁에서 다 해야 한다는 강박관념을 가지고 있었던 것 같다. 지금 생각해보면 그 말들은 인생살이에 도움이 되는 이야기들이었던 것 같다. 그러나 아버지가 늘 발언권을 독점하는 식탁에서 아이들은 오로지 듣기만 할 뿐 말할 기회가 없었다. 그러다보니 점점 아이들은 아예 하고 싶은 말 자체가 없어졌다. 그런데 그 흑인 신부들은 아이들의 의견을 꼭 물어보았다. 그러자 아이들도 그에게 질문하기 시작했다. 아버지는 그들이 프랑스 사람보다 더 프랑스 역사를 잘 안다고 놀라곤 했다.

그러던 중에 엄마와 시몽 사이에는 어떤 종류의 애정이 싹텄던 모양이다. 어느 날 오후 클레르는 선생님이 결근을 해서 학교에서 예정보다 두 시간 일찍 집으로 돌아왔다. 엄마가 거실에 있으리라 예상하면서 집에 들어섰는데 아무 소리도 들리지 않았다. 그래서 우선 목이 말라서 마실 것을 찾으러 부엌으로 갔다. 그런데 그만 거기서 충격적인 장면을 보고 말았다. 부엌에서 정원 쪽으로 연결되는 큰 유리문 밖에는 햇빛이 가득 들어오는 베란다가 있었다. 엄마와 시몽이 그곳에서 껴안고 있었다. 클레르는 순간 어지러움을 느꼈다. 다리가 바닥에 딱 붙어버린 것 같은 느낌이 들었다. 도망가려 해도 발이 떨어지지가 않았다. 클레르는 겨우 정신을 차리고 아무 소리도 내지 않고 조용히 자기 방으로 올라갔다.

그 이후 클레르는 그 이야기를 아무한테도 말하지 않고 자기만의 비밀로 간직했다. 혼자 있을 때면 자꾸 그 장면이 떠올랐다. 얼떨결에 비밀을 혼자 떠맡아버린 것 같았고, 때로는 누군가에게 말해버리고 싶다는 충동을 느끼기도 했다. 만약 아버지가 이 사실을 알게 된다면?

하는 생각에 미치면 가슴이 막 뛰기도 했다. 그 당시 클레르가 생각하던 자기 아버지는 그 사실을 알게 되면 그것을 받아들일 수 없어서 큰 일을 낼 사람이었다. 그러다가 얼마 후 그들은 떠났다. 그 사람들 아니 시몽이 떠난 후 엄마는 말이 없어졌다. 그리고 클레르에게 더 쌀쌀하게 대하는 것 같았다. 그러지 않아도 엄마 때문에 힘들다는 생각을 하고 있는데, 엄마가 여전히 자신을 사랑하지 않는다고 생각하니 점점 더 견디기 어려워졌다. 그즈음 엄마는 아버지에게 말끝마다 시비를 거는 것 같았다. 그러는 엄마가 미웠다. 전과 다른 모습이었다. 어느 날 부엌에 놓여 있는 노르망디식 오래된 장식장 구석에서 우연히 시몽이 엄마에게 보낸 편지를 보게 되었다.

"나의 사랑 수잔에게……"

클레르는 앞의 몇 줄을 읽다가 현기증이 나서 부리나케 그 편지를 원래의 자리로 넣어두고 자기 방으로 올라갔다. 그때 클레르는 엄마가 시몽과 사랑하는 사이라고 확신했다. 엄마가 집 앞 우체통 주변을 서성대다가 편지를 꺼내들고 당황하는 태도로 급히 집안으로 들어오는 것을 가만히 지켜보기도 했다.

나는 클레르가 엄마와 신부의 관계를 자기도 모르게 과장되게 해석하는 것 같아서 이렇게 말해보았다.

"그냥 둘이 좋은 감정을 가진 것일 수도 있잖아?"

그랬더니 클레르는 평소와 달리 조금은 격앙되고 화난 듯한 얼굴로 단호하게 반응했다.

"아니야! 분명히 '나의 사랑 수잔에게'로 시작되는 편지였어. 연인 관계가 아니면 그렇게 안 써!"

클레르는 그때부터는 정신집중이 안 되어서 아무것도 할 수 없는 상태가 되었다고 한다. 사춘기의 소녀가 혼자 감당하기에는 너무 무거운 비밀이었다. 누구에게 말하고 싶어도 이렇게 중얼거리면서 참았다.

"이 사실이 밝혀지면 우리 가정은 깨질 거야……"

그러고 나서 몇 달이 지난 어느 날, 엄마와 단둘이 있을 때였다. 학교에서 돌아온 클레르에게 엄마는 열세 살이나 된 아이 방이 그게 뭐냐고 했다. 엄마는 동생들 방을 정리해주는 것은 당연하다고 생각하면서 클레르에게는 언제나 방을 정리하지 않는다고 꾸중했던 것이다. 클레르가 어렸을 때부터 그랬다. 그날은 클레르가 학교에서 친구와 말다툼을 하고 와서 기분이 안 좋은 날이었다. 그래서 화가 난 상태에서 엄마가 콩고 신부와 포옹하고 있던 장면을 떠올리며 이렇게 소리쳤다.

"이제 더이상 엄마의 비밀을
내 가슴속에 안고 사는 일은 못하겠어!"

엄마는 클레르가 내뱉은 말의 뜻을 금방 알아차렸는지 얼굴색이 하얗게 변했다. 그러나 잠시 후 마음의 평정을 되찾고 이렇게 말했다.

"아니 얘가 도대체 무슨 소릴 하는 거야."

엄마의 그 말에 클레르는 말문이 막혀서 더이상 대꾸하지 못했다.

그때부터 클레르와 엄마의 관계는 갈수록 더 이상해졌다. 클레르는 엄마에게 그 일에 대해 더이상 말하지 않고 없었던 일로 덮어두려고 했지만, 엄마 얼굴만 보면 그 장면이 자꾸 떠올랐다. 엄마와 따로 이야기할 시간을 가져보려 했지만 불가능했다. 부모님은 크고 작은 문제로 다투면서도 늘 붙어다녀서 엄마에게 따로 조용히 이야기할 기회를 갖지 못했다. 아마도 엄마는 지난번 클레르가 화가 나서 한 말을 듣고 딸이 자신과 시몽 사이의 관계를 알고 있음을 눈치챘을 것이다. 그래서 클레르와 단둘이 갖는 시간을 일부러 피하고 있는지도 몰랐다. 그런 상황에서 클레르는 입을 꾹 다물고 책 속으로 빠져들어갔다. 오직 독서만이 클레르에게 위로가 되었다.

그렇게 한 해 정도가 지나갔다. 어느 봄날 클레르는 엄마와 여동생 마르틴과 함께 파리의 청소년도서전에 가기로 했다. 보통 파리에 갈 때는 다 함께 클레르의 대모인 친척집에 가서 머무르곤 했다. 그런데 이번에는 아이들은 친척집에 있고 엄마만 혼자 오페라좌 근처의 '루브르 호텔'에 가 있겠다고 했다. 이유는 그 친척네 집에 다른 식구들도 와 있어서 방이 모자란다는 것이었다. 그 호텔은 엄마가 아버지와 함께 파리에 올 때 늘 머무르던 호텔이다. 클레르는 엄마가 시몽을 따로 만나려는 것임을 금방 알아챘다. 파리 체류가 끝난 후 발랑스로 돌아가는 기차 안에서 한참 자다 일어나보니까 엄마가 혼자 몰래 울고 있었다. 클레르는 이때 엄마와 시몽의 사랑이 끝난 것이라고 짐작했다. 그 여행 이후 클레르의 마음이 안정되어갔다. 다시 공부에 집중할 수 있었다.

세월이 한참 흐른 후에 클레르가 이혼하고 두 딸을 혼자 키우면서 발랑스에서 살던 어느 날이었다. 모처럼 딸집에 온 엄마는 딸이 사는 모습이 마음에 들지 않다는 듯이 클레르의 가슴을 찌르는 말을 내뱉었다. 그런 말을 들으면 클레르는 금방 기분이 상한다. 그날도 심사가 불편해진 클레르는 시몽 신부 이야기를 하면서 반격을 가했다.

"그때 내가 그 비밀을 혼자 간직하고 지내느라 얼마나 힘들었는지 알아?"

그러자 엄마는 조용히 얼굴을 들어 클레르를 바라보면서 말했다.

"그 일로부터 네 아버지와 동생 제롬을 보호해주어서 고맙다……"

그러더니 힘을 주어 말했다.

"그렇지만, 나는 내 할 의무를 다 했잖니……"

엄마가 그때 한 말을 나에게 이야기하면서 클레르는 슬픈 얼굴이 되었다. 그러더니 나에게 이렇게 말했다.

"그 말은 아버지와 남동생만 그 일로부터 보호되었으면 됐단 말 아니겠니? 딸인 나의 고통에 대해서는 일언반구도 안 했으니 말이야. 내가 그 일로 얼마나 고통을 받았는데……"

최근에 클레르는 수십 년간 마음에 담아두었던 이 말을 남동생 제롬에게 이야기할 기회가 있었다. 아버지는 돌아가셨고 제롬도 이제 나이가 들면서 많은 일을 겪었고 인간에 대한 이해도 좀 깊어졌을 테니까 말해도 괜찮다고 생각했다. 누나의 오래된 이야기를 듣고 나서 제롬은 배시시 웃으며 이렇게 말했다.

"아버지도 분명 그 이상의 사랑 이야기가 있었을걸……"

11

클레르의 아버지는 흔히 자수성가한 남자들이 그렇듯이 권위주위적 가부장제의 화신이었다. 항상 엄마와 아이들 그리고 공장 직원들 위에, 아니 모든 사람들 위에 군림하듯 존재했다. 파리의 큰 회사에서 상무로 일했을 때를 제외하면 그는 늘 우두머리였다. 언제든 무엇이든 자기가 정하고 자기가 지휘했다. 아버지는 젊어서 목숨걸고 레지스탕스 활동을 했다는 사실과 사업에 성공해서 돈을 잘 번다는 사실, 그 두 가지 공적으로 자기의 모든 생각과 행동을 정당화했다. 청소년 시절부터 아버지의 그런 태도에 반감을 가지고 있던 클레르는 성인이 되면서 아버지의 그런 태도를 받아들이기 어려웠다. 그래서 아버지의 정치적 입장을 구성하는 가톨릭과 드골주의 모두를 거부하게 되었다. 가톨릭 보수주의를 벗어나 자유롭게 사고하는 클레르는 정치적으로는 사회당을 지지한다. 그녀에게 좌파적 입장은 인도주의와 연대의식의 자연스러운 결과다. 가난한 이웃을 사랑하라고 가르치는 기독교를 믿으면서 우파를 지지하는 아버지의 정치적 입장은 도무지 이해가 가지 않는다. 가난의 원인을 가난한 사람의 게으름 탓으로 돌리는 아버지의 사고방식을 받아들일 수가 없다.

클레르가 아버지의 기대를 저버린 후 아버지는 아들 제롬에 대한 기대를 부풀렸다. 둘째딸 마르틴은 몸도 약했고 그저 평범한 아이였기 때문에 큰 기대를 걸지 않았다. 아들 제롬은 공부를 잘해서 시앙스 포를 졸업하고 프랑스에서 제일 큰 통신사인 프랑스연합통신AFP에서 일을 시작했다. 그러다가 르노 자동차 공장에 취재를 나갔다가 회사 홍보를 담당하고 있던 파리지엔느를 만나서 결혼했다. 아버지는 제롬에게 파리 4구 마레 구역의 피카소 미술관 근처에 정원이 딸린 큰 복층 아파트 한 채를 사주었다. 그런데 몇 년 안 가서 제롬의 부부 관계에 문제가 생겼다. 제롬의 아내 마리는 결혼 후에도 르노 회사에서 홍보 일을 계속했다. 어느 날 제롬은 우연히 마리가 그 회사의 사장과 은밀한 연인 관계임을 알게 되었다. 그 관계는 제롬이 마리와 결혼하기 전에 시작된 것이었다. 딸은 네 살이었고 아들은 태어난 지 겨우 두 달이 지났을 때였다. 제롬은 마리에게 이혼을 요청했지만 마리는 이혼할 생각이 없었다. 제롬과 헤어진다고 내연의 남자와 결혼할 수 있는 처지도 아니었다. 그래서 마리는 아이들의 양육 문제, 부모의 기대, 재산분할 문제 등을 내세우며 당장은 이혼할 수 없다고 버티었다.

제롬은 별거를 위해 파리를 떠나 아프리카의 세네갈 특파원 자리를 자원해서 갔다. 거기서 프랑스식으로 교육받은 흑인 패션모델을 알게 되어 곧 동거를 시작했다. 그렇게 2년을 지내고 그 흑진주 같은 모델과 함께 파리로 왔다. 부모는 제롬의 처지를 알고 있었지만 세네갈 여자를 며느리로 받아들일 수는 없었다. 아버지는 좀더 분명하게 반대 의사를 표명했고 어머니는 걱정되는 눈빛으로 아들을 쳐다보았다. 제롬은 부모뿐만 아니라 점차 주위의 따가운 시선을 느끼면서 세네갈 여자와 평생을 함께 살 자신이 없어졌다. 흑진주와의 파리 생활은 6개월 만에 끝났다. 그녀는 세네갈로 돌아갔고 제롬은 마레에 있는 마리와 아이들이 사는 집으로 들어갔다.

무슨 화해가 이루어진 것이 아니다.
다만 한 지붕 안에서 같이 사는 것뿐이다.

잠자리는 물론 식사를 비롯해 모든 생활을 각자 따로 한다. 두 사람 사이의 대화도 아이들 문제 등 사무적인 일 처리에 한정되어 있다.

클레르는 남동생 제롬 부부가 함께 사는 모습이 이해가 되지 않고 특히 올케 마리의 처신에 분노하고 있다. 클레르가 더 분노하는 것은 부모의 태도다. 아들이 이혼하기보다는 지금 현재의 상태를 유지하며 살기를 바라면서 오히려 마리에게 전보다 더 친절하게 잘해주는 모습을 보면 그 위선에 구역질이 날 정도다. 남들의 시선을 지나치게 의식하는 클레르의 부모는 큰딸이 이혼하고 혼자 사는 사실도 수치스러운데, 그에 이어 아들마저 이혼한다는 사실을 도저히 받아들일 수 없었을 것이다.

12

이혼을 하고 나면 부부 관계는 해소되지만 아이들에 대한 부모의 역할은 끝나지 않고 계속된다. 그런데 클레르의 전남편은 이혼 후 두 딸아이의 아버지 구실을 제대로 하지 않았다. 클레르는 전남편 이야기를 할 때면 분노와 실망감과 무시하는 마음이 뒤섞여 늘 표정이 복잡해진다.

"그는 에고이스트야. 자기밖에 몰라. 아이들에 대한 책임감이 없어. 누구를 부양한다는 개념 자체가 없는 것 같아. 지금도 자동차를 타고 열댓 명의 남자들과 팀을 짜서 파리에서 북경까지 달리곤 하지. 얼마 전 텔레비전에서 그 일로 인터뷰하는 모습을 보았어. 아이들에 대한 아무 죄책감도 없이 그저 인생을 즐기며 사는 거야. 아이들 뒷바라지는 나 혼자만 하고……"

큰딸 알리스는 그래도 거의 다섯 살이 될 때까지 아버지와 함께 살았기 때문에, 아버지에 대한 애정도 있고 지금도 가끔씩 아버지를 만난다. 반면에 둘째딸 마리솔은 두 살도 되기 전에 부모님이 이혼했기 때문에 아버지와 계속 어색하고 서먹서먹한 관계다. 전남편 장클로드는 마리솔이 성인이 될 때까지 최소한의 생활비를 보내주어야 하는 책임을 제대로 지지 않았다. 반면 클레르는 엄마로서 딸들에 대한 사랑과 부양의 책임을 다하려고 적극적으로 노력했다.

"난 엄마가 나에게 한 잘못,
그러니까 '사랑하지 않은 잘못'을
내 딸에게 반복해서 저지르지 않으려고 무척 애를 썼어.
그래서 적어도 엄마 대의 결손은 극복한 거 같아.
그런데 그 결과, 지금까지도 딸들을 돌보고 있는 처지야.
뭐가 잘못된 건지……
사랑을 제대로 하기는 정말 힘든 일이야……"

클레르는 자신이 어린 시절 엄마로부터 충분한 이해와 애정을 받지 못해 늘 마음 한구석이 비어 있는 듯 살았기 때문에, 자기 딸들에게는 따뜻하고 세심한 엄마가 되려고 노력했다. 그러나 딸들은 조금 다르게 생각한다. 딸들이 보기에 엄마 클레르는 이혼 후 아내의 역할, 여자로서의 역할이 없어진 다음에 생긴 빈자리를 딸들에 대한 집착으로 메꾸었다고 해석한다. 둘째딸 마리솔은 이렇게 말한다.

"엄마는 이혼 후 좌절된 자기의 꿈을 딸들을 통해서 실현하려고 했어."

엄마 클레르의 번역일은 생계를 위한 것일 뿐 그녀의 자아실현 과정은 아니었기 때문에 인생의 의미를 딸들을 통해서 만들려고 했다는 것이다. 그렇다면 엄마를 비판하는 마리솔은 과연 자기 인생의 의미를 스스로 잘 만들어가고 있을까?

클레르는 1968년 이후 페미니즘의 세례를 받은 세대에 속한다. 그 세대를 산 프랑스 여자들에게 남녀평등이란 너무 당연했고 가부장제의 무게에 눌려 산다는 것은 인격모독으로 느껴졌다. 여성 해방을 위해 여성의 경제적 독립은 기본이다. 클레르는 부모나 남편으로부터의 경제적 독립을 몸소 실천하며 산다. 그런데 정작 클레르의 딸들은 그런 엄마와 다른 모습을 보인다. 오히려 그 전세대로 돌아가버린 느낌을 준다. 특히 여성적인 분위기를 간직한 큰딸 알리스는 독립적인 태도가 전혀 없다. 바칼로레아를 마치고 5년이나 더 공부했기 때문에 제대로 된 직장을 구할 수 있는데도 불구하고 안정된 직장을 갖지 않았다. 알리스에게는 좋은 남자 만나서 결혼하고 아이 낳아 키우며 사는 것이 꿈이다. 어쩌면 엄마의 불행한 결혼 생활을 옆에서 지켜보면서 여자 혼자 사는 삶의 고단함을 너무 일찍 알아버렸는지도 모른다. 그래서 자기만은 엄마와 달리 행복한 결혼 생활을 하겠다고 다짐했는지도 모른다. 클레르도 딸들이 행복한 결혼 생활을 하기를 바랐을 것이다. 남녀평등, 여자의 경제적 독립, 가부장제에 대한 거부감 등은 클레르 세대의 여자들에게 너무 당연하다. 그러나 아주 오래된 남녀 관계 모델은 늘 물밑에서 엄청난 힘으로 여자들의 발목을 잡아당기고 있다. '여자는 좋은 남자 만나 사랑받고 살면서 아이들 낳고 잘 키우는 게 최고의 행복'이라는 그 오래된 생각의 뿌리는 깊고도 깊다. 그래서 클레르도 딸들은 자기와 달리 좋은 남자를 만나서 행복하게 잘살아주기를 바랐을 것이다.

본인의 꿈에 더해 엄마의 기대도 작용해서 알리스는 일찍 약혼했다. 상대는 엑상프로방스의 국제법률사무소에 일하는 네덜란드 출신 변호사였다. 내가 처음 클레르를 알게 되었던 여름, 알리스와 약혼자는 클레르와 내가 머물고 있던 번역센터를 방문했다. 단정하고 스마트해 보이는 한 쌍의 남녀였다. 처음 본 알리스는 인형같이 예쁜 타입이었고, 약혼남은 깨끗한 용모를 가졌는데 약간 경직되어 보였다. 알리스는 약혼자와 함께 얼굴에 환한 미소를 머금고 나타났다. 그 커플이 도착하기 전에 아페리티프를 준비하던 클레르가 내게 살짝 귀띔해주었다.

"그는 개신교 집안의 기독교인이야. 프로테스탄트야."

요즘 세상에 누가 프로테스탄트냐는 식의 약간 비웃는 말투였다. 금욕적인 청교도의 삶을 사는 사람들을 무슨 희귀한 천연기념물처럼 생각하는 것 같았다. 클레르에게 아니 프랑스인들에게 청교도적이고 금욕적인 삶이라는 것은 그만큼 생소하고 신기한 것이 되어버렸다. 그렇게 살 필요가 없다고 보는 것이다. 그들에게 성적 억압은 인간의 심리를 왜곡시키는 병리적인 현상일 뿐이다. 리비도는 해방시켜야지 억압해서는 안 된다는 게 그들의 철학이다.

네덜란드인 남자는 프랑스 인형 같은 얼굴에 자그마하고 날씬한 몸매를 갖추었으며 늘 환하게 웃는 알리스에게 반한 듯이 보였다. 알리스의 코맹맹이 소리가 그의 귀를 즐겁게 해주었을 것이다. 말을 할 때면 외국인인 자기에게 분명한 발음으로 천천히 말해주는 알리스가 유치원 여교사처럼 귀여웠을 것이다. 알리스는 그 남자와 빨리 결혼하기를 원했다. 그래서 사귄 지 얼마 안 되어서 두 사람은 약혼식을 했다. 그런데 네덜란드 남자는 자꾸 결혼을 뒤로 미루었다.

약혼은 했는데 시간이 갈수록,
만나면 만날수록 무언지 모를 피곤함이 생겼다.
알리스의 친절과 웃음이 숨막힐 때가 있었다.
여성다운 태도와 친절한 말투가
점점 그에게 부담스러워졌고 무언가가 그를 조여왔다.

인형 같은 얼굴과 유치원 교사 같은 말투가 어색하고 부담스럽게 느껴졌다. 반면에 알리스는 예쁜 가정을 꾸릴 생각에 부풀어서 결혼을 서둘렀다. 그는 아직 직업적으로 안정되지 않은 상태여서 빨리 결혼할 수 없다고 했다. 그러자 알리스는 동거를 시작해서 아이를 먼저 갖자고 제안했다. 남자는 아직 그럴 수 없다는 입장이었고 점점 서로 기대가 엇갈렸다. 그러다가 결국 남자가 먼저 파혼을 선언하고 떠났다.

이 사건은 알리스만이 아니라 클레르에게도 큰 충격을 주었다. 알리스로서는 상실감과 더불어 자신이 엄마의 삶을 반복하는 것은 아닌지 두려웠고, 클레르는 딸이 자신의 삶을 반복할 것 같은 예감 때문에 불안하고 괴로웠다. 이 사건 이후 알리스는 일 년 이상 우울증에 시달리며 무기력한 날을 보냈다. 그 모습을 보는 엄마 클레르의 마음은 숯처럼 시커멓게 타들어갔다.

알리스는 어린 시절의 기억을 생생하게 간직하고 있다. 엄마가 유아원에 자신을 찾으러 오지 않아 기다리던 이야기를 자주 한다. 두세 살 때인데 어떻게 그걸 기억하고 있는지 모른다. 부모님이 이혼한 다음 할아버지가 마련해준 파리 나시옹 근처 아파트에서 살 때의 일도 또렷하게 이야기한다. 그때 엄마 클레르가 아프리카 레위니옹의 고등학교에서 체육 교사를 하고 있는 한 프랑스 남자를 만나서 일어났던 일도 알리스의 기억 속에 선명하게 남아 있다. 지금도 알리스의 머릿속에는 그 남자가 교사를 하고 있던 레위니옹으로 엄마와 함께 바캉스를 보내러 갔던 일, 그러다가 곧 실망하고 파리로 돌아왔던 일, 얼마 후 그 남자가 프랑스 로제르 지역에 체육 교사로 부임했고 그래서 모녀 세 사람이 그의 집으로 들어가서 살았던 일, 그러다가 여섯 달 후에 완전히 관계를 정리하고 파리로 올라오는 기차에서 풀죽어 앉아 있던 일들이 주마등처럼 스쳐지나간다. 그런 힘들었던 과거의 기억으로 가득찬 알리스의 내면을 알고 나면, 알리스의 환한 웃음은 거짓웃음은 아니더라도 깨지기 쉬운 겉웃음이라는 것을 알게 된다. 알리스는 과거의 불행했던 기억을 그냥 묻어둔 채 자신을 남들이 보기에 '행복한 여자'로 만들어보려고 애쓰고 있었던 것이다. 네덜란드 남자는 알리스의 그런 복잡한 내면을 감당할 수 없어서 알리스를 떠났을 것이다.

삶은 계속된다. 알리스는 서서히 우울증에서 벗어났다.

비정규직이지만 어느 건축사무소에서 일을 시작했다. 그러다가 생레미 드 프로방스에서 지금의 남편을 만나게 되었다. 클레르와 알리스는 아를에서 멀지 않은 생레미 드 프로방스로 가끔 나들이를 나간다. 그날도 미술도구를 파는 상점에 들렀다가 그곳에서 일하는 브뤼노라는 남자를 알게 되었다. 그 상점은 미술도구뿐 아니라 상당히 고급스러운 고가구나 장식품, 인테리어 제품 등을 파는 꽤 이름난 가게였다. 브뤼노는 그 상점 주인의 아들이었다. 클레르는 예술이나 문화에 대해 조예가 있는 사람을 만나면 특유의 활발함과 소박함, 진지함으로 금방 친근하게 이야기를 나눈다. 결국 클레르가 중간 역할을 하여 알리스와 브뤼노는 따로 만나는 사이가 되었다. 브뤼노는 복잡하지 않은 사람이고 선한 웃음이 자주 얼굴에 퍼지는 다분히 상식적이고 건전한 남자였다. 큰 키에 건장한 외모가 규범에 들어맞는 미남이기도 했다. 브뤼노는 엄마와 새아버지가 운영하는 그 가게를 상속받을 것으로 여겨졌다. 엄마와 새아버지 사이에는 자녀가 없었고, 가게는 애초에 골동품 가게를 하여 안목이 있는 브뤼노의 엄마와 인테리어 일을 하여 돈을 모은 새아버지가 함께 시작한 공동 사업이었다. 이번에도 알리스는 브뤼노와 빨리 결혼하기를 원했다. 처음에는 다소 망설이던 브뤼노는 인형 같은 알리스의 외모에 반해서 얼마 후 결혼식을 올렸다.

사실 브뤼노는 자신의 가족사가 그리 평탄하지 않아서 결혼에 대해 자신이 없는 남자였다. 브뤼노의 아버지는 부모를 모르는 고아 출신이다. 어떤 집 대문 앞에 놓여 있던 버려진 아기였다. 1930년대만 해도 처녀가 사생아를 낳는 것은 가문의 수치요 그 누구도 용납할 수 없는 종교적 죄악이었다. 마침 운좋게도 아기를 기다리던 선량하고 안정된 유대인 부부가 그 아기를 받아들여서 잘 키웠다. 그래서 브뤼노의 성은 레비라는 유대인 성이다. 알리스는 브뤼노가 유대인의 성은 가졌지만 피는 유대인이 아니라고 강조한다. 그러나 알리스도 결혼 이후 레비라는 유대인의 성을 갖게 되었다. 마담 레비가 된 것이다. 아무튼 좋은 양부모 밑에서 잘 자란 브뤼노의 아버지는 당당하고 깔끔한 브뤼노의 엄마를 만나 결혼했다. 그러나 아버지는 브뤼노가 태어난 이후 뒤늦게 정체성의 위기를 맞이하여 힘들어했다. 남편 역할, 아버지 역할, 가장 역할이 모두 다 힘들었다. 그냥 자유롭게 살고 싶었다. 이혼 이후 그는 지금까지 혼자 산다. 어린 시절 브뤼노는 여름방학 기간에는 그리스의 작은 섬에 사는 친아버지와 함께 지내기도 했다.

결혼식은 알피유 산 아래 펼쳐진 프로방스의 작은 마을 에갈리에르에서 열렸다. 하얀 드레스에 면사포를 쓴 알리스의 얼굴은 만족스러워 보였다. 신혼부부는 그 마을에서 신혼 생활을 시작했다. 브뤼노가 몇 년 전 손수 지어놓은 아담한 전원주택이 신혼의 보금자리였다. 그 집에는 아담한 정원과 더불어 브뤼노가 주문받은 가구를 제작하는 꽤 큰 작업장도 딸려 있다. 그 집에서 곧 아들이 태어났다. 얼마 후에는 두번째 아들을 낳았다. 알리스는 남편과 두 아들을 거느리고 찍은 가족사진을 바라보며 미소짓는다. 어느 광고사진에 나오는 가족처럼 행복해 보인다. 모든 젊은 여성들이 부러워할 법한 여성지에서 많이 본 듯한 분위기의 사진이다.

그렇게 세월이 흘렀다. 그러나 인생은 유유하게 흐르는 강물이 아니다. 알리스가 다시 우울증상을 보였다.

아이들을 키우면서 한도 끝도 없는 집안일만 하다보니
인생이 지루해졌다.
어느덧 '기다리는 삶'에 길들여진 자기의 모습이 거기 있었다.

남편의 퇴근 시간에 맞추어 저녁을 차리고, 아이들을 유아원에 데려가고 데려오면서 남편과 아이들의 온갖 요구에 대기하는 자세로 사는 자신의 모습이 처량했다. 그런 상황을 극복하기 위해 엄마에게 번역일을 배우기로 했다. 그런데 번역처럼 지루한 일이 없었다. 옮기고 또 옮겨도 끝이 나지 않았고, 뜻을 모르는 단어와 문장도 많이 나왔다. 학생도 아닌데 사전을 뒤적이고 있는 자신의 모습이 초라해 보였다. 그래서 얼마 안 가서 번역일을 포기했다. 그후 알리스는 여기저기 직장을 찾다가 다행히 어느 변호사 사무실에서 비서로 일하게 되었다. 그러면서 틈나는 대로 삶의 위기를 겪는 30대 여성의 이야기를 소설로 쓰고 있다.

13

며칠 전 저녁 뉴스에서 아를이 물에 잠긴 모습이 나왔다. 그래서 클레르 생각을 했는데 오늘 오후 클레르에게서 전화가 왔다. 출판사에 볼일이 있어서 지금 파리의 둘째딸 마리솔네 집에 와 있다고 한다. 아를 소식을 물으니까 볼테르 광장 아래 슈퍼마켓 모노프리 쪽이 모두 홍수로 잠겼다고 했다. 모노프리에서 몽마주르 수도원 쪽으로 가는 길이 완전 침수되어 교통이 두절되기도 했는데, 다행히 자기집은 언덕 위에 있어 피해가 없었다고 한다. 둘째딸 마리솔은 파리 14구 사블리에 거리의 스튜디오에 살다가 지금은 같은 동네 물랭베르 거리의 투룸에 살고 있다. 자코메티가 오랫동안 살면서 작업하던 아틀리에가 바로 지척에 있다. 동네 사람들은 자코메티가 몽파르나스에서 동료 예술가나 문인들과 밤늦게까지 와인을 마시며 교류하다가 밤늦게 들어오던 장면, 그의 사후 그의 아틀리에에 쌓여 있던 크고 작은 습작들이 거리에 수북하게 버려졌던 이야기를 하며 "그때 잘 주워다놓았어야 하는데……"라며 후회하곤 한다.

클레르는 파리에 와서 조르주 페렉의 소설 『잠자는 남자』를 연극으로 만든 공연을 둘째딸 마리솔과 함께 보고 나서 센 강변을 산책했다고 즐거운 목소리로 말했다. 클레르의 둘째딸 마리솔은 짧게 커트한 머리와 유난히 크고 시원한 파란 눈동자가 상쾌한 느낌을 준다. 갸름한 얼굴에 옆가르마를 탄 짧은 머리가 잘 어울려서 현대적이고 세련된 분위기를 풍긴다. 마치 10대 소년 같은 순수한 매력이 있다. 그런 분위기의 마리솔이 말하기 시작하면, 약간 비음이 들어간 목소리가 울려 나와서 부드러운 분위기를 자아낸다. 마리솔이 집안에서 나이가 제일 어리지만, 엄마 클레르와 언니 알리스는 많은 일을 그녀와 의논했다. 어느 때부터 마리솔은 집안에서 남자 역할을 했다. 딜레마에 잘 빠지는 엄마와 언니에 비해 마리솔은 무슨 결정을 내리는 일에 큰 부담을 느끼지 않는 편이었기 때문이다.

마리솔은 일찍부터 책을 많이 읽는 아이였다. 언니 알리스에 비해 지적으로 뛰어난 아이였다. 두 살 때 부모가 이혼해서 아버지와의 관계가 없는 대신 외할머니 외할아버지와 가깝게 지냈다. 중고등학교를 다닐 때까지도 큰 문제 없이 잘 지냈다. 그러다 마리솔이 한창 바칼로레아 시험을 준비하던 시기에 어려움을 겪었다. 그 무렵 엄마 클레르가 이상한 증상을 보였다. 잠을 계속 못 자더니 불안한 모습이 깊어갔다. 그러다 결국 정신병원에 입원하게 되었다. 바칼로레아 시험 한 달 전이었다.

공부를 잘했기 때문에 파리의 생루이 프레파를 들어가려고 준비하던 마리솔은 그만 최고의 지지자를 잃게 된 것이다. 프레파에서 2년 동안 공부한 후에 고등사범학교를 갈 계획이었다. 엄마의 정신병원 입원으로 심리적으로 균형을 잃은 마리솔은 우왕좌왕하다가 서류를 제시간에 넣지 못하여 파리의 생루이 프레파를 포기하게 되었다. 결국 엑상프로방스의 프레파 학교에 들어갔지만 마리솔은 이후 기가 꺾이고 풀이 죽었다. 그래도 프레파를 무난하게 잘 다녔다. 그러던 어느 날 역사 과목 보고서를 쓰다가 이상한 일이 생겼다. 무언가 갑자기 막혀버리는 느낌이 들더니 머릿속이 하얘졌다. 한 줄도 쓸 수가 없었다. 그러더니 다른 수업 시간에도 비슷한 문제가 생겼다. 마리솔은 결국 프레파를 중도에 하차했다. 이후 자신감을 완전히 잃게 되었다. 무슨 이유에서인지 전 역과 다음 역 사이에 갑자기 멈추어서 꼼짝도 안 하는 기차에 탄 승객이 된 느낌이었다. 잘못한 것도 없고 이유도 모른 채 기차가 다시 떠나길 기다리는 무기력한 승객이 된 마리솔은 할 수 없이 그 기차에서 내려버렸다.

클레르는 자신의 발병으로 마리솔이 바칼로레아 시험을 잘 못 보았고 원하던 생루이 프레파에도 못 들어가게 되면서 자신감을 잃게 된 것 같아서 심한 죄책감을 느꼈다. 그렇지만 여기서 그만둘 수는 없었다. 클레르는 마리솔에게 파리 고등사범학교를 포기하고 소르본 대학에 입학하도록 권했다. 그래서 마리솔은 소르본에서 철학과 영화를 복수 전공하기로 했다. 파리에 올라온 마리솔은 14구 사블리에 거리에 있는 작은 스튜디오에 새 둥지를 마련했다. 집을 떠나 파리에서 혼자 자유롭게 살면서 하고 싶은 공부를 시작하자 이전의 모든 문제와 불행감이 다 사라지는 듯했다.

마리솔의 근본적인 불행감은 아버지와의 관계에 있었다. 사실 마리솔은 아버지와 관계가 거의 없다. 마리솔이 태어났을 때 아버지는 이미 집밖으로 돌고 있었다. 그리고 마리솔이 채 두 살이 되기도 전에 부모가 이혼을 했기 때문에 마리솔은 아버지와 공유하는 추억이 없다. 이혼 후 클레르는 조심하려고 했지만, 전남편이 아이들 양육비를 잘 보내지 않는 것에 대해 불만을 토로하곤 했다. 그러다가 아예 양육비를 보내지 않자 사춘기에 접어든 마리솔은 그 사실을 아버지가 자기를 버린 것으로 생각했다. 아버지의 무책임성이 비겁함으로 느껴지기도 했다.

아버지를 존경할 수 없다는 것,
아니 아버지를 경멸하게 된 것은
마리솔의 인생에 결정적인 먹구름이 되었다.

파리로 올라와 혼자 살게 되었을 때 마리솔은 잠을 잘 수가 없었다. 이제 새로운 인생이 시작되는 것 같았다. 발랑스에서는 두 딸을 위해 허둥대며 모든 집안일을 도맡아하는 엄마가 가엽기도 했지만, 그만큼 마음의 부담이 되기도 했다. 엄마를 떠나 파리에서 혼자 살게 된 것이 마리솔에게 엄청난 해방감을 주었다. 파리 생활 초기에는 해결되지 않은 좌절감과 분노감이 불쑥불쑥 고개를 내밀기도 했다. 그러나 유명한 교수들의 강의를 듣고 책을 읽고 보고서를 쓰면서 그런 감정들이 점차 녹아내리는 것 같았다. 그러면서 알 수 없는 인생의 수수께끼와 애매모호함 같은 것들도 여유 있게 받아들일 수 있었다.

마리솔은 하고 싶은 공부를 실컷 하는 것이 그동안의 불행감을 보상하는 것이라도 되는 양 공부에 푹 빠졌다. 읽고 싶은 책들이 너무 많았다. 주말이면 연극을 보러 다니고 영화를 하는 친구들과 새벽까지 문을 여는 파리의 카페를 옮겨다니며 이야기를 나누었다. 여름에는 친구들과 밤새 센 강변을 걸어다니며 이야기를 나눈 적도 있다. 그러다가 새벽 5시 첫 지하철을 타고 집으로 들어올 때면 지난밤 무언가 많은 일이 일어난 것 같은 기분이 들었다. 실제로 머릿속에서 많은 일들이 일어나고 있었다. 문화예술 분야에서 일하거나 그쪽 공부를 하는 남자들과 애정 관계를 가지기도 했다. 때로는 몇 달씩 함께 지내기도 했다.

마리솔은 생활비와 학비를 벌기 위해 아르바이트를 했지만, 클레르는 기꺼이 마리솔의 집세를 댔다. 클레르 자신도 파리에서 고등경영학교를 다녔기 때문에 20대 초반의 여성이 파리에서 공부를 한다는 것이 어떤 것인지를 잘 알고 있었다. 그래서 마리솔이 누리는 해방감과 자유를 이해했을 뿐만 아니라 심지어는 자유롭게 마음껏 살라고 격려하기도 했다. 그렇게 3~4년이 잘 지나갔다. 그런데 마리솔이 석사논문을 쓸 때 문제가 생겼다. 클레르는 마리솔이 책을 많이 읽어서 아는 것도 많고 워낙 진지하게 공부했기 때문에 쉽게 논문을 쓸 수 있을 걸로 예상했다. 그런데 이상하게 첫해에 논문을 못 써서 지도교수의 허락하에 한 해 더 논문을 쓰게 되었다. 그런데 다음해에도 논문을 못 쓰고 말았다. 그래도 그만둘 수가 없어서 지도교수에게 하소연하여 마지막 3년째 석사논문을 쓰게 되었다. '영화 속의 거룩함'이라는 주제였다. 엘리아데, 들뢰즈, 장뤼크 낭시 등의 책을 줄줄이 읽었는데도 글이 나오지 않았다. 머릿속이 너무 복잡해서 좀처럼 정리가 되지 않았다.

왜 그런 것일까? 마리솔은 어쩌면 남자 문제 때문에 논문 작성에 실패했는지도 모른다. 마리솔이 몇 년 전 여름방학에 아를로 내려왔을 때의 일이다. 그때 클레르가 번역센터에서 알게 된 봐이얀을 소개해준 것이 잘못이었다. 봐이얀은 불가리아 소피아 대학에서 철학박사 학위를 받고 그 대학에서 강사 생활을 하면서 장뤼크 낭시의 책을 번역하고 있었다. 장뤼크 낭시의 책은 마리솔의 논문 작성에도 중요한 참고문헌이었다. 그래서 마리솔을 봐이얀에게 소개해주었다. 그 책에서 시작해서 두 사람은 진지하게 이야기를 나누었다. 그러다가 봐이얀은 제 나라로 돌아갔다. 그런데 두 사람 사이에 어떤 관계가 만들어졌는지 봐이얀은 파리에 올 때마다 마리솔의 집에 머물렀다. 둘은 이미 사랑하는 사이가 되어 있었다. 어느 날 전화 속의 클레르가 흥분된 목소리로 말했다.

"이상하지 않니? 어쩌다보니 두 딸의 남자를 다 내가 연결해주게 된 거야."

그러던 어느 날부터 봐이얀은 마리솔의 집에 들어와서 함께 살기 시작했다. 그 사실을 알게 된 클레르는 처음에는 그런가보다 했는데 왠지 점점 불쾌해지기 시작했다. 그때까지도 클레르는 마리솔의 집세를 대고 있었다. 자기는 힘들게 일해서 돈을 보내고 있는데 딸 마리솔은 봐이얀과 동거하면서 논문을 몇 년째 끝내지 못하고 있는 상황이었다. 클레르는 나에게 이렇게 하소연했다.

"나는 언제까지 이렇게
아이들에게 돈을 대야 하는 걸까?"

클레르는 언젠가 나에게 보낸 편지에서 딸들이 스물넷과 스물여덟 살이 되었는데도 경제적으로 도와주어야 하는 자신의 처지를 시시포스 신화와 비교한 적이 있다. 온 힘을 다 들여서 무거운 바위를 언덕 위로 밀어올리면 그만 스르르 굴러내려가버리는 바위. 그러면 언덕을 내려가 다시 그 바위를 밀어올리도록 운명 지워진 그 시시포스의 처지가 아이들을 도와주고 도와주어도 끝나지 않는 자신의 처지와 같이 느껴진 모양이다. 아이들이 제 갈 길을 가게 해놓고 다시 자신의 삶으로 돌아와 자기도 여자로 살고 싶었지만, 언제나 의무감에 시달리는 엄마의 삶에 쫓기고 있었다. 당분간 참고 엄마의 의무를 다하다보면 언젠가는 자기도 다시 여자의 삶을 살 수 있겠지 생각했는데, 아이들을 돌보는 일이 좀처럼 끝이 보이지 않는 것이다. 그런 생각이 들 때 클레르는 기운이 빠졌지만, 논문 작성 막바지에 있는 딸을 무조건 격려하는 수밖에 없었다. 그런데 참 이상한 일이었다. 마리솔은 세번째 해에도 논문을 제출하지 못했다. 그래서 결국은 공부를 포기하게 되었다. 클레르는 딸 마리솔이 봐이얀을 알게 되어 논문을 마치기는커녕 또다시 실패를 거듭하자 두 사람의 관계를 부정적으로 보기 시작했다. 딸에게 내색은 하지 않았지만 봐이얀이 마리솔을 이용하는 것 같다는 느낌도 들었다.

공부를 그만둔 마리솔은 일을 해서 돈을 벌어야 했다. 언제까지 엄마에게 기댈 수는 없는 형편이었다. 집세는 엄마의 도움을 받는다고 하지만 당장 생활비만은 자기가 벌어 써야 했다. 그래서 파리 6구 렌느 거리에 있는 장난감 가게에서 점원으로 일하기도 하고, 14구의 자코메티 중학교에서 아이들을 감독하는 일도 하면서 파리에서 살아갈 근거를 만들려고 노력했다. 미래가 불확실해질수록 다른 사람에게 기대는 마음이 커진다. 마리솔은 공부를 포기하고 봐이얀과 함께 소피아에 가서 살 생각까지 해보았다. 그러나 봐이얀은 자기는 아직 그럴 형편이 아니라고 했다. 소피아 대학에 정식으로 자리를 잡고 난 다음에 생각하자고 했다. 그는 어쩌면 처음부터 둘이 소피아로 가서 살 생각이 없었는지도 모른다. 그러다가 어느 날부터 이상한 일이 생겼다.

봐이얀이 파리에 와서 함께 침대에 누워도 마리솔에게 아무 느낌이 없어졌다. 봐이얀은 정성을 다해 노력했지만 그럴수록 마리솔의 몸과 마음은 더 굳어지는 것 같았다. 더이상 봐이얀을 만나기가 싫었다. 아니 만날 수가 없었다. 누구도 만날 수가 없었다. 방 밖으로 나가고 싶지가 않았다.

결국 클레르가 파리로 올라와 마리솔을 데리고 아를로 내려왔다. 마리솔의 자유로운 파리 생활은 그렇게 끝이 났다. 아를로 내려온 마리솔은 일단 정신적으로나 육체적으로 휴식을 취하면서 다시 인생을 일으켜세워야 했다. 무기력한 상태의 마리솔을 아를로 데리고 내려오는 기차에서 클레르는 지난 일을 떠올렸다. 두 아이를 데리고 파리 생활을 청산하고 발랑스로 이사 갈 준비를 할 때였다. 그때 클레르는 지금 이렇게 파리를 떠나는 것이 정말 옳은 것일까 생각했었다. 아이들이 이전에 다니던 학교에 창피해서 돌아갈 수 없다고 했다. 이미 친구들에게 레위니옹으로 완전히 떠나는 것으로 말했고, 송별파티도 다 했기 때문이다. 그때 클레르 자신도 지쳐서 계속 파리에서 살 수가 없었던 것도 사실이다. 그래서 발랑스로 내려갔던 것이다.

그런데 파리를 떠나고 보니 파리가 그리웠다.
파리는 사람을 힘들고 지치게 하면서도
끊임없이 다양한 자극을 만들어내는 도시이기도 하다.

발랑스에는 그런 자극이 없었다. 삶에는 문화적인 자극, 지적인 자극뿐 아니라 사람에게서 받는 자극도 아주 중요하다. 파리에서는 이기적이고 때로는 얄밉지만 다양한 사람들에게서 자극을 받을 수 있다. 발랑스에 내려와 살면서 문득문득 파리가 그리워졌던 것은 그런 이유들 때문이었다. 발랑스에서 클레르는 두 딸과 부모에 둘러싸여 번역일만 했다. 발랑스에서 유일한 즐거움은 저녁 전에 삼십 분 정도 혼자 산책하는 시간이었다. 그 짧은 산책 중에 만나는 시적인 순간들과 거기서 받은 영감으로 시를 쓰고 그림을 그렸다. 그 시간은 클레르의 삶에 옹달샘과도 같았다. 그러나 발랑스에서는 클레르를 이해해줄 남자를 만나기가 어려웠다. 감수성을 나눌 수 있는 여자 친구들은 더러 있었다. 그러나 그때까지도 클레르는 남자가 필요했다. 클레르는 딸 마리솔의 이삿짐을 싸면서 전에 자기가 그랬던 것처럼 마리솔도 파리 생활에 흥분된 기대감으로 도전했다가 씁쓸한 패배감을 가지고 떠난다는 사실이 마음에 걸렸다.

아를로 내려온 마리솔에게 클레르는 전에 큰딸 알리스에게 그랬던 것처럼 번역일을 권했고, 마리솔은 다른 대안도 없고 해서 번역일을 시작했다. 한 권의 번역을 마치자 엄마가 여기저기를 손보아서 출판사에 넘겼다. 그러고 나자 마리솔은 더이상 번역일을 하고 싶지가 않았다. 그러던 어느 날 저녁 아를 볼테르 광장에서 열린 트로츠키주의 정당의 집회에 갔다가 그들과 의기투합해서 한때 지방의회 선거운동을 열심히 했다. 그러나 정치적 투쟁의식도 그리 오래가지는 못했다. 그러고 나서 아를에 있는 국립 사진학교에 등록해서 사진 공부를 시작하더니 정치투쟁은 자기 일이 아니라고 그만두었다. 누구라도 자기에게 맞는 일을 찾기는 어렵다지만 마리솔의 경우는 정말 그렇다. 사진학교를 졸업한 마리솔은 한동안 작품사진을 찍으러 다니더니 어느 순간 그 일도 그만두었다. 그러더니 최근에 엑상프로방스 대학의 예술사 석사 과정에 등록해서 읽고 싶은 책들을 읽으며 자신의 길을 모색하고 있다.

14

지금 클레르는 아를을 떠나
생레미 드 프로방스의 정신병원에 입원해 있다.
그곳은 120여 년 전
반 고흐가 입원했던 병원이다.

한참 동안 전화를 해도 받지 않아서 궁금해하고 있었는데, 내가 걱정되어서 남겨놓은 전화 녹음을 듣고 알리스가 엄마 대신 나에게 전화를 했다. 벌써 몇 주일 전부터 클레르가 아무런 바깥출입도 하지 않고 먹지도 않고 자지도 않는 생활을 했다는 것이다. 알리스가 엄마에게 잠을 계속 못 자면 병원에 가보라고 해도 클레르는 그냥 집에만 틀어박혀 있었다고 한다. 매일 전화를 했는데 어느 날 전화도 받지 않아서 아를의 엄마 집으로 달려가보니까 엄마가 의식을 잃고 쓰러져 있더라는 것이다. 그래서 급하게 앰뷸런스를 불러 아를에 있는 시립 병원으로 갔는데 입원실이 없어서 엑상프로방스의 병원에 연락했다. 그랬더니 그곳에도 자리가 없다고 생레미 드 프로방스 병원으로 가라고 했다. 알리스는 혼자서 엄마를 앰뷸런스에 태우고 생레미 드 프로방스로 가던 이야기를 하면서 눈물을 흘렸다.

"엄마를 실은 앰뷸런스를 타고 병원으로 가는 길이 너무 멀게 느껴졌어. 앰뷸런스 차에서 나는 '삥 뽕 빵 뽕' 하는 소리는 엄마를 구하기 위해서 병원으로 가는 길을 열어주기 위한 것이 아니라, 내가 지금까지 버텨온 모든 일들을 한순간에 보여주기 위한 소리였어. 내 동생 마리솔이 바칼로레아를 준비하던 그해에도 엄마의 상태가 나빠져 내가 앰뷸런스를 함께 타고 병원에 갔는데…… 이번에는 내 결혼식을 앞두고 쓰러진 엄마를 데리고 정신병원으로 가는데, 뭔지 모를 서러움이 내 가슴속에 차올랐어. 왜 이런 일이 자꾸 반복되는 건지……"

이상한 일이었다. 한 달 전 내 박사논문 심사에 왔을 때 클레르는 너무나 안정된 모습이었다. 클레르는 그날 유난히 고상한 모습으로 나타났다. 잘 손질한 머리에 옅은 화장을 하고 엷은 올리브색 투피스를 입은 클레르는 홍조를 띤 얼굴에 웃음을 가득 담고 있었다. 내 논문은 여성이 주체적 삶을 꾸려가는 데 작용하는 변수들 사이의 상호 관계를 다루었는데, 그 가운데 모녀 관계가 여성 주체 형성에 어떤 영향을 미치는가에 강조점을 두었다. 나의 문제의식과 논문 내용 요약에 이어 지도교수 테레즈 베르나노스와 사회심리학자 세르주 라플라스의 논평과 질의가 있었다. 두 사람의 논평에 대한 나의 답변이 있은 후 이십 분 정도의 휴식 시간을 가졌다. 그때 나는 무더운 여름날 두 시간 동안 긴장했더니 기운이 쭉 빠진 상태였다. 차갑게 냉방된 방에 있다가 더운 공기 속으로 나오니까 약간 어지럽기까지 했다. 클레르는 건물 앞마당으로 나와서 담배를 피우고 있었다. 무언가를 깊이 생각하고 있는 표정이었다.

잠시 후 논문 심사가 재개되었다. 사회학자 알랭 푸르니에와 여성학자 프랑수아즈 조스팽, 임상심리학자 파트리샤 페리에의 논평에 이어 나의 답변이 있었다. 그렇게 총 네 시간이 넘는 논문 심사가 끝났다. 잠시 후 심사위원들의 평가회의가 열렸고 나는 '매우 우수함'이라는 평가를 받았다. 이어서 옆방에 마련된 축하파티장에서 간단한 다과회가 열렸다. 간단한 아페리티프와 샴페인을 준비해두었다. 그때 다시 클레르의 얼굴을 보았다. 클레르는 축하한다고 내 얼굴에 볼을 맞대었고 약간 농담이 섞인 투였지만 진지함이 느껴지게 말했다.

"너의 이론에 따르면 나는 내 딸들을 주체적으로 키우지 못한 것 같아. 이제 어떻게 해보기에는 너무 늦은 것 같고……"

클레르는 논문 심사가 진행되는 네 시간 동안 많은 생각을 한 것처럼 보였다. 그날 밤부터 클레르의 생각은 복잡해지기 시작했다. 머릿속에 똑같은 질문들이 반복해서 떠올랐다.

'나의 모녀 관계는 어떤가?
나는 내 딸들과 어떤 관계를 가져왔나?
내가 딸들에게 전한 메시지들이
지금 내 딸들이 겪고 있는 고통과
어떤 관계가 있는 것일까?'

그렇게 며칠을 보내다가 클레르는 나에게 전화를 걸었다.

"네 논문 심사 때 발표한 발제문을 내게 보내줄래. 한번 자세하게 읽어보고 싶어."

나는 가라앉은 클레르의 목소리에서 무언가 심리적 변화를 감지했다. 걱정스러웠다. 친구가 내 논문에 관심을 가져주는 것은 기쁜 일이지만, 내 논문이 클레르의 인생과 너무 깊이 관련된 주제들이었기에 어떻게 받아들일지 두렵기도 했다. 이메일로 내 논문의 발제문을 보냈다. 그러고 나서 며칠 후 클레르에게 불면의 날들이 시작된 것이다.

다행히 아를의 시립 도서관에서 사서로 일하는 친구 실비안이 가끔 와서 클레르를 도와주었다. 장도 봐주고 심지어는 불면증으로 시달리는 클레르가 자는 장소를 바꾸면 나아질까 해서 자기집으로 데려가기도 했다. 그러나 증상은 점점 더 심해졌다.

사실 클레르는 그동안 너무 힘들고 외롭게 살아왔다. 두 딸에 대한 엄마의 책임을 다하려고 애쓰면서도 여자로서 자신의 삶이 공허하다는 생각이 들 때면 조급함과 좌절감이 밀려오곤 했다. 사실 어쩌면 클레르는 엄마로 살기보다는 여자로 살고 싶은 마음이 더 컸는지도 모른다. 그러면서도 경제적으로 자립하기 위해 다른 일을 다 접어두고 번역일에 몰두했다. 그렇게 20년 이상을 살아왔다. 그러다가 결국 클레르는 자기를 억누르는 정신적 고통을 견디지 못하고 쓰러져 병원으로 실려간 것이다. 알리스를 통해 소식을 듣고 난 후 통화가 가능한 시간에 생레미 드 프로방스의 정신병원에 전화를 걸었을 때 클레르는 말했다.

"참 이상하지?
내가 좋아하던 반 고흐가 입원했던

그 병원으로 내가 와 있으니."

그곳에서 클레르는 많은 그림을 그렸다. 그 병원은 미술치료로 유명한 곳이었다. 장피에르 마티스라는 이름의 정신과 의사가 그곳에서 시작한 예술치료는 반 고흐의 흔적을 찾아 생레미를 방문하는 관광객들에게도 점차 알려지게 되었다. 그 의사는 치료에 참가한 환자들이 그린 그림과 시화 등을 고흐가 머물렀던 병실로 올라가는 계단과 1층 전시장에 전시했다. 나는 클레르의 전화 속 목소리를 들으며, 6년 전 그 병원에 처음 가보았을 때 2층으로 올라가는 계단에서 보았던 어떤 여성환자가 쓴 글을 떠올렸다. 그것은 그 환자가 반 고흐에게 쓴 편지 형식의 글이었다. 그 편지를 읽으면서 고흐의 고통에 절실하게 공감하던 그 여자의 깊은 고통이 나의 가슴에 새겨졌던 기억이 났다. 클레르는 바로 그 병원에 입원해 있는 것이다.

클레르는 그곳에서 두 달 동안 치료를 받고 퇴원했다. 알리스의 결혼식 준비를 위해 다소 서둘러 퇴원했다. 알피유 산맥이 보이는 에갈리에르에서 열린 알리스의 결혼식 당일에도 클레르는 의사의 지시에 따라 모든 사람이 댄스파티를 시작하는 밤 10시경에 피로연 자리를 떠났다. 너무나 안타까운 일이었지만, 밤에 흥분된 상태에 피곤한 몸으로 앉아 있다가 또 어떤 일이 일어날지 몰랐기 때문이다.

퇴원 후 클레르는 약물치료를 받으며 일주일에 한 번씩 통원치료를 받았다. 그러던 어느 날 그 병원으로부터 100유로짜리 수표가 동봉된 편지 한 통을 받았다. 클레르가 미술치료 프로그램에서 그린 그림이 어느 미국 중년 여성에게 팔렸다는 것이다. 작은 고리들을 종횡으로 연결해서 그린 그 그림은 200유로에 팔렸는데, 반은 미술치료 프로그램에 쓰게 되어 있기 때문에 나머지 반만 클레르에게 보낸다는 내용이 적혀 있었다. 편지에는 그림을 산 미국 여성이 그림 속의 고리들을 고독에서 벗어나 다시 인간관계를 회복하고 싶은 열망을 표현한 것으로 해석했다는 내용이 적혀 있었다. 그런 이야기를 하고 나서 클레르는 나직한 목소리로 말했다.

"그런데 사실 그 고리들은 나를 둘러싼 정신적 감옥을 의미하는 거야."

클레르는 퇴원 후 점차 안정을 되찾아갔다. 그런데 전처럼 사진을 찍거나 그림을 그리지 않았다. 마음의 동요가 없어진 건 좋은데, 그와 함께 무엇을 보고 예민하게 느끼던 감수성도 사라져버렸기 때문이다. 가치를 추구하고 아름다움을 창조하고 싶은 욕구는 어디로 다 없어진 듯했다. 굴곡이 있던 과거가 그냥 평평한 땅이 되어버린 느낌이 들었다. 덤덤해지고 밋밋해진 클레르는 클레르 같지 않았다. 그래서 나는 클레르에게 자신의 삶을 글로 정리해보라고 권하기도 했고, 그림을 그리거나 사진을 찍는 작업을 다시 시작해보라고 부추기기도 했다. 그럴 때마다 클레르는 이렇게 말하곤 했다.

"어쩌면 엄마와의 갈등에서 오는 고통과 분노가 내가 사진을 찍거나 그림을 그리게 하는 동력이었는지도 몰라. 그런데 이제 그 힘이 없어졌어. 정신과 약을 먹어서 그런지 내 마음에 요동치던 파도가 잔잔해졌어. 이제 더이상 엄마와 갈등도 없고 엄마를 그냥 다 받아들이게 되었어. 얼마 전에는 엄마가 예전에 내가 발랑스에 있는 다 무너져가는 집을 사서 고치던 일을 이야기하는 거야. 예전에는 내가 미친 짓을 벌인 거라고 이야기했었지. 그런데 그 집이 있던 거리 이름까지 기억하면서 '그 집을 네가 참 정성껏 고쳤는데…… 넌 집 고치는 데에도 소질이 있나보다'라고 하는 거야. 엄마도 이젠 나를 받아들이는 것 같아…… 아마 내 마음의 고통이 없어지면서 그림을 그리고 싶다거나 시를 쓰고 싶다거나 사진을 찍고 싶다는 욕구도 다 없어져버린 것 같아."

그런 클레르의 이야기를 듣다보면 그렇게 민감하고 예리한 시선으로 사진을 찍고 그림을 그리던 클레르의 모습이 떠오르면서 안타까운 심정이 든다. 그러나 무엇을 표현하겠다고 애쓰는 마음의 원동력이 고통이라면, 내가 클레르에게 글이나 이미지로 자신을 표현해보라고 말하는 것은 다시 고통을 가지라는 뜻이 아닌가 하는 생각도 든다. 그럼에도 내가 아는 클레르는 편한 마음으로 번역일을 하면서 하루하루를 살아가도록 만들어진 사람은 아니라는 생각이 든다. 고통이 원동력이 되지 않고도 자기를 마음껏 표현하는 예술적인 삶은 불가능한 일일까?

15

나는 이제 내일 오후면 다시 파리로 가는 기차를 탄다. 지난 일주일 동안 아를에 머무르다보니 파리에서 지쳤던 몸과 마음이 다시 살아나는 듯하다. 아를에서는 장보기에서 우체국 일이나 은행 일에 이르기까지 모든 일을 걸어다니며 처리할 수 있다. 아침나절에는 생트로핌 성당의 회랑에서 조용한 시간을 갖다가 성당 옥상에 올라 가벼운 바람을 맞으며 아를의 지붕들을 내려다보기도 하고, 오후에는 조금 멀리 있는 알리스캉이나 고대 박물관까지도 쉽게 걸어서 다녀올 수 있다. 해가 질 무렵에는 론 강가를 걸을 수도 있다. 아를은 걷는 사람을 위한 도시다. 며칠 그렇게 지내다보면 내가 사는 파리는 아득히 먼 곳같이 느껴지고 파리에서의 분주한 일상은 까마득하게 잊힌다. 아주 먼 어디론가 와 있는 것 같은 느낌도 들고 오래전부터 이런 리듬으로 살았던 것 같기도 하다. 때로는 어린 시절 오랫동안 살았던 장소에 돌아와 있는 것 같은 편안함을 느끼기도 한다.

오늘 오후에는 론 강변에 자리잡고 있는 악트쉬드 출판사 옆 카페에서 클레르를 만나기로 했다. 갈리마르와 쇠이유를 비롯한 프랑스의 이름 있는 출판사들은 파리의 6구 센 강 좌안 생제르맹데프레 구역에 밀집해 있다. 하지만 악트쉬드 출판사는 예외적으로 프로방스의 고도 아를에 자리잡고 있다. 출판사 건물은 서점과 카페 그리고 영화관이 함께 있는 복합문화공간이다. 강변을 산책하다가 그 노란색 출판사 건물 앞 카페테라스에서 클레르를 기다렸다. 햇빛은 부드러웠고 강바람이 테라스에 세워놓은 커다란 화분 속의 올리브나무 잎들을 가볍게 흔들고 있었다. 클레르는 일주일 전에 만났을 때보다 조금 생기를 되찾은 것 같기도 했지만 여전히 쓸쓸해 보였다. 마음이 아팠다. 나는 클레르의 고통에 무언가 책임감을 느끼고 있었다. 클레르는 내 논문 심사에 참석하고 난 다음에 입원했기 때문이다. 그때만 해도 클레르는 환한 모습이었는데…… 무엇이 클레르를 다시 한번 늪으로 빠지게 했던 것일까? 클레르는 내 마음을 어떻게 읽었는지 이렇게 말했다.

"네 논문 심사 직후에 그런 일이 있었지만 네가 죄책감을 느낄 필요는 없어. 알리스 결혼식 준비를 하면서 내가 스트레스를 너무 많이 받았던 것 같아. 여러 가지 일로 심사가 복잡해지면서 오랫동안 쌓였던 문제들이 한꺼번에 수면으로 떠오른 거야."

클레르는 나와 이야기를 마치고 에갈리에르에 있는 알리스의 집으로 떠났다. 자주 다녀서 눈을 감아도 아는 길이지만 운전대 앞에 앉으면 지나치게 긴장된다. 생레미 병원에서 퇴원한 이후 더 그렇다. 특히 운전대에 앉아서 잠시 심호흡을 하고 시동을 걸기까지가 가장 긴장된 순간이다. 시동을 걸고 차가 출발하고 나면 조금씩 안정을 되찾는다. 작은 마을들이 나타나기 시작하고 거의 차가 없는 시골길을 달리다보면 클레르의 마음은 평온해진다.

16

아를에서 파리로 올라온 이후 내가 클레르를 직접 만날 기회는 없었다. 그러나 서로 가끔씩 전화 통화를 하고 지낸다. 어제 저녁에 클레르가 전화해서 근황을 알려주었다. 오늘은 클레르의 큰딸 알리스의 생일이다. 알리스와 알리스의 남편 브뤼노, 두 사람의 아들 티보, 그리고 마리솔과 클레르, 브뤼노의 엄마와 새아버지 이렇게 일곱 명이 알피유 산으로 둘러싸인 조용한 시골마을 에갈리에르의 '느티나무 식당'에서 생일축하 모임을 가질 예정이란다. 클레르는 힘들었던 우울증에서 벗어나 다시 전처럼 번역일에 몰두하며 일상을 꾸려나가고 있다. 작은딸 마리솔은 엑상프로방스 대학에서 예술사 공부를 열심히 하고 있다. 알리스의 말처럼 클레르와 그녀의 딸들은 이제 어려운 국면의 한 단계를 넘어선 것처럼 보인다.

전화를 끊고 나서 조용히 눈을 감고 3년 전의 시간으로 돌아가 본다. 그때 클레르의 모습이 떠오른다. 서울을 떠나 파리로 온 지 얼마 안 되었을 때다. 그때 나는 파리에 살 집을 계약해놓고 집이 비는 날을 기다리며 아를로 내려와 지내고 있었다. 클레르가 수소문해서 얻어준 원형경기장 앞의 단기 임대아파트에서 앞으로의 프랑스 생활을 계획하며 하루하루를 지내고 있었다. 어느 날 저녁식사에 내가 임시로 살던 그 아파트에 클레르와 알리스를 초청했다. 마리솔은 파리에 있어서 참석하지 못했다. 그날 저녁 간단하게 차린 식사를 마치고 길게 이야기를 나누다가 자정이 넘어서야 두 모녀는 일어섰다. 나는 원형경기장 쪽으로 난 유리창 앞에 서서 아래쪽을 바라보았다. 두 사람은 건물 대문 앞에서 고개를 뒤로 돌려 나를 향해 손을 흔들어 인사한 후 원형경기장 정문 앞 계단을 걸어 올라갔다. 올라가면서 한두 번 더 뒤돌아보았던 것 같다. 그러더니 원형경기장 위쪽 언덕에 있는 자기집을 향해 곧바로 가지 않고 아래쪽으로 다시 걸어내려와 내가 사는 집 창문 바로 앞으로 걸어왔다. 나는 희미하게 불이 켜진 창가에 서 있었고, 모녀는 조명으로 밝혀진 원형경기장 옆 난간에 몸을 기대고 건물 3층 유리창 가에 서 있는 나를 올려다보았다. 그러더니 다시 한번 잘 자라는 말을 남기고 돌아갔다. 클레르는 그렇게 인정이 많아서 때로는 언니처럼 느껴지고, 때로는 착하지만 약한 동생처럼 느껴지기도 했다. 그때

조명이 비치는 원형경기장을 배경으로 하여 나를 향해 미소짓던 클레르의 모습이 지금도 선명하게 떠오른다.

그러나 지난번 아를을 떠나기 전날 론 강변의 카페에서 만나 이야기를 마치고 돌아가던 클레르는 뒤를 돌아보지 않았다. 자기가 말한 그 모든 상처를 실은 몸을 힘겹게 지탱하며 묵묵히 경사진 언덕길을 올라가고 있었다. 3년 전 나에게 미소를 보내며 원형경기장 앞길을 걸어올라가던 클레르의 모습이 그 위에 겹쳐졌다. 과연 클레르가 정신과 치료로 감정을 조절하는 의존 상태를 끝내고, 고통스럽더라도 자신의 생각과 느낌을 사진과 그림과 글을 통해 창조적으로 표현하던 삶을 되찾을 수 있을까? 다시 3년 전의 모습으로 돌아갈 수 있을까?

가을이 가고 겨울이 왔다. 그러던 어느 날 클레르에게서 전화가 왔다. 목소리가 한결 밝아졌다. 2월 말까지 넘겨야 할 번역 원고를 12월 중순에 다 마쳤다고 한다.

"난 번역을 빨리 해."

클레르는 상태가 심히 나빠져 일할 수 없을 때만 빼고는 늘 엄청난 집중력으로 번역을 한다. 나는 '클레르가 오뚝이처럼 또다시 일어섰구나!'라고 생각했다. 대단한 회복력이고 엄청난 탄력성이다. 일이 빨리 끝나서 연말연시를 편안하고 여유 있게 지내게 되었다고 했다. 그리고 쓰다가 말았던 자기 인생 이야기를 계속 써볼 생각이라 말했다.

"나는 요즘 다시 책을 쓰고 있어. 내 아동기와 젊은 시절의 고통이 책의 주제야. 다 쓰고 나면 출판할 생각도 있어. 엄마는 자기의 중요한 면을 스스로에게도 감추고 살아왔어. 엄마는 이제 알츠하이머 병에 걸려 옛날 일들을 기억하지 못해. 어쩜 엄마는 자기만의 비밀을 너무 오래 간직하고 살아서 그런 병에 걸렸는지도 몰라……"

무언가 글을 쓰려고 한다는 것은
아직도 그에게 해결되지 않은 고통이 있음을 말한다.
나는 클레르가 자기 이야기를 글로 다 쓰기를 바란다.

클레르가 자기 인생을 글로 다 쓰고 나면 마음의 평화를 찾을 수 있을까? 글쓰기가 그녀의 마음을 다독거려줄 수 있을까? 그리고 편안한 마음으로 자기가 하고 싶은 일을 하면서 살아갈 수 있을까?

중년의 여자가 홀로 늙어간다는 것

동서 냉전을 겪은
프랑스 여성의 내면 이야기

01

누구에게나 꼭 해야 한다고 생각하지만
하지 못하고 지내는 일들이 있다.

지난 몇 해 동안 제르멘을 보러 가야 한다고 생각했지만 이런저런 이유로 뒤로 미루면서 지냈다. 그러다가 더이상은 안 되겠다 싶은 마음이 들어서 어느 날 자동차를 빌려 먼길을 떠났다. 파리에서 베르사유 방향으로 차를 몰고 가다가 노르망디 방향으로 접어들었다. 아침에 길을 떠날 때는 4월인데도 불구하고 날씨가 제법 쌀쌀하고 안개가 깔려 있더니만, 이내 안개는 사라졌고 정오가 가까워지면서 기온이 점차 올라 다시 초봄 같은 분위기가 되었다. 도중에 '플레르'라는 이름의 마을에 차를 세우고 시청 앞 카페에 들러 간단하게 점심식사를 마친 다음 '라페리에르 오제탕'으로 향했다. 제르멘은 4년 전 파리 교외 부르라렌의 아파트를 떠나 그곳에 있는 양로원에서 인생의 끝자락을 보내고 있다.

양로원에 도착할 무렵 차가운 빗방울이 떨어지기 시작했다. 길가의 나무들은 비가 오기 시작하자 선명한 초록색으로 반짝였다. 라페리에르 오제탕 마을에 들어서서 처음 나타난 동네 빵집 앞에 차를 세우고 양로원의 위치를 물어보았다. 빵집 주인은 프랑스어로 말하는 아시아 여자를 신기한 듯 바라보며 양로원의 위치를 친절하게 가르쳐주었다. 이곳이 외국 사람을 거의 볼 수 없는 작은 시골마을임을 직감할 수 있었다. 양로원은 마을 중심에서 그리 멀리 떨어져 있지는 않았지만, 차가 거의 다니지 않을 것 같은 한적한 길 옆 언덕에 위치하고 있었다. 양로원으로 인도하는 언덕길로 들어서 본 건물에 도달하기 전 언덕 중간에 마련된 야외 주차장에 차를 세웠다. 방문객이 거의 없는 듯 커다란 주차장에는 빈자리가 많았다. 차에서 내려 언덕 위의 양로원 건물 입구를 향해 천천히 걸어올라갔다. 빗방울이 제법 차가웠지만 우산을 쓰지 않았다.

양로원 건물 1층은 거의 전면이 투명한 유리창으로 되어 있었고, 거기에 앉아 한가한 오후 시간을 보내고 있는 노인들의 모습이 한눈에 들어왔다. 몇몇이 모여 있기도 했지만 대부분은 혼자서 누구를 기다리는 듯 바깥쪽을 바라보며 앉아 있었다. 그곳의 노인들은 아무도 자기를 찾아오지 않을 것을 다들 알고 있는지도 모른다. 그저 유리창을 통해 비 오는 풍경을 바라보며 지난날들을 회상하고 있을 것이다. 나는 언덕을 올라가면서 어느 순간부터 거기에 힘없이 앉아 있던 노인들의 시선이 나에게 집중되는 것을 느꼈다. 비 오는 봄날 오후, 웬 동양 여자가 이 외딴 양로원에 누굴 찾아왔을까 하는 호기심이 노인들의 표정에서 묻어났다. 그 노인들 사이에서 제르멘의 얼굴이 보였다. 휠체어에 앉아 이쪽을 바라보고 있었다. 그 뒤에는 누군가 돌보는 사람인 듯, 한 여자가 휠체어의 양쪽 손잡이를 붙잡고 서 있었다. 하얀 옷을 입고 앉아 있어서인지 멀리서도 힘이 없고 창백해 보였지만, 남을 맞이할 때 보여주던 제르멘 특유의 성의 있는 단정함이 느껴졌다. 나는 그쪽을 향해 힘차게 손을 흔들어 보이며 발걸음을 재촉했다.

오랫동안 알아온 사람을 아주 오랜만에 전혀 생소한 장소에서 만나면 마음속에 기대와 설렘의 파동이 일어난다. 그날 나도 그랬다. 차를 타고 가는 내내 두근거리는 가슴을 진정시킬 수 없었다. 드디어 양로원의 현관문을 밀고 들어섰다. 멀리서 얼핏 보았던 제르멘 쪽으로 걸어갔다. 그런데 그 노인은 제르멘이 아니었다. 나도 그 노인도 실망했다. 내가 하도 확신에 차서 웃으며 그를 향해 손을 흔들었기 때문에 그 노인도 누군가 자기를 찾아온다고 기대했을지도 모른다. 당황한 마음에 양로원 응접실 왼쪽에 모여 있는 노인들을 서둘러 바라보았다. 제르멘의 모습이 보이지 않았다. 분명 제르멘이었는데…… 잘못 본 모양이었다. 내가 제르멘의 얼굴을 잊어버린 것도 아닌데…… 기대가 환상을 낳은 모양이었다.

당황한 마음을 수습하고 난 다음, 거실 오른쪽 입구의 양로원 사무실로 가서 직원에게 제르멘을 만나러 왔다고 말했다. 잠시 후 원장이 나오더니 나를 제르멘의 방으로 직접 안내했다. 원장은 제르멘의 큰아들로부터 오늘 오후에 손님이 올 거라는 소식을 받았고 제르멘에게도 알려놓았다고 말했다. 고객을 대하는 습관적인 친절이 느껴지는 원장의 안내를 받으며 계단을 올라갔다. 2층 복도에 들어서니 알 수 없는 냄새가 복도에 가득차 있었다. 그 냄새는 내가 만날 제르멘이 더 이상 예전의 그녀가 아닐 거라는 예감을 갖게 했다. 한 걸음씩 발길을 옮길 때마다 그런 느낌이 더 확실하게 다가왔다. 포르말린과 화장실 냄새가 혼합된 특이한 냄새가 복도 전체를 휘감고 있었다. 거기에는 일반 병원 입원실에서 나는 냄새하고는 다른 무엇이 있었다. 왠지 어떤 막다른 장소를 향해 가고 있다는 느낌이 엄습해왔다. 미지의 어떤 곳, 막혀 있고 흐르지도 않고 그저 고여 있는 포르말린의 공간 속으로 들어가고 있다는 느낌에 점점 몸이 긴장되었다.

아무도 없는 복도는 동굴 속처럼 조용했다. 가끔 문이 열린 방들이 있었지만 그 안에 사람들은 보이지 않았다. 단지 침대 가장자리와 거기에 걸려 있는 실내용 가운이라든가 창문가에 놓인 약봉지 같은 것들이 얼핏얼핏 보일 뿐 거기에 누가 있다는 기운을 느낄 수가 없었다. 그 복도의 냄새와 분위기는 이곳이 이제 삶을 거의 마감하고 죽음을 기다리는 사람들이 사는 장소라고 말하고 있었다. 그렇다.

그건 죽음을 기다리는
꺼져가는 삶의 냄새였다.
그 이상한 냄새가
죽음을 가까스로 밀어내며 막고 있었다.
그 냄새마저 없다면
죽음이 삶을 금방 삼켜버릴 것 같은 분위기였다.

방문을 열자 파자마 차림의 백발노인이 침대에 힘없이 누워 있었다. 4년 만에 처음 보는 제르멘의 얼굴이다. 살이 좀 찐 것 같기도 하고 얼굴이 더 하얘진 것 같기도 했다.

"누가 올 줄 알았으면 옷을 갈아입고 있었어야 하는데…… 깜빡 잠이 들었던 모양이야…… 이런 차림으로 손님을 맞다니…… 이렇게 하고 있어서 미안해……"

다른 말은 없었고 자기의 옷차림이 예의를 갖추지 못한 것에 대해 미안하다는 말만 자꾸 반복했다. 반가운 얼굴로 나를 맞이해서 처음에는 나를 알아보는 줄 알았다. 그런데 손님이 올 것을 예상하지 못했다는 제르멘의 말이 의아했다. 원장은 분명히 내가 오늘 오후 양로원을 방문할 것임을 제르멘에게 알렸다고 하지 않았는가. 제르멘은 내가 누군지 모르면서 그냥 말만 자연스럽게 하고 있었다. 어려서부터 몸에 익혀온 예절 바르고 교양 있는 태도는 그대로였다. 똑같은 목소리로 똑같은 웃음을 띠고 내 앞에서 상냥하게 말하는 사람은 분명 내가 아는 제르멘인데 그 제르멘이 나를 알아보지 못하고 있었다. 환자복 사이로 종이 기저귀를 착용하고 있는 모습이 보였다. 순간 가슴속이 싸하기도 하고 울렁거리도 했다. 나는 속으로 중얼거렸다.

'그렇게 명석하고 단정하고 자신을 잘 관리하던 제르멘이 이 지경이 되다니……'

며칠 전 제르멘의 큰아들 블라디미르와 통화할 때 그가 다소 불편해했던 것이 생각났다. 일 년 전까지만 해도 블라디미르는 제르멘이 내 이야기를 자주 한다면서 언제 한번 자기 부부와 함께 엄마가 있는 양로원에 가자고 했었다. 그런데 이번에 정작 내가 제르멘을 보러 가겠다고 말하니까 같이 가겠다고 나서지도 않고, 무언지 불편해하면서 힘이 없는 목소리로 엄마가 전과 같지 않다고 말끝을 흐렸다. 그렇지만 나에게 양로원 가는 길을 자세히 설명해주었고, 엄마에게 내가 방문하는 시간을 꼭 전하겠다고 말했다. 내가 양로원 언덕길을 걸어 올라가면서 아래층 응접실에 앉아 바깥을 바라보는 어떤 노인을 제르멘으로 오인했던 것도, 이미 나의 방문을 알렸기 때문에 제르멘이 내가 오는 시간에 맞추어 거실에 내려와서 나를 기다리고 있을 것이라 예상했기 때문이다. 파리 근교 부르라렌에 살 때 제르멘은 내가 방문하는 날이면 늘 준비된 모습으로 나를 반갑게 맞아주었다. 그런데 양로원 병실의 방문을 열고 들어섰을 때 무언가 이상했다. 누군가를 기다리는 분위기가 전혀 아니었다. 제르멘의 표정은 마치 예상치 않은 사람이 나타났다는 느낌을 전해주었다. 블라디미르가 전화 통화에서 전과 다른 태도를 취했던 것이 이해가 되었다. 엄마의 치매 증세가 심해져서 사람을 잘 알아보지 못하는데 내가 가서 실망할 것을 걱정했던 것이다. 나는 그 순간 좀더 일찍 찾아오지 않은 것을 후회했다. 나를 알아보지 못하는 것이 확실했지만, 그래도 예전처럼 제르멘에게 안부를 물었다. 이곳에서 지낼 만하냐고 묻기도 했고 아이들의 소식도 물어보았다.

"괜찮아. 난 아픈 게 아니야.
늙은 거지.

우리 아이들은 다 너무 흩어져서 살아. 제일 가까이 있는 큰아들네가 30킬로나 떨어진 곳에 있으니 말이야…… 둘째 이고르와는 연락도 거의 끊겼고…… 세르주는 미국에 있으니……"

막내아들 세르주 얘기를 하던 제르멘은 어린아이 같은 눈빛으로 나를 바라보면서 이렇게 말했다.

"세르주가 보고 싶어."

제르멘의 목이 메었다. 볼에는 눈물이 흐르고 있었다. 나도 눈시울이 뜨거워졌다. 잠시 후 제르멘은 이고르의 딸 헬렌 이야기를 했다. 헬렌이 어릴 적 이고르는 헬렌의 엄마와 이혼했다. 그래서 제르멘이 그 손녀를 돌보았다.

"헬렌이 자주 찾아와. 헬렌은 참 착해. 난 헬렌의 엄마를 정말 좋아했는데……"

이제 제르멘은 자기만의 작은 세상 안에서 살고 있다. 자기 밖의 세상과 다른 사람들과는 거의 무관하다. 그러나 누가 질문을 하면 대답은 한다. 나는 제르멘의 젊은 시절 이야기를 꺼냈다. 제르멘은 나를 만날 때면 유럽 여러 나라에서 살았던 경험과 세계 곳곳을 여행했던 이야기를 많이 해주었기 때문이다.

"젊은 시절 살았던 곳 가운데 어디가 제일 좋았어요?"

"난 남불의 사나리가 제일 좋아. 그다음에는 아드리아해."

자기가 좋아했던 장소들을 떠올리자 제르멘의 얼굴은 생기를 되찾았다. 그러더니 나더러 어디에서 왔느냐고 물어보았다. 나중에 생각해보니 그 말은 너는 누구냐는 질문이었는데, 당황한 나는 파리에서 왔다고만 대답했다. 그렇게 말하면서도 그런 문답을 주고받는 상황이 어처구니없었다. 제르멘은 내 말을 못 알아들었다. 내가 어느 조사기관이나 복지기관에서 나온 사람인 줄 안 모양이었다. 나는 힘주어 다시 파리에서 왔다고 말했지만 소용이 없었다. 그랬더니 제르멘은 귀가 잘 안 들린다고 했다. 그래서 얼른 흰 종이를 꺼내 PARIS라고 크게 써서 내밀었다. 그래도 소용없었다. 그러더니 귀가 안 들리는데 보청기를 어디에 놔두었는지 모른다고 하면서, 간호사들이 자기들 마음대로 자꾸 치운다고 불평했다. 그때 내 눈에 침대 바로 옆 탁자의 서랍이 열려 있는 모습이 보였다. 그 안에 제르멘의 보청기가 들어 있었다.

그날 내가 본 제르멘은 나의 유학 시절 나에게 관심을 갖고 걱정해주고 격려해주던 제르멘이 아니었다. 내가 언제라도 논문을 쓰면 자기가 프랑스어 수정을 해주겠다고 말하던 제르멘이 아니었다. 그래도 제르멘을 빨리 떠날 수는 없었다. 그래서 나는 제르멘이 알아듣든 말든 그냥 내 근황을 이야기했다. 제르멘은 내 이야기를 듣는 듯했지만, 거기에 존재하지 않는 듯 빈 눈빛으로 나를 바라보고 있었다. 내가 제르멘에게 하는 이야기는 마치 물병 속으로 들어가지 못하고 물병의 외벽을 타고 미끄러지는 물같이 무용했다. 그런데 어느 순간 갑자기 제르멘이 부끄러운 듯한 얼굴로 이렇게 말했다.

"참 이상해. 내가 전차를 탔는데 돈이 없었어. 그래서 다른 사람이 대신 내주었지."

그때 나는 그 말에 적절한 반응을 하지 못했다. 무어라 대꾸할 수가 없어서 그 말 속에 숨은 뜻을 해석해보려고 했다. 제르멘이 막연하게 돈 걱정을 하고 있는 것일까? 현재 돈이 없어서 불안하니까 돈을 좀 달라는 뜻이었을까? 아는 사람이 아무도 없이 양로원 병실에서 혼자 지낼 미래에 대한 막연한 불안감의 표현일까? 아니면 오랜 세월 간직해온 생존수단 확보를 위한 강박감의 표현일까?

02

내가 제르멘을 알게 된 것은 1983년 봄 파리 대학 국제기숙사에서다. 더 정확하게 말하면 기숙사 중앙관 게시판에 붙어 있던 작은 알림이 매개체가 되었다. 거기에는 학생 시절 국제기숙사에 살았던 사람들이 만든 동우회에서 외국인 학생들의 프랑스어 보고서나 논문을 교정해주는 자원봉사를 한다는 사실을 알리는 내용이 적혀 있었다. 그래서 그 건물 2층에 있는 동우회 사무실을 방문해서 제르멘의 주소와 전화번호를 알게 되었고, 며칠 후 오후에 파리 남쪽 교외로 가는 고속전철 B선을 타고 부르라렌에 있는 제르멘의 집을 찾아갔다.

역에서 내려 시내 중심부를 지나 한참 걸어들어가니까 5층짜리 아파트 대여섯 채 정도가 띄엄띄엄 배치된 '프티 샹보르'라는 단지가 나왔다. 단지 안에는 마로니에와 플라타너스 나무의 여린 잎들이 터져 나오고 목련꽃이 한창이었다. 단지 입구 안내도에서 3동 402호의 위치를 확인했다. 3동 건물 현관에서 인터폰으로 도착을 알리자 굳게 닫혀 있던 문이 툭하고 열렸다. 승강기를 타고 올라가 4층에 내려 왼쪽으로 걸어들어갔다. 곧 402호가 나왔다. 출입구 옆의 초인종을 떨리는 마음으로 조심스럽게 눌렀다. 깨끗하고 고상하게 생긴 초로의 프랑스 여성이 단정한 샤넬풍의 투피스 차림으로 나왔다. 그게 나와 제르멘의 첫 대면이었다.

제르멘은 나를 거실로 인도했다. 현관과 분리된 거실문을 열고 들어가자 정면의 유리창 밖으로 나무들이 보였고, 벽에 부착된 서가에는 책들이 빼곡하게 꽂혀 있었다. 서가 옆 벽을 마주하고 있는 고풍스러운 책상에 점잖고 진지해 보이는 중년 남자 사진이 놓여 있었다. 내가 그 사진을 유심히 바라보자 제르멘은 자신의 남편이라고 말했다. 사진 속의 남자는 오래된 서가를 배경으로 서 있는데, 둥그스름한 얼굴에 머리가 조금 벗어진 건장해 보이는 50대 남자였다. 눈빛이 유난히 강렬했다. 사진 위쪽 벽에는 지중해의 어느 해안처럼 보이는 풍경화 한 점과 수평선이 길게 펼쳐진 바다를 거의 추상화에 가깝게 그린 수채화 한 점이 나란히 걸려 있었다. 거실 왼쪽 식탁 뒤의 벽에는 제법 큰 초상화가 걸려 있었는데 돌아가신 아버지라고 했다. 텔레비전은 없고 장식장 가운데 두 개의 오디오 스피커가 보였다. 거실은 전체적으로 간소하지만 잘 정리되어 있었고 지적인 분위기를 풍겼다. 내가 창가의 테라스가 마주보이는 소파에 등을 기대고 앉아 있는 동안 제르멘은 부엌으로 가서 진한 향을 풍기는 커피를 끓여왔다. 나는 그때 커피와 곁들여 나온 '애프터 에이트'라는 페퍼민트 초콜릿 맛을 지금도 생생하게 기억하고 있다.

내가 부르라렌으로 가기도 했지만 때로 제르멘이 파리로 오기도 했다. 제르멘과 내가 파리에서 만나는 장소는 뤽상부르 공원 앞 로스탕 카페였다. 나는 1980년 유학 시절 이 카페를 가끔씩 들렀는데, 제르멘은 1930년대 소르본 대학을 다닐 때부터 이 카페를 다녔다고 한다. 제르멘은 그곳으로 집에서 수정한 나의 논문을 가지고 나왔다. 내가 글을 쓴 의도를 물어보면서 몇 군데 마지막 수정을 마친 다음에는 논문을 떠나 다른 많은 이야기를 나누었다. 제르멘과 나의 만남은 실용적인 목적으로 시작된 관계였지만, 점차 감정적인 유대감이 형성되면서 서로 믿고 의지하는 관계로 바뀌어갔다.

1989년 내가 공부를 마치고 파리를 떠나게 되었을 때, 제르멘은 저녁식사를 직접 차려주겠다며 나를 집으로 초대했다. 나는 그날 몽파르나스에 있는 프낙FNAC에 들러 최신형 소형 카메라를 사서 제르멘에게 선물했다. 제르멘은 자주 여행을 다녔는데, 무거운 구형 카메라를 가지고 다니는 게 힘들어 보였기 때문이다. 내가 귀국한 이후 제르멘은 그 카메라로 찍은 여행사진들을 보내주곤 했다. 그날 저녁식사를 마치고 귀국 후의 계획 등 여러 이야기를 나누다가 마지막 인사를 나누고 떠나려는 순간 제르멘은 내 손을 붙잡았다. 그리고 이렇게 말했다.

"꼭 편지해.
한마디 말이라도 좋으니까 가끔씩 소식을 알려줘……"

그러나 나는 한국에 돌아와 현실과 생활에 부대끼면서 제르멘의 작은 기대에 부응하지 못했다. 크리스마스 때가 되면 한국의 풍경사진이 들어간 다음해 달력과 카드를 보내는 일로 겨우 소식을 알렸을 뿐이다.

03

제르멘의 성은 오샤닌이다. 제르멘 오샤닌. 제르멘은 아버지가 붙여준 이름이고 오샤닌은 남편의 성이다. 결혼 전에는 제르멘 르클레르로 불렸다. 아버지 알렉상드르 르클레르는 노르망디의 중심도시 아미앵의 고등학교 교장 선생님이었다. 1913년생인 제르멘은 외동딸이었다. 부모님의 각별한 사랑을 받고 자랐다. 엄마는 성당에서 봉사하는 일 말고는 늘 집에 있으면서 편안하고 평화로운 집안 분위기를 만들었다. 제르멘이 어린 시절 학교에서 집으로 돌아오면 늘 엄마가 반갑게 맞아주었다. 제르멘이 고등학교를 들어갈 무렵 엄마의 성당 봉사 활동이 더욱 활발해졌다. 엄마는 감추어진 그늘 속에 사는 사람들을 용케도 찾아내어 도움을 주는 일을 했다. 억울한 일을 당한 사람들을 위해 관청에 보내는 편지를 대신 써주기도 했고 함께 관공서에 뛰어다니기도 했다. 엄마의 집안은 아미앵 토박이여서 아는 사람들이 많았다. 엄마는 그런 사회적 관계를 이용해서 어려운 사람들을 도왔다.

아버지는 엄마의 그런 활동을 적극 지지했다. 제르멘의 부모님은 어려운 처지에 있는 남들을 도우며 사는 것이 이 세상에서 가장 고상한 일이라는 믿음을 갖고 사는 사람들이었다. 엄마의 바깥일이 많아지면 집안일에 공백이 생겼다. 그러면서 가사 분담에 변화가 일어났다. 아버지가 그전보다 집안 살림을 적극적으로 하게 되었다. 아버지는 자기보다 늦게 집으로 돌아오는 엄마를 위해 따뜻한 저녁을 준비해놓고 기다렸다. 저녁식사를 하면서 세 식구는 각자 그날 있었던 일들을 주제로 이야기를 나누었다. 피아노를 치며 노래를 부르기도 했다.

제르멘은 어린 시절부터 음감이 뛰어났다. 다섯 살 때 피아노를 시작했다. 부모님이 즐겨 듣던 축음기에서 흘러나오는 오페라 아리아를 쉽게 따라 부르곤 했다. 여덟 살 때부터는 성악 수업을 받았다. 중학교 때는 성악을 전공하려고 마음먹기도 했다. 아미앵에서 고등학교를 마친 제르멘은 파리로 올라와 소르본 대학에서 독문학을 전공했다. 1930년대 초 소르본 대학은 부르주아 자제들을 위한 엘리트 교육기관이었다. 제르멘은 파리 14구 주르당 거리에 있는 국제 학생기숙사 독일관에 방을 얻을 수 있었다. 당시 파리 대학 국제기숙사는 새로 지어진 지 얼마 안 되었고, 유럽 여러 나라들의 젊은이들이 모여 함께 생활하는 국제적 교류의 장이 되었다. 1927년에 건립되기 시작한 이 국제 학생기숙사의 설립 목적 자체가 여러 나라 젊은이들이 함께 모여 생활하면서 다른 나라 문화에 대한 이해의 정도를 높이는 것이었다. 1920년대 이 국제기숙사를 설립한 상원의원 앙드레 오노라와 은행가 도이치 드 라 뫼르트는 그것이야말로 엄청난 피해와 상처를 남기는 전쟁을 막고 평화를 유지하는 가장 좋은 방법이라고 생각했다.

제르멘은 부모를 떠나 혼자 파리에서 사는 것이 왠지 좋았다. 부모님은 제르멘을 구속하기보다는 자유롭게 키웠지만 외동딸로 부모님의 사랑을 한몸에 받고 자랐다는 것 자체가 구속이 되었을 것이다. 어떤 날은 밤늦게까지 기숙사 정원에서 영국, 미국, 이탈리아, 러시아 등 여러 나라에서 온 외국인 학생들과 다양한 주제로 이야기를 나누었다. 그러면서 자기가 살아온 아미앵의 좁은 세계를 서서히 벗어나고 있었다. 학교에서 훌륭한 교수들의 강의를 듣고 도서관에서 읽고 싶은 책을 찾아 읽으면 의식이 고양됨을 느끼면서 가슴이 벅차올랐다.

제르멘은 파리에서 생활하면서 걷기의 즐거움을 발견했다. 처음에는 소르본 대학 주위의 카르티에 라탱을 걸어다니면서 즐거움을 느꼈다. 수업이 비는 시간은 물론이고 수업이 없는 날도 대학가인 카르티에 라탱으로 나왔다. 학교 도서관에서 공부하다 기숙사로 들어가기 전에 여기저기를 걸어다녔다. 5구에서 시작해 6구와 7구를 걸어다녔다. 때로는 걷는 데 취해서 기숙사 식당의 저녁식사 시간이 끝난 후에 들어가곤 했다. 그런 날이면 뜨거운 쇼콜라 한 잔으로 저녁을 때우기도 했지만, 그날의 산책을 후회한 적은 한 번도 없다.

일요일 아침에는 일찍 일어나 혼자 생루이 섬으로 갔다. 일요일 아침 생루이 섬은 유난히 고요했다. 그 섬을 한 바퀴 돌고 나서 섬 입구에 있는 카페에서 아침식사를 했다. 그리고 노트르담 성당 미사에 갔다. 미사 시간 전에 도착해서 한참 동안 묵상하면서 그레고리안 성가를 듣고 있다보면 영혼이 맑아지는 것 같았다. 날씨가 좋은 날에는 미사가 끝난 뒤 생미셸 거리를 걸어올라가 뤽상부르 공원으로 갔다. 그곳의 철제의자에 몸을 기대고 책을 읽다가 눈앞에 펼쳐진 풀밭을 바라보기를 반복하다보면 두세 시간은 금방 지나갔다. 아미앵에서는 맛볼 수 없던 자유로움을 느끼며 제르멘은 미래의 꿈을 활짝 펼쳤다. 무언가 행복한 일이 벌어질 것 같은 예감이 들었다.

음악을 좋아하던 제르멘은 국제기숙사에서 합창 서클에 가입해서 열심히 활동했다. 대부분 남학생들로 구성된 그 모임에서 알랭이라는 남학생을 알게 되었다. 제르멘은 소프라노였고 알랭은 바리톤이었다. 그는 툴루즈 출신으로 폴리테크니크에 다니고 있었다. 알랭은 교양 있는 남자였고 제르멘의 이야기를 잘 들어주었다. 어느 날 노래 연습을 마치고 중앙관의 학생식당으로 들어가던 두 사람 앞에 세르게이가 나타났다. 알랭의 친구였다. 알랭은 제르멘에게 세르게이를 러시아에서 유학 온 친구라고 소개했다. 세 사람은 저녁식사를 하면서 즐겁게 이야기를 나누었다. 그후 제르멘은 학생식당에서 세르게이를 우연히 만나 함께 식사하며 공부에 대한 이야기를 나누었다. 그런 일이 서너 번 반복되면서 제르멘은 그런 우연한 만남을 의아하게 생각했다. 그러다가 제르멘은 학생식당 앞에 줄을 서 있을 때면 자기도 모르게 주변을 두리번거리며 세르게이를 찾고 있는 자신을 발견했다.

제르멘보다 세 살 위인 세르게이는 모스크바 출신으로 소르본 대학에서 심리학을 공부하고 있었다. 그는 음악에도 재능이 있어서 첼로 연주 실력은 거의 프로에 가까웠다. 그래서 음악을 전공할까 심리학을 전공할까 한참 망설이던 끝에 심리학을 전공하면서도 첼로 연습을 계속하고 있었다. 세르게이의 아버지는 러시아 모스크바 국립도서관장을 지낸 지식인이었다. 프랑스 문화에 심취해서 일찍부터 아들에게 프랑스어를 가르쳤고, 늘 프랑스 문화에 대해 이야기했다. 그래서 아들 세르게이는 러시아 사람이면서도 프랑스 사람보다 프랑스의 역사, 문학, 철학, 미술, 음악에 대해서 더 많은 교양을 갖추게 되었다. 세르게이는 파리에 오기 전부터 매일 파리 지도를 펴놓고 파리의 길 이름을 외웠기 때문에, 파리지앵들보다 파리 지리를 더 잘 알고 있었다.

세르게이는 프랑스 여성다운 우아함과 세련됨을 지니고 있으며 따뜻한 마음으로 다른 사람을 세심하게 배려할 줄 아는 제르멘에게 매료되었다. 문학과 철학과 음악을 사랑하던 제르멘은 세르게이의 교양과 박식함 그리고 프랑스 남자들에게서는 느끼기 어려웠던 상대방을 배려하는 섬세하면서도 푸근한 성품에 매료되었다. 그리고 자신이 프랑스인으로서 외국 유학생인 세르게이를 도와줄 수 있다는 것이 좋았다. 두 사람은 기숙사 식당에서 함께 저녁식사를 한 후 기숙사 중앙관 뒤에 있는 넓은 정원을 몇 바퀴씩 돌면서 이야기를 계속했다. 그렇게 많은 이야기를 나누어도 헤어질 때는 아직 이야기가 끝나지 않은 것 같은 느낌이 들어 아쉬웠다. 제르멘은 세르게이와 이야기를 나누면서 새로운 지평이 열리는 듯한 느낌이 들었다.

그가 하는 이야기들은
제르멘을 다른 세상으로 데려가곤 했다.
그래서 그와 헤어지고 나면
어디 먼 여행을 다녀온 듯한 기분에 빠졌다.

세르게이를 통해 러시아라는 나라가 제르멘에게 친근하게 다가오고 있었다. 어떤 날은 수업이 끝난 다음 뤽상부르 공원에서 만나 이야기하다가 기숙사까지 함께 걸어오기도 했다.

제르멘이 살던 국제기숙사의 독일관과 세르게이가 살던 앙드레오노라관은 가까운 거리에 위치해 있었다. 두 사람이 사귀기 시작한 지 얼마 되지 않았을 때였다. 4월의 일요일 아침이었다. 제르멘의 방은 3층이었는데, 운좋게도 건물의 둥그런 모서리에 자리잡고 있어서 방 앞의 정원이 시원스레 내다보였다. 제르멘에게는 계절에 따라 달라지는 나무들의 모습을 바라보는 것이 큰 즐거움이었다. 그날도 일어나자마자 창문을 열고 방 앞에 펼쳐진 정원을 내려다보았는데 그곳 정원에 이미 세르게이가 보였다. 그날 제르멘은 세르게이와 함께 생루이 섬을 산책하기로 했다. 약속 시간은 9시였다. 그런데 8시도 안 된 시간에 세르게이가 자신의 기숙사 방 앞에 와 있었다. 아직 아침공기가 쌀쌀했다. 방에서 내려다본 세르게이의 얼굴은 추워 보였다. 제르멘은 곧 방을 정리하고 그를 맞이했다. 그렇게 해서 세르게이는 제르멘의 방을 처음으로 들어가볼 수 있었다. 두 사람은 크루아상을 나누어 먹고 커피를 끓여 마시고 난 다음 생루이 섬으로 산책을 나섰다. 제르멘은 기숙사 정원의 한창 물이 오른 봄나무들을 바라보면서 자신의 몸이 가벼워지는 느낌이 들었다.

04

그날 이후 제르멘의 파리 걷기는 홀로 걷기에서 함께 걷기로 바뀌었다.

사랑하는 사람들에게는
세상이 지루해지는 법이 없다.
모든 것이 다 새롭게 다가온다.

매일 보던 세상이 다르게 보여 눈빛을 반짝이게 되고 함께 나누는 모든 이야기가 새롭고 달콤해서 귀가 쫑긋해진다. 모든 게 다 신선하다. 음악을 좋아하는 두 사람은 연주회를 많이 다녔다. 돈이 없는 학생들이었기에 비싼 공연은 갈 수가 없었지만, 세르게이는 용케도 초대권을 잘 구해왔다. 연극 공연과 강연회도 늘 함께 다녔다. 제르멘은 그때가 자신의 전성시대였다고 말한다. 자신이 인생을 살아가면서 필요한 지적 문화적 자원의 기초가 그때 만들어졌다고 회상한다.

두 사람은 서로 헤어질 수 없는 사이가 되었다. 그렇게 몇 해가 흐르는 동안 세르게이는 심리학 박사가 되었고 제르멘은 언어학 박사 학위를 받았다. 그 무렵 제르멘은 부모에게 세르게이와 결혼하고 싶다는 말을 꺼냈다. 아미앵의 뼈대 있는 부르주아 가정에서 외국인 남자를 좋게 생각할 리가 없었다. 그러나 제르멘은 부모님께 세르게이는 러시아 사람이지만 프랑스 남자보다 훨씬 더 프랑스적 교양을 가지고 있는 진실한 사람이라고 소개했다. 그래서 부모님은 세르게이를 저녁식사에 초대했다. 저녁식사를 마시고 이야기를 나누다가 세르게이가 떠난 후 아버지가 제르멘을 가까이 불렀다. 어머니가 동반한 그 자리에서 아버지는 제르멘에게 이렇게 말했다.

"우리는 세르게이를 보고 나서 네 말을 믿게 되었다. 그 사람은 교양이 있고 장래가 촉망되는 사람이더구나. 그러나 그 사람과 결혼하면 너는 우리 곁을 떠나 다른 나라에 가서 살게 될 가능성이 높다. 우리는 당연히 언제나 너를 가까이 두고 살고 싶다. 그러나 우리는 우리들의 행복보다는 너의 행복이 더 중요하다고 생각한다. 그러니 우리는 너의 결정을 따르겠다."

그날 밤 제르멘은 잠을 이루지 못했다. 무엇보다도 자신들의 행복보다 딸의 행복을 먼저 생각하는 부모님의 마음을 생각하니 눈물이 솟구쳤다. 외동딸로 자라면서 부모의 사랑을 독차지하고 살았는데, 이제 점점 늙어가는 부모를 떠나 러시아 남자와 러시아에 가서 살아야 할지도 모르게 된 자신의 미래를 생각해보았다. 거기에는 기대감과 불안감이 교차했다. 아는 사람이라고는 세르게이 한 사람밖에 없는 낯선 나라에 가서 사는 삶이 불안했지만, 세르게이와 함께 가정을 이루어 살고 싶다는 기대감이 있었다. 기대감과 불안감 사이를 오가다가 제르멘은 조용히 눈을 감고 어린 시절을 떠올렸다. 어릴 적에 제르멘은 부모님과 여행을 많이 했다. 특히 프랑스와 스위스를 가르는 알프스 쪽을 많이 다녔다. 아버지는 산을 좋아했다. 어린 제르멘은 아버지를 잘 따라다녔다. 그날 밤 제르멘은 어린 시절과 청소년기를 마치 한 편의 영화를 보는 것처럼 회상했다. 새벽이 되어서야 재미있는 영화가 끝나 좀 섭섭한 마음으로 영화관을 나올 때 같은 심정으로 스르르 잠 속으로 빠져들었다.

그로부터 한 달 후에 두 사람은 약혼했다. 세르게이는 모스크바로 돌아가지 않고 파리에서 직장을 구해 살려고 여러 곳을 다 알아보았지만, 현실은 그것을 허락하지 않았다. 백방으로 수소문하다가 불가리아의 소피아 대학에 심리학과가 새로 만들어져서 프랑스에서 공부한 학자를 찾고 있다는 소식을 듣게 되었다. 그래서 그곳에 지원서류를 보냈다. 얼마 후 소피아 대학에서 긍정적인 답변이 왔다. 그래서 세르게이는 짐을 싸서 먼저 소피아로 떠나게 되었다. 그곳에 가서 집을 구하고 직장 생활이 안정되면 제르멘을 부르기로 했다. 3개월 후에 세르게이로부터 초청장이 왔고 제르멘은 소피아로 갔다. 그곳에 가서 생활 거처를 안락하게 꾸며놓고, 세르게이와 함께 프랑스로 돌아와 아미앵 대성당에서 결혼식을 올릴 예정이었다.

그러나 제르멘이 소피아에 체류하는 동안 독일이 프랑스에 선전포고를 했고, 유럽의 운명은 종잡을 수 없는 상황이 되었다. 독일과 러시아가 불가침 조약을 맺으면서 유럽의 국제적 상황은 더욱 험악해졌다. 두 사람은 어떻게 해서든 프랑스로 돌아오려고 했지만, 외국인의 프랑스 출입에 대한 통제가 엄격해져서 프랑스 국적을 가진 제르멘은 프랑스로 돌아올 수 있었지만, 소련 국적을 가진 세르게이는 소피아를 떠날 수 없었다. 제르멘은 부모에게 이런 상황에서 어떻게 했으면 좋겠느냐는 내용의 편지를 썼고 얼마 후에 부모의 편지가 도착했다. 거기에는 이렇게 쓰여 있었다.

"사랑하는 딸, 제르멘에게.

우리에게는 너와 함께 지낸 과거가 있고 너에게는 세르게이와 함께 지낼 미래가 있다. 우리는 네가 우리 곁에 와서 함께 살 수 있기를 진심으로 바란다. 그러나 네가 한 번 소피아를 떠나면 전쟁 상태에서 다시 소피아로 돌아가기는 불가능할 것이다. 그러면 너와 세르게이의 미래는 불투명하게 된다. 그래서 우리는 네가 그곳에서 결혼식을 올리고 세르게이와 함께 신혼 생활을 시작하는 것이 현명한 판단이라고 생각한다. 우리가 너의 결혼식에 참석할 수 없어 정말 안타깝지만, 우리가 어찌해볼 수 없는 상황 앞에서 겸손하게 순응하고 미래에 다시 만날 것을 기도하고 있다.

언제나 너를 사랑하는 엄마 아버지가."

편지를 읽는 제르멘의 두 볼에 뜨거운 눈물이 흘러내렸다. 소피아의 한 성당에서 부모님 없이 결혼식을 올렸다. 서럽고 아쉬웠지만 시간이 흐를수록 외국 생활에 익숙해졌다. 세르게이는 소피아 대학에서 학생들 사이에 인기 있는 교수가 되었다. 프랑스어로 논문을 써서 프랑스 심리학회지에 발표하기도 했고 러시아어로 쓴 논문을 소련 사회과학아카데미 학술지에 발표하기도 했다. 그러는 동안 제르멘은 소피아에 있는 프랑스문화원에서 불가리아 학생들에게 프랑스어를 가르쳤다. 그 당시 제르멘의 학생들 가운데는 훗날 프랑스에 유학하여 유명한 학자가 된 사람도 있다. 세르게이의 대학교수 월급과 제르멘의 프랑스문화원 강사의 월급은 거의 같은 수준이었고, 두 사람의 월급을 합쳐 안정된 생활을 할 수 있었다. 부모와 멀리 떨어져 사는 상태가 외로웠지만, 세르게이와의 결혼 생활은 달콤했다.

결혼한 지 2년이 지나 큰아들 블라디미르가 태어났다. 당시에 제르멘은 소피아에서 좀 떨어진 교외에 살고 있었다. 근처에는 산부인과 병원이 없었다. 의사들은 모두 전쟁터에 동원된 상태여서 불가리아 조산사가 제르멘의 집에 와서 출산을 도왔다. 그 조산사는 인간미가 넘치고 산파로서 훌륭한 능력을 가진 여자였다. 그래서 블라디미르를 어렵지 않게 순산했다. 아이를 낳기 한 달 전까지 프랑스문화원에서 강의했고, 아이를 낳은 지 세 달 만에 다시 강의를 시작했다. 아이를 키우면서도 책 읽기를 계속했고 남편의 프랑스어 논문을 수정했다. 그리고 일 년 반 뒤에 둘째아들 이고르가 태어났다. 제르멘은 부모에게 자기와 남편 그리고 두 아이를 데리고 찍은 가족사진을 보냈고, 부모는 전쟁통에 물자난에 시달리면서도 커피와 항생제, 스웨터 등을 소포로 보내주었다. 세르게이는 불가리아 심리학회를 창설하여 초대 회장이 되었다. 그러는 사이에 노르망디 상륙 작전이 있었고, 어느 날 독일이 항복하면서 전쟁이 끝났다.

05

1945년 10월 제르멘은 블라디미르와 이고르 두 아들을 데리고 멀리 타국에서 그토록 그리워하던 부모님을 만나러 프랑스로 갔다. 세르게이는 학교일도 있었지만 소피아 주재 소련 대사관 쪽의 지시가 있어서 소피아에 혼자 남아 있을 수밖에 없었다. 제르멘은 소피아에 주둔한 미군의 특별한 배려로 군함을 타고 마르세유로 가서 하룻밤을 지내고, 그곳에서 기차를 타고 파리에 내려 다시 아미앵으로 가는 기차를 갈아탔다. 기차가 아미앵 역에 도착했을 때 차창 밖에 부모님의 모습이 보였다. 혼자 떠났던 딸이 아들 둘을 데리고 기차에서 내렸다. 아미앵에서 두 달을 보내고 아쉬운 마음을 달래며 세르게이가 기다리고 있는 소피아로 돌아왔다.

불과 두 달 만에 불가리아의 수도 소피아의 분위기가 심상치 않게 변하고 있었다. 소련군이 진주하면서 미군은 다 빠져나갔고, 소련의 지지를 받는 좌파 정치세력이 정권을 잡았다. 소피아의 외국인 공동체 특유의 자유로운 분위기도 사라져가고 있었다. 프랑스문화원에도 변화가 시작되었다. 처음에는 학생 수가 줄어들었다. 그러다가 새로 수립된 불가리아 정부로부터 철수 명령이 내려왔다. 신문과 방송은 공산 정권의 홍보 수단이 되어갔다. 프랑스문화원이 폐쇄된 뒤 제르멘은 다행히 세르게이의 동료인 소피아 대학 문과대학장의 소개로 소피아 대학 프랑스어학과에서 강의를 하게 되었다. 언어학을 강의하면서 프랑스어의 부분관사에 대한 논문을 썼다. 소피아를 떠나 파리로 갈 생각도 해보았지만 세르게이가 소피아 대학에 정교수로 자리잡고 있는 상황에서 정치적 변화를 지켜보는 수밖에 다른 방법은 없었다.

프랑스를 다녀오는 일이 점점 어려워지고 있었다. 부모님은 때때로 페니실린, 진통제 등의 약과 커피, 잼, 견과류, 스타킹, 아이들의 옷가지와 모자, 프랑스 동화책 등을 소포로 보내왔다. 부모님이 보낸 소포를 받는 순간, 제르멘은 아이들과 함께 어린 시절로 돌아갔다. 두 아이에 둘러싸여 소포 속에 들어 있는 정성스레 포장된 물건들을 하나하나 풀어볼 때 방안은 기대와 호기심으로 가득찼다. 포장이 하나씩 풀려나가 그 안에 든 물건이 모습을 보일 때마다 아이들은 환호성을 지르며 좋아했다.

때로 사랑은 물건을 통해 전해지기도 한다.
제르멘은 자신이 부모에게 이 같은 사랑을 받을 만한
존재인가를 질문해보면서 가슴이 뭉클해졌다.

두 아이는 무럭무럭 잘 자랐다. 제르멘의 일과는 부모님이 상상도 못할 정도로 바빴다. 피아노를 치고 성악을 하고 책을 읽고 부모님과 스위스 여행을 하면서 어린 시절과 청년 시절을 보낸 제르멘이었지만, 이제 외국에서 두 아이를 키우면서 대학에서 강의를 하고 틈틈이 세르게이의 번역일을 도왔고 아이들의 옷까지 만들어 입혔다. 물질적으로 풍족한 삶은 아니었지만 큰 문제 없이 살고 있었다. 그런데 세르게이에게는 상황이 좀 달랐다. 불가리아에 강력한 공산정권이 들어서고 난 이후 대학에 대한 통제와 간섭도 심해지고 있었다. 세르게이는 말은 하지 않았지만, 자유주의적 성향을 가진 지식인으로 분류되어 감시의 대상이 되고 있는 모양이었다. 그래서 세르게이는 이런저런 방안을 모색하다가 유고슬라비아 벨그라드 대학 산업심리학과의 교수로 초빙을 받게 되었다.

세르게이의 말에 따르면 유고슬라비아는 소련의 영향권하에 있는 다른 나라들에 비해서 비교적 통제가 덜하고 대학에는 다소 숨쉴 공간이 남아 있다는 것이었다. 그러나 같은 동유럽 국가라고 하지만, 이미 안정된 소피아의 집과 직장을 버리고 벨그라드로 가서 처음부터 모든 것을 다시 시작하는 일이 쉬울 것 같지가 않았다. 그러나 세르게이가 소피아의 생활을 점점 더 괴로워하는 모습을 보느니 벨그라드로 가서 새로운 생활을 시작하는 것이 낫겠다는 생각이 들었다. 그래서 제르멘은 세르게이와 함께 두 아이를 데리고 유고슬라비아의 벨그라드로 가서 새로운 생활을 시작했다. 그곳에서도 제르멘은 대학에서 프랑스어를 가르쳤다. 그럭저럭 그곳 생활에 적응하게 되었을 때 셋째아들 세르주가 태어났다. 두 형들과 나이 차이가 나는 막내아들 세르주는 부모의 사랑을 독차지했다. 여름 바캉스 때면 아드리아해의 바닷가에서 가서 휴가를 보내기도 했다. 부르라렌의 아파트 거실 벽에 붙어 있는 그림은 그때 세르게이가 그린 것이다. 아드리아해의 코발트빛 푸른 물결은 언제나 제르멘의 가슴속에 남아 있다.

06

그렇게 몇 해가 흘렀다. 1953년 스탈린이 사망하고 후르시초프가 권력을 잡으면서 우상화되었던 스탈린 격하운동이 벌어졌다. 남편 세르게이는 이런 변화의 물결에 매우 고무되었다. 세르게이는 변화하고 있는 조국으로 돌아가 일하고 싶어했다. 그는 모스크바에 있는 친척들을 통해 백방으로 수소문하여 모스크바 대학에 심리학 교수 자리를 얻어내었다. 제르멘은 모스크바에 돌아가 소련체제의 변화에 기여하고 싶다는 남편 세르게이의 의견을 존중했다. 그래서 다시 짐을 꾸렸고 세 아이를 데리고 모스크바로 가서 새로운 생활을 시작했다.

처음에 남편은 열의에 차서 연구에 몰두했다. 미국보다 먼저 달나라에 우주선을 발사시키기 위한 계획이 진행되고 있었고, 세르게이는 우주비행사들이 밀폐된 공간에서 느끼는 심리적 변화를 연구하면서 안정된 심리 상태를 유지할 수 있는 방법을 모색했다. 대규모 공장 노동자들의 심리적 변화와 적응 과정에 대해서도 연구했다. 그의 연구는 곧바로 학계와 권력 당국의 인정을 받았다. 얼마 후 세르게이는 모스크바 대학을 떠나 소련 사회과학아카데미의 교수가 되었다. 그곳에서 많은 자금이 투여된 실험실을 만들어 본격적인 연구에 들어갔다.

1960년 여름 세르게이는 연구 업적에 대한 보상으로 여름 바캉스를 외국에서 보낼 수 있는 특권을 누리게 되었다. 그 외국은 당연히 프랑스였다. 제르멘은 여름이 다가오기 훨씬 전부터 짐을 꾸리기 시작하면서 프랑스에서 보낼 여름 바캉스를 계획했다. 파리에 도착하자 세르게이는 또다른 세계를 만난 듯 의욕에 차서 파리의 지식인들을 만났다. 파리에는 모스크바에서 활동하는 지식인 세르게이를 만나서 이야기 나누고 싶어하는 진보적 지식인들이 많았다. 파리의 지식인들과 이야기를 나누면서 세르게이는 좌절을 맛보기 시작했다. 자신이 이미 만들어진 어떤 틀 속에서 연구하고 있다는 사실을 확연하게 깨닫게 되었다. 주어진 틀 안에서 연구하면서 남들과 다른 혜택을 누리고 있는 것도 불편하게 여겨졌다.

모든 것에 대해 회의하고 비판하고
새롭게 질문을 던질 수 있는
파리의 자유로운 지식인들 앞에서
자신의 모습이 자꾸 초라해지는 것을 느꼈다.

휴가 기간이 조금 남아 있었지만, 세르게이는 서둘러 모스크바로 돌아가려고 했다. 평소에 남편을 잘 이해하는 제르멘도 그때는 복잡해진 세르게이의 마음을 깊이 이해하지 못했다. 프랑스에 와서 보내는 바캉스 분위기가 좋기만 했던 제르멘은 오랜만에 맛보는 안락한 생활 속에 조금 더 편안히 머물러 있고 싶었다. 외국으로 돌아다니면서 아이들을 키우는 생활에 지친 탓이었는지, 제르멘은 프랑스에서 바캉스를 보내면서 그동안 몸속에 쌓였던 긴장이 다 스르르 녹아내리는 것 같았다.

남편 세르게이가 먼저 모스크바로 떠난 뒤, 제르멘은 아이들을 데리고 파리를 떠나 부모님이 계신 아미앵으로 갔다. 그리고 자신의 어린 시절과 청소년기의 추억이 고스란히 새겨진 도시 곳곳을 걸어다녔다. 그러면 알 수 없는 평온함이 제르멘을 감쌌다. 아미앵은 다시 찾아온 제르멘을 아무 조건 없이 따뜻하게 받아들였다. 아미앵은 변하지 않았다. 특히 아미앵 성당은 옛 모습 그대로였다. 아미앵의 성당에 들어서는 순간 제르멘의 가슴은 울컥했다. 성당에 들어서는 순간 제르멘은 아무 말이 필요 없음을 느꼈다. 그냥 있는 그대로 충분했다. 그동안 겪었던 모든 일들을 다 이해받는 것 같았다. 성당 의자에 앉아 소리 없이 흐르는 눈물을 그대로 흘려 보냈다. 그렇게 몇 시간을 있었을까. 제르멘은 마음이 정화되면서 지난 시간들과 말없는 화해가 이루어지는 것을 느꼈다.

제르멘은 그동안 동구의 여러 나라를 돌아다니면서 성당과 멀어졌다.

그 시대의 진보적 지식인들은 종교를 버리면서
자부심을 느꼈다.
개인의 자율성과 독립이
인간 존엄성의 기초가 된 세상에 살면서
종교에 의존한다는 것은 자기모순에 빠지는 일이었다.

종교를 멀리하는 것이 시대에 뒤지지 않는 생활양식이었다. 지식인들은 의식적으로 종교로부터 자신을 멀리했다. 세르게이도 그랬다. 그런 남편과 살면서 제르멘도 종교의 억압적인 측면과 가톨릭의 사제중심주의, 위계적 관계에 거부감을 갖게 된 것이 사실이었다. 그러나 제르멘의 의식 속에 깊이 스며들어 있는 가톨릭 정신은 어떤 과학적 논리나 합리적인 설명으로 사라질 수 없는 것이었다. 동유럽과 러시아의 공산주의 정권이 종교를 의식적으로 거부하고, 종교가 주는 억압의 비합리성을 소리 높여 비판했지만, 제르멘에게 가톨릭 정신은 사라질 수가 없었다. 그것은 이미 오래전에 제르멘의 핵심을 구성하고 있었기 때문이다. 공산주의 국가에서 오래 살아도, 신을 거부하는 남편의 영향을 받아도, 종교의 이름으로 무엇을 말하면 시대에 뒤진 촌스러운 사람으로 취급을 받아도 가톨릭 신앙은 마음속 깊은 곳에 아주 작은 입자들이 되어 조용히 가라앉아 있었다. 그러다가 정신의 위기가 오거나 어떤 중요한 결정을 내려야 할 때가 되면 빛보다 더 빠른 속도로 반짝이며 표면으로 치솟아올라와 제르멘의 의식을 주관했다. 제르멘이 외국 학생들을 도와 자원봉사로 프랑스어 논문을 교정을 해주는 일이나 어려운 처지의 외국 학생들을 정성껏 도와주는 일을 하는 것도 결국 제르멘에게 깊이 새겨진 가톨릭 정신에서 나온 행동들이라고 볼 수 있다.

아이들과 프랑스에 남은 제르멘은 오랜만에 자기로 돌아온 것 같다는 생각이 들었다. 그동안 외국을 돌아다니면서 살 때, 그것이 불행하다거나 견디지 못할 정도로 힘들다고 느낀 것은 아니었다. 그런데 막상 프랑스로 돌아오니 제자리를 찾아온 것 같은 편안함을 느꼈다. 일요일이면 세 아이들을 데리고 아미앵 성당에서 미사를 드리고, 어린 시절 부모님이 데리고 다니던 서커스 구경도 갔다.

외국에 살면서도 제르멘은 아이들에게 프랑스어로 된 쥘 베른의 소설들을 많이 읽어주었다. 그래서 쥘 베른이 글을 쓰며 살던 집을 개조한 쥘 베른 박물관에 아이들을 데리고 가서 한나절을 보내기도 했다. 아이들은 저녁마다 엄마가 연기력을 발휘하여 생생하게 읽어주던 쥘 베른의 책에 나오는 이야기들과 관련된 전시실을 돌아보며 즐거워하고 신기해했다. 그 집의 꼭대기층에는 매우 커다란 다락방이 있는데, 그곳에는 온갖 먼지 쌓인 물건들이 가득했다. 여름날 그 더운 다락방에서 세 아이는 보물찾기를 하는 아이들처럼 시간 가는 줄 모르고 정신없이 빠져들었다. 제르멘은 사촌들의 별장이 있는 알프스 산속 마을 페제 낭 크루아에 가서 알프스 자락을 걸었다. 또 하나뿐인 이모의 별장이 있는 남불의 조그만 마을 오페드에 가서 아이들과 평화스러운 시간을 보내기도 했다. 아이들도 엄마 나라에서 여름을 보내는 것을 무척 좋아했다. 그 방학 동안 제르멘은 아이들에게 프랑스 문화를 익히게 했다. 프랑스의 역사뿐 아니라 프랑스에서의 예절 등 생활교육도 빼놓지 않았다.

그렇게 꿈같은 여름 바캉스를 보내고 모스크바로 돌아왔다. 모스크바의 분위기는 시간이 갈수록 처음 기대했던 것과 다르게 바뀌어갔다. 때로 비밀경찰들이 세르게이의 연구실을 방문했고 세르게이의 과거 행적과 교류 관계를 조사했다. 1963년 제르멘의 아버지가 돌아가셨을 때 출국허가가 늦게 나오는 바람에 장례식에도 참석할 수 없었다. 그때 느낀 제르멘의 절망감은 이루 말할 수 없을 정도였다. 머나먼 타국 땅에 살고 있어서, 그토록 딸을 사랑하던 아버지의 장례식에 참석할 수 없게 된 자신의 운명이 너무 원망스러웠다. 그리고 1년 후 어머니가 세상을 떠났다. 그때도 마찬가지로 출국허가가 늦어져 모스크바에서 발을 동동 구르며 며칠 동안 울며 지내는 수밖에 없었다.

1960년대 중반을 지나면서 통제의 분위기는 점점 심해졌다. 남편의 소련체제에 대한 환멸감이 점점 깊어졌다. 포상휴가를 받아 파리에 올 때마다 세르게이는 1930년대 유학 시절을 떠올리며 다시 한번 파리에 살고 싶다는 꿈을 키웠다. 그건 제르멘도 마찬가지였다. 그러다가 1968년 여름 바캉스를 다시 프랑스에서 보낼 수 있게 되었다. 그 바캉스를 떠나기 전 세르게이와 제르멘은 큰 고민에 빠졌다. 이번 기회에 아예 모스크바를 떠나 파리에 정착할 것인가를 두고 두 사람이 의견을 나누었다. 파리로 가고 싶었지만 아무 안정된 자리도 없이 불쑥 모스크바를 떠난다는 것이 불안하고 두려웠다. 그러나 통제와 억압이 심해지는 모스크바에 계속 머무르는 일도 답답하고 견딜 수 없는 삶이었다. 그러다 두 사람은 합의에 도달했다. 이번 기회에 모스크바를 떠나 파리에 살기로 결정했다. 그래서 바캉스 기간에 온 가족이 파리에 왔다가 모스크바로 돌아가지 않고 파리에 정착했다. 의심을 받지 않기 위해 모스크바에 모든 것을 다 놓아두고 여행가방만 하나씩 들고 파리로 왔다. 1968년 5월혁명의 여파가 느껴지는 파리의 여름 분위기는 모스크바의 침울한 분위기와는 너무나도 대조적이었다. 이제 파리에서 어렵지만 새로운 삶이 시작되었다.

07__

누구나 다 미래를 보고 살지만 때로 과거가 아쉽게 생각될 때가 있다. 모스크바를 도망치듯 떠나 파리에 힘들게 정착한 이후 세르게이는 모스크바에 남겨둔 책과 자료들, 미완성 논문들과 실험실의 장치들을 못내 아쉬워했다. 파리 7대학 심리학과에 자리를 얻었지만 연구에 몰두할 수 없었고 강의도 시들했다. 세르게이는 어스름한 저녁 무렵 혼자 서재에서 담배를 피우면서 유리창 밖을 내다보곤 했다. 제르멘은 가끔씩 세르게이의 그런 뒷모습과 마주쳤다. 그럴 때면 공연히 자기가 무슨 잘못을 저지르기라도 한 것같이 마음이 무거워졌다. 여러 나라를 옮겨다니며 살았지만 세르게이는 늘 가슴속에 희망을 품고 살았다. 그런데 이번에는 좀 달랐다. 조국의 현실에 실망하여 떳떳하지 못한 방식으로 떠나오게 된 상황이 그에게 짙은 그림자를 남겼다. 오랜 세월 그렇게 그리워하던 파리로 와서 살게 되었지만, 그의 표정은 늘 우울했다. 둘이 함께 파리를 산책해도 세르게이는 거의 말이 없었다. 그러더니 언제부터인가 그림에 몰두했다. 수채화를 그리다가 유화를 시작했다. 여름이면 남불의 사나리나 스페인의 바르셀로나 부근으로 가서 바캉스 기간 내내 그림만 그렸다.

1968년 5월혁명 이후 자유롭게 느껴지던 사회개혁의 분위기는 점점 더 천박한 성해방과 소비사회의 분위기로 바뀌어가고 있었다. 1970년대의 파리는 더이상 1930년대의 파리가 아니었다. 제르멘이 볼 때 젊은 세대는 깨진 엉터리 프랑스어를 하고 문화와 교양이 없는 천박한 세대였다. 고삐 풀린 망아지들이었다. 그런 분위기가 마음에 들지 않았지만 그런 현실에 부딪쳐 살아가야 했다. 우선 파리에 정착하기 위해 자금이 필요했다. 그래서 아버지로부터 상속받은 아미앵의 집을 처분했다. 부모님과 함께 지낸 유년기와 청년기의 추억이 고스란히 담겨 있는 그 집에는 넓은 정원이 있었고, 여름이면 오래된 느티나무 그늘 아래서 점심식사도 하고 차도 마시고 독서도 하고 낮잠도 잘 수 있었다. 그러나 모스크바로 돌아가지 않고 다섯 식구가 파리에 정착하려면 당장 살 집이 필요했다. 아직 세상물정을 모르고 어수룩했던 시절이었다.

돈이 급했던 제르멘은 빨리 팔아주겠다는 부동산 중개업자의 말에 넘어가 그 귀한 집을 헐값에 팔아버렸다. 그때 일을 생각하면 지금도 가슴이 저려온다. 부모님의 흔적과 자신의 어린 시절의 기억이 짙게 밴 그 집을 팔아넘긴 그 순간의 판단이 내내 안타깝다.

그 집을 판 돈으로 파리 남쪽의 부르라렌에 네 칸짜리 아파트를 마련했다. 부르라렌은 제르멘과 세르게이가 처음 만났던 파리 14구 국제 학생기숙사에서 멀지 않은 곳에 있다. 제르멘이 살게 된 집은 5층 건물들이 녹지 사이에 띄엄띄엄 배치된 한적한 아파트단지 안에 있었다. 단지의 이름은 루아르 강변에 세워진 샹보르 성에서 이름을 따온 '프티 샹보르'였다. 그 동네는 주로 돌이나 벽돌로 지어진 오래된 자그마한 주택들이 길 양옆으로 늘어선 조용한 주택가였다. 4층에 위치한 제르멘의 아파트 거실 테라스로 나가면 집 주위가 온통 초록의 나무들로 둘러싸여 있고, 언제나 새소리가 들려서 마치 그 집이 오래된 숲속에 들어앉은 듯한 느낌을 갖게 했다.

제르멘은 동네를 산책하면서 자신이 파리에 살게 된 것을 실감했다. 동네 사람들의 얼굴 표정이 밝았고 집집마다 안온하고 따스한 기운이 감돌았다. 길 양옆으로 늘어선 집들의 정원은 집 앞쪽에 위치해 있고 울타리는 낮았다. 그래서 주말이면 그 집에 사는 사람들이 정원을 가꾸는 모습을 볼 수 있었고, 정원 테이블에 앉아서 차를 마시는 평화로운 모습을 볼 수도 있다. 그러나 평일에 그 동네를 거닐다보면 집안에 아무도 없는 것 같은 느낌이 들 정도로 고요하기만 했다. 특히 한낮에는 이 집 저 집의 나무들 사이를 자유롭게 옮겨다니는 새들의 명랑한 소리와 한껏 피어난 다양한 꽃들의 향기가 동네를 산책하는 제르멘에게 즐거움을 선사했다.

다행히 제르멘은 파리 근교 세브르에 있는 외국인고등학교의 프랑스어 교사가 되었다. 큰아들은 소르본 대학에 역사학과 석사 과정에 등록해서 러시아 역사를 전공했고 둘째아들은 낭테르 대학 경영학과에 등록했다. 막내는 부르라렌 중학교에 입학했다. 세 아이 모두 프랑스어를 잘했기 때문에 언어 장벽에 부딪치지는 않았다. 큰아들 블라디미르는 늘 안정되게 자기 일을 알아서 잘 처리했다. 둘째아들 이고르는 파리의 젊은이 문화에 매혹당해 밤마다 늦게 들어왔다. 어려서부터 영특함이 눈에 띄던 막내 세르주는 수학에 뛰어난 재능을 보여 전국 수학경시대회에 나가 1등상을 탔다.

그렇게 3년이 흘렀을 때 남편 세르게이에게 문제가 생겼다. 세르게이는 파리 정착 이후 약간 우울한 상태로 지냈지만 건강 문제는 없었다. 워낙 타고나기를 건강하게 태어난 사람이었다. 그런데 가슴이 답답한 증세가 계속되어 병원에 가서 진찰을 받아보니까 심장 판막에 이상이 있다는 진단이 나왔다. 그래서 친구들에게 수소문해서 파리에서 제일 유명한 심장 전문의에게 수술을 받기로 했다. 두려움에 몸을 떨던 제르멘에게 의사는 수술 성공률이 95%니까 큰 걱정은 하지 않아도 된다고 말했다. 수술대에 오른 남편의 얼굴은 창백했다. 제르멘은 불안했지만 그래도 의사의 말에 위로를 받으며 수술 결과를 기다렸다. 그런데 이게 웬일인가?

의사는 고개를 떨구며 수술실을 나와
세르게이가 수술 도중 사망했다는
청천벽력 같은 소식을 전했다.

제르멘은 그 자리에 스르르 주저앉았다. 울음도 나오지 않았다. 사방이 시커멓게 변하면서 쿵쾅거리는 천둥소리 같은 것이 들리는 듯했다. 의사가 제르멘을 일으켜세웠지만 일어날 수가 없었다. 간호사들이 와서 제르멘을 휠체어에 태워 응급실로 옮겼다. 한참 후에 제르멘이 눈을 뜨자 아이들의 얼굴이 보였다. 마음이 여린 막내아들 세르주의 겁먹은 모습이 보였다. 이제 남편 없이 아이들을 잘 키우며 꿋꿋하게 살아가야 한다는 생각이 들었다. 흔들리는 마음을 굳게 먹어야 했다. 제르멘은 세르주에게 손을 내밀며 말했다.

"엄만 괜찮다. 아무 걱정 마라."

08

그후 제르멘은 남편 없이 혼자 사는 방법을 익혔다. 물론 친척들도 있고 친구들도 있었지만, 그 누구도 세상을 떠난 남편을 대신할 수는 없었다. 세르게이가 떠난 후 제르멘은 아이들 앞에서 약해지는 모습을 보이지 않았다. 풀이 죽은 아이들에게는 강한 엄마가 필요했다. 아이들의 미래와 관련해 크고 작은 결정을 내려야 할 때면 제르멘은 아이들과 대화하면서 든든한 지지자 역할을 했다. 프랑스 사회에서 고립되어 사는 느낌이 들지 않도록 사촌들이나 옛친구들 그리고 직장동료들을 자주 집으로 초청했다.

우울했던 집안에 다시 생기가 돌기 시작할 때쯤 큰아들 블라디미르는 러시아 출신 여자를 만나 집을 떠났다. 여자친구들이 끊이지 않던 둘째아들 이고르는 부르주아 출신 프랑스 여자와 세계일주를 떠났다. 그러고 나자 집에는 제르멘과 막내아들 세르주만 남았다. 세르주는 남편이 갑자기 세상을 떠난 이후 제르멘의 가장 가까운 친구가 되었다. 위로 두 아들은 이미 다 커서 주로 밖에서 많은 시간을 보냈지만, 예민한 성격의 세르주는 엄마의 관심과 사랑을 더 필요로 했다. 제르멘은 세브르의 학교일을 마치고 집으로 돌아오는 길에 늘 장을 보았다. 모스크바에서와 달리 원하는 물건을 자유롭게 살 수 있는 상황이 좋았다. 어느 따뜻한 봄날 장에서 야채를 고르는데 문득 이런 생각이 들었다.

"이제 세르주마저 집을 떠나고 나면 매일 장을 보지 않겠지……"

제르멘은 학교일을 마치고 집으로 돌아가는 시간이 좋았다. 가르치는 일이 천직이기도 했지만, 부르라렌 역에 내려서 집으로 걸어가는 길을 유난히 좋아했다. 어쩌면 조용한 그 시간을 좋아한 것인지도 모르겠다. 주택가의 평화롭고 조용한 길을 걸으면서 젊은 시절을 보냈던 불가리아, 유고슬라비아, 러시아의 수많은 크고 작은 길들을 떠올렸다. 그 길들에는 세르게이와 어린 아들 셋이 함께 있었다. 지난날의 기억들이 아지랑이처럼 피어올랐다.

제르멘은 1977년 교직에서 은퇴했다. 그다음해에 막내 세르주도 집을 떠나 파리 국제 학생기숙사로 들어갔다. 그후 제르멘은 혼자서 여행을 많이 다녔다. 남불의 망통, 스위스의 톨롱, 이탈리아의 사르디니아 섬, 터키의 이스탄불 등 유럽을 중심으로 여행하다가 멀다고 생각해서 미루어온 미국의 뉴욕과 보스톤을 다녀오기도 했다. 그러고는 혼자 조용히 지내는 시간이 많았다.

그저 그런 사람들과 만나 그저 그런 이야기를 나누며
떠들썩하게 지내는 것보다는
집에서 혼자 조용히 읽고 싶은 책을 읽으며
지내는 편이 더 나았다.

집에서 많은 시간을 보내다보면 세상을 떠난 남편과 무언의 대화를 나눌 수 있어서 좋았다. 거실 책상 위에 놓인 사진 속의 세르게이는 혼자 남은 제르멘에게 수시로 말을 걸곤 한다. 때로 제르멘도 세르게이가 거기에 있는 것처럼 말하기도 했다. 특히 외출하고 돌아와서 거실로 들어설 때면 혼자 이렇게 말하곤 했다.

"여보, 나 왔어요."

그러다가 어느 날부터 제르멘은 국제 학생기숙사 동창회에 나가기 시작했다. 다른 회원들과 협의하여 외국인 학생들의 보고서나 논문을 고쳐주는 일을 시작했다. 아시아, 유럽, 남미에서 온 학생들의 논문을 고쳐주면서 프랑스 문화를 전달하고 그들의 이야기를 들었다. 오랫동안 외국에서 살았고 외국인학교에서 가르친 경험이 있었기 때문에, 어쩌면 외국인들과 이야기하는 것이 프랑스 사람들과 이야기하는 것보다 더 편했다. 소르본 대학에서 평생교육 프로그램으로 개설한 음악학 강의를 듣고, 그랑 팔레나 퐁피두 센터에서 열리는 전시회를 보러 다니기도 했다. 살 플레이엘이나 샹젤리제 극장에서 열리는 고전음악 연주회에도 갔다.

아들 셋은 다 프랑스 생활에 잘 적응하고 있었다. 큰아들 블라디미르는 파리의 명문 앙리 4세 고등학교와 그 학교의 그랑제콜 예비학교 프레파에서 러시아어를 가르치게 되었고, 모스크바 출신의 러시아 여자와 결혼해서 1남 1녀를 두었다. 정열적이고 자유분방한 기질의 둘째아들 이고르는 친구와 함께 회사를 차려 중개무역 일을 하기 시작했는데, 프랑스 여자와 결혼했다가 얼마 살지 못하고 이혼했다. 그후 얼마 있다가 또다른 프랑스 여자와 결혼해서 헬렌이라는 딸을 하나 낳고 리옹에 자리를 잡고 잘사는 듯했다. 그러나 헬렌이 세 살 되던 해, 이고르는 다시 갑갑증이 생겨서 리옹을 떠나 보르도로 갔다. 그곳에서 새로운 사업을 벌이겠다고 했다.

헬렌의 엄마 카트린은 그런 남편을 이해하려고 노력했다. 그녀는 고등학교 영어 교사였다. 제르멘은 카트린이 심리적으로 불안정한 아들 이고르를 이해하려고 노력하는 것이 고마웠고, 이고르 옆에 그런 안정된 성격의 여자가 있다는 사실이 든든했다. 그런데 이고르의 심리적 불안정성과 방랑벽은 쉽게 가라앉지 않았다. 참을성 있게 기다리던 카트린도 결국 남편을 떠나고 말았다.

이혼 후에도 카트린은 시어머니 제르멘과의 관계는 계속 유지했다. 두 사람은 마음이 잘 맞았다. 때로는 카트린이 헬렌을 데리고 부르라렌의 제르멘의 집으로 와서 며칠씩 지내다 가기도 했고, 제르멘이 리옹으로 가서 두 모녀와 한두 주일씩 지내기도 했다. 여름에는 스위스와 붙어 있는 알프스 쪽으로 함께 바캉스를 떠나기도 했다. 제르멘과 카트린은 세대가 다른데도 어린 시절의 추억이 비슷했다. 부모들의 가치관과 집안 분위기가 비슷했기 때문이다. 그래서 함께 일상을 보내다보면 오래전부터 같이 살았던 식구같이 편했다. 이고르와 이혼한 후에도 두 여자가 계속 만났던 것은 양쪽의 의지도 관련된다. 혼자 지내는 제르멘은 손녀딸 헬렌과 친밀한 관계를 유지하려고 했다. 카트린도 딸 헬렌이 아버지 쪽 가계와 멀어지지 않기를 바랐다. 그게 헬렌의 심리적 안정과 정체성 형성에 중요한 일이라고 생각했다.

이고르는 카트린과 헤어진 뒤 한참 동안 이 여자 저 여자를 만나면서 이 도시 저 도시를 돌아다니며 살았다. 딸 헬렌의 소식은 주로 엄마 제르멘을 통해서 듣는 편이었다. 딸 헬렌의 소식을 듣기 위해 전처 카트린에게 전화를 걸거나 찾아가는 일이 힘들었기 때문이다. 이고르는 남편을 이해하려고 오래 참았던 카트린에게 실망을 안겨주었고, 이혼 후에도 헬렌의 아버지로서의 책임을 다하지 못하는 형편이었다. 이고르는 엄마 제르멘에게 가끔 전화로 소식을 전했다.

전화기 저편에서 들려오는 이고르의 목소리에는
늘 조급함이 들어 있었다.
아직도 흔들리는 삶을 살고 있는 것이

엄마만의 직감으로 느껴졌다.

이고르가 늘 급한 목소리로 "저 요즘 너무 바빠요"라고 말하면 제르멘은 속으로 이렇게 해석했다.

'엄마, 나 아직 안정이 안 되었어. 그래서 힘들어요. 하지만 엄마, 걱정하지 마세요. 엄마를 만나러 가진 못하지만 엄마, 난 엄마를 늘 사랑해요.'

전화를 끊고 나면 제르멘은 한참을 멍하니 거실을 서성거렸다. 거실 책상 위에서 흔들리지 않는 눈길로 바라보는 세르게이에게 나직한 목소리로 이렇게 말하기도 했다.

"여보, 이고르는 아직도 힘이 드나봐요. 당신이 잘 지켜봐줘요……"

제르멘은 둘째아들 이고르의 이야기를 할 때면 늘 안심하지 못하는 듯 근심 어린 얼굴이 되곤 했다. 세 아들 가운데 이고르가 처음부터 파리 생활에 제일 만족하는 것 같았다. 68혁명의 분위기가 한창이던 때에 파리에서 대학 생활을 시작한 이고르는 바쁘게 밖으로 나돌기 시작했다. 그 당시 파리 젊은이들의 정신적인 기후는 맑은 하늘에 햇빛이 이글거리는 분위기였다. 모든 억압은 다 사라져야 했고 이 세상에 불가능한 것은 아무것도 없어 보였다. 모든 것이 가능하다고 여기는 파리의 젊은이들 틈에 낀 이고르는 처음에는 무한한 자유 앞에서 어지러울 정도로 눈이 부셨다. 파리의 학생가 카르티에 라탱에는 밤낮의 경계가 없었다. 밤도 낮 같았고 낮도 밤 같았다. 이고르는 단정하고 안정된 집안 분위기에서 맛볼 수 없었던 무언가를 느끼기 시작했다. 파리의 분위기가 이고르 안에 감추어져 있던 어떤 열정을 불러내기 시작했다. 이고르에게 모스크바에서의 삶은 답답한 자루 속의 삶이었다. 파리로 온 후 이고르는 자유로움이 날아다니는 파리라는 공간에 툭 던져진 느낌이었다. 어리둥절한 채 들뜨기도 하고 허둥지둥하기도 했다. 프랑스 여자들과 자유롭게 사귀다가 이런저런 상처를 받기도 했다.

자유를 누리는 사람들에게
상처는 어쩌면
자연스러운 것인지도 모른다.

이고르는 자유로운 파리의 분위기 속으로 미끄러지듯 빠져들어갔지만, 달콤한 자유와 따끔한 상처 사이를 자유자재로 오가는 것에는 그리 쉽게 익숙해지지 못했다. 이고르는 카트린과의 이혼 이후 몇 년을 독신으로 살다가 결국 자기를 잘 이해해주는 소련 출신 여자와 결혼했다. 그후 딸 둘이 세상에 태어났고, 지금은 모스크바와 파리를 오가며 개인 사업을 하고 있다.

막내아들 세르주는 공부를 잘해서 파리 고등사범학교에서 수학을 전공하고 박사학위를 받았다. 그런 다음 파리 6대학 수학과 교수가 되었다. 국제 학생기숙사에 살 때 오스트레일리아에서 파리로 유학 와서 임상심리학을 공부하던 셸리와 만나 결혼했다. 부모가 40년 전 처음 인연을 맺은 그 장소에서 세르주도 제짝을 만난 것이다. 그때는 프랑스 여성과 러시아 남성의 만남이었다면 이번에는 프랑스 남성과 오스트레일리아 여성의 만남이었다. 세르주는 결혼 후 아들딸 쌍둥이를 낳았다. 어려서부터 딸은 피아노를, 아들은 바이올린을 시작했다.

할머니 제르멘은 손자 손녀의 음악교육을 아주 중요하게 생각했다. 제르멘은 어려서부터 피아노를 배웠고 음악이 흐르는 가정에서 자랐으며 세르게이도 첼로를 연주하던 사람이어서 처음 만났을 때 이야기가 잘 통했다. 제르멘이 내게 손자 손녀의 소식을 전할 때 제일 먼저 나오는 말은 늘 음악 이야기였다. 제르멘이 손자 손녀들의 음악 연습에 대해 이야기할 때면 늘 남편 이야기가 따라왔다. 제르멘과 세르게이는 여유 없이 쫓겨 살던 시절에도 음악과 멀어지지 않았다. 소피아에서도, 벨그라드에서도, 모스크바에서도 두 사람은 집에 돌아오면 음악과 함께 살았다. 음악은 두 사람을 이어주는 부드럽고 탄력적인 마음의 끈이었다.

대학교수 생활을 하던 세르주는 일 년간 미국에서 안식년을 보내게 되었다. 그때 미국에서 딸 샤를로트가 태어났다. 미국에서 안식년을 보내고 돌아온 이후 세르주는 미국 대학으로 자리를 옮기고 싶어서 마음이 들썩거렸다. 프랑스 대학보다는 미국 대학의 연구 분위기가 더 자신에게 맞는다고도 생각했다. 그러다 몇 년 후 켄터키 대학에 자리를 잡고 프랑스를 떠났다. 제르멘은 자기와 가장 가깝게 지내던 막내아들이 미국으로 가버린 것이 못내 섭섭했다. 물론 그 결정은 세르주 본인이 원한 것이지만 며느리 셸리의 영향도 있었다.

프랑스를 좋아해서 파리로 유학 왔던 셸리였지만, 결혼해서 프랑스에 완전히 살게 되니까 자기중심적이고 오만한 프랑스인들과 부딪치는 일도, 적응하는 일도 힘들어졌다. 이미 형성된 자신의 사고방식과 생활태도를 일상의 작은 일들에서부터 큰일까지 의식적으로 프랑스인의 문법에 맞추어 살아가는 인생이 피곤했다. 세르주는 힘들어하는 셸리를 충분히 이해했다. 세르주 자신도 프랑스 사람들 속에서 사는 게 힘들었기 때문이다. 그러던 중 미국 대학에 지원하여 초빙을 받게 되자 세르주 부부는 아이들을 데리고 미국으로 떠나게 된 것이다. 미국으로 간 세르주는 학교일이 끝나면 집으로 돌아와 밭을 가꾸며 전원생활을 즐겼다. 그는 생태주의자들과 교류하며 채식주의자가 되었다.

이미 성인이 된 후 프랑스에 온 큰아들 블라디미르는 거의 러시아 사람에 가깝기 때문에, 처음부터 러시아 여자를 만나 별문제 없이 잘살았다. 물론 안정된 직장을 갖기도 했지만 블라디미르 자신이 프랑스라는 나라에 깊이 들어가지 않고 외로운 섬처럼 살 각오가 되어 있었기 때문이기도 하다. 앙리 4세 고등학교 동료 교사들과의 사이에서 알게 모르게 소외되는 것을 느낄 때면, 물론 기분이 좋지 않았지만 곧 그런 상황을 어쩔 수 없는 기정사실로 받아들였다. 학교를 파하고 소련 출신 여자가 기다리는 가정으로 돌아오면 모스크바에서의 생활과 연속성을 느낄 수 있었기 때문에 정신적 안정을 유지할 수 있었다.

집에 돌아와 아내와 함께 이야기를 나누면
책임져야 할 일 앞에서 기름처럼 빠져나가버리는
프랑스 동료들에 대한 불만과 억울함,
문화 차이로 오는 스트레스를 풀 수 있었다.

아이들 교육에 대한 원칙도 아내의 생각과 거의 일치했다.

세르주가 미국 켄터키 대학에 교수 자리를 얻어 떠나버린 후, 제르멘은 상당한 기간 동안 허전한 마음을 달랠 수 없었다. 남편이 세상을 떠난 이후 다른 아이들보다 세르주와 가장 가깝게 지냈는데, 그가 멀리 떠나버린 것이 못내 섭섭했다. 그러나 아들과 며느리, 손녀 손자들은 매일 팩스를 보내오고 전화해주고 여름방학이면 파리로 오기도 했다. 1989년에서 1991년 사이에 세르주가 독일 본 대학에 교환교수로 와서 지낼 때는 바캉스 때마다 함께 지냈다. 제르멘은 며느리들과 좋은 관계를 유지하며 잘 지냈다. 첫째며느리와는 무덤덤하지만 안정된 관계를 유지하고 있고, 둘째아들 이고르의 전처인 카트린과는 친밀한 관계를 유지한다. 카트린이 아들과의 관계는 끝났는지 몰라도, 자기와의 서로 돕는 관계는 계속되고 있다고 말한다.

큰아들 내외는 정년퇴직 후 파리를 떠나고 싶어했다. 조용한 시골로 가서 살겠다면서 제르멘에게 함께 가서 같이 살자고 제안했다. 그러나 제르멘은 부르라렌의 집을 떠난다는 것을 상상할 수 없었다. 남편과 지내던 마지막 거처를 버리고 다른 곳으로 떠나는 일은 남편에 대한 배신이라 생각했다. 제르멘이 책상 위에 놓인 남편의 사진을 바라보면 세르게이는 제르멘에게 웃으며 이렇게 말한다.

"여보, 나는 세상을 떠났지만…… 매일 이렇게 당신을 보고 있어!"

09

공부를 마치고 귀국한 이후 나는 거의 8년 만에 제르멘을 다시 만났다. 1989년 귀국한 이후 서울에서 복잡한 직장 문제와 가족 문제로 쫓기는 생활에 지쳐 나는 거의 우울증 상태에 빠져 있었다. 세월이 가도 해결되는 문제가 하나도 없었다. 그래서 뭔가 새로운 돌파구를 찾기 위해 1997년 여름 파리행 비행기를 탔다. 파리에서 2주일을 지내고 나서 제르멘을 만나러 갔다. 그때 제르멘은 에비앙의 숙식을 제공하는 작은 호텔에 머물고 있었다.

세월이 흘렀지만 제르멘은 우아함을 잃지 않고 있었다. 내가 파리를 떠난 이후 제르멘은 프랑스와 스위스 국경 지대에 위치한 알프스 산맥 자락에 있는 여러 마을들, 지중해의 코르시카와 사르디니아 섬 등에서 바캉스를 보냈다고 했다. 처음에는 여러 사람이 함께 다니는 조직된 단체여행을 다녔는데 잘 맞지 않아서 혼자 조용히 여행을 다녔다고 했다. 나이가 들어 이동이 힘들어지면서 몇 년 전부터는 경치가 좋은 장소에 위치한 숙식 제공 호텔에 머물면서 호텔 주변을 조금씩 산책하며 바캉스를 보내고 있었다.

오랜만에 파리가 아닌 에비앙에서 어렵사리 제르멘을 만나니 감개가 무량했다. 나는 귀국해서 서울에서 겪었던 힘들었던 일들을 이야기했고, 제르멘은 그동안 지낸 이야기를 하다가 소피아에서 남편 세르게이와 함께 살던 시절의 이야기를 들려주었다. 젊은 시절 프랑스를 떠나 불가리아와 유고슬라비아 그리고 모스크바를 거쳐 파리에 정착한 긴 인생의 여로를 생각하면 어떻게 그런 일이 가능했을까 하는 의구심이 든다고 했다.

내가 친구처럼 제르멘이라고 이름을 부르지만, 제르멘은 1913년생으로 거의 나의 할머니뻘이다. 언제부터인가 나와 제르멘 사이에는 나이와 상관없이 자유롭고 편안하게 이야기할 수 있는 친밀한 관계가 형성되었고, 거의 8년 만에 다시 만나서도 그 관계는 금방 회복되었다. 한나절을 함께 보내고 헤어질 때 제르멘은 나를 감싸안으며 말했다.

"편지해. 한마디 말이라도 좋으니까 자주 소식을 알려줘……"

포옹을 풀고 제르멘의 얼굴을 바라보자 눈가에 눈물이 맺혀 있었다. 제르멘은 세 아들이 모두 자기 곁을 떠난 다음 혼자 사는 데 익숙해졌다고 하지만, 나이가 들수록 외로움이 깊어갔다.

1997년 여름 에비앙에서 만났을 때 제르멘의 나이는 여든셋이었다. 그때만 해도 제르멘은 인생을 지루하게 느끼는 사람을 이해하지 못하겠다고 말했다. 자기는 아직도 알고 싶은 것도 많고 가고 싶은 곳도 많고 하고 싶은 일도 많다고 했다. 그러나 기운이 점점 쇠잔해졌다. 언제부턴가 외국으로 여행을 떠나는 일이 부담이 되기 시작했다. 그래서 주로 여름 바캉스에는 프랑스 쪽의 알프스 마을에 가서 더위를 피했고, 겨울 바캉스에는 남불의 사나리로 내려가서 햇볕을 쬐다 오곤 했다.

2002년 나는 서울 생활을 정리하고 파리로 삶의 거처를 옮겼다. 그때 제르멘은 기동력이 떨어져서 부르라렌에서 파리에 가기 위해 콜택시를 불러야 했다. 그러나 그 외에는 다른 모든 것이 그대로였다. 여전히 조용히 집에서 책을 읽었고 음악을 들었다. 그러나 하루종일 집에 머물면서 아무도 안 만나고 아무하고도 이야기하지 않고 지나가는 날들이 늘어갔다. 내가 가끔씩 전화하면 지금 당장 소르본 대학 광장 앞 카페나 뤽상부르 공원 앞 카페로 나오겠다고 무리하게 우기기도 했다. 지금 당장 콜택시를 불러서 타고 나가면 된다고 했다. 제르멘은 언제나 파리의 카르티에 라탱을 좋아했다. 카르티에 라탱 이야기를 할 때면 제르멘은 사랑스러운 추억에 푹 잠긴 듯한 눈빛으로 이렇게 말했다.

"거긴 내가 좋아하는 구역이지.C'est mon quartier."

또 뤽상부르 공원 이야기가 나오면 가슴이 두근거린다는 듯이 조금 더 힘을 주어 이렇게 말했다.

"거긴 내가 좋아하는 공원이야.C'est mon jardin."

머릿속에서 벌어지는 일들은 여전했지만 다리의 기력이 쇠하면서 장소 이동이 어려워졌다. 처음에는 집에서 책을 읽거나 음악을 듣기만 해도 지루하지 않았다. 그렇게 몇 년이 지나자 제르멘은 일상생활에서 조금씩 권태를 느끼기 시작했다. 그래서 자식들의 권유도 있고 스스로도 자신의 인생을 전체적으로 정리해보고 싶다는 마음이 들어서 자서전을 쓰기 시작했다. 아미앵에서의 어린 시절과 파리에서의 처녀 시절 그리고 세르게이를 만나 결혼하고 불가리아와 유고슬라비아에서 아이들을 낳아 키우던 시절을 회상하며 글을 써내려갔다. 글을 쓰는 동안 어느 날은 눈물을 흘리기도 하고 어느 날은 잠을 이루지 못한 날도 있었다. 대학노트 세 권을 지난날의 이야기로 채우는 데 6개월이 걸렸다.

그런데 이상한 일이었다. 남편이 먼저 세상을 떠난 이후 혼자 살아온 시절의 이야기를 쓰려고 하는데, 펜이 떨어지지가 않았다. 수많은 생각이 몰려와 실타래처럼 엉키면서 풀어지지가 않았나. 어디서부터 어떻게 써야 할지 생각이 나지 않았다. 인생의 전반기는 쉽게 썼는데 후반기는 진도가 나가지 않았다. 제르멘이 이런저런 기회에 나에게 들려준 그녀의 인생 이야기들을 생각해보면, 아미앵에서 부모와 함께 살던 시절의 추억, 파리에서의 대학 시절과 세르게이와의 만남, 어렵지만 희망을 품고 살았던 동유럽에서의 생활로 구성된 인생의 전반부는 말하자면 상승 곡선을 타는 이야기이지만, 모스크바 생활, 파리로의 도둑 같은 망명, 남편의 갑작스러운 죽음으로 이어지는 후반부의 이야기는 어떻든 하강의 곡선을 긋고 있다. 그렇다면 제르멘은 상승하는 이야기는 쓸 수 있었지만 하강하는 이야기는 쓰지 못하고 있는 셈이다.

제르멘이 자기 인생의 후반부 이야기를 쓰지 못하는 데는 여러 가지 복잡한 이유가 있을 것이다. 모스크바에서 감시를 받으며 살던 날들을 기억하고 싶지 않은 마음이 작용할 수도 있고, 남편의 죽음을 담담하게 그릴 자신이 없어서일 수도 있으며, 혼자 남아 아이들을 뒷바라지하며 느끼던 복잡하고 외로운 심정을 밝히고 싶지 않아서일 수도 있고, 파리에 정착하면서 부당하게 차별받았던 기억을 상기하고 싶지 않아서인지도 모른다. 어쩌면 남편의 죽음에 대한 죄책감 때문에 그럴 수도 있다. 남편도 소비에트 체제의 변화에 기대를 걸었던 만큼 실망했고 억압적인 분위기의 모스크바를 떠나고 싶어했지만, 여건이 되는 한 아이들을 데리고 프랑스를 드나들면서 소련체제에 대한 희망을 버리고 프랑스로 망명할 것을 종용한 것은 제르멘 자신이었기 때문이다. 아마 제르멘의 강력한 결심이 아니었다면 남편은 그래도 형제와 동료와 친척이 함께 살고 있는 모스크바를 그렇게 도망치듯 떠나지 못했을 것이다.

프랑스로 돌아온 후
제르멘은 날개를 달았지만,
남편은 무언가를 잃어버린 사람이 되었다.

파리 생활이 자유롭긴 했지만 모스크바에 무언가 중요한 것을 남기고 온 것 같은 느낌이 그를 잡아당기고 있었기 때문이다. 그런 복잡한 심사로 괴로워하던 남편은 파리에 온 이후 몇 년 만에 심장마비로 세상을 떠났다. 남편의 때 이른 죽음에 대한 죄책감이 글쓰기를 가로막고 있는지 모른다. 그러나 아직 남아 있는 인생에 대한 미련 때문에 글을 쓰지 못하고 있는 것은 아닐까. 자서전 속에 자신의 삶을 처음부터 현재까지 가지런히 정리해놓고 나면 자신이 박물관에 전시된 미라가 된 것 같은 느낌이 들 수도 있다.

인생은 유한하다. 모든 생명체는 흙으로 돌아가게 되어 있고 누구라도 그 보편 법칙에서 벗어날 수 없다. 그러나 그건 내가 아닌 다른 사람들의 경우에 해당하는 일이지 정작 내가 이 세상을 떠날 때가 되었다는 생각은 쉽게 받아들일 수가 없다. 인간의 무의식 속에는 삶의 본능과 죽음의 본능이 모순적으로 공존하고 있다. 삶의 본능이 작용하는 한 아무리 나이가 들어도 쉽게 세상에서의 삶을 포기하지 않는다. 이제 나는 살 만큼 살아서 죽어도 여한이 없다고 말하는 노인이 모질게 생의 기간을 늘려가는 경우가 있다. 인간의 무의식 안에 자리잡고 있는 삶의 본능이라는 불꽃이 약해지고, 죽음의 본능이라는 바람이 불 때 한 인간은 이 세상을 떠나 다른 곳으로 가게 된다.

제르멘은 앞으로 나아가지 못하는 인생 후반부 자서전 쓰기를 접어두고 다시 일상생활로 돌아갔다. 다른 사람들이 쓴 자서전이나 회고록을 읽고 음악을 듣기도 하면서 겨우 하루하루를 이어나갔다. 그러다가 언제부터인가 아파트 안에서 이동하는 일도 힘들어졌다. 어느 날 부엌에서 음식을 하다가 미끄러져서 고관절을 다쳤다. 큰아들을 불러 병원에 입원했다가 3주 만에 퇴원했다. 큰아들 블라디미르는 제르멘의 퇴원 후 이제 더이상 고집부리지 말고 노르망디에 있는 자기집으로 와서 함께 살자고 권유했다. 그러나 제르멘은 계속 같이 살기를 거부했다. 이 집에서 살다가 이 집에서 죽는 것이 마지막 소원이라는 어머니의 말에 큰아들도 어쩔 수가 없었다.

파리의 앙리 4세 고등학교를 몇 년 전 은퇴한 이후, 블라디미르는 노르망디의 작은 마을에 있는 농부의 집을 사서 자기 마음에 들게 개조해서 살고 있었다. 부모를 따라 러시아에서 프랑스로 온 이후 블라디미르는 파리 생활을 하면서 스스로를 늘 이방인이라 느꼈다. 그가 구사하는 러시아 악센트가 섞인 프랑스어는 사람들에게 그가 이민자임을 금세 드러나게 했다. 학교 동료 교사들도 그의 의견을 들어주고 친절히 대하기는 했지만, 그들의 세계에 들어가 하나가 될 수는 없었다. 매일의 생활이 물 흐르듯 자연스럽게 흘러간 적이 없다. 의식적으로 정신을 차리고 최대한 노력해야 일상이 제대로 굴러갔다.

이 모든 것이 피곤했던 블라디미르는 퇴직 후 파리의 분위기와는 대조적인 시골마을로 들어가버렸다. 제르멘은 큰아들이 파리에서 뚝

떨어진 시골로 이사 간 것을 섭섭해하곤 했다. 일단 혼자 사는 자기와 너무 멀어져서 만나려면 천생 아들네가 파리로 오는 것을 기다릴 수밖에 없는 처지가 되었다. 그런데 아들은 파리가 싫어서 떠나지 않았는가. 그러니 그가 파리에 자주 오고 싶어하지 않을 것은 분명했다. 며느리도 제르멘에게 여러 번 함께 시골로 가서 살자고 했지만, 제르멘으로서는 말도 안 되는 이야기였다. 그런 시골에 가서 아들네와 같이 산다는 것은 불가능한 일이었다. 남편과 함께 살던 집이 있고 문화적인 자극이 있는 파리에서 사는 것이 당연하게 여겨졌다. 젊은 시절의 추억이 스며든 파리의 거리를 떠날 수 없었다. 아들네가 노르망디로 이사 간 후 제르멘의 삶은 더 외로워졌다.

고관절 수술을 한 다음에는 동네 시장이나 슈퍼마켓에 가서 장을 보는 일도 힘들어졌다. 그래서 부르라렌 시청에서 노인들에게 제공하는 식사 배달서비스를 신청했다. 먹고사는 일은 해결되었지만 하루 종일 대화 상대 없이 혼자 지내는 일이 힘들어졌다. 시청의 노인복지 프로그램에서 일하는 식사 배달부가 잠시 동안의 유일한 대화 상대자였다. 아니다. 또 한 사람의 대화 상대자가 있었다. 어느 날 인터폰이 울렸다.

"당신은 신을 믿으십니까?"

진지한 목소리였지만 신흥 종교 선교사임을 금방 알아차렸다. 예전에도 찾아오곤 했지만 한 번도 상대한 적이 없었다. 그러나 이제 누군가와 어떤 이야기라도 나누고 싶었다. 제르멘은 인터폰에 대고 이렇게 물었다.

"누구신가요?"

그 목소리는 자신을 '여호와의 동반자'라는 신흥 종교의 선교사라고 소개했다. 제르멘은 그 선교사를 거실로 들어오게 했고 그 사람과 삶과 죽음에 대한 이야기를 나누었다. '여호와의 동반자'가 소외된 사람들을 미혹하는 신흥 종교 집단으로 알려졌지만 꼭 그런 것만은 아니라는 생각이 들었다.

10

서울 생활을 접고 다시 파리로 와서 살게 된 이후, 나는 가끔씩 제르멘에게 전화해서 안부를 물어보곤 했다. 나의 파리 생활은 점점 안정되어가고 있었다. 그러던 어느 날 아마 2006년 겨울이었을 것이다. 전화선 저편으로 제르멘의 목소리가 평소와 달리 매우 힘없고 침울하게 들렸다. 며칠 전부터 심한 감기가 들어서 고생하다가 오늘 오전에 의사를 불러서 진찰을 받았는데 심한 독감이라고 했다. 의사가 처방전을 써놓고 갔는데 지금 자기가 약국에 가서 약을 사올 처지가 못된다는 것이었다. 제르멘은 내일 오전 집안일해주는 파출부 아주머니가 오면 심부름을 시킬 수 있다고 말했다. 그래서 나는 만사를 제치고 부르라렌 제르멘의 집으로 달려갔다. 그리고 근처의 약국에서 처방전에 따른 약을 사가지고 왔다. 기력이 소진한 제르멘을 보살피며 이야기를 나누다가, 이제 제르멘이 이런 방식으로 혼자 사는 것은 더이상 불가능하다는 생각이 들었다.

그래서 나는 조심스럽게
앞으로 더 약해지기 전에 이곳 생활을 정리하고
마음에 드는 양로원으로 들어가는 편이
낫지 않겠느냐고 제안해보았다.

그때 나는 두 가지를 이유를 들어 제르멘을 설득했다. 먼저 노르망디에 사는 아들과 며느리가 어머니가 아프다고 매일 집으로 달려올 수 없는 상황이며, 다른 하나는 하루라도 건강할 때 아파트를 정리하고 중요한 가구, 그림, 사진 등 애착을 느끼는 물건들을 챙겨서 의료진이 항상 대기하고 있는 양로원에 들어가면 훨씬 더 안락한 노후를 보낼 수 있을 거라고 말했던 것 같다. 나의 이야기가 진심에서 우러나오는 것임을 느꼈는지 제르멘은 눈물을 글썽이며 수긍하는 표정을 지었다.

그후에도 가끔씩 제르멘 생각이 났지만, 일에 쫓겨 연락을 못하고 지냈다. 그러다가 어느 날 전화해보았더니 평소에 듣지 못하던 소리가 흘러나왔다.

"이 전화번호는 더이상 사용되지 않는 전화번호입니다."

그 금속성 안내 목소리에 놀라 노르망디에 사는 큰아들 블라디미르에게 전화해보았다. 그랬더니 아들은 없고 며느리 나디아가 전화를 받았다. 나디아의 이야기로는 어머니가 어느 날 아들에게 전화를 해서 양로원에 들어가겠다는 의사를 밝혔다고 했다. 언제나 스스로 결정하는 것을 중요하게 생각하던 제르멘은 결국 양로원에 들어가는 것도 자기가 결정한 것이다. 엄마의 결정이 있은 후 아들은 자기 마을에서 가까운 양로원에 빈자리가 있는지를 알아보았다. 그래서 아들은 자기가 사는 동네에서 30킬로미터 정도 떨어진 양지바른 언덕에 의료시설이 갖추어진 양로원으로 어머니를 모시고 갔고, 거기에 바깥 풍경이 내다보이는 3층 남향 쪽에 독방 하나를 마련했다. 부르라렌 아파트를 정리한 돈으로 양로원 입주금을 치렀고, 나머지는 은행에 맡겨놓고 매달 비용을 지급하는 것으로 했다.

큰아들로서의 책임감으로 블라디미르는 어머니가 계시는 양로원에 매일 전화하고 일주일에 한 번씩은 방문했다. 나도 가끔씩 양로원에 전화하곤 했는데 갈수록 대화가 되지 않았다. 일단 제르멘의 청력이 떨어져서 잘 들리지 않는다는 소리만 계속했다. 그래서 양로원 직원 한 사람이 중간에 서서 내 이야기를 듣고 제르멘에게 이야기해주고, 제르멘의 답변을 들은 다음 다시 나에게 전달하는 복잡한 의사소통 과정이 생겼다. 그래서 전화로는 안부 이상의 다른 이야기를 나눌 수 없는 상황이었다. 그럴 때마다 블라디미르에게 전화하면 제르멘이 점점 듣지 못하고 기억력도 상실해가고 있다고 알려주었다.

그래서 나는 더 늦기 전에 언제고 한번 양로원을 방문해서 제르멘을 직접 만나 이야기를 나누어야겠다는 생각을 했다. 큰아들 블라디미르의 이야기에 따르면 어머니의 기억이 쇠하고 있지만 가끔씩 내 이야기를 하며 한번 보고 싶다는 말을 한다는 것이었다. 그러고 한참이 지났다. 부활절 휴가가 다가오고 있었다. 블라디미르에게 전화를 걸어서 제르멘의 상태를 물었다. 그랬더니 조금 머뭇거리다가 점점 더 기억력이 없어지고 있어서 가까운 사람들도 잘 몰라볼 때가 있다는 것이었다. 그래서 나는 당장에 자동차를 빌려서 노르망디의 양로원으로 향했다. 제르멘은 작은 시골마을이라서 기차역도 없는 곳에 있었다.

11

구름이 물러가고 햇빛이 찾아왔다. 제르멘이 누운 양로원 방의 창가로 햇빛이 들어왔다. 창문 밖으로 맑게 갠 하늘이 보였다. 창문 앞 받침대에는 아들 내외가 가져다놓은 것인지 화분 몇 개가 놓여 있었고, 창문 아래에는 조그마한 나무탁자가 놓여 있었다. 그 위에 있는 작은 사진틀 속에서 눈에 익은 제르멘의 남편 세르게이가 제르멘을 방문한 나를 쳐다보고 있었다. 나는 그 책상 앞으로 다가갔다. 제르멘이 부르라렌에 살 때 그 집에 들어가면 살롱의 책상 위에 놓여 있던 사진이었다. 하루종일 살롱에서 많은 시간을 보내는 제르멘에게 들리지 않는 소리로 말을 걸던 그 사진이었다. 자신이 공부하던 책상 위에 놓여 있던 사진이 이제는 노르망디 요양원 탁자 위로 이사 와 있었다. 부르라렌의 아파트 거실에서 내가 제르멘과 이야기를 나눌 때면 늘 책상 위에서 진지하게 우리의 대화를 듣고 있던 그 사진을 다시 보니 반가웠다. 그 당시 제르멘은 남편 이야기를 할 때면 존경에 가득찬 목소리로 말하곤 했다. 사진 속 인물이 주는 강렬한 느낌과 제르멘이 남편에 대해 말하던 태도 때문에 이미 세상을 떠난 그 남자가 여전히 그 집의 가장인 듯한 착각이 들 정도였다. 그런데 그 사진이 요양원으로 온 뒤

과거의 빛을 잃고 제르멘에게서 멀어졌다. 사진틀은 먼지를 뒤집어쓰고 있었고 사진틀 주변에는 온갖 잡다한 소품들이 어지럽게 놓여 있었다. 사진 속의 남자는 과거와 달리 늙어 보이고 풀이 죽어 있었다.

대부분의 시간을 침대에 누워서 지내는 제르멘이 정면으로 바라보는 벽에는 중년 남자의 커다란 초상화가 붙어 있었다. 내가 그 초상화에 대해 묻자 제르멘은 예전과 거의 같은 모습으로 돌아갔다. 그리운 감정이 살아나자 제르멘의 얼굴에 생기가 돌았다.

"아버지는 정말 좋은 분이었어. 사람들이 모두 아버지를 존경했지."

부르라렌 거실에서는 남편의 사진이 제르멘을 지켜보았는데 요양원의 방에서는 아버지가 그녀를 내려다보고 있었다. 과거에는 남편이 제르멘에게 가장 중요한 사람이었는데, 기력과 기억이 점점 더 약해지면서 남편보다는 아버지가 정신적으로 더 의지할 만한 사람이 되었는지도 모르겠다. 늙으면 어린아이가 된다는 말대로 제르멘은 외동딸로 아버지의 사랑을 독차지하던 어린 시절을 회상하면서 하루하루를 지내고 있는 것 같았다. 그런데 이상한 점은 부르라렌이나 이곳 요양원에서나 제르멘의 엄마 사진은 어디에도 놓여 있지 않았다는 것이다.

노르망디의 한 양로원 방에서 4년 만에 만난 제르멘과 대화 아닌 대화를 나누다가 나는 이제 가야 할 시간이 되었다고 생각했다. 어두워지기 전에 차를 몰아 떠나야 했다. 제르멘이 다시 이 적막한 공간 속에 혼자 남겨진다고 생각하니 발걸음이 떨어지지 않았다. 작별의 뜻으로 제르멘의 뺨에 내 뺨을 갖다대고 마지막 인사를 했다. 이제 제르멘을 다시 보지 못할 수도 있다는 생각을 하니 가슴속에서 뜨거운 무엇이 점점 코로 눈으로 올라오면서 눈물이 되어 내 뺨을 타고 흘렀다. 그가 내게 주었던 모든 것들에 대해 고맙다는 말을 하고 싶었다. 그가 많은 외국 학생들에게 아무런 보상도 바라지 않고 정성껏 도와준 일이 얼마나 고귀한 일이었는지를 말해주고 싶었다. 그런데 그는 나를 알아보지 못했다. 나의 눈에서 흘러내리는 눈물은 제르멘에 대한 연민과 고마운 마음과 헤어지는 섭섭함과 인생의 덧없음을 말하고 있었다. 그런 나의 마음이 전해졌는지 제르멘의 눈에서도 눈물이 주르륵 흘러내렸다.

제르멘은 나를 알아보지 못했지만
우리가 흘린 눈물은
두 뺨 사이에서 만나 섞이면서 흘러내렸다.

제르멘의 방에서 나와 2층 복도를 지나 아래층 출입구 쪽에 있는 사무실로 들어가서 원장에게 고맙다는 말을 전했다. 그랬더니 원장은 제르멘이 아주 깔끔한 성격이라고 다소 과장되게 말하면서 양로원 소개 팸플릿 한 장을 내게 내밀었다. 나는 그 팸플릿을 받아 가방에 넣고 주차해둔 차를 향해 양로원 언덕을 천천히 내려갔다. 머릿속에서 수많은 상념들이 교차했다.

제르멘은 이 세상과 저세상의 경계선 부근에서
과거를 상실한 채 홀로 누워 있다.
오랜 세월 제르멘과 내가 함께 나눈 시간들은

이제 나를 통해서만 존재한다.

제르멘과 내가 공유하던 그 기억은 다 사라졌다. 인간에게 과거는 과거로만 있는 것이 아니라 현재와 미래를 가능하게 한다. 과거가 사라지고 나면 현재는 알맹이 없는 빈껍데기가 되고 미래는 상상할 수 없는 무의미한 시간이 되고 만다. 이런 생각을 하면서 언덕을 걸어내려오는데 갑자기 빗방울이 거세졌다. 나는 서둘러 자동차문을 열고 운전석에 몸을 밀어넣었다. 그러고는 한참 동안 그 자리에 멍하니 앉아 있었다. 하늘에 짙은 먹구름이 뒤덮여 있었고 소낙비가 하염없이 쏟아져내렸다.

작가의 말

이 책이 나올 수 있었던 것은 그동안 나와 이야기를 나누었던 여러 프랑스 친구들 덕이다. 서로 지지하며 격려하고 공감했던 수많은 대화들이 이 책의 바탕이 되었다. 제2의 고향인 파리에서 만나 늘 가슴이 연루된 상태에서 이야기를 나누었던 그 친구들이 아니었다면 이 글은 시작되지도 않았을 것이다. 그 모든 친구들에게 감사한다. 그 가운데에서도 베아트리스, 이본, 브리지트, 에브, 로렌, 안느, 주느비에브, 라시다, 베르나르, 드니즈, 자크린, 조세핀, 마리조제, 엘리자베트, 제르멘, 크리스틴, 프랑수아즈, 잔, 쇼레에게 감사한다. 그들과의 만남과 대화가 이 이야기를 쓰는 데 많은 영감을 주었다. 그들이 자기 나름의 뚜렷한 색깔을 가지고서 때로 흔들리지만 주체적으로 사는 모습을 보며 이런 종류의 글이 쓰고 싶어졌다.

1990년대 초 서울에서 여성단체 알트루사에 첫발을 들여놓았고 그곳에서 많은 여성들과 이야기를 나누었다. 알트루사는 마포에서 광화문으로, 광화문에서 역삼동으로, 역삼동에서 아현동으로 이사를 다니면서 점점 여성상담소의 틀을 갖추게 되었다. 우리는 장소와 관계없이 이야기를 계속했다. 꼭 상담이라고는 말할 수 없었지만 집단상담 형식으로 정기적으로 만나 서로의 속내를 털어놓았다. 여성들 사이의 우정과 연대가 어떻게 만들어지고 단단하게 유지되는지를 처음으로 경험한 곳이었다. 내가 심리학 공부와 집단상담의 경험을 바탕으로 내담자를 만나 직접 상담을 시작한 곳도 알트루사였다. 그때 알트루사에서 만났던 모든 여성들에게 감사한 마음을 표현하고 싶다. 특히 그 모임을 이끌었던 문은희 선생님께 깊은 감사의 마음을 전한다. 이런 글을 쓰게 된 기초는 그 모임에서 시작되었다.

2002년부터 10년간의 두번째 파리 체류를 거쳐 귀국한 후 북촌으로 이사 간 알트루사를 다시 찾았다. 그동안 한국 사회에서 멀어져 있던 나는 알트루사 여성상담소에 자기 문제를 안고 상담하러 온 젊은 여성들로부터 한국 사회의 변화된 현실과 여성들의 수많은 고민을 새롭게 들을 수 있었다. 남녀평등이 제도적인 수준에서 크게 진전되었음에도 여성들은 내면적으로 그전보다 더 방황하고 있음을 알게 되었다. 상담 상황에서 고통을 나누었던 그 여성들도 내 마음속에 함께 있다.

2011년 말 파리에서 귀국한 후 다시 한국YWCA연합회에서 활동하게 되었다. YWCA에서 만나는 자원활동가들, 실무자들, 선배 선생님들께 감사를 드린다. 한국 사회를 더 나은 사회로 만들려고 애쓰는 순수하고 열정적인 그들의 모습에서 나는 희망을 본다. 그들과 함께 활동하면서 이 글을 마칠 수 있는 힘과 용기를 얻었다.

오랜만에 만나도 마음이 잘 통하고 믿음직한 친구들에게 나의 고마운 마음을 전한다. 서로 위해주고 잘되기를 바라며 어려울 때 손을 잡아주는 그 친구들을 생각하면 마음이 든든해지고 훈훈해진다.

35년 동안 함께 살아온 남편 정수복에게도 감사한 마음을 전한다. 그가 나에게 보여준 인내와 지지와 격려와 재촉이 없었더라면 이 책은 빛을 보지 못했을 것이다. 그는 나를 다 이해할 수 없음에도 있는 그대로의 내 모습을 인정해주고 내가 진정으로 원하는 글쓰기를 할 수 있도록 도와주었다. 무언가 알 수 없는 마음의 벽에 쉽게 부딪쳐 쓰던 글을 멈추어버리곤 하는 나의 곁에서 늘 다시 시작할 수 있는 새로운 힘을 주었다. 뒤늦게 심리학 박사학위 논문을 쓸 때도, 또 이런 종류의 여성에 대한 글을 쓰고 싶다고 했을 때도 나를 지지하고 도와주었다. 사회학자이자 작가로 살아가는 그와의 토론을 통해 나의 심리학적 인간 이해를 사회학적 관점으로 보완할 수 있었다. 글을 쓰는 내내 이야기의 구성과 문장에 대해서도 아낌없는 조언을 해주었다.

중학교 시절부터 파리에서 보내면서 건축학교를 졸업하고 이제 건축일을 시작한 아들에게도 감사한다. 그는 2년 전에 엄마보다 먼저 에펠탑에 관한 책『논란의 건축 낭만의 건축』을 출간해서 엄마를 기쁘게 해주었다. 이번에는 엄마의 뒤늦은 출간이 그에게도 기쁨이 되기를 바란다.

나에게는 두 살 위의 언니가 하나 있다. 언니는 언제나 변함없이 나를 지지해주었다. 내가 17년간 외국 생활을 하는 동안 언니는 혼자서 '아들 없는 집'의 맏딸 역할을 흔들림 없이 성실하게 수행했다. 나는 언니가 이 책을 재미있게 읽기를 바란다.

평생 심리학을 연구하고 가르치는 삶을 사시다 돌아가신 아버지에게도 감사의 마음을 표하고 싶다. 인간을 다각도로 이해해보려는 나의 자세는 아버지로부터 나온 것이다. 아버지는 인간을 흑백논리에 따라 단순하게 보지 말고 복잡한 인간 내면에 주목하라고 말씀하시곤 하셨다. 일찍 돌아가신 어머니는 나에게 늘 안타까운 마음으로 그리워하는 대상이다. 어머니는 나의 마음 한구석에 쓸쓸하고 외로운 빈터를 남겨놓고 가셨다. 나는 그 외로운 빈터를 서성이면서 인간에 대해서, 산다는 것에 대해서, 타인의 고통에 대해서, 사랑에 대해서, 안타까움에 대해서, 그리움에 대해서, 억울함에 대해서, 정의에 대해서, 연대와 환대에 대해서, 서로 용서하는 것에 대해서, 마음을 보살피는 일에 대해서 생각할 수 있었다. 그 외로운 작은 빈터를 남겨주고 떠난 어머니에게 감사한다.

2018년 1월 새벽에

장미란

파리의
여자들
파리지엔느의 내면 읽기

1판 1쇄 2018년 2월 6일
1판 2쇄 2018년 4월 20일

지은이 장미란
펴낸이 염현숙

책임편집 이연실 | 편집 고아라
디자인 이현정 | 마케팅 정민호 박보람 나해진 우상욱
홍보 김희숙 김상만 이천희
제작 강신은 김동욱 임현식 | 제작처 영신사

펴낸곳 (주)문학동네
출판등록 1993년 10월 22일 제406-2003-000045호
주소 10881 경기도 파주시 회동길 210
전자우편 editor@munhak.com | 대표전화 031) 955-8888 | 팩스 031) 955-8855
문의전화 031) 955-8895(마케팅) 031) 955-2651(편집)
문학동네카페 http://cafe.naver.com/mhdn | 트위터 @munhakdongne

ISBN 978-89-546-5019-9 03810

* 이 도서의 국립중앙도서관 출판예정도서목록(CIP)은 서지정보유통지원시스템 홈페이지(http://seoji.nl.go.kr)와 국가자료공동목록시스템(http://www.nl.go.kr/kolisnet)에서 이용하실 수 있습니다.(CIP제어번호: CIP2018002467)

www.munhak.com